MW01707038

LES TROIS SŒURS – 2

Douce Brianna

Du même auteur
aux Éditions J'ai lu

Les illusionnistes (n° 3608)
Un secret trop précieux (n° 3932)
Ennemies (n° 4080)
Meurtres au Montana (n° 4374)
Question de choix (n° 5053)
Comme une ombre dans la nuit (n° 6224)
La villa (n° 6449)
Par une nuit sans mémoire (n° 6640)
La fortune des Sullivan (n° 6664)
Bayou (n° 7394)

Les trois sœurs:
Maggie la rebelle (n° 4102),
Shannon apprivoisée (n° 4371)

Lieutenant Eve Dallas:
Lieutenant Eve Dallas (n° 4428), Crimes pour l'exemple (n° 4454),
Au bénéfice du crime (n° 4481), Crimes en cascade (n° 4711),
Cérémonie du crime (n° 4756), Au cœur du crime (n° 4918),
Les bijoux du crime (n° 5981), Conspiration du crime (n° 6027),
Candidat au crime (n° 6855), Témoin du crime (n° 7323),
La loi du crime (n° 7334), Au nom du crime (n° 7393),
Fascination du crime (n° 7575)

Trois rêves:
Orgueilleuse Margo (n° 4560), Kate l'indomptable (n° 4584),
La blessure de Laura (n° 4585)

Magie irlandaise:
Les joyaux du soleil (n° 6144), Les larmes de la lune (n° 6232),
Le cœur de la mer (n° 6357)

Les frères Quinn:
Dans l'océan de tes yeux (n° 5106), Sables mouvants (n° 5215),
À l'abri des tempêtes (n° 5306), Les rivages de l'amour (n° 6444)

Les trois clefs:
La quête de Malory (n° 7535)

Nora Roberts

LES TROIS SŒURS – 2

Douce Brianna

Traduit de l'américain par Pascale Haas

J'AI LU

Titre original :
BORN IN ICE
Jove Books are published by
The Berkley Publishing Group, N.Y.

PROLOGUE

Le vent qui soufflait de l'Atlantique s'abattait en violentes rafales sur les champs des comtés de l'Ouest. Une pluie drue et cinglante rebondissait sur le sol, vous transperçant jusqu'aux os. Les fleurs, si resplendissantes du printemps à l'automne, noircissaient sous le gel impitoyable.

Dans les cottages et les pubs, les gens se réunissaient autour du feu pour parler de leurs fermes, de leurs toitures ou encore de leurs proches partis vivre en Allemagne ou aux États-Unis. Qu'ils soient partis la veille ou depuis plus d'une génération n'avait guère d'importance. L'Irlande se vidait progressivement de ses habitants, comme de tout le reste, hormis la langue.

De temps à autre, on évoquait les « troubles », la guerre interminable qui déchirait le Nord. Mais Belfast était loin du village de Kilmihil, en distance aussi bien qu'en pensée. Ici, les gens se souciaient avant tout des récoltes et du bétail, des mariages ou encore des veillées funèbres qu'amènerait immanquablement l'hiver.

A quelques kilomètres du village, dans une cuisine où régnaient une douce chaleur et une bonne odeur de gâteau en train de cuire, Brianna Concannon était debout devant la fenêtre et contemplait son jardin assailli par la pluie glacée.

— Je crois bien que les ancolies sont fichues. Et les digitales aussi.

Cela lui brisait le cœur. Pourtant, elle avait déterré toutes les plantes qu'elle avait pu pour les mettre à l'abri dans la petite cabane encombrée située à l'arrière de la maison. Le gel était arrivé si brusquement.

— Tu en replanteras au printemps.

Maggie observa le profil de sa sœur. Brie se faisait autant de souci pour ses fleurs qu'une mère pour son enfant. Maggie caressa son ventre rond en soupirant. Que ce soit elle qui se retrouve mariée et enceinte, et non pas sa sœur qui aimait tant la douceur d'un foyer, ne laissait pas de l'étonner.

— Tu y prendras le plus grand plaisir.

— Sans doute. Ce qu'il me faudrait, c'est une serre. J'en ai vu plusieurs en photos. Ce devrait être possible.

Elle pourrait probablement s'en offrir une au printemps, si elle se montrait prudente. Tout en rêvassant vaguement aux plantes qui grimperaient derrière les vitres, Brianna sortit du four une plaque de muffins aux myrtilles. Maggie lui avait rapporté les fruits d'un marché de Dublin.

— Tiens, tu vas emporter ça chez toi.

— J'y compte bien...

Maggie sourit et s'empara d'un muffin qu'elle fit passer d'une main à l'autre pour le refroidir avant de mordre dedans à belles dents.

— Mais je vais d'abord manger à ma faim. Je t'assure, Rogan pèse le moindre morceau de nourriture que je mets dans ma bouche !

— Il tient à ce que toi et le bébé soyez en bonne santé.

— Oh, ça oui ! Et il surveille de près ce qui est utile au bébé et ce qui se transforme en graisse.

Brianna jeta un coup d'œil vers sa sœur. Maggie était tout en rondeurs, le teint frais comme une rose alors qu'elle entamait le dernier trimestre de sa grossesse. Elle affichait une sorte de nonchalance qui contrastait avec la boule d'énergie incapable de tenir en place qu'elle était d'habitude.

Elle est heureuse, songea Brie. Et amoureuse. Et elle se sait aimée en retour.

— Tu as déjà pris pas mal de kilos, observa-t-elle en

voyant une lueur amusée illuminer le regard de Maggie.

— Je fais un concours avec une des vaches de Murphy et, pour l'instant, c'est moi qui gagne !

A peine le muffin englouti, elle en prit un autre sans la moindre honte.

— D'ici quelques semaines, mon gros ventre m'empêchera de voir le bout de ma canne à souffler le verre. Je vais devoir me contenter de faire des lampes.

— Tu pourrais arrêter de travailler un peu. Rogan trouve que tu en as fait assez pour remplir toutes ses galeries.

— Et que veux-tu que je fasse, à part périr d'ennui ? J'ai une idée de pièce très particulière pour la nouvelle galerie de Clare.

— Qui n'ouvrira qu'au printemps.

— D'ici là, Rogan aura sûrement mis sa menace à exécution. Il m'a juré de m'attacher aux montants du lit si jamais je mettais un pied à la boutique.

Maggie soupira, mais Brie la soupçonna de ne pas prendre cette menace au sérieux. La domination subtile de Rogan n'inquiétait pas vraiment sa sœur. Maggie refusait de se laisser aller.

— Je veux travailler tant que je le peux encore, ajouta-t-elle. Et puis, c'est bon d'être à la maison, même par ce sale temps. Je suppose que tu n'attends aucun client.

— Eh bien, figure-toi que si. Un Yankee, la semaine prochaine.

Brianna resservit une tasse de thé à Maggie et remplit la sienne avant de s'asseoir. Son chien, qui attendait docilement au pied de la chaise, posa sa grosse tête sur ses genoux.

— Un Yankee ? Tout seul ? Un homme ?

— Mmm, fit Brianna en caressant la tête de Concobar. Un écrivain. Il a réservé une chambre en pension complète pour une période indéterminée. Il m'a envoyé un mois d'avance.

— Un mois ? A cette époque de l'année ?

Amusée, Maggie se tourna vers la fenêtre dont les vitres tremblaient sous le vent.

— Et on dit que les artistes sont des excentriques! Quel genre de choses écrit-il?

— Des histoires policières. J'en ai lu quelques-unes, il est doué. Il a remporté plusieurs prix et on a même tourné des films à partir de ses livres.

— Un écrivain à succès, Yankee, qui passe l'hiver dans un *Bed and Breakfast* du comté de Clare... Ma foi, les mauvaises langues vont aller bon train, au pub!

Maggie se lécha le bout des doigts en observant sa sœur de son œil d'artiste. Brianna était une ravissante jeune femme, toute rose et dorée, avec un teint crémeux et une silhouette fine et élancée. Un visage à l'ovale parfait, une bouche charnue, sans aucun maquillage et souvent un peu trop sérieuse. Ses yeux vert pâle étaient rêveurs, ses gestes souples et fluides et ses cheveux d'un blond lumineux étaient épais, avec quelques mèches folles qui s'échappaient de son chignon.

Elle a un cœur d'or, songea Maggie. Brianna dirigeait un *Bed and Breakfast*, et rencontrait donc beaucoup d'étrangers. Mais elle était d'une extrême naïveté sur ce qui se passait dans le monde au-delà du portail de son jardin.

— Je ne suis pas sûre que cette idée m'enchante, Brie. Te savoir seule avec un homme dans cette maison pendant des semaines...

— Il m'arrive souvent d'être toute seule avec mes clients, Maggie. C'est ainsi que je gagne ma vie.

— Oui, mais il est rare que tu n'en aies qu'un seul, surtout en plein hiver. J'ignore quand nous devrons retourner à Dublin et je...

— Et tu ne seras plus là pour veiller sur moi? poursuivit Brianna en souriant, plus amusée que vexée. Allons, Maggie, je suis une grande fille. Je suis une femme qui dirige son affaire et peut s'occuper d'elle toute seule.

— Tu consacres toujours beaucoup trop de temps à t'occuper des autres.

— Ne commence pas avec maman, répliqua Brianna, les lèvres pincées. Je n'ai plus grand-chose à faire depuis qu'elle est installée dans son cottage avec Lottie.

— Je sais parfaitement tout ce que tu fais, renchérit Maggie. Tu accours dès qu'elle lève le petit doigt, tu l'écoutes gémir et se lamenter et tu l'emmènes chez le médecin chaque fois qu'elle se croit atteinte d'une nouvelle maladie incurable.

Maggie agita la main, furieuse d'avoir cédé, une fois de plus, à la colère et à la culpabilité.

— Mais ce n'est pas ce qui me préoccupe pour l'instant. Cet homme...

— Grayson Thane, précisa Brianna, profondément soulagée de pouvoir changer de sujet. Un écrivain américain respecté, qui a envie d'une chambre au calme, dans un établissement bien tenu de l'ouest de l'Irlande. Et qui n'a vraisemblablement aucune visée sur sa propriétaire.

Elle prit sa tasse et but une gorgée de thé.

— Sans compter que c'est lui qui va me permettre de payer ma serre.

1

Il n'était pas rare que Brianna ait un ou deux clients à Blackthorn Cottage pendant les pires tempêtes d'hiver. Mais janvier était un mois creux, et sa maison restait vide la plupart du temps. La solitude ne lui pesait guère, pas plus que le hurlement infernal du vent ou le ciel gris plomb d'où se déversait une pluie cinglante et glaciale jour après jour. Cela lui laissait le temps de faire des projets.

Elle appréciait les voyageurs, attendus ou non. Financièrement, chaque penny comptait. Mais cela mis à part, Brianna aimait beaucoup avoir de la compagnie, et l'occasion d'offrir un foyer temporaire à ceux qui passaient par là.

Depuis la mort de son père et le départ de sa mère, elle avait fait de la maison celle dont elle rêvait étant enfant, avec de grands feux de tourbe, des rideaux de dentelle et une bonne odeur de gâteau qui s'échappait en permanence de la cuisine. Cependant, c'était Maggie — Maggie et le succès de ses œuvres — qui lui avait permis de s'agrandir peu à peu. Brianna ne l'oubliait pas.

Mais la maison était à elle. Leur père avait compris combien elle l'aimait et en avait besoin. Elle veillait sur cet héritage comme un enfant sur son trésor.

Était-ce le mauvais temps qui lui rappelait son père ? Le jour de sa mort, il pleuvait et ventait comme aujourd'hui. Quelquefois, lorsqu'elle se retrouvait toute seule, Brianna se rendait compte qu'elle renfermait encore en elle des petites poches de chagrin, pleines de souvenirs, bons ou mauvais.

Travailler, voilà ce dont elle avait besoin, songea-t-elle en s'éloignant de la fenêtre pour éviter de broyer du noir.

Il pleuvait à verse, aussi décida-t-elle de se rendre au village un peu plus tard et de s'attaquer à une corvée qu'elle remettait depuis déjà trop longtemps. Elle n'attendait personne aujourd'hui ; le seul client ayant réservé n'arrivait qu'à la fin de la semaine. Son chien sur les talons, Brianna se munit d'un balai, d'un seau, de chiffons et d'un carton vide et monta au grenier.

Elle venait régulièrement y faire le ménage. La poussière n'était jamais tolérée très longtemps dans la maison de Brianna. Mais il y avait là des cartons et des malles qu'elle ne touchait jamais. Cette fois, elle allait faire un grand tri. Et elle ne laisserait pas ses sentiments l'empêcher d'affronter les souvenirs enfouis.

Si le grenier était débarrassé une fois pour toutes, elle pourrait peut-être l'aménager. Cela ferait une pièce très agréable, songea-t-elle, appuyée sur son balai. Avec une ouverture supplémentaire, peut-être une lucarne. Elle peindrait les murs en jaune pâle, pour donner de la lumière. Une fois le parquet ciré et quelques vieux tapis...

Elle imaginait déjà le résultat. Il suffirait d'un couvre-lit d'une jolie couleur, d'un fauteuil à bascule, d'un petit bureau. Et si elle avait...

Brianna secoua la tête en se moquant d'elle-même. Elle allait trop vite.

— Je suis une incorrigible rêveuse, Conco, murmura-t-elle en caressant la tête de son chien. Ce qu'il faut pour l'instant, c'est de l'huile de coude et beaucoup de courage.

D'abord les cartons, décida-t-elle. Il était temps de se débarrasser de tous ces papiers et de ces vieux vêtements.

Une demi-heure plus tard, tout était rassemblé en plusieurs piles bien nettes. L'une était destinée aux pauvres de la paroisse, l'autre constituerait une réserve de chiffons. Quant à la troisième, c'était ce qu'elle voulait conserver.

— Oh, regarde ça, Conco.

Avec délicatesse, elle sortit une petite robe de baptême blanche dont elle lissa doucement les plis. Un léger parfum de lavande s'en échappa. De minuscules boutons de nacre et un plastron en dentelle ornaient l'étoffe en lin. Brianna sourit en reconnaissant là l'ouvrage de sa grand-mère.

— Il l'a gardée, dit-elle à voix basse.

Jamais sa mère n'aurait eu un geste aussi sentimental en pensant aux générations à venir.

— Maggie et moi l'avons portée, tu sais. Et papa l'a emballée en pensant à nos futurs enfants.

Le petit pincement au cœur qu'elle éprouva lui était si familier qu'elle n'y prêta pas attention. Ici, il n'y avait ni bébé dormant dans un berceau, ni enfant attendant d'être pris dans les bras et embrassé tendrement. Mais Maggie voudrait sûrement cette robe, se dit-elle en la repliant avec précaution.

Le carton suivant était rempli d'un tas de papiers qui la fit soupirer. Il allait falloir les lire, ou au moins y jeter un coup d'œil. Son père avait soigneusement conservé toutes les lettres qu'il avait reçues. Ainsi que des coupures de journaux. Des idées pour de nouvelles aventures, aurait-il dit.

Brianna découvrit également des lettres de parents et d'entreprises auxquels il avait écrit en Amérique, en Australie et au Canada.

En fouillant au fond du carton, elle trouva des lettres de cousins, d'oncles et de tantes qui la firent sourire. Ils semblaient tous l'avoir aimé. Tout le monde l'avait beaucoup aimé. Enfin, presque tout le monde, se corrigea-t-elle, en pensant à sa mère.

S'efforçant de chasser cette pensée, Brianna prit alors trois lettres attachées par un ruban rouge défraîchi. L'adresse de l'expéditeur indiquait qu'elles venaient de New York, ce qui n'avait rien de surprenant. Les Concannon avaient de nombreux amis et parents aux États-Unis. Toutefois, le nom qui y figurait lui était inconnu. Amanda Dougherty.

Elle déplia la première lettre et parcourut l'écriture élégante et appliquée. Retenant son souffle, elle la lut, lentement, mot à mot.

Mon cher Tommy,

Je t'avais dit que je ne t'écrirais pas. Je n'enverrai d'ailleurs peut-être pas cette lettre, mais j'ai besoin de faire comme si je pouvais te parler. Je suis de retour à New York depuis seulement un jour. Mais tu me sembles déjà si loin que le temps que nous avons passé ensemble ne me paraît que plus précieux. Je suis allée me confesser et j'ai reçu ma pénitence. Cependant, au fond de mon cœur, rien de ce qui s'est passé entre nous ne me fait l'effet d'un péché. L'amour ne saurait être un péché. Et je t'aimerai toujours. Un jour, si Dieu le permet, nous trouverons un moyen d'être à nouveau ensemble. Toutefois, si cela n'arrivait pas, je veux que tu saches que je chéris chacun des instants qui nous ont été donnés. Je sais qu'il est de mon devoir de te dire d'honorer le sacrement de mariage qui te lie, de te dévouer à ces deux petites filles que tu aimes tant. Et c'est ce que je fais. Mais, même si c'est égoïste de ma part, lorsque le printemps arrivera à Clare et que le Shannon resplendira au soleil, je te demande de penser un peu à moi. Et à la façon dont tu m'as aimée pendant ces trop brèves semaines. Je t'aime...

A toi pour toujours.
Amanda

Des lettres d'amour, pensa Brianna, la tête lourde. Des lettres adressées à son père. Écrites, constatat-elle en examinant la date, alors qu'elle n'était encore qu'un bébé.

Ses mains se glacèrent soudain. Comment une femme, âgée de vingt-huit ans, était-elle supposée réagir en apprenant que son père avait aimé une autre femme que sa mère ? Son propre père, avec son rire dévastateur et ses projets insensés. Ces mots avaient été écrits pour lui seul. Et cependant, comment résister à l'envie de les lire ?

Le cœur battant à tout rompre, Brianna déplia la seconde lettre.

Mon cher Tommy,

J'ai lu et relu ta lettre jusqu'à ce que j'en connaisse chaque mot. Te savoir si malheureux me brise le cœur. Moi aussi, je vais souvent au bord de l'océan et je t'imagine de l'autre côté, en train de me regarder. J'ai tant de choses à te dire, mais je crains de ne faire qu'ajouter à ton chagrin. Si tu n'as plus d'amour pour ta femme, il te reste ton devoir. Inutile de te dire que tes enfants doivent passer en premier. Je sais, je l'ai toujours su, qu'elles occupent la première place dans ton cœur, et dans tes pensées. Dieu te bénisse de penser également à moi. Et pour le cadeau que tu m'as fait. Je croyais que ma vie serait vide, or, grâce à toi, elle sera pleine et riche à jamais. Je t'aime plus encore que le jour où nous nous sommes quittés. Tommy, quand tu penses à moi, ne sois pas triste. Mais pense à moi.

A toi pour toujours.
Amanda

De l'amour, songea Brianna, les yeux noyés de larmes. Il y avait là tant d'amour exprimé en si peu de mots. Qui était cette Amanda ? Comment s'étaient-ils rencontrés ? Son père avait-il souvent pensé à cette femme ? Avait-il souvent souhaité être à ses côtés ?

Écrasant une larme, Brianna ouvrit la troisième lettre.

Mon chéri,

J'ai prié et prié encore avant de t'écrire cette lettre. J'ai demandé à la Sainte Vierge de m'aider à décider quoi faire. Je ne suis pas sûre de savoir ce qui serait le plus juste vis-à-vis de toi. J'espère seulement que ce que j'ai à te dire t'apportera de la joie, et non de la peine.

Je me souviens des heures que nous avons passées ensemble dans ma petite chambre, dans cette auberge au bord du Shannon. De ta douceur et de ta gentillesse, et de la façon dont nous étions tous les deux aveuglés par l'amour qui nous emportait. Je n'ai jamais connu, ni ne connaîtrai jamais plus, un amour aussi profond, aussi durable. Aussi suis-je reconnaissante au ciel, bien que nous ne puissions plus être ensemble, d'avoir quelque chose de précieux pour me rappeler que tu m'as aimée. Je porte ton enfant. Je t'en prie, Tommy, sois heureux pour moi. Je ne suis pas seule, et je n'ai pas peur. Peut-être devrais-je avoir honte d'être célibataire et enceinte du mari d'une autre femme. La honte viendra peut-être. Mais pour l'instant, je suis remplie de joie.

Je le sais depuis plusieurs semaines, mais je n'arrivais pas à trouver le courage de te le dire. Je le trouve maintenant, en sentant les premiers signes de cette vie que nous avons fabriquée toi et moi. Est-il nécessaire que je te dise combien cet enfant va être aimé? Je m'imagine déjà le tenant dans mes bras. Je t'en prie, mon chéri, pour le bien de notre enfant, ne laisse pas le regret ou la culpabilité envahir ton cœur. Et, pour le bien de cet enfant, j'ai décidé de m'en aller. Je continuerai à penser à toi, chaque jour et chaque nuit, mais je ne t'écrirai plus. Je t'aimerai toute ma vie, et chaque fois que je regarderai le petit être que nous avons fait pendant ces heures magiques au bord du Shannon, je t'aimerai plus encore.

Si tu as pour moi quelque amour, donne-le à tes enfants. Et sois heureux.

A toi pour toujours.
Amanda

Un enfant. Sentant ses yeux s'embrumer de larmes, Brianna mit la main devant sa bouche. Une sœur. Un frère. Seigneur! Quelque part, il y avait un homme ou une femme lié à elle par le sang. Ils devaient avoir à peu près le même âge. Peut-être avaient-ils la même couleur de cheveux, les mêmes traits...

Que pouvait-elle faire? Comment avait réagi son père, il y avait maintenant tant d'années? Avait-il cherché à retrouver cette femme et son bébé? Avait-il essayé d'oublier?

Brianna posa doucement la main sur les lettres. Non, il n'avait pas oublié. Il avait gardé précieusement ces lettres. Assise dans le grenier faiblement éclairé, elle ferma les yeux. Il avait aimé son Amanda. Il n'avait jamais cessé.

Elle avait besoin de temps pour réfléchir avant de faire part à Maggie de ce qu'elle venait de découvrir. Brianna réfléchissait beaucoup mieux quand elle était occupée. Rester dans le grenier lui parut tout à coup insupportable, mais elle avait quantité d'autres choses à faire. Elle entreprit de faire le ménage, de cirer les meubles et de faire des gâteaux. Ces tâches domestiques simples, ainsi que le plaisir de sentir une bonne odeur imprégner toute la maison, l'aidèrent à retrouver sa bonne humeur. Après avoir remis de la tourbe dans la cheminée, elle se prépara du thé, puis s'installa pour faire un croquis de la serre dont elle rêvait.

Elle finirait par trouver une solution, le moment venu, se dit-elle. Après plus de vingt-cinq années, quelques jours de réflexion ne feraient de mal à personne. Même si le fait de reculer ce moment, elle le reconnaissait volontiers, était en partie dû à son appréhension de devoir affronter une réaction violente de la part de sa sœur.

Brianna n'avait jamais prétendu être une femme de grand courage.

Qu'il pleuve ou non, elle avait des courses à faire le lendemain matin. Une fois les lumières éteintes pour la nuit, elle se félicita de ne pas avoir reçu la visite de Maggie. Demain, ou peut-être après-demain, elle irait montrer ces lettres à sa sœur.

Ce soir, en revanche, elle allait se détendre, laisser vagabonder son esprit. Et s'occuper un peu d'elle. A vrai dire, elle avait légèrement mal au dos à force d'avoir frotté et récuré à fond toute la maison. Un bon bain de mousse, avec les sels que Maggie lui avait rapportés de Paris, une tasse de thé et un livre, voilà ce dont elle avait besoin. Elle allait utiliser la grande baignoire du premier étage et se comporter comme une cliente. Et au lieu de dormir dans le petit lit étroit, dans la pièce attenante à la cuisine, elle passerait la nuit dans ce qu'elle appelait la chambre nuptiale.

— Ce soir, Conco, c'est nous les rois ! dit-elle à son chien en versant des sels de bain sous l'eau du robinet. Dîner au lit sur un plateau, avec un des livres de notre prochain client. C'est un Américain très connu, ne l'oublie pas.

Brianna se débarrassa de ses vêtements et se glissa langoureusement dans l'eau chaude et parfumée. Elle poussa un gros soupir. Une histoire d'amour aurait sans doute été plus appropriée que ce roman policier intitulé *L'héritage sanguin* ! Néanmoins, elle s'allongea confortablement dans la baignoire et se plongea dans l'histoire d'une femme hantée par son passé et menacée par le présent.

Le livre la passionna. A tel point que lorsque l'eau eut refroidi, elle sortit, le livre dans une main, tout en se séchant de l'autre. Prise de frissons, elle enfila une longue chemise de nuit en flanelle et défit son chignon. Ce ne fut que la force de l'habitude qui la poussa à poser le livre le temps de rincer la baignoire. Mais elle ne prit même pas la peine de se préparer un plateau. Elle fila directement se mettre au lit, la couette remontée jusqu'au menton.

Elle ne prêta pas attention au vent qui faisait trembler les carreaux et à la pluie qui les frappait sans relâche. Grâce au roman de Grayson Thane, Brianna se retrouva au cœur d'un été étouffant, dans le sud des États-Unis, pourchassée par un dangereux meurtrier.

Il était minuit passé quand la fatigue eut enfin raison d'elle. Le livre toujours à la main, elle s'endormit, Conco ronflant au pied du lit tandis que le vent hurlait telle une femme terrorisée.

Elle rêva. Et, bien entendu, ses rêves furent des plus terrifiants.

Grayson Thane était homme à agir impulsivement. Le sachant, il acceptait en général les désastres qui en résultaient avec autant de philosophie que les triomphes. Et en cet instant, il était bien forcé d'admettre que l'impulsion qui lui avait fait prendre la route de Dublin à Clare, en plein hiver, par une nuit de tempête comme il n'en avait jamais vu, avait probablement été une erreur.

Mais c'était tout de même une aventure. Or seule l'aventure guidait sa vie.

Il avait été victime d'une crevaison peu après Limerick. Le temps de changer le pneu, il ressemblait à et se sentait comme un rat noyé, malgré l'imperméable qu'il avait acheté à Londres la semaine précédente.

A deux reprises, il s'était perdu et s'était retrouvé sur des petites routes sinueuses et étroites qui tenaient plutôt du fossé. Ses recherches lui avaient appris que se perdre en Irlande faisait partie des charmes du pays.

Ce qu'il veillerait à ne pas oublier.

Mourant de faim, trempé jusqu'aux os, il craignait de tomber en panne d'essence avant de pouvoir atteindre l'auberge ou le village le plus proche.

Il passa mentalement en revue la carte de la région. Visualiser les choses était chez lui un don inné, aussi parvint-il sans grand effort à se remémorer chaque indication de la carte détaillée que son hôtesse lui avait envoyée.

Il faisait noir comme dans un four, la pluie s'abattait sur le pare-brise avec la violence d'un torrent et le vent déchaîné faisait brinquebaler sa grosse Mercedes comme s'il s'agissait d'un jouet.

Il mourait d'envie d'une tasse de café.

Arrivé devant un embranchement, Gray décida de prendre à gauch e. S'il ne trouvait pas l'auberge ou quoi que ce soit d'autre d'ici une dizaine de kilomètres, il dormirait dans cette fichue voiture et attendrait le lendemain pour repartir.

Dommage qu'il ne puisse rien voir du paysage. Malgré la désolation et les ténèbres dans lesquelles la tempête plongeait la campagne, il avait le sentiment que c'était exactement ce qu'il cherchait. Il voulait que son prochain livre se passe ici, au milieu des champs de l'Irlande de l'Ouest et des falaises battues par l'océan Atlantique, entre lesquels se nichaient des petits villages paisibles. Ainsi, il pourrait faire arriver son héros las et désabusé au cœur de la tourmente.

Il plissa les yeux pour scruter l'obscurité. Une lumière? Seigneur, pourvu que ce soit ça! Il aperçut brièvement un panneau agité par le vent. Gray fit marche arrière, dirigea ses phares sur le panneau et sourit.

Blackthorn Cottage. Son sens de l'orientation ne l'avait finalement pas trompé. Il espérait que son hôtesse serait à la hauteur de l'hospitalité légendaire des Irlandais — après tout, il arrivait avec deux jours d'avance. Et il était deux heures du matin.

Gray chercha une allée dans laquelle se garer, mais ne vit rien d'autre que des haies ruisselantes de pluie. Haussant les épaules, il arrêta sa voiture au bord de la route et mit les clés dans sa poche. Tout ce dont il avait besoin pour la nuit se trouvait dans un sac à dos posé sur le siège à côté de lui. Il le prit, descendit de voiture et affronta la tempête.

Une rafale de vent lui cingla le visage, comme une femme en furie se ruant sur lui bec et ongles. Il tituba, faillit s'étaler au milieu des fuchsias, et ce ne fut que par un heureux hasard qu'il se cogna contre le portail du jardin. Il le poussa et le referma derrière lui. Si seulement il avait pu voir plus clairement la maison. Il ne distinguait qu'une masse sombre dans la nuit, avec une fenêtre éclairée au premier étage.

S'en servant comme d'un phare pour se diriger, il commença à rêver d'une bonne tasse de café bouillant.

Il frappa à la porte. Personne ne répondit. Avec le vent qui rugissait follement, inutile d'espérer que quiconque l'entendît. Il attendit dix secondes et décida d'entrer.

Cette fois encore, une étrange impression l'envahit. Certes dehors la tempête faisait rage, mais il régnait dans la maison une douce et agréable chaleur. Une foule d'odeurs l'assaillirent aussitôt — citron, cire, lavande et romarin. Gray se demanda si la vieille dame irlandaise qui tenait l'auberge fabriquait elle-même son pot-pourri. Si seulement elle pouvait se réveiller, lui préparer un repas chaud...

Au même instant, il perçut un grognement — rauque, sauvage — et se raidit. Il tourna la tête en plissant les yeux. Puis, l'espace d'une seconde, ce fut le vide dans son esprit.

Plus tard, il repenserait à cette scène comme sortie tout droit d'un roman. D'un de ses romans, peut-être. Une superbe jeune femme, dans une longue chemise de nuit blanche tourbillonnante, les cheveux retombant comme de l'or étincelant sur ses épaules, apparut. La lueur de la bougie qu'elle tenait dans une main accentuait la pâleur de son visage. De l'autre, elle agrippait le collier d'un chien qui grognait et ressemblait à un loup. Un chien dont le cou lui arrivait à la taille.

Telle une vision improbable, elle le dévisageait du haut des marches. On eût dit qu'elle était sculptée dans le marbre, ou dans la glace. Elle était si calme, d'une perfection si extraordinaire...

Alors, le chien se précipita en avant. D'un mouvement qui fit onduler les plis de sa chemise de nuit, la jeune femme le retint.

— Vous faites entrer la pluie, dit-elle d'une voix qui ne fit qu'ajouter à la magie de cette apparition.

Une voix douce et harmonieuse, à l'image de l'Irlande qu'il était venu découvrir.

— Excusez-moi.

A tâtons, il chercha la poignée de la porte qu'il referma derrière lui, mettant une barrière entre eux et la tempête.

Brianna ne bougeait pas, son cœur continuant à battre follement. Les grognements de Conco l'avaient arrachée à un rêve affreux, terrifiant. Elle considérait l'homme en noir dont elle n'apercevait que très vaguement le visage. Lorsqu'il fit un pas dans sa direction, sa main tremblante se resserra sur le collier de Conco.

Elle vit alors qu'il avait un visage long, étroit. Un visage de poète, avec des yeux sombres et curieux et une bouche à l'air sérieux. Un visage de pirate, aux pommettes proéminentes, entouré de longs cheveux blonds bouclés et trempés.

C'était stupide d'avoir peur, se dit-elle. Après tout, ce n'était qu'un homme..

— Vous vous êtes perdu ? lui demanda-t-elle.

— Non, dit-il avec un lent et beau sourire. Je me suis retrouvé. Je suis bien à Blackthorn Cottage ?

— Oui.

— Je m'appelle Grayson Thane. J'ai quelques jours d'avance, mais miss Concannon est prévenue de mon arrivée.

— Oh...

Brianna chuchota à Conco quelque chose que Gray ne saisit pas, mais qui eut pour effet immédiat de détendre les muscles bandés de l'animal.

— Je ne vous attendais que vendredi, Mr. Thane. Mais soyez le bienvenu.

Elle descendit l'escalier, le chien sur ses talons, dans la lumière vacillante de la bougie.

— Brianna Concannon, se présenta-t-elle en lui tendant la main.

Il la dévisagea un instant. Il s'était attendu à tomber sur une vieille fille aux cheveux grisonnants tirés en chignon.

— Je vous ai réveillée, dit-il bêtement.

— Ici, nous avons pour habitude de dormir au milieu de la nuit. Venez près du feu.

Elle passa dans le salon et alluma les lampes. Après avoir posé la bougie, elle la souffla, puis se retourna pour le débarrasser de son manteau dégoulinant de pluie.

— C'est une nuit épouvantable pour voyager.

— Je m'en suis aperçu.

Il retira son imper et Brianna réalisa qu'il n'était pas aussi grand qu'elle se l'était imaginé ; son corps était mince mais tout en muscles. Comme celui d'un boxeur. Poète, pirate, boxeur... Cet homme était écrivain, et, qui plus est, un client.

— Venez vous réchauffer, Mr. Thane. Voulez-vous une tasse de thé? A moins que vous ne préfériez que je...

Elle allait lui proposer de lui montrer sa chambre lorsqu'elle se rappela qu'elle s'y était installée pour la nuit.

— Il y a bien une heure que je rêve d'un café. Si toutefois cela ne vous dérange pas.

— Pas de problème. Installez-vous confortablement.

Ce moment était trop charmant pour le passer tout seul, décida-t-il.

— Je vais vous accompagner à la cuisine. Je me sens déjà assez coupable de vous avoir sortie de votre lit à une heure pareille.

Il tendit sa main à Conco qui la renifla.

— Quel chien vous avez là! Pendant quelques secondes, j'ai cru que c'était un loup.

— C'est un chien-loup, répondit-elle distraitement, l'esprit occupé à des détails. Vous n'avez qu'à venir dans la cuisine avec moi. Vous avez sans doute faim.

Gray caressa la tête du chien et sourit à Brianna.

— Miss Concannon, je crois que je vous aime déjà.

Le compliment la fit rougir.

— Ma foi, vous donnez votre cœur bien facilement, s'il suffit de vous offrir un vulgaire bol de soupe.

— Ce n'est pas ainsi qu'on parle de votre cuisine.

— Oh?

Elle le précéda dans la cuisine et accrocha son imper dégoulinant à une patère près de la porte de service.

— Un ami d'un cousin de mon éditeur a séjourné ici il y a environ un an. A l'entendre, l'hôtesse du Blackthorn Cottage cuisinait comme un ange.

L'ami avait omis de préciser qu'elle avait l'air d'en être un.

— C'est un joli compliment.

Brianna mit la bouilloire sur le feu, puis versa de la soupe dans une casserole afin de la réchauffer.

— Ce soir, je ne peux malheureusement vous offrir

que quelque chose de très simple, Mr. Thane. Mais au moins vous n'irez pas vous coucher le ventre vide.

Elle sortit du pain et en coupa généreusement plusieurs tranches.

— Vous avez fait un long voyage?

— Je suis parti tard de Dublin. J'avais prévu d'y rester un jour de plus, mais j'ai soudain eu la bougeotte.

Il sourit en prenant une tranche de pain dans laquelle il mordit avant même qu'elle ait eu le temps de lui proposer du beurre.

— Il était temps pour moi de partir. Vous tenez cet endroit toute seule?

— Oui. Je crains que vous n'ayez pas beaucoup de compagnie à cette époque de l'année.

— Je ne suis pas venu pour avoir de la compagnie.

Il la regarda mesurer le café. La cuisine commençait à sentir divinement bon.

— Vous êtes là pour travailler, m'avez-vous dit. Ce doit être merveilleux de pouvoir raconter des histoires.

— Ça a ses bons côtés.

— Les vôtres me plaisent.

Brianna dit cela avec simplicité tout en sortant une tasse en grès bleu foncé d'un placard.

Gray leva un sourcil. Habituellement, les gens ne manquaient pas de lui poser des dizaines de questions. Comment écrivez-vous, où trouvez-vous vos idées — c'était la question qu'il détestait le plus —, comment fait-on pour être publié? Questions généralement suivies par l'information inévitable selon laquelle son interlocuteur avait lui-même une histoire à raconter.

Mais elle ne dit rien de plus. Gray se surprit à sourire à nouveau.

— Merci. Il arrive qu'elles me plaisent à moi aussi.

Il se pencha pour humer le bol de soupe qu'elle posa devant lui.

— Ça n'a pas l'air d'être si simple que cela.

— Ce sont des légumes, avec un peu de viande de bœuf. Je peux vous faire un sandwich, si vous voulez.

— Non, c'est parfait comme ça, dit-il en soupirant. Vraiment parfait.

Il l'observa une nouvelle fois. Sa peau était-elle toujours aussi veloutée, aussi rose ?

— Je suis désolé de vous avoir réveillée, dit-il en continuant à manger. Mais je dois dire que je ne le regrette pas.

— Une bonne auberge est toujours prête à accueillir les voyageurs, Mr. Thane.

Brianna posa la tasse de café près de lui, puis fit signe à Conco qui se dressa aussitôt.

— Resservez-vous un bol de soupe, si ça vous tente. Je vais préparer votre chambre.

En hâte, elle sortit de la cuisine et accéléra le pas en montant l'escalier. Elle allait devoir changer les draps, ainsi que les serviettes dans la salle de bains. Il ne lui serait pas venu à l'esprit de lui donner une autre chambre. Étant donné qu'il était son seul et unique client, il méritait ce qu'il y avait de mieux.

Elle s'activa et était en train de mettre les oreillers dans des taies bordées de dentelle lorsqu'elle entendit du bruit sur le palier.

Sa première réaction en l'apercevant sur le seuil fut d'éprouver une sorte de dépit. Qui laissa très vite place à la résignation. Après tout, elle était chez elle. Elle avait bien le droit d'utiliser l'endroit qui lui plaisait.

— Je n'en ai pas pour longtemps, dit-elle en ajustant la couette.

Curieux, songea-t-il, qu'une femme en train d'effectuer une chose aussi banale que de faire un lit ait l'air aussi diablement sexy. Sans doute était-il plus fatigué qu'il ne le supposait.

— Apparemment, je vous ai sortie de votre lit à plus d'un titre. Il était inutile de changer de chambre.

— C'est la chambre que vous avez réservée. Elle est bien chauffée. J'ai allumé un feu et vous avez votre propre salle de bains. Si vous...

Brianna s'interrompit en le voyant passer derrière elle. Le petit frisson qui lui parcourut l'échine la fit se raidir, mais il se contenta de prendre le livre posé sur la table de chevet.

Elle se racla la gorge et recula d'un pas.

— Je me suis endormie en le lisant, commença-t-elle à dire en écarquillant de grands yeux désolés. Enfin, je ne veux pas dire que c'est ça qui m'a endormie, c'est seulement que...

Il souriait, remarqua-t-elle. Oui, il la contemplait avec un grand sourire.

— Cela m'a donné des cauchemars.

— Merci.

Détendue à nouveau, Brianna retourna le haut de la couette d'un geste machinal.

— Et vous voir surgir de la tempête m'a fait imaginer le pire. J'ai cru que le meurtrier était sorti du livre, un couteau sanglant à la main.

— Et qui est-ce ?

Elle fronça les sourcils.

— Je ne sais pas encore, mais j'ai quelques soupçons. Vous savez vous y prendre pour provoquer de grandes émotions, Mr. Thane.

— Gray, dit-il en lui tendant le livre. Finalement, d'une certaine façon, nous partageons le même lit.

Avant qu'elle puisse réagir, il lui prit la main et la porta à ses lèvres, la mettant mal à l'aise.

— Merci pour la soupe.

— Je vous en prie. Dormez bien.

Il ne doutait pas un instant que ce serait le cas. Dès que Brianna fut sortie de la chambre, il se déshabilla et se laissa tomber tout nu sur le lit. Une légère odeur de lilas embaumait la pièce, de lilas et de prairie d'été qu'il reconnut comme celle qui émanait des cheveux de Brianna.

Il s'endormit, un sourire flottant sur les lèvres.

2

Il pleuvait toujours. La première chose que Gray remarqua lorsqu'il entrouvrit les yeux le lendemain matin fut la lumière morose. Il aurait pu être n'importe quelle heure entre l'aube et le crépuscule. La vieille pendule sur la cheminée de pierre indiquait neuf heures et demie. Il supposa avec optimisme que c'était neuf heures et demie du matin.

La veille, il n'avait pas pris le temps d'examiner la chambre. La fatigue du voyage, ainsi que le charmant spectacle de Brianna Concannon en train de faire son lit, lui avait troublé l'esprit. Bien au chaud sous la couette, il observa attentivement la pièce. Les murs étaient tapissés d'un papier couvert de minuscules violettes et de boutons de roses. Un feu, maintenant éteint, avait été allumé dans la cheminée et des briques de tourbe étaient posées dans une boîte en bois peint juste à côté.

Il y avait un bureau qui semblait vieux mais solide et dont la surface cirée brillait légèrement. Une lampe en cuivre, un vieil encrier et une coupe en verre contenant un pot-pourri y étaient posés. Un vase de fleurs séchées ornait le centre d'une commode surmontée d'un miroir. Deux fauteuils, recouverts d'un tissu vieux rose, étaient disposés de part et d'autre d'une petite table d'appoint. Par terre, un tapis tressé rappelait les tons pâles de la chambre et des fleurs du papier peint.

Gray s'adossa à la tête du lit en bâillant. Pour travailler, il n'avait pas besoin d'une ambiance particulière, mais il appréciait celle-ci. Il avait fait un bon choix.

Pendant un instant, il envisagea de se rendormir. Il n'avait pas encore refermé la porte de la cage derrière lui — métaphore qu'il utilisait souvent pour parler de son travail d'écrivain. N'importe où dans le monde, les matinées froides et pluvieuses étaient faites pour rester au lit. Mais il repensa à la patronne de l'auberge, à la jolie Brianna aux joues roses. Et sa curiosité à son égard le poussa à poser le pied sur le sol glacé.

L'eau, en tout cas, était délicieusement chaude, se dit-il en prenant sa douche, encore à moitié endormi. Le savon dégageait un parfum subtil qui évoquait une forêt de pins. Au cours de ses nombreux voyages, il avait dû se contenter maintes fois de douches froides. La simplicité de la salle de bains, les serviettes blanches joliment brodées convenaient parfaitement à son humeur. Néanmoins, il s'accommodait toujours de l'endroit où il se trouvait, que ce soit sous une tente dans le désert de l'Arizona ou dans un hôtel de luxe de la Côte d'Azur. Gray aimait à penser qu'il adaptait son environnement à ses besoins — jusqu'à ce que, bien entendu, ses besoins aient changé.

Pour les mois à venir, l'auberge confortable de ce petit coin d'Irlande lui conviendrait très bien. D'autant plus que la propriétaire de l'endroit était absolument ravissante. La beauté était toujours un plus.

Ne voyant aucune raison de se raser, il enfila un jean et un vieux pull. Le vent était considérablement retombé, il irait peut-être faire un tour dans les champs après le petit déjeuner. Afin de s'imprégner de l'atmosphère des lieux.

Mais ce fut l'odeur du petit déjeuner qui l'attira en bas.

Il ne fut pas surpris de la trouver dans la cuisine. La pièce semblait avoir été faite pour elle — l'âtre fumant, les murs aux couleurs pimpantes, les surfaces brillantes et impeccables.

Ce matin, elle avait attaché ses cheveux, remarqua-t-il. Les relever ainsi au sommet de sa tête était sans doute plus pratique. Mais les mèches folles qui s'échappaient sur sa nuque et tout autour de son visage lui donnaient énormément de charme.

Trouver du charme à la patronne de l'auberge dans laquelle on séjournait était probablement une mauvaise idée.

Elle était en train de faire cuire quelque chose dont l'odeur le fit saliver. Oui, c'était sûrement cette odeur, et non pas de la voir ainsi dans son petit tablier blanc impeccable, qui lui mettait ainsi l'eau à la bouche.

Brianna se retourna alors vers lui, une grande jatte dans les bras, tout en continuant à mélanger le contenu avec une cuillère en bois. Elle cligna des yeux d'un air surpris, puis lui fit un petit sourire accueillant.

— Bonjour. Vous voulez sans doute prendre votre petit déjeuner.

— Je goûterais volontiers à ce qui sent si bon.

— Ah, non, impossible.

D'un geste compétent qui força son admiration, elle versa le contenu de la jatte dans une casserole.

— Ce n'est pas encore prêt. C'est un gâteau pour le goûter.

— Pomme, dit-il en écartant les narines. Et cannelle.

— Vous avez le nez fin. Vous sentez-vous capable d'avaler un petit déjeuner irlandais ou préférez-vous quelque chose de plus léger ?

— Pas trop léger tout de même.

— Parfait. La salle à manger est juste derrière cette porte. Je vais vous apporter du café et des *buns* pour vous faire patienter.

— Je peux rester ici ? demanda-t-il avec son plus charmant sourire en s'appuyant au chambranle de la porte. A moins que cela ne vous dérange qu'on vous regarde pendant que vous cuisinez ?

Ou qu'on la regarde tout court, ajouta-t-il intérieurement.

— Non, pas du tout.

Certains de ses clients préféraient faire ainsi, même si la plupart appréciaient de se faire servir. Brianna versa du café qu'elle avait gardé au chaud dans une tasse.

— Vous le prenez noir?

— C'est exact.

Sans la quitter des yeux, il en but une gorgée.

— Vous avez grandi dans cette maison?

— Oui, dit-elle en mettant des saucisses dans une poêle.

— C'est ce que je pensais. On a plus l'impression d'être dans un foyer que dans une auberge.

— C'était ce que je voulais. Nous possédions une ferme, mais nous avons vendu la plupart des terres. Nous n'avons gardé que cette maison, et le petit cottage dans lequel ma sœur et son mari habitent de temps en temps.

— De temps en temps?

— Il a aussi une maison à Dublin, où il dirige des galeries. Ma sœur est une artiste.

— Oh, quel genre d'artiste?

Brianna esquissa un sourire avant de se concentrer à nouveau sur sa cuisine. Pour la majorité des gens, artiste signifiait peintre. Ce qui irritait toujours Maggie au plus haut point.

— Maître verrier. Elle souffle le verre.

Elle lui montra une coupe posée au milieu de la table de cuisine. Les bords de la coupe, aux tons délicatement pastel, retombaient dans un mouvement fluide, comme des pétales ruisselants de pluie.

— C'est une de ses œuvres.

— Impressionnant.

Curieux, Gray s'approcha de l'objet dont il effleura le bord ondulé.

— Concannon, murmura-t-il en riant dans sa barbe. Suis-je bête, M.M. Concannon, la révélation irlandaise.

Les yeux de Brianna se mirent à danser de plaisir.

— C'est comme ça qu'on l'appelle, vraiment? Oh, elle va être ravie, s'écria-t-elle avec fierté. Et vous avez reconnu son travail?

— Évidemment, je viens juste d'acheter un... je ne sais pas trop comment appeler ça... une sculpture. Aux Worldwide Galleries, à Londres, il y a à peine quinze jours.

— C'est la galerie de Rogan. Son mari.

— C'est pratique.

Il s'approcha de la cuisinière pour se resservir du café. L'odeur des saucisses en train de frire était presque aussi alléchante que le parfum de son hôtesse.

— C'est une œuvre étonnante. Du verre d'un blanc glacé, avec une sorte de flambée à l'intérieur. Cela m'a fait penser à la Forteresse de la Solitude.

Devant le regard ahuri de Brianna, il éclata de rire.

— Je vois que vous n'êtes pas au fait des bandes dessinées américaines. C'est la retraite secrète de Superman, dans l'Arctique, je crois.

— Ça lui plaira sûrement. Maggie adore les retraites secrètes.

D'un geste machinal, Brianna remonta une mèche tombée de son chignon. Elle se sentait un peu nerveuse. Il n'arrêtait pas de la dévisager, d'un regard franc et approbateur, avec une intimité qui la mettait mal à l'aise. Ce devait être une manie d'écrivain, se dit-elle en jetant des pommes de terre dans la poêle.

— Ils sont en train de faire construire une galerie à Clare, poursuivit-elle. Elle doit ouvrir au printemps. Tenez, voilà du porridge, en attendant que le reste soit prêt.

Du porridge. Décidément, c'était parfait. Un matin pluvieux dans un cottage irlandais et du porridge dans un bol en grès marron épais. Il s'assit et commença son petit déjeuner.

— Votre prochain livre se passe ici, en Irlande? demanda-t-elle en le regardant par-dessus son épaule. Vous permettez que je vous pose la question?

— Bien sûr. C'est le projet que j'ai en tête. Une campagne isolée, des champs noyés de pluie, des falaises inquiétantes. Des petits villages pimpants.

Il haussa les épaules.

— Un vrai paysage de carte postale. Mais avec toutes les passions et les ambitions que cela peut cacher.

Brianna éclata de rire en retournant les tranches de bacon.

— Je ne suis pas sûre que les passions et les ambitions de notre village soient à la hauteur de vos espérances, Mr. Thane !

— Gray.

— Oui, Gray.

Elle prit un œuf qu'elle cassa d'une main dans la poêle grésillante.

— L'été dernier une des vaches de Murphy a défoncé la barrière et a écrasé mes rosiers ; je me souviens aussi que Tommy Duggin et Joe Ryan se sont bagarrés devant le pub d'O'Malley il n'y a pas très longtemps. Voici les derniers événements marquants du village...

— La bagarre, c'était à cause d'une femme ?

— Non, à propos d'un match de foot à la télévision. Mais ils avaient un peu trop bu, à ce qu'il paraît, et ils se sont réconciliés dès qu'ils ont eu retrouvé leurs esprits.

— La fiction n'est rien d'autre qu'une forme de mensonge, de toute façon.

— Mais non, dit-elle en déposant une assiette devant lui avec son regard vert sérieux. C'est une autre forme de vérité. Ce sera la vôtre au moment où vous écrirez, vous ne pensez pas ?

Une telle finesse de perception le surprit, le mettant presque dans l'embarras.

— Oui, oui, sans doute.

Satisfaite, Brianna s'affaira au-dessus de la cuisinière, puis disposa des saucisses, des tranches de bacon, des œufs et des galettes de pommes de terre sur un plat.

— Vous allez faire sensation au village. Comme vous le savez, les Irlandais adorent les écrivains.

— Je ne suis pas Yeats.

Elle sourit, contente de le voir manger de bon appétit.

— Et vous ne tenez pas à l'être, je me trompe?

Gray releva la tête en enfournant un morceau de bacon croustillant. L'avait-elle donc percé à jour si facilement, si rapidement? Lui qui était si fier de son aura de mystère, d'être sans passé, sans avenir...

Avant qu'il ne trouve quelque chose à répondre, la porte s'ouvrit sur une femme ruisselante de pluie qui entra comme une tornade dans la cuisine.

— Brie, un abruti a laissé sa voiture en plein milieu de la route juste devant la maison.

Maggie se figea, retira son chapeau trempé et aperçut Gray.

— C'est moi le coupable, dit-il en levant la main. J'ai complètement oublié. Je vais la déplacer tout de suite.

— Inutile de vous précipiter.

Elle lui fit signe de rester assis et ôta son manteau.

— Finissez votre petit déjeuner, j'ai le temps. Vous êtes l'écrivain yankee, je suppose?

— Je l'avoue. Et vous êtes sans doute M.M. Concannon?

— Sans aucun doute.

— Ma sœur, Maggie, dit Brianna en apportant du thé. Grayson Thane.

Maggie s'assit en poussant un petit soupir de soulagement. Le bébé n'arrêtait pas de lui donner des coups de pied.

— Vous êtes là plus tôt que prévu, non?

— Un petit changement dans mes plans.

C'était une version de Brianna en plus accentué, songea-t-il. Des cheveux plus roux, le regard plus vert — et plus agitée.

— Votre sœur a eu la gentillesse de ne pas me faire dormir dans la cour.

— Oh, pour ce qui est de la gentillesse, Brie n'en manque pas.

Maggie prit un morceau de bacon sur le plat.

— Il y a du gâteau aux pommes? demanda-t-elle en reniflant.

— Pour le thé. Rogan et toi êtes les bienvenus.

— Nous passerons peut-être.

Elle prit un petit pain dans le panier posé sur la table et commença à le grignoter.

— Vous pensez rester quelque temps ?

— Maggie, arrête d'embêter mon client. Il y a d'autres petits pains, si tu veux en emporter chez toi.

— Je ne repars pas tout de suite. Rogan est au téléphone, et, comme c'est parti, il risque d'y rester jusqu'au Jugement dernier. J'allais au village chercher du pain.

— J'en ai plein à te donner.

Maggie sourit malicieusement et mordit dans son petit pain.

— Je m'en doutais.

Ses yeux verts se posèrent sur Gray.

— Brie en fait suffisamment pour nourrir le village entier.

— Ce don d'artiste semble tenir de famille, dit aimablement Gray.

Après s'être fait une tartine de confiture, il poussa le pot d'un air complice vers Maggie.

— Vous avec le verre, Brianna avec la cuisine.

Sans aucune gêne, il admira le gâteau qui refroidissait sur une plaque au-dessus de la cuisinière.

— A quelle heure prend-on le thé ? demanda-t-il.

Maggie lui décocha un grand sourire.

— Je crois que vous allez me plaire.

— Vous aussi, dit-il en se levant. Je vais bouger ma voiture.

— Voulez-vous que je vous aide à sortir vos bagages ? proposa Brianna.

— Non, non, je vais me débrouiller. Ravi de vous avoir rencontrée, Maggie.

— Moi de même.

Maggie se lécha goulûment les doigts et attendit qu'il eût refermé la porte.

— Il est mieux en vrai que sur la photo qui se trouve au dos de son livre.

— Oui.

— On a du mal à imaginer un écrivain comme ça — aussi costaud et musclé.

Consciente que sa sœur guettait sa réaction, Brianna resta le dos tourné.

— Effectivement, il est plutôt pas mal. Je n'imaginais pas qu'une femme mariée et enceinte de six mois pouvait s'intéresser au physique de cet homme.

Maggie renifla.

— A mon avis, n'importe quelle femme l'aurait remarqué. Si ce n'est pas ton cas, tu ferais mieux d'aller faire contrôler ta vue.

— Ma vue va très bien, merci. N'était-ce pas toi qui t'inquiétais de me savoir seule avec lui ?

— Ça, c'était avant que je décide qu'il me plaisait.

Laissant échapper un petit soupir, Brianna se tourna vers la porte de la cuisine. Elle ne disposait pas de beaucoup de temps. Elle s'humecta les lèvres tout en continuant à laver la vaisselle du petit déjeuner.

— Maggie, j'aimerais que tu trouves un moment pour repasser plus tard. Il faut que je te parle de quelque chose.

— Parle-m'en tout de suite.

— Non, je ne peux pas, dit-elle en jetant un coup d'œil furtif vers la porte. Je préférerais que nous soyons seules. C'est important.

— Tu as l'air contrarié.

— Je ne sais pas trop si je dois l'être ou non.

— Ce Yankee t'a fait quelque chose ?

Malgré son gros ventre, Maggie s'extirpa de sa chaise, prête à la bagarre.

— Non, non. Ça n'a rien à voir avec lui, répliqua Brianna d'un ton exaspéré en mettant les poings sur les hanches. Tu viens de dire à l'instant qu'il te plaisait.

— Pas s'il te crée des ennuis.

— Eh bien, ce n'est pas ça. N'insiste pas pour l'instant. Tu reviendras plus tard, une fois que je serai sûre qu'il est bien installé ?

— Mais oui.

Maggie effleura l'épaule de sa sœur d'un air inquiet.

— Tu veux que Rogan vienne aussi ?

— S'il le peut, oui, décida Brianna en pensant à la

condition de sa sœur. Oui, demande-lui de venir avec toi.

— Un peu avant de prendre le thé, vers deux ou trois heures?

— Ce sera parfait. Emporte des petits pains, Maggie. Je vais aider Mr. Thane à s'installer.

Brianna ne redoutait rien autant que les affrontements, les crises de colère et les paroles amères; comme ceux qui résonnaient dans la maison où elle avait grandi. Où le ressentiment et les déceptions entraînaient des cris et des éclats de voix. Pour se défendre, elle avait toujours essayé de maîtriser ses propres sentiments, évitant le plus possible les accès de rage qui avaient servi de bouclier à sa sœur face à la situation misérable de leurs parents.

Petite, elle avait souvent souhaité se réveiller un matin pour découvrir que ses parents avaient décidé de faire fi des traditions et de l'Église et de se séparer. Mais plus souvent encore, trop souvent, elle avait prié pour qu'advienne un miracle : que ses parents se redécouvrent l'un l'autre et rallument la flamme qui s'était éteinte depuis tant d'années auparavant.

Toutefois, elle comprenait en partie maintenant pourquoi ce miracle n'avait jamais eu lieu. Amanda. Le nom de la femme était Amanda.

Sa mère avait-elle été au courant? Avait-elle su que l'homme qu'elle en était venue à détester aimait quelqu'un d'autre? Savait-elle qu'un enfant, aujourd'hui adulte, était né de cet amour interdit?

Elle ne pourrait pas le lui demander. Non, Brianna se jura de ne jamais le faire. La scène terrible que cela provoquerait lui était tout simplement insupportable.

Elle redoutait de confier sa découverte à sa sœur. Connaissant Maggie, elle savait qu'elle allait être blessée, qu'elle se mettrait en colère et serait profondément déçue.

Il y avait maintenant des heures qu'elle différait ce moment. Par pure lâcheté, ce dont elle avait honte. Mais elle se répétait qu'il lui fallait un peu de temps pour être elle-même en paix avec son cœur afin de pouvoir aider Maggie à supporter ce fardeau.

Gray lui fournit une distraction idéale. Elle l'aida à s'installer dans sa chambre, puis répondit à ses questions sur les villages avoisinants. Et des questions, il en avait des tonnes. Quand enfin elle lui indiqua la route d'Ennis, elle était épuisée. Sa vivacité d'esprit la sidérait. Il lui faisait penser à un contorsionniste aperçu un jour dans une foire, se tournant et se retournant dans tous les sens et dans les positions les plus incroyables.

Histoire de se détendre, elle s'agenouilla et entreprit de nettoyer le sol de la cuisine.

Il était à peine deux heures lorsqu'elle entendit Conco aboyer joyeusement en signe de bienvenue. Brianna se tortilla les mains une seconde, puis alla ouvrir à sa sœur et à son beau-frère.

— Vous êtes venus à pied ?

— Sweeney prétend que j'ai besoin d'exercice.

Maggie avait le teint tout rose et son regard brillait. Elle respira à fond pour humer la délicieuse odeur qui flottait dans la cuisine.

— Et je vais en faire. Mais après le thé.

— Ces jours-ci, elle ne pense qu'à manger, dit Rogan en accrochant leurs manteaux à côté de la porte.

Il avait beau porter un pantalon usé et de grosses chaussures de marche, il ne parvenait pas à faire oublier ce que sa femme appelait son côté citadin. Grand, élégant et ténébreux, il le restait, qu'il soit en smoking ou en haillons.

— C'est une chance que tu nous aies invités à prendre le thé, Brianna. Maggie a dévalisé le garde-manger.

— Eh bien, il y a tout ce qu'il faut ici. Allez vous asseoir près du feu, j'apporte le thé.

— Nous ne sommes pas des clients, observa sa sœur. Nous pouvons rester dans la cuisine.

— J'y ai passé toute la journée.

Brianna réalisa qu'il s'agissait là d'une piètre

excuse. Aucune pièce dans la maison ne lui était plus agréable. Mais elle avait besoin de l'atmosphère plus formelle du salon pour dire ce qu'elle avait à dire.

— Et puis j'ai allumé un beau feu.

— Je vais prendre le plateau, proposa Rogan.

A peine assise dans le salon, Maggie tendit la main pour prendre un gâteau.

— Mange un sandwich, lui conseilla Rogan.

— Il me traite davantage comme une enfant que comme une femme qui en attend un.

Toutefois, elle commença par prendre un sandwich.

— J'ai parlé à Rogan de ton bel Américain, poursuivit-elle. De ses longs cheveux bouclés et de ses grands yeux bruns. Il ne prend pas le thé avec nous?

— Ce n'est pas encore tout à fait l'heure, lui fit remarquer Rogan.

Il se tourna vers Brianna.

— J'ai lu ses livres. Il a le don de mettre son lecteur en émoi.

— J'en sais quelque chose, dit-elle avec un petit sourire. Hier soir, je me suis endormie en laissant la lumière allumée. Il est parti faire un tour à Ennis et dans les environs. Il a eu l'amabilité de poster une lettre pour moi.

Le plus simple, songea Brianna, n'était pas forcément d'être direct.

— A propos, hier, en rangeant le grenier, je suis tombée sur de vieux papiers.

— Nous avons déjà parlé de ça des milliers de fois, non? observa Maggie.

— Il y a encore pas mal de cartons ayant appartenu à papa auxquels nous n'avons pas touché. Tant que maman était là, il valait mieux ne pas aborder le sujet.

— Cela n'aurait servi qu'à la mettre en colère, dit Maggie en mélangeant son thé. Mais il n'y a pas de raison que tu sois la seule à trier tous ces papiers, Brie.

— Ça ne me dérange pas. J'ai envie de transformer le grenier en une sorte de salon, pour les clients.

— Toujours tes clients, fit Maggie en levant les yeux

au ciel. Tu en as de plus en plus, printemps comme été.

— J'aime bien avoir du monde à la maison.

Ce sujet était matière à dispute entre elles deux depuis longtemps. Elles ne verraient jamais les choses de la même façon.

— De toute manière, il était temps de faire le tri. Il y avait aussi des vêtements, rien de réutilisable. Mais j'ai trouvé ceci.

Elle se leva et sortit la robe en dentelle blanche d'une petite boîte.

— C'est grand-mère qui l'a faite, j'en suis sûre. Papa a dû la garder pour ses petits-enfants.

— Oh...

Le visage de Maggie s'adoucit soudain. Ses yeux, sa bouche, sa voix. Elle tendit les mains pour prendre la robe de baptême.

— C'est tellement minuscule, murmura-t-elle.

Lorsqu'elle caressa le tissu, le bébé bougea dans son ventre.

— J'ai pensé que tu en avais peut-être une de côté, Rogan, mais je...

— Nous utiliserons celle-ci. Merci, Brie.

Un bref coup d'œil à sa femme avait suffi à le décider.

— Tiens, Margaret Mary.

Maggie prit le mouchoir qu'il lui tendait et s'essuya les yeux.

— D'après les livres, ce sont les hormones. Je n'arrête pas de pleurer pour un rien.

— Donne, je vais la ranger.

Après avoir replié la robe, Brianna passa à l'étape suivante et apporta un paquet d'actions découvert au fond d'une malle.

— J'ai aussi trouvé ça. Papa a dû les acheter, investir dans je ne sais trop quoi, peu de temps avant sa mort.

Un simple coup d'œil au document arracha un soupir à Maggie.

— Encore un de ses plans pour faire fortune, dit-elle avec tendresse. Ça lui ressemble bien. Alors, il pensait investir dans une mine ?

— Ma foi, il avait essayé pratiquement tout le reste.

Rogan se pencha sur le certificat.

— Tu veux que je me renseigne auprès de la compagnie minière, pour voir de quoi il s'agit ?

— Je leur ai écrit. Mr. Thane doit poster ma lettre cet après-midi. Ça ne vaut sans doute rien.

Aucun des projets de Tom Concannon n'avait jamais abouti.

— Mais tu peux garder ce papier jusqu'à ce que je reçoive une réponse.

— Il y a là dix mille actions, observa Rogan.

Maggie et Brianna échangèrent un sourire.

— Et si ça vaut plus que l'encre et le papier sur lequel c'est imprimé, ce sera un record, commenta Maggie en prenant un gâteau. Il était toujours en train d'investir dans quelque chose, ou de démarrer une nouvelle affaire. Il avait de grands rêves, et un cœur plus grand encore.

Le sourire de Brianna s'estompa.

— J'ai trouvé autre chose. Quelque chose qu'il faut que je te montre. Des lettres.

— Il adorait écrire.

— Non, coupa Brianna avant que sa sœur se lance dans une de ses histoires. Il s'agit de lettres qu'il a reçues. Il y en a trois, et je crois qu'il vaut mieux que tu les lises toi-même.

Maggie nota le regard distant de sa sœur. C'était une façon pour elle de se défendre, d'éviter de se mettre en colère et de souffrir, elle le savait.

— Comme tu voudras.

Sans un mot, Brianna lui remit les lettres.

A peine Maggie eut-elle lu le nom de l'expéditeur au dos de la première enveloppe que son cœur se serra. Elle déplia la lettre.

Un petit gémissement s'échappa de ses lèvres. Son poing crispé s'ouvrit et elle prit la main de Rogan dans la sienne. Quel changement ! pensa Brianna en soupirant. Un an plus tôt, sa sœur aurait sans doute giflé la première personne passant à sa portée.

— Amanda, murmura Maggie, des sanglots dans la voix. C'est le nom qu'il a prononcé juste avant de mourir. Nous étions là, sur les falaises de Loop Head, à cet endroit qu'il aimait tant. Chaque fois que nous y allions, il plaisantait en disant qu'on allait sauter dans le premier bateau et qu'on s'arrêterait dans le prochain pub, à New York.

Des larmes roulèrent sur ses joues.

— New York. C'est là que vivait Amanda.

— Il a prononcé son nom, dit Brianna en portant la main à sa bouche. Je me souviens maintenant que tu m'en as parlé, le soir de sa veillée funèbre. Et il ne t'a rien dit d'autre, il ne t'a pas parlé d'elle ?

— Il a seulement dit son nom, répondit Maggie en s'essuyant les yeux. Il n'a rien dit d'autre, ni ce jour-là, ni jamais. Il l'aimait, mais il n'a rien fait.

— Que voulais-tu qu'il fasse ?

— Quelque chose... N'importe quoi...

Maggie releva la tête en pleurant de rage.

— Dieu du ciel ! Sa vie a été un enfer. Et pourquoi ? Parce que l'Église dit que c'est un péché ? Mais le péché était fait, non ? Il était coupable d'adultère. Et je ne le lui reproche pas. Dieu sait ce qu'il a dû endurer dans cette maison ! Pourquoi n'est-il pas allé jusqu'au bout ?

— Il est resté à cause de nous, Maggie. Tu le sais bien.

— Et il faudrait que je lui en sois reconnaissante ?

— Tu ne peux quand même pas lui reprocher de t'avoir aimée, dit calmement Rogan. Ni le blâmer d'avoir aimé quelqu'un d'autre.

— Non, et je ne fais ni l'un ni l'autre, rétorqua Maggie, l'amertume laissant place au chagrin dans ses yeux. Mais il aurait dû avoir autre chose que des souvenirs.

— Lis les autres, Maggie.

— Je vais le faire. Tu venais tout juste de naître quand cette lettre a été écrite, remarqua-t-elle en ouvrant la deuxième.

— Je sais, dit gravement Brianna.

— Je pense qu'elle l'a beaucoup aimé. Il y a de la gentillesse dans ce mot. Ce n'est pas grand-chose à demander, de la gentillesse, de l'amour.

Maggie redressa la tête, guettant un signe de Brianna. Mais elle ne vit rien d'autre qu'un détachement apparent dans le regard de sa sœur. Avec un soupir, elle ouvrit la dernière lettre. Brianna se raidit sur son siège.

— Si seulement il avait... Oh, mon Dieu. Un bébé...

Instinctivement, Maggie posa la main sur son ventre.

— Elle était enceinte.

— Nous avons un frère ou une sœur quelque part. Je ne sais pas quoi faire.

Maggie se leva d'un bond, l'air furieux, et se mit à faire les cent pas dans la pièce. Les tasses s'entrechoquèrent sur le plateau.

— Qu'est-ce que tu veux faire ? Ce qui est fait est fait. Et il y a même exactement vingt-huit ans que c'est fait.

Désolée, Brianna voulut se lever, mais Rogan la retint par la main.

— Laisse-la, murmura-t-il. Elle se sentira mieux après.

— Quel droit avait-elle de lui dire ça pour s'en aller ensuite ? s'écria Maggie. De quel droit l'a-t-il laissée faire ? Et maintenant, tu crois que ça dépend de nous ? Que c'est à nous d'aller jusqu'au bout ? Nous ne parlons pas là d'un enfant abandonné par son père, mais d'une personne adulte. Qui n'a rien à voir avec nous.

— Il s'agit de notre père, Maggie. De notre famille.

— Oh, oui, la famille Concannon. Dieu nous garde.

Désemparée, elle s'approcha de la cheminée, le regard rivé sur le feu.

— Il était donc si faible ?

— Nous ignorons ce qu'il a fait, ou ce qu'il aurait pu faire. Nous ne le saurons sans doute jamais.

Brianna reprit son souffle avant de poursuivre.

— Si maman l'avait su...

Maggie l'interrompit par un bref éclat de rire.

— Mais elle ne l'a pas su ! Sinon, elle s'en serait servie comme arme contre lui pour l'enfoncer plus encore. Dieu sait qu'elle a tout essayé !

— Par conséquent, il est inutile de le lui dire maintenant.

Lentement, Maggie se tourna vers sa sœur.

— Tu ne vas rien lui dire ?

— A quoi cela servirait-il de lui faire du mal ?

— Tu penses que ça lui ferait du mal ?

— Es-tu vraiment sûre que ça ne lui en ferait pas ?

La colère de Maggie retomba aussi vite qu'elle avait démarré.

— Je n'en sais rien. Comment veux-tu que je le sache ? J'ai l'impression de parler de deux étrangers.

— Il t'aimait, Maggie, dit Rogan en venant vers elle. Tu le sais.

— Oui, je le sais. Mais je ne sais pas ce que je ressens.

— Je crois que nous devrions essayer de retrouver Amanda Dougherty, commença Brianna, et de...

— J'ai besoin d'y réfléchir. Tout ceci a attendu si longtemps, ça peut bien attendre encore un peu.

— Je suis désolée, Maggie.

— Et inutile de prendre ça sur tes épaules. Tu en supportes déjà assez comme ça. Laisse-moi quelques jours et nous déciderons ensemble de ce qu'il faut faire.

— D'accord.

— J'aimerais garder ces lettres, pour l'instant.

— Si tu veux.

Maggie s'approcha de sa sœur et caressa sa joue toute pâle.

— Il t'aimait aussi, tu sais.

— A sa manière.

— Non, de toutes les manières. Tu étais son ange, sa petite rose. Ne t'en fais pas. Nous trouverons un moyen de faire pour le mieux.

Gray ne fut pas fâché quand le ciel plombé recommença à cracher des torrents de pluie. Il regardait une rivière du haut du parapet d'un château en ruine. Le vent sifflait et gémissait entre les interstices des vieilles pierres. Il avait l'impression d'être seul. Pas seulement ici, dans ce pays, mais seul au monde.

C'était l'endroit idéal pour un meurtre, décida-t-il.

La victime serait acculée ici, poursuivie sur les vieux escaliers en colimaçon, fuyant désespérément jusqu'à ce que tout espoir s'évanouisse. Une fuite sans espoir.

Ce serait ici, à cet endroit où le sang avait coulé autrefois, imbibant les pierres et la terre alentour, que le meurtre serait commis. Non pas au nom de Dieu ou d'un pays. Mais pour le plaisir.

Gray voyait déjà le méchant brandissant son couteau dont la lame scintillerait avant d'assener le coup fatal. Il voyait sa victime, son effroi et sa douleur. Le héros, et la femme qu'il aimerait, étaient aussi clairs dans son esprit que la rivière qui coulait doucement devant lui.

Et il savait qu'il lui faudrait bientôt les faire vivre avec des mots. Rien ne lui plaisait davantage que de créer ses personnages, leur donner chair, découvrir leur passé et leurs peurs les plus enfouies.

Peut-être était-ce parce que lui-même n'avait pas de passé. Il s'était construit tout seul, peu à peu, aussi méticuleusement qu'il fabriquait ses personnages. Grayson Thane était l'homme qu'il avait décidé d'être, et son talent à raconter des histoires lui avait fourni un moyen de devenir ce qu'il voulait être, non sans un certain panache.

Sans fausse modestie, il se considérait comme un écrivain compétent, un fabricant d'histoires. Il écrivait d'abord pour se distraire, et reconnaissait avoir la chance de trouver un écho dans le public.

Brianna avait vu juste. Il n'avait aucune envie de devenir un Yeats. Être un bon écrivain lui permettait de vivre de sa plume et de faire ce que bon lui semblait. Être un grand écrivain lui aurait apporté des responsabilités et des exigences auxquelles il n'avait aucun désir de faire face. Et quand il se trouvait devant quelque chose auquel il ne voulait pas faire face, Gray se contentait de tourner le dos.

Mais il y avait des moments, comme celui-ci, où il se demandait à quoi cela ressemblait d'avoir des racines, des ancêtres et de se dévouer noblement à une famille ou à un pays. Il pensa aux gens qui avaient bâti ce château qui tenait encore debout, à ceux qui s'étaient battus et étaient morts ici. Qu'avaient-ils ressenti ? Qu'avaient-ils espéré ? Et comment se faisait-il que les batailles qui s'étaient déroulées il y a si longtemps résonnent encore dans l'air, aussi clairement que le bruit d'un sabre contre un autre sabre ?

C'était pour cette raison qu'il avait choisi l'Irlande, pour son histoire, pour ces gens dont les souvenirs remontaient si loin dans le temps et dont les racines étaient si profondes. Des gens comme Brianna Concannon.

Le fait qu'elle ressemblât tant à l'héroïne qu'il cherchait était étrange, mais constituait un atout intéressant.

Physiquement, elle était parfaite. Une beauté douce, lumineuse, d'une grâce tranquille tout en simplicité. Pourtant, sous cette coquille, contrastant avec cette apparente hospitalité, on sentait une certaine distance, une sorte de tristesse. Quelque chose de beaucoup plus complexe, pensa Gray en offrant son visage à la pluie. Or rien ne le réjouissait plus que le contraste et la complexité — une énigme à résoudre. Qu'y avait-il derrière ce regard hanté, cette attitude sans cesse sur la défensive et la froideur de ses manières ?

Ce serait intéressant de le découvrir.

3

Lorsqu'il revint, il crut d'abord qu'elle n'était pas là. Se laissant guider par son odorat, Gray se dirigea vers la cuisine. Il s'arrêta en entendant sa voix — douce, posée et glaciale. Sans se soucier de savoir si cela se faisait ou pas, il s'approcha de la porte du salon pour écouter.

Il la vit au téléphone. Sa main crispée sur le fil s'agitait nerveusement. Bien qu'il ne puisse distinguer son visage, la raideur de son dos et de ses épaules lui laissa deviner son humeur.

— Je viens juste d'arriver, maman. J'avais des courses à faire au village. J'ai un client.

Il y eut un temps mort. Gray vit Brianna lever la main et se frotter la tempe.

— Oui, je sais. Je suis désolée de t'avoir contrariée. Je passerai demain. Je pourrais...

Elle ne termina pas sa phrase, interrompue manifestement par un commentaire acerbe à l'autre bout de la ligne. Gray résista à l'envie d'entrer dans la pièce pour détendre ces épaules tendues.

— Demain, je t'emmènerai où tu voudras. Je n'ai jamais dit que j'étais trop occupée, et je suis désolée que tu ne te sentes pas bien. Je ferai les courses, oui, pas de problème. Avant midi, promis. Bon, il faut que je te quitte. J'ai des gâteaux au four. Tu veux que je t'en apporte ? Demain, maman, c'est promis.

Elle marmonna un rapide au revoir avant de raccrocher. Le désarroi et la lassitude qui se lisaient sur son visage se transformèrent en surprise quand elle aperçut Gray. Aussitôt, ses joues s'empourprèrent.

— Vous ne faites pas de bruit, dit-elle avec un soupçon de reproche dans la voix. Je ne vous ai pas entendu arriver.

— Je ne voulais pas vous déranger.

Avoir écouté sa conversation ne lui faisait nullement honte, pas plus que d'observer les émotions variées qui passaient dans son regard.

— Votre mère habite près d'ici ?

— Pas très loin, répondit-elle d'un ton plus cassant.

Brianna était furieuse. Il avait écouté sa conversation, et ne semblait même pas juger nécessaire de s'en excuser.

— Je vous apporte votre thé.

— Ça ne presse pas. Vous avez des gâteaux au four.

Elle le regarda droit dans les yeux.

— J'ai menti. Et sachez que si ma maison vous est ouverte, il n'en est rien de ma vie privée.

Il acquiesça d'un hochement de tête.

— Je dois vous dire que je passe le plus clair de mon temps à espionner. Vous avez l'air embêté, Brianna. Peut-être devriez-vous boire un peu de thé.

— Je l'ai déjà pris, merci.

Toujours aussi raide, elle traversa le salon et s'apprêtait à passer devant lui quand il l'en empêcha en lui posant la main sur le bras. Il la regardait avec une curiosité non dissimulée, ce qui lui déplut. Et pourtant il y avait de la sympathie dans ses yeux, mais elle n'en voulait pas.

— La plupart des écrivains savent recueillir les confidences aussi bien que les bons barmen.

Brianna s'écarta. Légèrement, mais suffisamment pour mettre une certaine distance entre eux et lui faire part de son point de vue.

— Je n'ai jamais compris les gens qui se croient obligés de raconter leurs problèmes personnels à la personne qui leur sert leur bière. Je vais vous servir le thé au salon. J'ai trop à faire à la cuisine pour avoir de la compagnie pour l'instant.

Gray se passa la langue sur les dents tandis qu'elle s'éloignait. Il avait parfaitement conscience d'avoir été remis clairement à sa place.

Brianna ne pouvait en vouloir à cet Américain de se montrer curieux. Elle-même l'était. Elle avait plaisir à découvrir les gens qui séjournaient chez elle, à les entendre parler de leurs vies et de leurs familles. C'était sans doute injuste, mais elle préférait ne pas discuter de la sienne. Le rôle de spectateur lui paraissait plus confortable. Et plus sûr.

Mais elle n'était pas fâchée contre lui. L'expérience lui avait enseigné que se mettre en colère n'était jamais une solution. La patience, les bonnes manières et un ton posé étaient des armes beaucoup plus efficaces dans la majorité des conflits. Armes dont elle se servit ce soir-là, si bien que, vers la fin de la soirée, il lui sembla que Gray et elle avaient retrouvé leurs places respectives de client et d'hôtesse. Lorsqu'il lui avait aimablement proposé de venir avec lui au pub du village, elle avait refusé tout aussi aimablement. Brianna avait passé une heure agréable à terminer son livre.

Maintenant que le petit déjeuner était servi et la vaisselle faite, elle se préparait à se rendre chez sa mère pour lui consacrer le reste de la matinée. Maggie ne serait certainement pas ravie de l'apprendre. Mais sa sœur ne comprenait pas qu'il lui était plus facile, en tout cas moins pénible, de se contenter de répondre aux exigences d'attentions de leur mère. Cela ne lui prenait finalement que quelques heures de sa vie.

A peine un an plus tôt, avant que la réussite de Maggie n'ait permis d'installer Maeve chez elle avec une dame de compagnie, Brianna avait été à sa disposition vingt-quatre heures sur vingt-quatre, l'écoutant se répandre sur ses maladies imaginaires et se lamenter sur ce que l'avenir lui réservait.

Aujourd'hui, le soleil brillait. Le vent frais apportait comme un avant-goût de printemps. Mais ça ne durerait pas, Brianna le savait. Ce qui n'en rendait la douceur de l'air et de la luminosité que plus précieuse. Pour en profiter pleinement, elle baissa les vitres de sa vieille Fiat. Elle les fermerait, et mettrait le chauffage, dès que sa mère monterait avec elle en voiture.

Elle jeta un bref coup d'œil à la belle Mercedes que Gray avait louée. Non par envie, ou alors à peine. La carrosserie était si lisse, si étincelante. A l'image de son conducteur... Et elle devait être si agréable à conduire, se dit-elle.

Comme pour s'excuser, elle flatta affectueusement le volant de sa Fiat avant de mettre le contact. Le moteur émit un petit bruit poussif, toussota et se noya.

— Oh, non, pas ça... Je disais ça pour rire, murmura-t-elle en tournant une nouvelle fois la clé. Allez, ma jolie, démarre, tu veux? Maman déteste que je sois en retard.

Mais le moteur crachota lamentablement avant de mourir en gémissant. Résignée, Brianna descendit ouvrir le capot. Sa Fiat était susceptible comme une vieille fille. Elle arrivait généralement à la convaincre de démarrer en l'encourageant à l'aide des outils qu'elle transportait dans le coffre.

Elle sortait sa boîte à outils rouillée quand Gray parut sur le seuil.

— Un problème de voiture? cria-t-il.

— Elle est un peu capricieuse, dit Brianna en ramenant ses cheveux en arrière et en retroussant ses manches. Il lui faut juste un peu d'attention.

Les pouces enfoncés dans les poches de son jean, il s'approcha et se pencha sur le moteur.

— Vous voulez que je jette un coup d'œil?

Brianna le toisa. Il ne s'était toujours pas rasé. Mais, au lieu de lui trouver un air négligé, avec sa barbe de trois jours et ses cheveux dorés noués en catogan, il lui fit penser à une vedette de rock américain. Cette idée la fit sourire.

— Vous vous y connaissez en voitures, ou bien vous me proposez cela uniquement pour avoir l'air... viril?

Il plissa le front et fit la moue en lui prenant la boîte à outils des mains.

— Poussez-vous, ma p'tite dame, dit-il d'une voix rauque en prenant un accent paysan. Et vous faites pas de souci dans votre jolie petite tête. Laissez un homme s'occuper de ça.

Impressionnée, Brianna hocha la tête.

— Vous parlez exactement comme j'imagine Buck parler dans votre livre.

— Vous avez l'oreille fine...

Il lui décocha un sourire avant de plonger sous le capot.

— Ce n'est qu'un pauvre péquenot prétentieux, vous ne trouvez pas?

— Mmm...

Elle n'était pas sûre, même s'il ne s'agissait que d'un personnage, qu'il fût très poli d'acquiescer.

— En général, c'est le carburateur, commença-t-elle à expliquer. Murphy m'a promis de le réparer quand il aurait du temps.

La tête et les épaules sous le capot, Gray se contenta de lui jeter un bref regard.

— Eh bien, quoi qu'il en soit, Murphy n'est pas là.

Elle ne pouvait dire le contraire. Brianna se mordit la lèvre en le regardant travailler. C'était gentil de sa part de vouloir l'aider, elle appréciait son geste. Mais c'était un écrivain, pas un mécanicien. Et aussi bonnes soient ses intentions, elle ne pouvait pas se permettre de le laisser abîmer quelque chose.

— D'habitude, il suffit de coincer ce clapet avec une tige...

Elle se pencha à côté de lui et tendit le doigt pour lui montrer.

— Ensuite, je remonte et ça démarre.

Gray tourna la tête et se retrouva les yeux dans les yeux avec elle. Sa bouche à quelques millimètres de la sienne. Elle sentait merveilleusement bon. Comme il la dévisageait, elle rougit et écarquilla légèrement les yeux. Cette réaction, aussi spontanée qu'inattendue, aurait pu le faire sourire s'il n'avait été à ce point concentré à bricoler les fils.

— Cette fois, ce n'est pas le carburateur, dit-il, se

demandant ce qu'elle ferait s'il posait ses lèvres à l'endroit où la veine battait sur son cou.

— Ah bon?

Fût-ce au péril de sa vie, Brianna aurait été incapable de faire un geste. Il y avait de l'or dans ses yeux, des flaques dorées dans le brun de ses pupilles, comme dans ses cheveux. Elle dut faire un effort pour reprendre sa respiration.

— En général, c'est toujours ça.

Gray bougea légèrement — ce serait un test pour tous les deux — de manière à ce que leurs épaules se frôlent. Ses beaux yeux verts se troublèrent, telle la mer sous un ciel incertain.

— Cette fois, ce sont les câbles de batterie. Ils sont rouillés.

— C'est que... l'hiver a été extrêmement humide.

S'il se penchait un tantinet davantage, sa bouche toucherait la sienne. A cette idée, Brianna sentit son estomac se nouer. Ce serait un baiser fougueux — oui, il l'embrasserait avec fougue, elle en était certaine. L'embrasserait-il comme le héros du livre qu'elle avait fini hier soir? Ses dents la mordilleraient-elles, sa langue s'enfoncerait-elle dans sa bouche? Avec un désir pressant et sauvage tandis que ses mains...

Oh, mon Dieu... Elle divaguait. Bien qu'il n'ait pas fait le moindre geste, ni même cillé, elle eut l'impression qu'il s'approchait. L'imagination enfiévrée, elle se redressa. Il en fit autant.

Ils restèrent l'un devant l'autre, face à face, prêts à s'enlacer, sous le soleil radieux.

Que ferait-il? Ou plutôt que ferait-elle?

Et pourtant Gray résistait. Pourquoi? Étaient-ce les vibrations de peur qui émanaient d'elle? A moins que ce ne soit la surprise de découvrir soudain sa propre crainte, comprimée en une petite boule au creux de son ventre.

Il fit un pas en arrière, un pas tout à fait décisif.

— Je vais les nettoyer. Ensuite, nous réessaierons.

Brianna croisa les mains pour se donner une contenance.

— Merci. Je vais aller appeler ma mère pour lui dire que je serai un peu en retard.

— Brianna...

Il attendit qu'elle s'arrête et que son regard croise le sien.

— Je trouve votre visage très attirant.

Question compliment, elle n'était pas sûre que celui-ci soit très approprié.

— Merci. Le vôtre me plaît aussi.

Il inclina la tête.

— Et vous pensez pouvoir vous en tenir là facilement ?

Il fallut quelques secondes à Brianna pour comprendre et quelques autres encore pour retrouver sa voix.

— Très, parvint-elle à dire. Très facilement.

Gray la regarda disparaître dans la maison avant de se concentrer à nouveau sur sa tâche.

— C'est bien ce que je craignais, marmonna-t-il entre ses dents.

Une fois Brianna partie — le moteur de la Fiat avait vraiment besoin d'une révision —, Gray fit une longue promenade à travers les champs. En se disant qu'il avait besoin de s'imprégner de l'atmosphère avant de se mettre au travail. Toutefois, il se connaissait suffisamment pour savoir qu'il cherchait à oublier la réaction qu'avait déclenchée en lui Brianna.

Une réaction somme toute bien naturelle. Après tout, c'était une très belle femme. Il n'avait pas eu d'aventure depuis longtemps. Que sa libido s'emballe n'avait donc rien de surprenant.

Il y avait bien eu une femme, associée de son éditeur en Angleterre, qui aurait pu le séduire. Mais il l'avait soupçonnée d'être plus intéressée par ce que leur histoire aurait pu apporter à sa carrière que par le plaisir du moment présent. Il n'avait eu aucune difficulté à se débrouiller pour que leur relation ne se transforme pas en intimité.

Il commençait à être blasé. C'était parfois la rançon

du succès. Quels que soient le plaisir et la fierté que cela apportait, il y avait un prix à payer en échange. Un manque croissant de confiance, un œil plus perspicace. Ce qui le dérangeait rarement. Comment cela l'aurait-il pu, dans la mesure où la confiance n'avait jamais été son point fort ? Mieux valait voir les choses telles qu'elles étaient plutôt que comme on voulait qu'elles soient. Autant réserver cela à la fiction.

Il n'aurait qu'à utiliser l'effet que lui faisait Brianna de cette manière. Elle lui servirait de modèle pour son héroïne. Une belle femme sereine, avec des secrets au fond des yeux. Le feu sous la glace.

Qu'est-ce qui la faisait vibrer ? A quoi rêvait-elle ? De quoi avait-elle peur ? Telles étaient les questions auxquelles il lui fallait répondre quand il faisait sortir une femme de son imagination.

Était-elle jalouse du succès retentissant de sa sœur ? En voulait-elle à sa mère d'être si exigeante ? Y avait-il un homme qu'elle désirait et qui la désirait ?

Il devrait trouver les réponses à ces questions au fur et à mesure qu'il découvrirait Brianna Concannon.

Gray se dit soudain qu'il les lui faudrait avant de pouvoir commencer à raconter son histoire.

Tout en marchant, il sourit dans sa barbe. Il se disait cela uniquement parce qu'il mourait de curiosité. Et il n'éprouvait jamais aucun scrupule à fouiller dans l'existence de qui que ce soit. Ni aucune culpabilité à se taire sur la sienne.

Il s'arrêta et tourna lentement sur lui-même. C'était là un endroit où l'on pouvait se perdre facilement. Les champs d'un vert scintillant se succédaient les uns aux autres, entrecoupés de murets de pierres grises, parsemés de vaches bien grasses. La matinée était si claire, si resplendissante qu'on apercevait les fenêtres des cottages miroiter au loin, ainsi que le linge étendu à sécher au vent.

Au-dessus de lui, le ciel ressemblait à un grand lac d'un bleu profond — un bleu de carte postale. Cependant, à l'ouest de ce grand lac, s'amoncelaient des nuages dont le contour violet annonçait la tempête.

Ici, dans ce qui semblait être le centre d'un univers cristallisé, on sentait l'odeur de l'herbe, du bétail, l'air salé de l'océan ainsi qu'une légère fumée s'élevant de la cheminée d'un cottage. On entendait le vent siffler à travers les herbes, les vaches agiter la queue dans un doux bruissement et le chant régulier et strident d'un oiseau qui célébrait cette journée splendide.

Gray se sentit presque coupable de vouloir introduire le meurtre et l'effroi, fût-ce pour un roman, dans un tel endroit. Presque.

Il avait six mois devant lui. Six mois avant de voir son livre à la devanture des librairies et de se retrouver entraîné dans le tourbillon des promotions et des revues de presse. Six mois pour créer l'histoire qui avait commencé à germer dans son esprit. Six mois pour profiter de ce petit coin du monde et des gens qui y habitaient.

Puis il quitterait cet endroit, comme il en avait quitté des dizaines d'autres, et des centaines d'autres gens, pour s'en aller jusqu'au suivant. S'en aller, voilà une chose à laquelle il excellait.

Gray enjamba un muret pour traverser un autre champ.

Le cercle de pierres frappa immédiatement son regard, et son imagination. Il avait vu des monuments plus impressionnants, notamment à Stonehedge, où il avait ressenti émaner une force étrange. Cette ronde de pierres n'avait guère plus de huit mètres de rayon et la pierre principale arrivait à hauteur d'homme. Pourtant, découvrir ces pierres ici, silencieusement dressées au milieu des vaches indifférentes en train de paître, lui sembla merveilleux. Qui les avait placées là ? Pourquoi ? Fasciné, Gray en fit le tour. Plusieurs d'entre elles étaient tombées à terre depuis longtemps. Cela avait dû se produire au cours d'une nuit de tempête, et le bruit qu'elles avaient dû faire en s'écrasant sur le sol avait dû résonner très loin à la ronde, tel le rugissement d'un dieu.

Il passa la main sur la plus large. La surface était brûlante, à force d'être chauffée au soleil, mais on sentait en dessous une froideur qui vous glaçait jusqu'aux os. Pourrait-il utiliser cet endroit? Incorporer la magie de ce lieu dans son livre?

Le meurtre aurait-il lieu ici? Il pénétra à l'intérieur du cercle. Peut-être un sacrifice, pensa-t-il en souriant. Une sorte de rituel au cours duquel le sang éclabousserait l'herbe verte et souillerait la base des vieilles pierres.

Ou alors, il y placerait une scène d'amour. Un entrelacs passionné de bras et de jambes — dans l'herbe fraîche et humide, avec le disque blanc de la pleine lune juste au-dessus. Les pierres montant la garde tandis que l'homme et la femme s'abandonneraient à l'extase.

Il imaginait les deux possibilités avec autant de clarté. Mais la seconde solution le séduisait davantage, au point qu'il voyait déjà Brianna, allongée dans l'herbe, cheveux épars et bras tendus. Sa peau serait d'une pâleur laiteuse, et douce comme de l'eau fraîche.

Ses hanches minces s'arc-bouteraient, ses reins se creuseraient. Et au moment où il entrerait en elle, elle pousserait un cri. Ses ongles si joliment arrondis laboureraient son dos. Son corps se cabrerait sous le sien comme un mustang sauvage, de plus en plus vite, de plus en plus loin, de plus en plus fort, jusqu'à ce que...

— Bonjour.

— Seigneur!

Gray sursauta, le souffle court, la bouche sèche. Plus tard, se promit-il, il y repenserait plus tard. Mais pour l'instant, il lui fallait s'arracher à ses rêveries érotiques et se concentrer sur l'homme qui venait vers lui.

L'air sombre, très séduisant, il portait des vêtements simples et solides de fermier. Agé environ d'une trentaine d'années, c'était un de ces Irlandais aux cheveux très bruns et aux yeux très bleus. Au regard plutôt sympathique, vaguement amusé.

Le chien de Brianna gambadait joyeusement derrière lui. Reconnaissant Gray, Conco fonça vers le cercle de pierres pour le saluer joyeusement.

— Un coin intéressant, dit l'homme de son accent de l'Ouest, rauque et mélodieux.

— Je ne m'attendais pas à trouver cela ici.

Gray caressa la tête du chien et s'avança entre deux pierres.

— Ce n'est indiqué sur aucune de mes cartes.

— Non, ça ne l'est nulle part. C'est notre ronde de pierres à nous, mais nous n'avons rien contre le fait de la partager à l'occasion. Vous devez être le Yankee qui loge chez Brie.

Il tendit sa main calleuse à Gray.

— Murphy Maldoon.

— Ah oui, le voisin dont les vaches ont écrasé les rosiers.

Murphy fit un clin d'œil.

— Seigneur, elle n'oubliera donc jamais... Pourtant, j'ai remplacé tous ces fichus rosiers. Mais on aurait dit que mes vaches avaient piétiné son bébé.

Il se tourna vers Conco, comme pour guetter son approbation.

— Alors, vous êtes installé à Blackthorn Cottage ?

— Oui. J'essaie de m'imprégner de l'atmosphère de la région. Je suppose que je suis là sur vos terres.

— Il est rare que nous tirions sur les intrus, de nos jours, dit placidement Murphy.

— Ravi de l'apprendre.

Gray observa à nouveau son compagnon. Il lui faisait l'effet d'être quelqu'un de solide, et de facilement abordable.

— Je suis allé au pub du village, hier soir. Chez O'Malley. J'ai bu une bière avec un dénommé Rooney.

— Vous voulez dire que vous lui avez payé une pinte, commenta Murphy en souriant.

— Deux, dit Gray en lui rendant son sourire. Il les a largement gagnées. Il m'a raconté tous les potins du village.

— Il devait bien y avoir un peu de vérité là-dedans.

Murphy sortit un paquet de cigarettes et lui en proposa une.

D'un signe de tête, Gray déclina son offre et enfonça ses mains dans ses poches. Il fumait seulement lorsqu'il écrivait.

— Il a parlé de vous.

— Je n'en doute pas.

— Ce qui manque à ce jeune Murphy, commença à dire Gray en imitant Rooney d'une façon comique qui fit rire le fermier, c'est une bonne épouse et des p'tits gars robustes pour l'aider à cultiver sa terre. Mais il cherche toujours la perfection, ce Murphy, si bien qu'il passe ses nuits tout seul dans un lit glacé.

— Ça ne m'étonne pas de Rooney. Il passe la majorité de ses soirées au pub à se plaindre de sa femme qui le pousse à boire.

— Il en a parlé, effectivement.

Gray s'empressa de glisser sur le sujet qui l'intéressait principalement.

— Il a dit aussi que, maintenant que ce gars de la ville vous avait soufflé Maggie sous le nez, vous n'alliez pas tarder à faire la cour à sa jeune sœur.

— Brie ?

Murphy secoua la tête en soufflant un nuage de fumée.

— Ce serait comme de faire des câlins à ma petite sœur.

Il continuait à sourire, mais ses yeux fixaient Gray avec intensité.

— C'est bien ce que vous vouliez savoir, Mr. Thane ?

— Gray. Oui, c'est ce que je voulais savoir.

— Alors, je peux vous dire que la voie est libre. Mais prenez garde. Je suis du genre à être très protecteur avec mes sœurs.

Satisfait d'avoir dit franchement ce qu'il pensait, Murphy aspira une longue bouffée.

— Accompagnez-moi donc chez moi, nous prendrons le thé.

— Je vous remercie, mais j'aimerais autant remettre ça à une autre fois. J'ai encore pas mal de choses à faire aujourd'hui.

— Dans ce cas, je vous laisse à vos occupations. J'aime bien vos livres.

Il dit cela avec une telle simplicité que Gray en fut doublement flatté.

— Il y a une librairie à Galway qui vous plairait sans doute, si jamais vous allez par là.

— J'y compte bien.

— Vous verrez, ce n'est pas difficile à trouver. Saluez Brianna pour moi, voulez-vous ? Et vous pouvez lui dire que je n'ai plus un seul *scone* en réserve.

Son sourire s'épanouit encore.

— Elle va être désolée pour moi.

Après avoir sifflé le chien qui vint se placer juste derrière lui, il s'éloigna avec la grâce naturelle d'un homme foulant sa propre terre.

L'après-midi était déjà bien avancé quand Brianna rentra chez elle, les nerfs à vif, tendue et complètement vidée. Elle fut soulagée de ne trouver aucune trace de Gray, en dehors d'un mot griffonné en hâte, posé sur la table de la cuisine.

Maggie a appelé. Murphy n'a plus de scones.

Quel curieux message ! songea-t-elle. Pourquoi Maggie aurait-elle téléphoné pour lui dire que Murphy voulait des *scones* ? Brianna mit le mot de côté en soupirant. Comme un automate, elle alla mettre la bouilloire sur le feu, puis commença à sortir les ingrédients dont elle aurait besoin pour préparer le poulet de grain qu'elle avait rapporté du marché.

Soupirant à nouveau, elle se figea un instant, vaincue. Puis elle s'assit devant la table, les bras croisés, la tête sur les bras. Elle ne pleura pas. Les larmes n'arrangeraient rien, ne changeraient rien. Maeve, dans un de ses mauvais jours, n'avait eu à la bouche que des piques, des plaintes et des accusations.

Qu'elle l'admette ou non, Maeve adorait sa petite maison. Et elle aimait beaucoup Lottie Sullivan, l'infirmière à la retraite que Brianna et Maggie avaient engagée pour lui tenir compagnie. Mais le diable en personne ne parviendrait vraisemblablement jamais à faire avouer cette vérité à Maeve.

Maeve n'oubliait pas non plus qu'elle devait à Maggie le moindre morceau de pain dont elle se nourrissait. Elle ne cesserait sans doute jamais d'en éprouver du ressentiment.

Aujourd'hui, Maeve avait remercié sa fille cadette de sa gentillesse en trouvant à redire absolument sur tout. A quoi s'ajoutait la tension provoquée par les lettres trouvées dans le grenier. Brianna était tout simplement exténuée.

Elle ferma les yeux un instant. Elle aurait tant voulu voir sa mère heureuse. Qu'elle retrouve la joie et le plaisir qu'elle avait connus dans sa jeunesse.

Elle aurait tant voulu aimer sa mère sans retenue, de tout son cœur, plutôt qu'avec ce sentiment de devoir et de lancinant désespoir.

Elle aurait tant voulu avoir une famille. Avoir sa maison remplie d'amour, de voix et de rires. Pas seulement avec les clients de passage, en permanence.

Si tous ses rêves se réalisaient, elle serait alors plus riche que Midas. Elle redressa la tête, sachant que sa lassitude et son cafard battraient en retraite dès qu'elle se mettrait au travail.

Ce soir, au dîner, Gray aurait un délicieux poulet rôti farci aux herbes, nappé d'une sauce onctueuse et bien épaisse.

Et Murphy, Dieu le bénisse, aurait ses *scones*.

4

En quelques jours, Brianna s'était adaptée aux habitudes de Gray et avait ajusté son emploi du temps en conséquence. Il adorait manger et sautait rarement un repas, bien que ne montrant que très peu de respect pour les horaires. Elle devinait qu'il avait faim quand il se mettait à tourner en rond dans la cuisine. Quelle que fût l'heure, elle lui préparait quelque chose. Et devait admettre qu'elle était heureuse de le voir apprécier sa cuisine.

Pratiquement chaque jour, il partait faire un tour. S'il le lui demandait, elle lui indiquait la route ou lui suggérait un site susceptible de l'intéresser. Mais la plupart du temps, il emportait une carte, un carnet et un appareil photo.

Elle profitait de son absence pour faire sa chambre. Ranger les affaires des autres vous en apprenait énormément sur leur compte. Brianna découvrit ainsi que Grayson Thane faisait relativement attention aux choses qui ne lui appartenaient pas. Il ne jetait jamais les serviettes en tas à même le sol de la salle de bains, ni ne laissait une marque de verre ou de tasse sur les meubles. En revanche, il se souciait fort peu de ses propres affaires. S'il veillait à secouer ses bottes en cuir épais afin de ne pas mettre de boue partout sur le plancher, il ne prenait par contre jamais la peine de les nettoyer et encore moins de les cirer.

Aussi se chargea-t-elle de le faire.

Ses vêtements provenaient de boutiques raffinées

du monde entier. Mais il ne les repassait jamais et se contentait de les jeter négligemment sur une chaise ou de les accrocher n'importe comment dans la penderie.

Elle décida de laver son linge et trouva même agréable de suspendre ses chemises sur la corde à linge les jours de soleil.

Il ne possédait aucun souvenir d'amis, ni même de famille, et ne cherchait nullement à personnaliser la pièce dans laquelle il vivait. En revanche, il y avait des livres, des tonnes de livres : des romans policiers, fantastiques ou d'espionnage, des histoires d'amour, des œuvres classiques, des essais sur les méthodes de la police, les armes et les meurtres, de psychologie, de mythologie, de sorcellerie, de mécanique auto — ce qui la fit sourire — ou bien encore sur l'architecture et la zoologie.

Visiblement, tout l'intéressait.

Il aimait le café, mais prenait volontiers du thé s'il était suffisamment fort. Il était gourmand et avait autant d'énergie qu'un gamin de dix ans.

Curieux de nature, il posait sans cesse des questions. Mais il y avait en lui une telle gentillesse qu'il était difficile de le rabrouer. Lorsqu'il sortait, il ne manquait jamais de lui proposer de lui rendre service ou de lui rapporter quelque chose, et elle l'avait surpris à donner à manger en douce à Conco, persuadé qu'elle ne l'avait pas vu.

Cet arrangement lui convenait parfaitement — grâce à Gray, elle avait de la compagnie, des revenus, et faisait le travail qu'elle adorait. Cependant, elle n'arrivait jamais à être complètement détendue en sa présence. Il n'avait jamais fait référence à ce moment de séduction qui avait eu lieu entre eux. Néanmoins, cela avait bel et bien eu lieu. Depuis, son pouls s'accélérait quand elle entrait dans une pièce et l'y trouvait alors qu'elle ne s'y attendait pas. Ou bien elle se mettait à avoir brusquement chaud s'il posait ses yeux dorés sur elle en se contentant de la regarder.

Brianna se reprochait cette attitude. Il y avait longtemps, très longtemps, qu'elle n'avait pas été profondément attirée par un homme. Depuis que Rory McAvery l'avait quittée, laissant son cœur meurtri et un grand vide dans sa vie, elle n'avait ressenti de véritable attirance pour aucun homme.

Ce client l'attirait, c'était clair. Brianna devait lutter contre ce sentiment.

Néanmoins, alors qu'elle finissait d'arranger la couette sur son lit et de regonfler les oreillers, elle ne put s'empêcher de se demander où il était allé se promener aujourd'hui.

Il n'était pas très loin. Ce matin, Gray était parti à pied et marchait sur la petite route sous le ciel sombre et menaçant. En passant devant un groupe de bâtiments, il aperçut un hangar sous lequel étaient entreposés des tracteurs et des ballots de foin. Ce devait être la ferme de Murphy. Et il commença à imaginer à quoi ressemblait la vie d'un paysan : posséder de la terre, s'en sentir responsable, semer, planter, cultiver et regarder les choses pousser, tout en gardant un œil sur le ciel, à l'affût du moindre changement de temps.

En tout cas, ce n'était pas une vie pour lui, se dit-il, bien qu'il comprît que certains puissent y trouver leur compte.

Mais posséder de la terre — ou quoi que ce soit — signifiait qu'on y était lié. Il faudrait qu'il demande à Murphy ce qu'il en pensait.

Gray apercevait la vallée et les collines qui l'entouraient. Des aboiements joyeux lui parvinrent. C'était sans doute Conco, gambadant à travers champs avant d'aller rejoindre sa maîtresse pour poser sa tête sur ses genoux.

Privilège que Gray lui enviait jalousement...

Faisant la grimace, il fourra ses mains dans ses poches. Il avait un mal fou à ne pas laisser ses mains se balader sur son hôtesse si subtilement sexy.

Ce n'était pas pour le charmer qu'elle portait ses ravissants petits tabliers, ou remontait ses cheveux en chignon. Mais ça marchait. De même, elle ne se promenait pas dans la maison, laissant derrière elle cette odeur de fleurs des champs et de clous de girofle, pour le rendre fou. Mais il en souffrait.

Mais au-delà du côté purement physique — qui lui posait déjà suffisamment de problèmes —, il y avait cet air triste et secret qu'elle promenait en permanence. Il voulait faire tomber cette réserve de façade pour découvrir ce qui la préoccupait. Ce qui hantait ses beaux yeux verts.

Non qu'il voulût s'investir dans une histoire. Il était seulement curieux. Se faire des amis était chez lui une seconde nature. Son intérêt pour les autres était sincère, et son caractère le poussait à sympathiser facilement. Mais avoir des amis intimes, ceux que l'on garde des années, pour lesquels on s'inquiète et qui vous manquent dès qu'on est au loin, n'entrait pas dans ses projets.

Grayson Thane voyageait léger et sans cesse.

Un petit cottage à la porte peinte de couleur vive attira son attention. On avait ajouté une aile du côté sud, aussi grande que la maison principale.

Était-ce la petite maison au bout du chemin ? Celle où la sœur de Brianna et son beau-frère habitaient de temps en temps ? Il décida que la porte magenta reflétait bien Maggie et poussa le portail pour aller jeter un coup d'œil de plus près.

Pendant quelques minutes, il regarda à travers les fenêtres de la nouvelle construction. Sans doute s'agrandissaient-ils en vue de l'arrivée du bébé, songea-t-il en passant derrière la maison. Ce fut alors qu'il aperçut l'atelier.

L'atelier où elle soufflait le verre. Ravi de sa nouvelle découverte, il traversa la pelouse humide. Le visage collé à la fenêtre, il se pencha pour regarder à l'intérieur. Il distingua des fours, des établis et des outils qui excitèrent sa curiosité et son imagination. Plusieurs étagères étaient couvertes d'œuvres en cours de fabrication. Sans hésiter, il s'écarta de la fenêtre et se dirigea vers la porte.

— Vous avez envie de vous faire taper sur les doigts ?

Gray fit volte-face. Maggie était devant la porte arrière du cottage, une tasse fumante à la main. Elle portait un grand pull, un pantalon usé et fronçait les sourcils. Gray lui fit un grand sourire.

— Pas spécialement. C'est ici que vous travaillez?

— En effet. Quel traitement réservez-vous aux gens qui débarquent dans votre bureau sans y avoir été invités?

— Je n'ai pas de bureau. Vous me faites visiter?

Sans se donner la peine de baisser la voix, Maggie lâcha un juron et soupira.

— Vous êtes un effronté, à ce que je vois. Bon, d'accord, puisque je n'ai rien de mieux à faire... Rogan est parti, sans même me réveiller. Il m'a juste laissé un mot, pour me dire de prendre un petit déjeuner correct et de rester allongée les pieds en l'air.

— Et c'est ce que vous avez fait?

— J'aurais pu, si je n'avais pas entendu quelqu'un s'introduire chez moi.

— Pardon, dit Gray, toujours aussi souriant. Quand doit naître le bébé?

— Au printemps.

Malgré elle, Maggie se radoucit. Il suffisait d'évoquer le bébé pour que sa mauvaise humeur s'évanouisse.

— J'ai encore quelques semaines devant moi, mais s'il continue à me materner comme ça, je vais finir par le tuer. Bon, entrez, puisque vous êtes là.

— L'hospitalité tient de famille, à ce que je vois.

— Absolument pas, répliqua-t-elle, amusée. Brianna a hérité de toutes les qualités.

Elle ouvrit la porte de l'atelier.

— Ne touchez à rien, sinon je vous brise les doigts.

— Bien, madame. C'est magnifique...

A peine entré, Gray se mit à fouiner partout, s'approchant des établis, se penchant pour regarder le four.

— Vous avez fait vos études à Venise, je crois?

— C'est exact.

— Qu'est-ce qui vous en a donné l'idée? Seigneur, j'ai horreur que les gens me demandent ça.

Il rit en se moquant de lui-même, puis s'approcha

des cannes à souffler. Il mourait d'envie d'y toucher. Prudent, il se tourna vers Maggie.

— Je suis plus fort que vous, plaisanta-t-il.

— Peut-être, mais je suis plus méchante.

Toutefois, elle céda et prit une des cannes qu'elle lui tendit.

Il la soupesa, la fit tourner doucement entre ses mains.

— C'est une arme idéale pour commettre un meurtre.

— Je tâcherai de m'en souvenir la prochaine fois que quelqu'un viendra m'interrompre en plein travail.

— Alors, c'est comme ça que vous procédez ? demanda-t-il en examinant les dessins étalés sur un établi. Vous faites des croquis des idées qui vous passent par la tête ?

— Oui, ça m'arrive souvent.

Elle but une gorgée de thé tout en l'observant. A vrai dire, il y avait quelque chose dans la façon qu'il avait de se déplacer, d'un pas souple et léger, qui lui donna envie de prendre son carnet de croquis.

— Vous voulez une leçon ?

— Avec plaisir. Il doit faire sacrément chaud quand les fours sont allumés. Vous faites fondre le verre là-dedans, et ensuite ?

Et pendant une demi-heure, Maggie lui expliqua comment elle procédait.

Cet homme ne tarissait pas de questions. Des questions originales, elle le reconnaissait volontiers, qui vous poussaient dans vos retranchements et vous obligeaient à vous interroger à votre tour. Elle aurait pu lui résister sans mal, mais son enthousiasme était extraordinairement communicatif. Au lieu de le mettre à la porte, elle se surprit à lui répondre patiemment, à lui faire des démonstrations et à rire avec lui.

— Si ça continue, je vais pouvoir vous engager comme apprenti...

Maggie se caressa le ventre, un sourire aux lèvres.

— Venez à la maison, nous allons prendre le thé.

— Vous n'auriez pas des biscuits faits par Brianna, par hasard ?

Elle lui jeta un regard étonné.

— Mais si.

Quelques instants plus tard, Gray était attablé dans la cuisine de Maggie devant une assiette de biscuits au gingembre.

— Je vous assure, elle devrait les commercialiser, dit-il la bouche pleine. Elle ferait fortune.

— Elle serait plutôt du genre à en faire cadeau aux enfants du village.

— Je suis surpris qu'elle n'ait pas elle-même une ribambelle d'enfants.

Il marqua une pause.

— Je n'ai remarqué aucun homme dans les parages.

— Et vous remarquez tout, n'est-ce pas, Grayson Thane ?

— Ça dépend de ce qu'il y a à voir. C'est une très belle femme.

— Je ne peux pas vous contredire là-dessus.

Maggie versa de l'eau bouillante dans la théière.

— Vous voulez m'obliger à le dire, marmonna-t-il. Très bien. Alors, il y a quelqu'un ou non ?

— Vous n'avez qu'à lui demander.

Maggie apporta la théière sur la table et le regarda en fronçant les sourcils. Décidément, cet homme avait un sacré talent pour vous faire dire ce qu'il voulait savoir.

— Non, lâcha-t-elle en lui tendant une tasse. Il n'y a personne. Elle les repousse tous, les décourage. Elle préfère passer tout son temps à s'occuper de ses clients ou à se précipiter à Ennis chaque fois que notre mère éternue. Se sacrifier est ce que notre sainte Brianna sait faire le mieux.

— Vous vous inquiétez pour elle, dit Gray à voix basse. Dites-moi, Maggie, qu'est-ce qui la préoccupe ?

— Des histoires de famille. Ne vous en mêlez pas.

Elle attendit un instant avant de servir le thé. Puis elle s'assit en soupirant lourdement.

— Mais comment savez-vous que quelque chose la préoccupe ?

— Ça se voit. Dans ses yeux. Comme ça se voit dans les vôtres en ce moment.

— Ce sera bientôt réglé, dit Maggie en s'efforçant de s'en convaincre. Vous cherchez toujours à savoir ce que les gens cachent ?

— Bien sûr.

Gray but une gorgée de thé. Du thé bien fort, exactement comme il l'aimait. Parfait.

— Être écrivain est une couverture idéale pour jouer les fouineurs.

Son regard s'adoucit soudain.

— J'aime bien votre sœur. Le contraire serait difficile. La voir triste m'ennuie.

— Nul doute qu'elle aurait besoin d'un ami. Puisque vous avez le don de faire parler les gens, servez-vous-en avec elle. Mais faites attention. Sous son air dur, Brianna est fragile. Si vous lui faites du mal, vous aurez affaire à moi.

— J'en prends note...

Il était temps de changer de sujet.

— Alors, qu'est-ce que c'est que cette histoire avec l'ami Murphy ? Le gars de Dublin vous a réellement enlevée sous son nez ?

Heureusement qu'elle n'était pas en train de boire, car elle se serait étouffée. Maggie partit d'un grand éclat de rire, au point d'en avoir les larmes aux yeux.

— J'ai loupé quelque chose ? demanda Rogan depuis le seuil de la porte. Reprends ton souffle, Maggie, tu es toute rouge.

— Sweeney, dit-elle en pouffant et en lui prenant la main. Je te présente Grayson Thane. Il voulait savoir si tu avais dû marcher sur la tête de Murphy pour me faire la cour.

— Sur la tête de Murphy, non, remarqua-t-il plaisamment. Mais sur celle de Maggie, certainement, pour y faire entrer un peu de bon sens. Je suis ravi de faire votre connaissance.

Il tendit une main chaleureuse à Gray.

— J'ai passé des heures très agréables à lire vos livres.

— Merci.

— Gray est venu me tenir compagnie. Du coup, je suis de trop bonne humeur pour t'en vouloir de ne pas m'avoir réveillée ce matin.

— Tu avais besoin de dormir.

Rogan se servit du thé et fit la grimace dès la première gorgée.

— Diable, Maggie, es-tu vraiment obligée de le faire si fort ?

— Oui.

Elle se pencha en avant, le menton dans la main.

— De quel coin d'Amérique êtes-vous, Gray ?

— De nulle part en particulier. Je me déplace beaucoup.

— Mais où se trouve votre maison ?

— Je n'en ai pas.

Il s'attaqua à un nouveau biscuit.

— Je n'en ai pas besoin, puisque je voyage tout le temps.

L'idée fascinait Maggie. Elle inclina légèrement la tête pour mieux l'observer.

— Vous allez comme ça d'un endroit à l'autre, avec vos habits roulés sur le dos ?

— Pas seulement, mais, en gros, oui. Il m'arrive d'acquérir en route une chose à laquelle je ne peux résister — comme cette sculpture de vous que j'ai trouvée à Dublin. Je loue un appartement à New York, ce qui me permet d'entreposer tout ça. C'est là que sont basés mon éditeur et mon agent, alors j'y retourne une ou deux fois par an. Je peux écrire n'importe où, dit-il en haussant les épaules. Et c'est ce que je fais.

— Et votre famille ?

— Là, vous êtes indiscrète, Margaret Mary.

— C'est lui qui a commencé, se défendit Maggie en se tournant vers Rogan.

— Je n'ai pas de famille. Vous avez déjà choisi un nom pour le bébé ? demanda Gray, changeant délibérément de sujet.

Loin d'être dupe, Maggie le considéra d'un air perplexe. Son mari lui serra discrètement le genou en dessous de la table pour l'empêcher de parler.

— Aucun sur lequel nous arrivions à nous mettre d'accord, s'empressa de dire Rogan. Mais nous espérons en avoir trouvé un avant que le petit n'entre à l'université.

Rogan orienta habilement la conversation sur des sujets d'ordre général jusqu'à ce que Gray se lève pour prendre congé. Une fois seule avec son mari, Maggie se mit à tambouriner du bout des doigts sur la table.

— J'aurais pu en apprendre davantage sur lui, si tu n'étais pas venu t'en mêler.

— Cela ne te regarde en rien.

Il se pencha pour l'embrasser sur la bouche.

— Peut-être bien que si. Il me plaît plutôt. Mais il y a quelque chose dans son regard, chaque fois qu'il parle de Brianna... Et ça, je ne suis pas sûre que ça me plaise.

— Cela ne te regarde pas non plus.

— C'est ma sœur.

— Oui, et elle est tout à fait capable de prendre soin d'elle toute seule.

— Comme si tu en savais quelque chose, bougonna Maggie. Les hommes croient toujours tout savoir sur les femmes, alors qu'en fait ils ne savent rien du tout.

— Je te connais par cœur, Margaret Mary.

D'un geste leste, il la souleva dans ses bras.

— Mais qu'est-ce que tu fais ?

— Je m'apprête à t'emmener au lit pour te déshabiller et te faire sauvagement l'amour.

— Oh, vraiment ? s'exclama-t-elle en ramenant ses cheveux en arrière. Tu parles, tu cherches surtout à détourner la conversation !

— Nous allons voir si j'y arrive.

Elle sourit et l'enlaça tendrement par le cou.

— Je suppose qu'il faut au moins que je te laisse une chance.

Quand Gray revint à Blackthorn Cottage, il trouva Brianna à quatre pattes, en train de cirer le parquet du salon avec de grands gestes lents, presque amoureux. La petite croix en or qu'elle portait parfois se balançait comme un pendule au bout de sa chaîne, brillant dans la lumière. Elle avait mis de la musique, un air léger dont elle chantait les paroles en irlandais. Immédiatement sous le charme, il s'approcha et s'accroupit près d'elle.

— Que signifient les paroles ?

Brianna sursauta. Il avait le don de marcher sans déplacer le moindre souffle d'air. Elle écarta quelques mèches folles de ses yeux avant de reprendre sa tâche.

— Ça parle de gens qui partent à la guerre.

— C'est pourtant un air gai.

— Oh, nous sommes toujours ravis d'aller nous battre. Vous êtes là plus tôt que d'habitude. Vous voulez du thé ?

— Non, merci. Je viens de le prendre chez Maggie.

Brianna redressa brusquement la tête.

— Vous êtes allé voir Maggie ?

— Je me promenais et je suis arrivé chez elle par hasard. Elle m'a fait visiter son atelier.

Elle faillit éclater de rire, mais se ravisa en voyant qu'il était sérieux.

— Et comment diable avez-vous réussi à obtenir une faveur pareille ?

— Je lui ai demandé, tout simplement, dit-il avec un sourire innocent. Au départ, elle s'est montrée un peu réticente, mais elle a fini par céder.

Il se pencha vers Brianna en reniflant un grand coup.

— Vous sentez délicieusement bon le citron et la cire d'abeille.

— Ça n'a rien d'étonnant, marmonna-t-elle en se raclant la gorge. Je suis en train de cirer le parquet.

Un petit gémissement s'échappa de ses lèvres lorsqu'il lui prit la main.

— Vous devriez mettre des gants pour faire ce genre de travail.

— Ça me gêne.

Brianna voulut retirer sa main, mais il tint bon. Elle eut beau vouloir se montrer ferme, elle n'arriva qu'à prendre un air désemparé.

— Vous êtes dans mes jambes.

— Je m'en vais dans une minute.

Elle était si jolie, agenouillée par terre, avec ses joues toutes roses.

— Ce soir, sortez avec moi, Brie. Laissez-moi vous emmener dîner.

— J'ai... j'ai préparé du mouton, bredouilla-t-elle. Pour faire des *dingle pies*.

— Ça peut se garder, non?

— Oui, mais... Si vous en avez assez de ma cuisine...

— Brianna...

Sa voix se fit soudain plus douce, enjôleuse.

— J'ai envie de sortir avec vous.

— Pourquoi?

— Parce que vous avez un joli minois.

Gray effleura sa main du bout des lèvres. Elle sentit son cœur se serrer.

— Et parce que je pense que ce serait bien pour vous que, pour une fois, quelqu'un d'autre fasse la cuisine et la vaisselle à votre place.

— J'adore cuisiner.

— J'adore écrire, mais j'ai toujours grand plaisir à lire ce qu'un autre s'est échiné à écrire.

— Ce n'est pas la même chose.

— Mais si.

La tête inclinée, il la considéra soudain d'un regard appuyé.

— Vous n'avez quand même pas peur d'être toute seule avec moi dans un endroit public?

— Quelle idée étrange!

Ce qui était étrange, c'était plutôt ce qu'elle ne pouvait s'empêcher de ressentir, réalisa-t-elle.

— Alors, c'est d'accord. Rendez-vous à sept heures.

Ayant suffisamment de sagesse pour savoir quand battre en retraite, Gray se redressa et s'éclipsa.

Elle se répétait que sa tenue n'avait pas d'importance. Pourtant elle hésita longuement devant son placard. Finalement, elle opta pour une robe toute simple en lainage vert forêt que Maggie lui avait rapportée de Milan. Avec ses manches longues et son col montant, elle avait l'air très sage, presque banale, jusqu'à ce qu'elle soit portée. La laine fine et moelleuse, judicieusement coupée, drapait harmonieusement les formes, révélant chaque courbe au lieu de les dissimuler.

Brianna décida qu'elle convenait très bien à un dîner. Ce serait dommage de la laisser dans un placard alors que Maggie avait dépensé des sommes folles pour la lui offrir. Et puis elle était si douce sur la peau.

Agacée de se sentir toujours aussi nerveuse, elle attrapa son manteau, un simple manteau noir à la doublure rapiécée, qu'elle jeta sur son bras. Il ne s'agissait après tout que d'une invitation à dîner. Un geste aimable de la part d'un homme qu'elle nourrissait depuis plus d'une semaine.

Elle sortit de sa chambre et se dirigea vers l'entrée. Il venait juste d'arriver en bas de l'escalier. Consciente de son allure, Brianna s'arrêta.

Gray se figea sur place, un pied sur la dernière marche, la main sur la rampe. Pendant quelques secondes, ils restèrent ainsi à se dévisager, dans un de ces moments furtifs de parfaite lucidité. Puis il fit un pas en avant, et cette sensation s'estompa aussitôt.

— Brianna, vous êtes vraiment superbe, dit-il en souriant de satisfaction.

— Vous avez mis un costume.

— Oui, j'en mets de temps en temps.

Il lui prit son manteau qu'il posa délicatement sur ses épaules.

— Vous ne m'avez toujours pas dit où nous allions.

— Dîner.

Aussitôt, il l'enlaça par la taille et la poussa hors de la maison.

En s'installant dans la voiture, Brianna soupira de bien-être. Ça sentait bon le cuir. Elle caressa le siège tandis qu'il démarrait.

— C'est très gentil à vous de m'inviter.

— Cela n'a rien à voir avec la gentillesse. J'avais besoin de sortir, et j'avais envie de vous avoir avec moi. Vous ne passez jamais aucune soirée au pub.

Elle se détendit un peu. C'était donc là leur destination.

— Non, je n'y suis pas allée récemment. J'y passe parfois, pour voir tout le monde. Les O'Malley ont eu un nouveau petit-fils, cette semaine.

— Je sais. J'ai eu droit à une pinte pour fêter ça.

— Je viens de terminer une grenouillère pour le bébé. J'aurais dû l'emporter avec moi.

— Nous n'allons pas au pub.

Lorsqu'ils traversèrent le village, Brianna sourit.

— Regardez, voilà Mr. et Mrs. Conroy. Il y a plus de cinquante ans qu'ils sont mariés et ils se tiennent toujours par la main. Si vous les voyiez danser!

— On m'a dit la même chose sur vous, dit-il en lui jetant un bref coup d'œil. Il paraît que vous avez gagné des concours.

— Quand j'étais jeune. Mais ce n'était pas sérieux. C'était juste pour m'amuser.

— Et maintenant, que faites-vous pour vous amuser?

— Oh, tout un tas de choses. Vous conduisez bien pour un Américain.

Devant son air ahuri, elle se mit à pouffer de rire.

— Ce que je veux dire, c'est que beaucoup d'étrangers ont du mal à s'habituer à nos routes et à rouler du bon côté.

— Nous n'allons pas débattre pour savoir si c'est oui ou non le bon côté, mais j'ai passé pas mal de temps en Europe.

— Vous avez un accent que je n'arrive pas à situer... C'est devenu pour moi un jeu, j'essaie toujours de deviner d'où viennent mes clients.

— C'est sans doute parce que je ne suis de nulle part.

— Tout le monde vient de quelque part.

— Non, pas tout le monde. Il y a plus de nomades sur cette terre que vous ne semblez le croire.

— Si je comprends bien, vous vous considérez comme un bohémien...

Elle ramena ses cheveux en arrière et l'observa de profil.

— Ma foi, je n'avais pas pensé à ça, continua-t-elle.

— Ce qui veut dire ?

— La nuit où vous êtes arrivé, j'ai trouvé que vous aviez l'air d'un pirate, puis d'un poète, et même d'un boxeur, mais sûrement pas d'un bohémien. Mais ça vous va plutôt bien.

— Quant à vous, vous m'avez fait l'effet d'une vision, dans votre chemise de nuit blanche tourbillonnante, avec vos cheveux emmêlés et ce mélange de peur et de courage dans le regard...

— Je n'avais pas peur.

Elle aperçut l'écriteau juste avant qu'il ne quitte la route.

— C'est ici que nous allons ? A Drumoland Castle ? Mais c'est impossible.

— Pourquoi ? Il paraît que la cuisine y est fabuleuse.

— Certainement, mais l'addition aussi.

Gray éclata de rire. Il ralentit pour admirer le château qui se dressait fièrement à flanc de colline, brillant de mille lumières.

— Vous savez, Brianna, je suis un bohémien très bien payé. C'est magnifique, non ?

— Oui. Et les jardins... ce n'est pas le bon moment pour les voir, et puis l'hiver a été très rude, mais ils ont des jardins splendides. A l'arrière, il y a un petit enclos. Si charmant que c'en est presque irréel. Pourquoi n'êtes-vous pas descendu dans un endroit comme celui-ci ?

Il gara la voiture et coupa le moteur.

— J'ai failli le faire. C'est alors qu'on m'a parlé de votre auberge. Appelons ça de l'intuition.

Il lui décocha un sourire resplendissant.

— Je suis quelqu'un de très intuitif.

Sur ces mots, il descendit de voiture et lui prit la main pour monter l'escalier de pierre qui menait à l'entrée principale.

Le hall était vaste et luxueux, comme il se devait de l'être dans un château, avec des lambris de bois sombre et des tapis d'un beau rouge profond. Un grand feu flambait dans la cheminée, dégageant une agréable odeur de bois, les lustres en cristal scintillaient et on entendait le murmure doux et solitaire d'une harpe.

— J'ai séjourné une fois dans un château en Écosse, commença-t-il à raconter sans lui lâcher la main en l'entraînant vers la salle à manger. Et dans un autre en Cornouailles. Ce sont des lieux fascinants, peuplés d'ombres et de fantômes.

— Vous croyez aux fantômes ?

— Évidemment. Pas vous ?

— Si, si. Nous en avons même quelques-uns, tout près de chez nous.

— Le cercle de pierres.

Brianna prit un air étonné, tout en réalisant qu'elle n'aurait pas dû l'être. Il était sans doute allé là-bas et avait senti la magie étrange de l'endroit.

— Oui, et d'autres encore.

Gray se tourna vers le maître d'hôtel.

— Thane, annonça-t-il simplement.

On leur souhaita la bienvenue avant de les conduire à leur table. Gray prit la liste des vins qu'on lui tendait.

— Voulez-vous du vin ?

— Volontiers.

Après un examen rapide de la carte, il se tourna vers le sommelier en souriant.

— Un chassagne-montrachet.

— Bien, monsieur.

— Vous avez faim ?

Brianna était en train de dévorer la carte des yeux.

— J'essaie de mémoriser les plats, expliqua-t-elle à voix basse. Je suis venue dîner ici avec Maggie et Rogan, mais je n'ai pas complètement réussi à refaire leur poulet au miel et au vin.

— Choisissez tranquillement, suggéra-t-il. Nous leur demanderons un menu avant de partir.

— Ils ne vous le donneront pas, dit-elle en le regardant par-dessus la carte.

— Bien sûr que si.

Elle rit brièvement et sélectionna un plat au hasard. Une fois qu'ils eurent passé la commande, et goûté le vin, Gray se pencha vers elle.

— Maintenant, racontez-moi tout.

Brianna cligna des yeux.

— Tout quoi ?

— Tout sur ces fantômes.

— Oh...

Elle esquissa un petit sourire et passa délicatement un doigt sur le bord de son verre de vin blanc.

— Il était une fois deux amants. Comme la jeune fille était promise à un autre, ils se voyaient en secret. Le jeune homme était pauvre, un simple fermier, tandis qu'elle était la fille d'un seigneur anglais. Mais ils s'aimaient et rêvaient désespérément de s'enfuir afin de vivre ensemble. Une nuit, ils se retrouvèrent au cercle de pierres. Là, décidèrent-ils, sur ce lieu sacré, ce lieu magique, ils allaient demander aux dieux leur bénédiction. Car elle portait son enfant, aussi n'y avait-il pas de temps à perdre. Ils s'agenouillèrent au centre du cercle et elle lui dit qu'elle était enceinte. On dit qu'ils pleurèrent longuement tous les deux, des pleurs mêlés de joie et de crainte, dans le vent qui murmurait, à l'abri des vieilles pierres. Puis ils firent l'amour une dernière fois. Il allait partir, lui dit-il, il irait détacher son cheval de sa charrue et prendre ce qu'il pourrait, puis reviendrait la chercher. Et, cette nuit même, ils s'enfuiraient.

Brianna poussa un soupir, les yeux rêveurs.

— Et il la laissa là, au centre du cercle de pierres. Mais quand il arriva devant sa ferme, les hommes du seigneur anglais l'attendaient. Ils le transpercèrent de leurs épées, et il se vida de son sang qui imbiba la terre, puis ils brûlèrent sa maison et ses récoltes. Tout en rendant son dernier soupir, le jeune homme n'eut de pensées que pour sa bien-aimée.

Elle marqua une légère pause, avec ce sens inné de

ceux qui savent conter des histoires. A l'autre bout de la salle, la harpiste entama une ballade qui parlait d'un amour malheureux.

— Et elle attendit, là, au centre du cercle de pierres. Plus elle attendait, plus elle avait froid, si bien qu'elle se mit à trembler. La voix de son amant lui parvint à travers les champs, comme des sanglots transportés par le vent. Comprenant qu'il était mort, elle s'allongea, ferma les yeux et partit le rejoindre. Quand on la retrouva le lendemain matin, elle souriait. Mais son corps était froid, glacé, et son cœur ne battait plus. Certaines nuits, si on s'arrête au centre du cercle de pierres, on les entend se murmurer des promesses, et l'herbe se mouille alors de leurs larmes.

Gray expira longuement, puis se cala sur sa chaise en buvant un peu de vin.

— Vous possédez un vrai talent de conteuse, Brianna.

— Je n'ai fait que vous raconter ce qu'on m'a raconté. Vous voyez, l'amour finit toujours par triompher, par-delà la peur, les souffrances, et même par-delà la mort.

— Vous les avez déjà entendus murmurer ?

— Mais oui. Et j'ai pleuré sur eux. Et je les ai enviés.

Elle se redressa et s'appliqua à chasser ses idées noires de son esprit.

— Et vous, quels fantômes connaissez-vous ?

— Bon, je vais vous raconter une histoire. Elle se passe dans les collines environnantes des champs de Culladon, où erre un Highlander manchot.

Les lèvres de Brianna s'incurvèrent malicieusement.

— C'est une histoire vraie ? Ou bien vous l'avez inventée ?

Il lui prit la main et l'effleura d'un baiser.

— A vous de me le dire.

5

Elle n'avait jamais passé une soirée comme celle-ci. Tout concourait à constituer un fabuleux souvenir : un homme très séduisant, apparemment fasciné par tout ce qu'elle disait, l'apparat romantique d'un château médiéval, sans les inconvénients, un repas français délicieux et un excellent vin.

Brianna ne voyait pas comment le remercier — particulièrement pour le menu que Gray avait réussi à soutirer du maître d'hôtel.

Aussi commença-t-elle par le seul moyen qu'elle connaissait : en préparant un somptueux petit déjeuner.

Quand Maggie arriva, des odeurs alléchantes emplissaient la cuisine et Brianna chantait.

— Eh bien, la matinée est belle, à ce que je vois.

— Très belle. Tu veux manger quelque chose ? Il y a largement ce qu'il faut.

— J'ai déjà pris mon petit déjeuner, dit-elle, visiblement à regret. Gray n'est pas là ?

— Il n'est pas encore descendu. D'habitude, à cette heure-ci, il est déjà en train de renifler les casseroles.

— Nous sommes donc seules pour un petit moment.

— Oui...

Sa belle humeur s'assombrit quelque peu. Brianna disposa délicatement une dernière tranche de pain sur le plat avant de le mettre au four afin de le garder au chaud.

— Tu es venue me parler des lettres.

— Tu dois trouver que je t'ai laissée t'inquiéter assez longtemps comme ça. Pardonne-moi.

— Nous avions toutes les deux besoin d'y réfléchir. Alors, Maggie, que comptes-tu faire? demanda Brianna en croisant les mains sur son tablier et en faisant face à sa sœur.

— J'ai l'intention de ne rien faire du tout, comme si je ne les avais jamais lues, comme si elles n'existaient pas.

— Maggie...

— Laisse-moi finir, coupa-t-elle en se mettant à marcher de long en large comme un fauve en cage. Je veux que tout continue comme avant, et garder le souvenir que j'ai de mon père. Je n'ai pas envie de m'interroger sur une femme qu'il a connue et avec qui il a couché il y a de cela des années. Ni de me soucier de savoir si j'ai un frère ou une sœur quelque part. Tu es ma sœur. Et ma famille. Je me dis que cette Amanda a dû refaire sa vie, et que ni elle ni son enfant n'apprécieraient beaucoup que nous débarquions subitement aujourd'hui. Je veux oublier toute cette histoire. Voilà ce que je veux.

Elle s'arrêta et s'appuya au rebord du comptoir en soupirant.

— Oublier, c'est ce que je veux, répéta-t-elle, mais ce n'est pas ce qu'il faut faire. Il a prononcé son nom — la dernière chose qu'il a dite avant de mourir a été son nom. Elle a le droit de le savoir. Tout comme j'ai le droit de la maudire à cause de ça.

— Assieds-toi, Maggie. Ce n'est pas bon pour toi de t'angoisser comme ça.

— Bien sûr que ça m'angoisse! Ça nous angoisse toutes les deux. Nous avons des façons différentes de réagir, c'est tout. Et puis je n'ai pas besoin de m'asseoir. Si le bébé n'est pas encore habitué à mon caractère, mieux vaut qu'il commence tout de suite.

Elle tenta néanmoins de se calmer.

— Nous allons devoir engager un enquêteur, un détective, à New York. C'est bien ce que tu veux, n'est-ce pas?

— Je pense que c'est ce que nous avons de mieux à faire, dit prudemment Brianna. Pour nous. Et pour papa. Comment allons-nous nous y prendre?

— Rogan connaît plein de gens. Il passera quelques coups de fil. C'est le roi du coup de fil.

Voyant que Brianna en avait besoin, elle lui sourit.

— Ça, ce sera la partie facile. Pour les trouver, j'ignore combien de temps il faudra. Et Dieu sait ce que nous ferons si jamais nous nous retrouvons face à face avec eux. Elle s'est peut-être mariée, cette Amanda. Peut-être qu'elle a une dizaine d'autres enfants et est très heureuse.

— J'y ai pensé. Mais il faut qu'on la retrouve, non?

— Je sais.

Maggie s'avança pour caresser doucement la joue de sa sœur.

— Ne te fais pas tant de soucis, Brie.

— A condition que tu ne t'en fasses pas non plus.

— Promis, dit-elle en l'embrassant. Et maintenant, va nourrir ton yankee paresseux. J'ai allumé mon four et du travail m'attend.

— Ne travaille pas trop.

Maggie se retourna avant de franchir le seuil.

— Je connais mes limites, lança-t-elle en claquant la porte.

Il était dix heures, et Brianna avait encore une multitude de choses à faire. Si Gray ne descendait pas prendre son petit déjeuner, elle le lui apporterait dans sa chambre.

Un coup d'œil sur le menu la fit sourire. Elle prépara un plateau en chantonnant gaiement, puis le monta au premier étage. Sa porte était fermée. Après quelques secondes d'hésitation, elle frappa doucement, mais n'obtint pas de réponse. Peut-être était-il malade. Inquiète, elle frappa à nouveau et l'appela.

Croyant entendre un vague grognement, elle poussa la porte.

Le lit ressemblait à un véritable champ de bataille. Les draps et les couvertures étaient tout entortillés et la couette traînait par terre au bout du lit. En outre, il faisait un froid glacial dans la chambre.

Brianna fit un pas en avant, l'aperçut et écarquilla de grands yeux.

Il était à son bureau, pieds nus, les cheveux tout ébouriffés. Une pile de livres à côté de lui, ses doigts couraient sur le clavier d'un petit ordinateur. Près de son coude, il y avait un cendrier débordant de mégots de cigarettes dont l'odeur empestait l'atmosphère.

— Excusez-moi...

Pas de réponse. Les muscles de ses bras commençaient à s'engourdir sous le poids du plateau.

— Grayson...

— Quoi ?

Le mot était sorti de sa bouche comme un boulet de canon. Brianna recula d'un pas. Il tourna la tête.

C'était à nouveau le pirate qui se trouvait devant elle. L'air dangereux, enclin à la violence. Tandis qu'il la dévisageait sans sembler la reconnaître, elle se demanda s'il n'était pas devenu fou pendant la nuit.

— Attendez, ordonna-t-il en se remettant à taper sur son clavier.

Brianna attendit, stupéfaite, pendant près de cinq bonnes minutes. Alors, il se redressa, se passa les mains sur le visage comme un homme qui vient de se réveiller d'un rêve. Ou d'un cauchemar. Puis il se tourna vers elle avec ce sourire maintenant si familier.

— C'est le petit déjeuner ?

— Oui, je... Il est dix heures et demie, et comme vous ne descendiez pas...

— Désolé.

Il se leva et la débarrassa du plateau qu'il posa sur le lit. En piquant un morceau de bacon au passage.

— Ça m'a pris au milieu de la nuit. Je crois que c'est cette histoire de fantômes qui a tout déclenché. Seigneur, il fait un froid de canard !

— Cela n'a rien d'étonnant. Vous allez attraper un rhume à rester pieds nus avec le feu éteint.

Gray se contenta de sourire en la voyant s'agenouiller devant l'âtre pour remettre de la tourbe. On eût dit une mère réprimandant un enfant désobéissant.

— Je n'ai pas vu passer le temps.

— C'est très bien, mais ce n'est pas bon pour la santé de rester assis dans ce froid, à fumer cigarette sur cigarette au lieu de prendre un bon petit déjeuner.

— Ça sent plus que bon.

S'exhortant à la patience, il s'accroupit près d'elle et lui caressa amicalement le dos.

— Brianna, vous me feriez une faveur ?

— Oui, si je peux.

— Allez-vous-en.

Abasourdie, elle tourna la tête vers lui. Il se mit à rire et lui prit les mains.

— Ne le prenez pas mal. C'est juste que j'ai tendance à mordre quand on m'interrompt dans mon travail. Et pour l'instant, ça marche plutôt bien.

— Je n'ai nullement l'intention de vous déranger, répliqua-t-elle d'un air pincé.

Diable, il s'évertuait pourtant à faire preuve de diplomatie...

— Il faut absolument que j'écrive pendant que j'ai de l'inspiration, vous comprenez ? Alors, faites comme si je n'étais pas là.

— Mais... votre chambre. Il faut que je change les draps... et les serviettes...

— Ne vous inquiétez pas pour ça.

Le feu flambait à nouveau. Gray sentit l'impatience le gagner. Il l'aida à se relever.

— Vous vous occuperez de tout ça quand mon imagination sera à sec. J'apprécierais beaucoup que vous me déposiez quelque chose à manger devant la porte de temps en temps, mais, à part ça, je n'ai besoin de rien.

— D'accord, mais...

Il l'entraînait déjà vers la porte. Brianna se rebiffa.

— Inutile de me mettre dehors... Je m'en vais.

— Merci pour le petit déjeuner.

— Je...

Il lui claqua la porte au nez.

— Je vous en prie, marmonna-t-elle entre ses dents.

Toute la journée et les deux jours suivants, il resta invisible. Brianna préférait ne pas imaginer dans quel état devait être sa chambre... Avait-il seulement veillé à rallumer le feu et pris le temps de dormir ? Il mangeait, ça, elle le savait. Chaque fois qu'elle montait un nouveau plateau, le précédent était devant la porte. Et il n'en laissait jamais une seule miette.

Elle aurait pu se croire toute seule dans la maison, si elle n'avait eu si fortement conscience en permanence de sa présence. Lui, en revanche, ne devait pas penser à elle un instant.

Brianna ne s'était pas trompée. Il dormait en effet de temps à autre, sombrant dans un sommeil rempli de rêves. Il mangeait pour nourrir son corps comme l'histoire nourrissait son esprit. En trois jours, il avait écrit plus de cent pages. Ce n'était encore qu'un brouillon, mais il tenait son roman.

Il était au paradis.

Quand il commença à être en panne, il se traîna jusqu'au lit, rabattit les couvertures sur sa tête et dormit comme une masse.

A son réveil, il examina longuement la chambre et décida qu'une femme aussi forte que Brianna ne saurait s'évanouir devant un tel spectacle. Quant au spectacle que lui-même offrait, c'était une autre affaire, se dit-il en s'apercevant dans le miroir.

Il retira sa chemise, fit la grimace en sentant l'odeur qui s'en dégageait et fila sous la douche. Trente minutes plus tard, il enfilait des vêtements propres. La tête lui tournait légèrement et il se sentait un peu raide par manque d'exercice. Mais il était toujours aussi ravi. Il ouvrit la fenêtre pour humer l'air pluvieux à pleins poumons.

Une journée parfaite, pensa-t-il. Dans un endroit parfait.

Son petit déjeuner avait refroidi devant la porte. Il avait dû dormir plus qu'il ne l'avait cru. Il s'empara du plateau en espérant qu'il parviendrait à convaincre Brianna de lui réchauffer quelque chose.

Peut-être accepterait-elle de venir faire un tour avec

lui. Ou même d'aller passer la journée à Galway pour se mêler à la foule. Ils pourraient toujours...

En entrant dans la cuisine, Gray se figea, un grand sourire jusqu'aux oreilles. Elle était là, les mains dans la pâte jusqu'au poignet, les cheveux relevés, de la farine sur le bout du nez.

Le spectacle qu'elle offrait était si ravissant, et il était de si belle humeur... Il posa le plateau avec tant de précipitation qu'elle se retourna en sursautant. Elle allait lui sourire lorsqu'il fonça sur elle, prit son visage entre ses mains et lui plaqua un énorme baiser sur la bouche.

Ses mains s'enfoncèrent dans la pâte à pain. La tête se mit à lui tourner. Mais avant qu'elle ait pu réagir, il s'écarta.

— Bonjour. Quelle journée magnifique, n'est-ce pas ? Je me sens dans une forme incroyable. Ça ne se passe pas toujours comme ça, vous savez. Mais quand c'est le cas, c'est un peu comme si un train vous passait à toute vitesse dans la tête. Rien ne peut l'arrêter.

Il attrapa un toast froid sur le plateau pour mordre dedans. Au moment où il allait le mettre dans sa bouche, il réalisa ce qu'il venait de faire. Sans la quitter des yeux, il reposa le toast.

Ce baiser n'avait été qu'un reflet de son humeur. Plein de légèreté et d'exubérance. Soudain, son visage se rembrunit.

Elle était là, devant lui, les yeux écarquillés et les lèvres encore entrouvertes de surprise.

— Attendez, murmura-t-il en revenant vers elle. Attendez une seconde.

Le toit aurait pu menacer de s'écrouler, Brianna aurait été incapable de faire un geste. Elle retint son souffle en sentant ses mains encadrer son visage, cette fois plus doucement, comme s'il voulait en éprouver la texture. Il se pencha sur elle.

Ses lèvres effleurèrent les siennes. Doucement. Merveilleusement. D'une façon qui ne justifiait toutefois en rien de s'enflammer. Pourtant, ce fut tout à coup comme si son sang se mettait à bouillir dans ses veines. Il la fit pivoter vers lui, juste assez pour que leurs corps se retrouvent collés l'un contre l'autre, juste assez pour approfondir son baiser.

Un petit cri, d'affolement ou de plaisir, s'étouffa dans sa gorge tandis que ses poings crispés retombaient mollement.

Sa bouche était une merveille à savourer, se dit-il. Pleine, généreuse, accueillante. Il lui mordilla légèrement la lèvre et frissonna en la sentant gémir. Lentement, il suivit le contour de sa bouche du bout de sa langue, puis se faufila entre ses lèvres.

Tant de parfums subtils...

C'était un enchantement. La tiédeur de sa peau, la souplesse de son corps. Et son cœur, qui battait à tout rompre. A moins que ce ne soit le sien. Sentant un désir violent monter en lui, il s'écarta.

Brianna tremblait. Instinctivement, Gray comprit qu'il lui fallait absolument dire quelque chose, faute de quoi, ils se sentiraient blessés tous les deux.

— C'était mieux que je ne l'avais imaginé, parvint-il à dire. Et pourtant je ne manque pas d'imagination.

D'un pas chancelant, Brianna s'appuya contre la table. Les jambes en coton. Seule la peur de paraître ridicule l'aida à retrouver sa voix.

— Vous vous comportez toujours comme ça quand vous sortez de votre tanière ?

— Je n'ai pas toujours la chance d'avoir une belle femme sous la main.

Gray pencha la tête pour l'observer. La veine de son cou continuait à battre violemment, et ses joues étaient encore cramoisies. Mais, à moins qu'il ne se trompe complètement, elle était déjà en train de reconstruire le mur de défense dérisoire dont elle s'entourait en permanence.

— Ce n'est pas dans mes usages. Vraiment, croyez-moi.

— Je n'ai pas pour habitude d'être embrassée par mes clients pendant que je fais mon pain.

Une pointe de mauvaise humeur assombrit ses yeux verts. Voyant qu'il avançait à nouveau vers elle, elle recula d'un pas.

— Je vous en prie, non.

— Vous pourriez être plus claire?

— Il faut que je termine ceci. La pâte doit encore lever.

— Vous éludez la question, Brianna.

— Bon, d'accord. N'essayez plus de m'embrasser, dit-elle en laissant échapper un petit soupir. Je n'ai pas de quoi me défendre.

— Cela ne doit pas forcément être une bataille. Brianna, j'aimerais vous emmener au lit.

Pour occuper ses mains, elle prit un torchon et essuya la pâte qui collait à ses doigts.

— Voilà qui est direct!

— Mais honnête. Si cela ne vous intéresse pas, il vous suffit de le dire.

— Je ne prends pas les choses avec autant de désinvolture que vous. Comme s'il suffisait de répondre oui ou non, et de se moquer de tout le reste. Et puis je n'ai aucune expérience dans ce domaine.

Comment faisait-elle pour se montrer si froide alors que lui-même était en proie à un désir si ardent...

— Dans quel domaine?

— Celui dont vous parlez. Et maintenant, poussez-vous, que je puisse terminer mon pain.

Gray la prit simplement par le bras et la regarda au fond des yeux. Était-elle vierge? se demanda-t-il en laissant cette idée faire son chemin dans sa tête. Une femme comme elle, qui réagissait ainsi?

— Les hommes ont quelque chose qui clochent, par ici? lança-t-il d'un ton léger, dans l'espoir de faire retomber quelque peu la tension.

Mais la lueur douloureuse qui passa dans son regard lui fit regretter sa remarque sur-le-champ.

— La façon dont je vis ne regarde que moi, répliqua-t-elle d'un air glacial. Ces jours-ci, j'ai respecté vos consignes et vous ai laissé à votre travail. Pourriez-vous agir de même et me laisser faire le mien?

— Très bien...

Il la lâcha et s'éloigna.

— Je sors un moment. Voulez-vous que je vous rapporte quelque chose?

— Non, merci.

Elle replongea les mains dans la pâte à pain et commença à la pétrir.

— Il pleut, remarqua-t-elle d'une voix neutre. Vous devriez prendre une veste.

Arrivé devant la porte, Gray se retourna.

— Brianna, vous ne m'avez pas dit si ma proposition vous intéressait ou non. J'en déduis par conséquent que vous souhaitez y réfléchir.

Puis il s'empressa de sortir. Ce ne fut qu'en entendant la porte se refermer qu'elle reprit ses esprits.

Pour brûler son trop-plein d'énergie, Gray prit sa voiture et alla jusqu'aux falaises de Mohr. Et pour leur laisser à tous les deux le temps de se reprendre, il s'arrêta déjeuner dans un pub à Ennis. Puis il se promena dans les petites rues, histoire de digérer le *fish and chips* un peu lourd qu'il avait englouti. Dans une vitrine, un objet attira son attention. Pris d'une impulsion, il entra dans la boutique et le fit emballer.

Lorsqu'il rentra à Blackthorn Cottage, Gray s'était convaincu que ce qui s'était passé dans la cuisine avec Brianna était davantage dû à sa joie de s'être enfin mis au travail qu'à une chimie quelconque entre eux deux.

Toutefois, quand il entra dans sa chambre et la trouva à genoux dans la salle de bains, un seau à côté d'elle et une serpillière à la main, il recommença à douter. A moins d'être un obsédé sexuel, pour quelle raison un homme trouverait-il ce tableau excitant ?

— Avez-vous une idée du nombre de fois où je vous retrouve dans cette position ?

Brianna lui jeta un regard par-dessus son épaule.

— C'est un moyen honnête de gagner sa vie, dit-elle en ramenant une mèche de cheveux en arrière. Permettez-moi de vous dire que, quand vous travaillez, Grayson Thane, vous vivez comme un porc.

Il leva un sourcil étonné.

— Vous parlez comme ça à tous vos clients ?

Là, il avait marqué un point. Elle rougit et repassa un coup de serpillière sur le sol.

— Je n'en ai plus pour longtemps, si vous me laissez finir tranquillement. J'ai un autre client qui arrive ce soir.

— Ce soir ?

Son expression s'assombrit. Être tout seul ici lui plaisait. L'avoir pour lui tout seul lui plaisait.

— Qui est-ce ?

— Un gentleman anglais. Il a appelé ce matin, peu après que vous soyez parti.

— Et combien de temps reste-t-il ?

— Une nuit ou deux. Mais je n'interroge pas mes clients. Vous devriez le savoir.

— Il me semble que vous pourriez tout de même leur poser quelques questions. Vous ne pouvez pas laisser des étrangers débarquer comme ça dans votre maison.

Amusée, Brianna le regarda en secouant la tête. Il émanait de lui un mélange de rudesse et d'élégance. Ses cheveux aux pointes dorées attachés sur sa nuque lui donnaient un air de pirate au regard renfrogné qui contrastait avec ses bottes raffinées, son jean usé et sa chemise impeccable.

— C'est pourtant exactement ce que je fais. Je crois me souvenir que vous avez vous-même débarqué ici, et en pleine nuit, il n'y a pas si longtemps.

— Ce n'est pas pareil.

Devant son air perplexe, il haussa les épaules.

— Bon, d'accord, c'est pareil. Écoutez, vous ne voudriez pas arrêter de faire ça et vous relever ? On pourrait manger par terre.

— Apparemment, votre promenade d'aujourd'hui ne vous a pas mis de bonne humeur.

— J'ai passé un moment très agréable.

Il fit le tour de la chambre et s'adressa à elle d'un ton hargneux.

— Vous avez touché à mon bureau.

— J'ai retiré un bon centimètre de poussière et de cendres de cigarettes, si c'est à cela que vous faites allusion. Je n'ai pas touché à votre petite machine, sinon pour la soulever et la remettre aussitôt en place.

Bien qu'elle ait été terriblement tentée de l'ouvrir pour voir ce qu'il avait écrit.

— Vous n'êtes pas obligée de tout nettoyer sans

arrêt derrière moi, souffla-t-il en mettant les mains dans ses poches.

Brianna se contenta de rester debout devant lui en le dévisageant calmement, son seau à la main.

— Bon, recommençons à zéro. Je vous ai rapporté un cadeau.

— Ah bon? Mais pourquoi?

— Et pourquoi pas?

Il alla chercher le sac en papier qu'il avait posé sur le lit et le lui tendit.

— En voyant ça, j'ai pensé que ça vous plairait.

— C'est gentil de votre part.

Elle sortit la boîte du sac et entreprit de défaire le scotch qui l'entourait.

Il émanait d'elle un mélange de savon et de fleurs. Gray serra des dents.

— Si vous ne voulez pas que je vous jette sur le lit que vous venez de faire, vous feriez mieux de reculer.

Elle le considéra d'un air étonné et ses mains se figèrent sur la boîte.

— Je ne plaisante pas, ajouta-t-il.

— D'accord.

Elle fit un pas en arrière, puis un autre.

— C'est mieux comme ça?

Réalisant tout à coup l'absurdité de la situation, Gray lui fit un grand sourire.

— Pourquoi me fascinez-vous à ce point, Brianna?

— Ça, je n'en sais rien!

— C'est peut-être la raison, murmura-t-il. Ouvrez votre cadeau.

— C'est ce que j'essaie de faire.

Elle réussit enfin à retirer le scotch, ouvrit la boîte et souleva le papier de soie.

— Oh, c'est charmant...

Une lueur de plaisir anima son visage quand elle prit le petit cottage en porcelaine entre ses mains. Délicatement sculptée, la porte de la maison miniature était ouverte de façon accueillante et, dans le jardin, le moindre pétale était rendu à la perfection.

— On a presque envie d'y entrer, remarqua-t-elle d'une voix douce.

— Ça m'a fait penser à vous.

— Merci, dit-elle en lui souriant, l'air plus détendu. Vous m'avez acheté ça pour m'attendrir ?

— Dites-moi d'abord si ça a marché.

Brianna éclata de rire.

— Ah, non, pas question ! Vous avez déjà suffisamment l'avantage comme ça !

— Vous croyez vraiment ?

Alarmée par le ronronnement rauque de sa voix, elle remit le petit cottage dans sa boîte.

— Il faut que j'aille préparer le dîner. Vous désirez un plateau, pour ce soir ?

— Non, pas ce soir. La première vague d'inspiration est passée.

— Mon nouveau client doit arriver vers cinq heures. Vous dînerez en sa compagnie.

— Vous m'en voyez ravi.

Gray s'était préparé à détester d'emblée le gentleman anglais. Cependant, il était difficile de se sentir menacé ou même irrité à la vue de ce petit homme tiré à quatre épingles, au crâne chauve tout luisant, doté d'un accent fort distingué.

Herbert Smythe-White, de Londres, était un veuf à la retraite qui avait entrepris un voyage de six mois en Irlande et en Écosse.

— Par pur caprice, expliqua-t-il à Gray au cours du dîner. Nancy et moi n'avons pas eu la chance d'avoir d'enfants. Il y a maintenant deux ans qu'elle est morte, et je me retrouve à broyer du noir à la maison. Nous avions projeté depuis longtemps de faire un voyage de ce genre, mais mon travail me retenait toujours.

Une expression de regret se mêla à son sourire.

— Alors, finalement, j'ai décidé de le faire tout seul. Une façon de lui rendre hommage. Je crois qu'elle aurait apprécié.

— C'est votre première étape ?

— Oui. Je me suis posé en avion à Shannon, où j'ai loué une voiture.

Il retira ses lunettes à monture d'acier et les essuya avec son mouchoir.

— J'ai avec moi toutes les armes nécessaires à un touriste, des cartes, des guides... Je vais passer un jour ou deux ici avant de partir dans le Nord.

Il remit ses lunettes sur son grand nez.

— Mais je crains d'avoir commencé par le meilleur. La table de miss Concannon est vraiment excellente.

— Ce n'est pas moi qui vous dirai le contraire.

Ils étaient en train de déguster un succulent saumon dans la salle à manger.

— Dans quelle branche étiez-vous ?

— La banque. Je crois que j'ai passé trop d'années de ma vie à m'intéresser aux chiffres.

Le vieux monsieur se resservit une pleine cuillerée de pommes de terre nappées de sauce moutarde.

— Et vous, Mr. Thane ? Miss Concannon m'a dit que vous étiez écrivain. Les gens pragmatiques comme moi envient toujours ceux qui créent. Je n'ai jamais consacré beaucoup de temps à lire pour mon plaisir, mais je vais certainement me procurer un de vos livres, maintenant que je vous connais. Vous êtes en voyage, vous aussi ?

— Pas en ce moment. Je suis installé ici.

— Ici, à l'auberge ?

— Exactement, répondit-il en jetant un coup d'œil à Brianna qui venait d'entrer.

— J'espère que vous avez gardé un peu de place pour le dessert.

Elle déposa un grand saladier rempli de diplomate au milieu de la table.

— Oh, Seigneur ! s'exclama Smythe-White, les yeux brillants de gourmandise. Je vais sans doute peser un bon kilo de plus en sortant de cette pièce.

— J'y mets de la magie, alors les calories ne comptent pas, dit Brianna en leur servant de généreuses portions. J'espère que votre chambre vous convient, monsieur. Si vous avez besoin de quoi que ce soit, surtout, demandez-le-moi.

— Tout est parfait, lui assura-t-il. Il faudra absolument que je revienne quand votre jardin sera en fleurs.

— Avec grand plaisir.

Elle les laissa après leur avoir apporté un pot de café et une carafe de brandy.

— Quelle femme charmante ! commenta Smythe-White.

— Oui, c'est vrai.

— Et si jeune, pour tenir un établissement comme celui-ci toute seule. On l'imaginerait volontiers avec un mari, une famille.

— Elle est très efficace, c'est incontestable.

Gray laissa fondre une première cuillerée de diplomate sous sa langue. Efficace n'était pas le mot, songea-t-il. Cette femme cuisinait comme une fée.

— Sa sœur et son beau-frère habitent juste au bout de la route. Ici, c'est une petite communauté très soudée. Il y a toujours quelqu'un pour venir frapper à la porte de la cuisine.

— Tant mieux. Sinon, ce serait un endroit bien isolé. En arrivant en voiture, j'ai remarqué qu'il y avait peu de voisins, et qu'ils étaient très éloignés les uns des autres.

Il sourit à nouveau.

— Je crois bien que la ville m'a corrompu. J'avoue sans honte adorer la foule et l'agitation. Il va sans doute me falloir quelque temps avant de m'habituer à dormir au calme.

— Pour le calme, vous allez être servi !

Gray proposa du brandy à son compagnon qui acquiesça et se servit à son tour.

— Je suis passé à Londres il n'y a pas très longtemps. Dans quel coin habitez-vous ?

— J'ai un petit appartement près de Green Park. Je n'ai pas eu le cœur de garder la maison, après la mort de Nancy.

Il soupira en faisant tourner son brandy dans son verre.

— Permettez-moi de vous donner un conseil, Mr. Thane. Profitez de chaque moment qui passe. N'investissez pas tous vos efforts dans l'avenir. On finit par louper l'instant présent.

— C'est ce conseil qui guide ma vie.

De longues heures plus tard, l'idée qu'il restait du dessert tira Gray de son lit douillet et de sa lecture. Il enfila un pantalon et descendit l'escalier à pas de loup, impatient à l'idée de dévorer le gâteau.

Depuis son arrivée à Blackthorn, ce n'était pas la première fois qu'il se levait en pleine nuit pour aller piller le Frigidaire. L'obscurité et les craquements du plancher ne le troublèrent nullement pour se faufiler jusqu'à la cuisine. Ne voulant pas réveiller Brianna, il alluma la petite lumière qui se trouvait au-dessus de la cuisinière.

Elle dormait juste derrière ce mur. Il l'imagina dans sa longue chemise de nuit blanche, boutonnée jusqu'au col. Une chemise de nuit si convenable qui encourageait tout homme à s'interroger sur le corps qu'elle dissimulait.

S'il continuait à laisser dériver ainsi ses pensées, tous les diplomates du pays ne suffiraient pas à satisfaire son appétit...

Un seul vice à la fois, mon vieux, se dit-il en sortant le saladier. Un bruit à l'extérieur le fit s'immobiliser un instant en tendant l'oreille. Quelqu'un grattait à la porte.

Le saladier à la main, il s'approcha pour jeter un coup d'œil au-dehors, mais ne vit rien d'autre que la nuit noire. Soudain, des poils et des griffes couvrirent la vitre. Gray étouffa un cri de stupeur et faillit tomber à la renverse. Jurant et riant à moitié, il ouvrit la porte à Conco.

— Je te remercie, tu viens de me raccourcir la vie de dix ans d'un coup !

Il flatta le chien derrière les oreilles et, puisque Brianna n'était pas là pour s'en occuper, décida de partager le reste du dessert avec son compagnon.

— Mais... qu'est-ce que vous faites là ?

Gray se redressa vivement et se cogna la tête contre la porte du placard qu'il avait oublié de refermer. Un gros morceau de gâteau s'écrasa mollement dans l'écuelle du chien qui l'engloutit sans tarder.

— Rien, rien, fit Gray d'un air innocent en se frottant la tête. Diable, entre vous et votre chien-loup, j'aurai de la chance si j'arrive jusqu'à mon prochain anniversaire !

— Il ne doit pas manger de sucreries, dit-elle en lui prenant le saladier des mains. Ce n'est pas bon pour lui.

— C'est moi qui comptais le manger. Mais je vais me contenter d'un tube d'aspirine.

— Asseyez-vous. Je vais regarder ce que vous vous êtes fait à la tête.

— Charmant... Pourquoi ne retournez-vous pas tout simplement vous coucher en me...

Il n'eut pas le temps de terminer sa phrase. Brusquement, Conco dressa l'oreille, puis bondit vers la porte d'entrée en retroussant les babines. Gray eut la malencontreuse idée de se trouver sur son passage.

Quatre-vingts kilos de muscles jaillirent sur lui, et il s'effondra sur le comptoir. Son coude craqua en heurtant le rebord en bois tandis que des milliers d'étoiles explosaient devant ses yeux. La voix de Brianna lui parvint alors comme dans un brouillard.

— Vous vous êtes fait mal ? lui demanda-t-elle avec une sollicitude toute maternelle. Grayson, vous êtes tout pâle. Tenez, asseyez-vous. Couché, Conco !

A moitié assommé, Gray se laissa tomber lourdement sur la chaise qu'elle venait d'approcher.

— Tout ça pour un fichu bol de crème !

— Ce n'est rien, respirez calmement. Allez, montrez-moi votre bras.

— Aïe !

Une douleur vive se propagea dans tout son bras quand elle lui plia le coude.

— Vous essayez de me tuer uniquement parce que j'ai envie de vous déshabiller ?

— Arrêtez...

Elle le rabroua mollement tout en passant la main sur son bras endolori.

— Je vais aller chercher de l'hamamélis.

— Je préférerais de la morphine.

Gray se tourna vers le chien qui continuait à grogner au seuil de la porte, prêt à bondir.

— Mais qu'est-ce qu'il a ?

— Je ne sais pas. Conco, arrête de faire l'idiot. Assis.

Elle tamponna un linge avec de la lotion d'hamamélis.

— C'est sans doute à cause de Mr. Smythe-White. Quand il est arrivé, Conco était en vadrouille. Ils n'ont pas été présentés. Il a probablement senti sa trace.

— Heureusement que ce vieux monsieur n'a pas eu une envie folle de diplomate en pleine nuit !

Brianna se contenta de sourire et se releva pour examiner le crâne de Gray. Il avait de très beaux cheveux, se dit-elle. Bouclés et tout soyeux.

— Oh, Conco ne lui aurait fait aucun mal. Il l'aurait juste coincé dans un coin. Eh bien, vous allez avoir une belle bosse, c'est certain !

— Inutile de prendre cet air réjoui.

— Ça vous apprendra à donner des sucreries à mon chien. Je vais préparer un sac de glaçons et vous le...

Elle poussa un petit cri quand il la fit basculer sur ses genoux. Conco pointa les oreilles, mais se contenta de venir vers Gray pour lui lécher les mains.

— Il m'aime bien.

— Oh, il se laisse facilement séduire. Lâchez-moi, sinon je lui ordonne de vous mordre.

— Ça m'étonnerait qu'il vous obéisse. Je viens de lui donner du gâteau. Restez là une minute, Brie. Je suis trop faible pour pouvoir vous embêter.

— Je n'en crois pas un mot, dit-elle dans un souffle. Néanmoins, elle céda.

Gray prit sa tête et l'appuya contre son épaule, et sourit en voyant Conco poser la sienne sur les genoux de sa maîtresse.

— Là... On est bien.

— Oui.

Il la garda ainsi, serrée tout contre lui dans la pénombre, tandis qu'un silence paisible emplissait la maison. Et Brianna sentit son cœur vaciller.

6

Brianna avait envie d'un avant-goût de printemps. Commencer trop tôt était risqué, elle le savait, toutefois elle était décidée. Elle rassembla les graines qu'elle avait accumulées depuis l'automne, prit sa petite radio portable et emporta le tout dans la petite cabane qu'elle avait provisoirement transformée en serre.

Ce n'était pas grand-chose, elle était la première à l'admettre. Avec ses huit mètres carrés de sol en terre battue, la cabane était davantage destinée à servir de débarras qu'à faire des plantations. Toutefois, elle avait obligé Murphy à y installer des vitres ainsi qu'un chauffage. Quant aux établis, elle les avait elle-même fabriqués, avec peu d'adresse et pas mal de fierté.

Certes, elle ne disposait pas de beaucoup de place, ni de tous les ustensiles dont elle rêvait. Mais elle pourrait tout de même planter dans des pots de tourbe les graines qu'elle avait commandées par l'intermédiaire d'un catalogue de jardinage.

Elle avait tout l'après-midi devant elle. Gray s'était enfermé dans sa chambre pour travailler, Mr. Smythe-White était parti faire une excursion dans le Kerry et le repas du soir était prêt. Elle avait donc tout le temps de se distraire.

Peu de choses rendaient Brianna aussi heureuse que de plonger les mains dans la terre.

L'année prochaine, elle s'offrirait une vraie serre. Bien que cela représentât sans doute une dépense excessive. Ne serait-ce que le mazout nécessaire à la chauffer. Utiliser cet argent pour remettre sa voiture en état eût été plus raisonnable.

Mais nettement moins amusant.

Elle commença à aplatir la tourbe tout en laissant vagabonder ses pensées.

Gray avait vraiment été adorable, hier soir. Ce moment tendre, dans la cuisine. Cela n'avait rien eu d'effrayant ou d'excitant, comme lorsqu'il l'avait embrassée. Au contraire, cela avait été doux, apaisant, et si naturel que, pendant quelques instants, elle avait eu l'impression qu'ils étaient faits l'un pour l'autre.

Une fois, il y avait maintenant longtemps, elle avait rêvé de partager de tels moments avec quelqu'un. Avec Rory, songea-t-elle en éprouvant un petit pincement au cœur. Elle avait alors cru qu'elle se marierait, qu'elle aurait des enfants et un foyer.

Mais elle n'était alors qu'une jeune fille amoureuse. Et une jeune fille amoureuse croit n'importe quoi. Or elle n'était plus une jeune fille.

Elle avait cessé d'y croire quand Rory lui avait brisé le cœur. Il vivait maintenant près de Boston, avec une femme et une famille à lui. Il ne devait plus jamais repenser à ce printemps délicieux où il lui avait fait la cour et lui avait proposé de l'épouser. Avant de l'abandonner.

Tout ceci s'était passé il y a si longtemps... Elle savait désormais que l'amour ne dure pas toujours et que les promesses ne sont pas toujours tenues. Et si elle conservait un minuscule espoir qui ne demandait qu'à s'épanouir au fond d'elle-même, cela ne pouvait faire de mal à personne.

— Ah, tu es là !

Le regard brillant, Maggie entra dans la cabane comme une tornade.

— J'ai entendu la musique. Mais qu'est-ce que tu fais ?

— Je plante des fleurs.

Brianna passa distraitement sa main noire de terre sur sa joue.

— Ferme la porte, Maggie. Tu laisses partir la chaleur. Qu'est-ce qu'il y a ? On dirait que tu vas exploser.

— Tu ne devineras jamais ! s'écria-t-elle en entraînant sa sœur dans un joyeux tourbillon. Allez, essaye !

— Tu vas avoir des triplés.

— Non ! J'espère bien que non !

La bonne humeur de Maggie était si communicative que Brianna se mit à rire et se laissa entraîner dans cette gigue improvisée.

— Tu as vendu une de tes œuvres pour un million de livres au président des États-Unis.

— Oh, quelle bonne idée ! Peut-être qu'on devrait lui envoyer un catalogue ? Non, tu n'y es pas du tout, mais alors pas du tout. Je vais te donner un indice. La grand-mère de Rogan a téléphoné.

Brianna repoussa une mèche tombée sur ses yeux.

— Tu appelles ça un indice ?

— Mais oui, tu n'as qu'à faire travailler tes méninges. Elle va se marier ! Elle épouse l'oncle Niall la semaine prochaine, à Dublin !

— Quoi ?

Brianna resta un instant bouche bée.

— Oncle Niall et Mrs. Sweeney, mariés ?

— N'est-ce pas merveilleux ? Tu sais bien qu'elle avait déjà un faible pour lui quand ils étaient jeunes, à Galway. Et plus de cinquante ans plus tard, ils se sont retrouvés, grâce à Rogan et moi. Et voilà qu'ils se marient !

Elle gloussa en renversant la tête en arrière.

— Si bien que, en plus d'être mari et femme, Rogan et moi allons être cousins.

— Oncle Niall...

Ce fut apparemment tout ce que Brianna trouva à dire.

— Tu aurais dû voir la tête de Rogan quand il a reçu le coup de fil. On aurait dit un poisson. Sa bouche s'ouvrait et se refermait, mais aucun son n'en sortait !

Maggie partit d'un grand éclat de rire et s'appuya contre l'établi.

— Il ne s'est jamais fait à l'idée qu'ils puissent se voir. Et si ce n'était que de se voir... Mais je suppose que c'est difficile pour un homme d'imaginer sa grand-mère aux cheveux blancs se roulant dans le péché...

— Maggie ! s'exclama Brianna en se mettant à rire à son tour.

— En tout cas, ils ont décidé d'officialiser leur union, et devant un archevêque, rien de moins.

Reprenant sa respiration, elle regarda autour d'elle.

— Tu n'as rien à manger ?

— Non. Quand doit avoir lieu le mariage. Et où ?

— Samedi prochain. Dans sa maison de Dublin. D'après ce qu'elle m'a dit, ce sera seulement une petite cérémonie, avec la famille et les amis proches. Oncle Niall a plus de quatre-vingts ans, tu te rends compte...

— Oui. Je trouve ça formidable. Je les appellerai dès que j'aurai fini de ranger tout ça.

— Rogan et moi partons à Dublin aujourd'hui. En ce moment, il est au téléphone, en train de tout organiser. Il essaie de se comporter dignement.

— Il sera sûrement très heureux pour eux, une fois qu'il se sera habitué.

Brianna commença à réfléchir à ce qu'elle allait offrir aux jeunes mariés.

— La cérémonie a lieu l'après-midi, mais il vaudrait peut-être mieux que tu viennes la veille, pour avoir plus de temps.

— Que je vienne ? Mais je ne peux pas, Maggie. Je ne peux pas partir comme ça. J'ai un client.

— Il le faut pourtant bien. Oncle Niall compte sur toi.

— Tu oublies que j'ai des obligations, Maggie, et aucun moyen de me rendre à Dublin.

— Rogan t'enverra son avion.

— Mais...

— Oh, oublie un peu Grayson Thane ! Il peut bien se débrouiller pour une journée. Tu n'es pas à son service.

Les épaules de Brianna se contractèrent imperceptiblement et son regard se glaça.

— Non. Mais je suis une femme d'affaires qui respecte ses engagements. Je ne peux quand même pas m'offrir un week-end à Dublin et lui dire de se débrouiller tout seul.

— Alors, amène-le. Si tu as peur que cet homme ne dépérisse si tu n'es pas là pour t'occuper de lui, amène-le.

— M'amener où ?

Gray poussa la porte et regarda intensément les deux jeunes femmes. Il avait vu Maggie passer en trombe sous sa fenêtre. La curiosité avait failli le faire sortir de sa tanière, et les éclats de voix avaient fait le reste.

— Fermez la porte, dit automatiquement Brianna.

Gênée de le voir arriver en pleine discussion familiale, elle poussa un soupir. La minuscule cabane était maintenant pleine à craquer.

— Vous aviez besoin de quelque chose, Grayson ?

— Non.

Il leva la main pour essuyer la terre qu'elle avait sur la joue. Son geste surprit Maggie qui fronça les sourcils.

— Vous avez de la terre sur la joue, Brie. Qu'est-ce que vous êtes en train de faire ?

— Je mets des graines dans des pots. Mais je n'ai presque plus de place.

— Attention où tu mets les pattes, mon gars, grogna Maggie entre ses dents.

Gray se contenta de sourire et d'enfouir ses mains dans ses poches.

— J'ai entendu mentionner mon nom. Il y a un problème ?

— Il n'y en aurait aucun si Brie n'était pas aussi têtue, expliqua Maggie en relevant le menton, décidée à lui exposer la situation. Elle doit se rendre à Dublin la semaine prochaine, mais refuse de vous abandonner.

Un petit sourire de satisfaction au coin des lèvres, il se tourna vers Brianna.

— C'est vrai ?

— Vous avez payé pour être ici en pension complète, commença à dire Brianna.

— Pourquoi devez-vous aller à Dublin ?

— Notre oncle se marie, répondit Maggie. Il tient à ce qu'elle soit là, c'est normal. Je lui ai donc dit que, si elle ne voulait pas vous laisser ici, elle n'avait qu'à vous emmener.

— Maggie, Gray n'a aucune envie d'aller à un mariage, chez des gens qu'il ne connaît pas. Il travaille. Il ne peut pas...

— Mais si, coupa Gray. Quand partons-nous ?

— Parfait. Vous viendrez habiter chez nous. C'est réglé.

Maggie se frotta les mains l'une contre l'autre.

— Bon, qui va prévenir maman ?

— Je...

— Non, laisse-moi m'en charger, dit Maggie avant que sa sœur ne puisse répondre. Elle va être furieuse. Il faudra s'organiser pour la faire venir samedi matin, afin que vous n'ayez pas à la supporter pendant tout le voyage. Vous avez un costume, Gray ?

— Un ou deux, murmura-t-il.

— Alors, vous êtes fin prêt à partir !

Elle se pencha et embrassa sa sœur fermement sur les deux joues.

— Prévois de partir vendredi, lui ordonna-t-elle. Je t'appellerai de Dublin.

Gray se passa la langue sur les dents dès que Maggie eut claqué la porte.

— Autoritaire, non ?

— Oui...

Brianna secoua la tête en clignant des yeux.

— Elle est persuadée d'avoir raison. Et puis elle a une profonde affection pour oncle Niall et la grand-mère de Rogan.

— La grand-mère de Rogan ?

— C'est avec elle qu'il se marie, dit-elle en retournant à ses pots.

— Ça m'a l'air d'être une belle histoire.

— Oh, oui, ça l'est... Gray, c'est très gentil à vous de

vous montrer si obligeant, mais ce n'est pas nécessaire. Ma présence ne leur manquera pas, vous savez. Et puis c'est trop compliqué pour vous.

— Passer un week-end à Dublin ne me dérange pas du tout. Vous avez envie d'y aller, non ?

— Ce n'est pas le problème. Maggie vous a mis dans une position difficile.

Il lui prit le menton et l'attira vers lui.

— Pourquoi avez-vous autant de mal à répondre aux questions ? Vous voulez y aller ? Oui ou non ?

— Oui.

— Eh bien, nous irons.

Brianna commença à arrondir les lèvres lorsqu'elle le vit se pencher sur elle.

— Ne m'embrassez pas, dit-elle d'une petite voix.

— Cela, par contre, me dérange beaucoup.

Prenant sur lui, il recula.

— Qui vous a fait du mal, Brianna ?

Elle battit des cils pour masquer son regard.

— Si je ne réponds pas à vos questions, c'est peut-être parce que vous en posez trop.

— Vous l'aimiez ?

Elle se concentra à nouveau sur ses pots.

— Oui, énormément.

C'était une réponse. Toutefois, elle ne le satisfaisait pas.

— Et vous l'aimez toujours ?

— Ce serait ridicule.

— Ce n'est pas une réponse.

— Si, c'en est une. Est-ce que je viens sans cesse me pencher sur votre cou quand vous travaillez ?

— Non, admit-il, se refusant malgré tout à céder. Mais le vôtre est tellement attirant...

Pour le lui prouver, il se pencha et effleura sa nuque du bout des lèvres. Et ne fut pas mécontent de la sentir frissonner.

— Cette nuit, j'ai rêvé de vous. C'est sur ça que j'ai écrit aujourd'hui.

A ces mots, des graines lui échappèrent des mains et elle s'empressa de les ramasser.

— Écrit sur ça ?

— Oh, j'ai procédé à quelques modifications. Dans le roman, vous êtes une jeune veuve qui se débat pour reconstruire son passé en miettes.

Malgré elle, Brianna fut intéressée, et se tourna pour le regarder.

— Vous m'avez mise dans votre livre ?

— Oui, enfin, des parties de vous. Vos yeux, ces yeux si magnifiques et si tristes. Vos cheveux.

Il leva la main pour les caresser.

— Des cheveux épais, lisses, de la couleur du soleil levant. Votre voix, qui tinte si légèrement. Votre corps, mince, souple, qui a la grâce naturelle des danseuses. Votre peau, vos mains. Quand j'écris, je vous vois, alors, j'écris sur vous. Et au-delà du physique, il y a aussi votre intégrité, votre loyauté...

Un sourire passa sur ses lèvres.

— Et vos gâteaux ! Mon héros est aussi fasciné par mon héroïne que je le suis par vous.

Gray posa les mains de chaque côté de l'établi, la faisant prisonnière.

— Et il ne cesse de se heurter à ce bouclier derrière lequel vous vous retranchez toutes les deux. Je me demande combien de temps il lui faudra pour en venir à bout.

Jamais personne ne lui avait rien dit de tel. Une part d'elle avait envie de se rouler dans ses paroles, comme dans de la soie. Une autre l'en dissuadait prudemment.

— Vous cherchez à me séduire.

Il fronça les sourcils.

— Et j'y arrive ?

— Gray, je ne peux plus respirer.

— C'est un bon début, dit-il en se penchant tout contre son oreille. Brianna, laissez-moi vous embrasser.

Et il approcha sa bouche de la sienne, avec tant de douceur que tous ses muscles se relâchèrent d'un coup. Bouche contre bouche. C'était si simple... Et pourtant c'était comme si tout son univers basculait.

Il était doué. Doué et patient. Mais vibrait aussi la violence contenue qu'elle avait une fois sentie en lui. Ce mélange s'infiltrait en elle comme une drogue qui lui faisait perdre ses moyens, lui donnait le vertige.

Elle le désirait, comme peut désirer une femme. Et elle avait peur, comme a peur l'innocence.

Doucement, il prit ses doigts agrippés au bord de l'établi et la força à les ouvrir. Tout en picorant sa bouche de baisers, il lui souleva les bras.

— Tenez-moi, Brianna...

Seigneur, il en avait tellement envie...

— Et embrassez-moi.

Ces mots susurrés d'une voix douce lui firent l'effet d'un coup de fouet. Subitement, elle s'accrocha à lui et l'embrassa avec fougue. Étourdi, titubant légèrement, il la serra contre lui. Ses lèvres étaient brûlantes, avides, son corps vibrait comme la corde tendue d'une harpe. La façon soudaine avec laquelle se manifesta sa passion lui fit penser à de la lave jaillissant sous la glace, déchaînée, inattendue, dangereuse.

Une odeur de terre emplissait la cabane, une ballade irlandaise passait à la radio, et puis il y avait le goût si délicieusement féminin de sa bouche... et le frémissement d'excitation qu'il ressentit à la tenir entre ses bras.

Tout à coup, en dehors de la femme superbe qu'il étreignait, plus rien n'exista. Elle enfouit ses mains dans ses cheveux, sa respiration se fit haletante. Fou de désir, Gray la plaqua contre le mur. Il l'entendit pousser un cri — de surprise, de douleur, d'excitation — juste avant qu'il ne vienne couvrir sa bouche avec la sienne pour la dévorer pleinement.

Ses mains remontèrent sur elle, possessives, envahissantes. Ses halètements se transformèrent en gémissements. Elle voulut le supplier, sans savoir exactement de quoi. La douleur qu'elle ressentait était si profonde, si lancinante, si magnifique... Mais elle ignorait où cela allait finir. Et la peur se réveilla en elle, bondissant comme un loup aux abois. Elle avait peur de lui, d'elle-même, de tout ce qui lui restait à découvrir.

Il voulait sentir la tiédeur de sa peau, goûter la douceur de sa chair. S'enfouir tout au fond d'elle jusqu'à ce qu'ils se sentent vides tous les deux. A bout de souffle, il agrippa son chemisier, ses mains faillirent le déchirer.

Alors, il croisa son regard.

Ses lèvres tremblantes étaient tuméfiées par leurs baisers, ses joues étaient d'une effrayante pâleur. La terreur et le désir se livraient âprement bataille dans ses yeux écarquillés. Il vit que les jointures de ses mains étaient toutes blanches. Puis il aperçut les marques que ses mains avides avaient laissées sur sa peau fine.

Brusquement, il s'écarta, comme si elle venait de le gifler, puis leva les mains devant lui. Sans savoir très bien de qui ou de quoi il voulait se protéger.

— Je suis désolé, parvint-il à dire tandis qu'elle était adossée au mur, reprenant son souffle. Je suis désolé. Je vous ai fait mal ?

— Je n'en sais rien...

Comment pouvait-elle le savoir, alors qu'elle ne ressentait qu'une immense douleur lancinante dans tout son être ? Jamais elle n'aurait cru qu'il fût possible de ressentir une telle chose. De ressentir quoi que ce soit avec une telle intensité. Le regard flou, Brianna essuya les larmes qui roulaient sur ses joues.

— Ne pleurez pas, fit-il en se lissant les cheveux, mal à l'aise. Je me sens assez répugnant comme ça.

— Non, ce n'est pas...

Elle ravala ses larmes. Sans comprendre pourquoi elle s'évertuait à les cacher.

— Je ne sais pas ce qui m'a pris.

Comment l'aurait-elle pu, pensa-t-il avec amertume. Ne lui avait-elle pas dit qu'elle était innocente ? Et lui n'avait rien trouvé de mieux que de se jeter sur elle comme une bête. Une minute de plus, et il l'aurait basculée à terre pour la prendre à même le sol.

— Je vous ai bousculée, je n'ai vraiment aucune excuse. Je peux seulement vous dire que j'ai perdu la tête et vous demander de me pardonner.

Il voulut s'approcher d'elle pour écarter des mèches de cheveux de son visage. Mais il n'osa pas.

— Je me suis conduit comme une brute, je vous ai fait peur. Cela n'arrivera plus.

— Je me doutais que vous seriez ainsi.

Elle était plus calme, peut-être parce qu'il avait l'air si secoué.

— Je l'ai toujours su. Mais ce n'est pas ça, Grayson. Je ne suis pas quelqu'un de fragile.

Il se surprit à sourire.

— Oh, mais si, Brianna. Et je n'ai jamais été aussi maladroit. Le moment peut paraître mal choisi pour vous dire cela, mais vous n'avez rien à craindre de moi. Je ne vous ferai pas de mal.

— Je sais. Vous...

— Je vais faire tout mon possible pour ne pas vous presser, coupa-t-il. Mais j'ai tellement envie de vous.

Elle se rendit compte qu'elle avait à nouveau du mal à respirer normalement.

— On n'obtient pas toujours ce que l'on veut.

— Je n'ai jamais cru cela. J'ignore qui était cet homme, Brie, mais il est parti. Moi, je suis là.

— Pour l'instant.

— C'est tout ce qui compte, dit-il en secouant la tête avant qu'elle ne puisse le contredire. Cet endroit n'est pas idéal pour philosopher, pas plus d'ailleurs que pour faire l'amour. Nous sommes tous les deux un peu bouleversés, n'est-ce pas ?

— Je suppose qu'on peut dire ça.

— Rentrons à la maison. Cette fois, c'est moi qui vais vous faire du thé.

— Vous savez le faire ? lui demanda-t-elle, un petit sourire au coin des lèvres.

— Je vous ai longuement observée. Venez.

Il lui tendit la main. Elle la considéra une seconde avec hésitation. Après avoir levé les yeux prudemment sur son visage — il était redevenu paisible, son regard était maintenant dépourvu de cette lueur étrange, si effrayante et si excitante à la fois —, elle glissa sa main dans la sienne.

— C'est peut-être une bonne chose que nous ayons un chaperon, ce soir.

— Oh ? Pourquoi cela ? répliqua-t-elle tandis qu'ils sortaient de la cabane.

— Sinon, vous risqueriez de vous faufiler dans ma chambre en pleine nuit pour abuser de moi.

Brianna partit d'un bref éclat de rire.

— Vous êtes trop malin pour laisser qui que ce soit abuser de vous.

— Eh bien, vous n'avez qu'à essayer.

Soulagé de voir qu'elle ne tremblait plus, il la prit amicalement par les épaules.

— Et si nous mangions un peu de gâteau en buvant ce thé ?

Quand ils arrivèrent devant la porte de la cuisine, elle lui jeta un coup d'œil en biais.

— Le mien, ou celui que fait la femme de votre roman ?

— Le sien n'existe que dans mon imagination. Alors que le vôtre...

Gray s'immobilisa devant la porte. Instinctivement, il fit passer Brianna derrière lui.

— Restez là. Ne bougez pas.

— Quoi ? Qu'est-ce que vous... Oh, mon Dieu !

Par-dessus son épaule, elle aperçut le chaos qui régnait dans la cuisine. Toutes les boîtes avaient été retournées, les placards vidés. Il y avait de la farine, du sucre, des épices et du thé répandus partout sur le sol.

— Je vous ai dit de rester là, répéta-t-il comme elle tentait de passer devant lui.

— Il n'en est pas question ! Vous avez vu ce désordre ?

Gray étendit le bras pour lui bloquer le passage.

— Gardez-vous de l'argent dans vos placards ? Ou bien des bijoux ?

— Ne soyez pas stupide ! Bien sûr que non. Vous croyez que quelqu'un a voulu voler quelque chose ? Je n'ai rien à voler et je ne vois personne qui...

— Eh bien, quoi qu'il en soit, quelqu'un l'a fait. Et il

est possible qu'il soit encore dans la maison. Où donc est ce maudit chien ?

— Sans doute avec Murphy. Il passe presque tous ses après-midi chez lui.

— Alors, courez chez Murphy, ou chez votre sœur. Je vais aller jeter un coup d'œil.

Brianna se redressa de toute sa hauteur.

— Je vous signale que je suis chez moi. Je peux le faire moi-même.

— Restez derrière moi, se contenta-t-il de dire.

Gray se rendit d'abord dans la chambre de Brianna, et ignora le cri qu'elle poussa en découvrant ses tiroirs renversés et ses vêtements éparpillés dans tous les sens.

— Seigneur ! Mes affaires...

— Nous regarderons s'il manque quelque chose plus tard. Mieux vaut d'abord aller constater l'étendue des dégâts dans les autres pièces.

— Mais pourquoi a-t-on fait ça ? s'exclama-t-elle en lui emboîtant le pas. Oh, non !

Dans le salon, tout avait été renversé et retourné de la même manière. Les cambrioleurs ne devaient pas être des professionnels, et ils avaient pris des risques insensés, songea Gray. Tout à coup, une autre idée lui traversa l'esprit.

— Merde !

Grimpant l'escalier quatre à quatre, il se rua dans sa chambre et fonça directement vers son ordinateur.

— Si jamais quelqu'un s'est amusé à ça, je le tue, marmonna-t-il en soulevant le couvercle.

— Votre travail... souffla Brianna en arrivant sur le seuil, pâle et l'air furieux. Ont-ils touché à votre travail ?

— Non...

Pour en avoir le cœur net, Gray parcourut son texte page à page.

— Non, tout y est. Ça va.

Elle soupira de soulagement avant de passer dans la chambre de Mr. Smythe-White. Là aussi, tous les placards et les tiroirs avaient été fouillés, le lit défait.

— Sainte Marie, Mère de Dieu, comment vais-je lui expliquer cela ?

— Pour l'instant, je crois que nous ferions mieux de nous demander ce qu'ils cherchaient. Asseyez-vous, lui ordonna-t-il. Et essayons de réfléchir.

— Réfléchir à quoi ? Je n'ai aucun objet de valeur. Seulement quelques livres et quelques babioles.

Brianna s'assit sur le lit et se frotta les yeux, s'en voulant de ne pouvoir retenir ses larmes.

— Cela ne peut pas être quelqu'un du village, ni des environs. Peut-être un vagabond, ou un auto-stoppeur espérant trouver un peu d'argent liquide. Eh bien, il a dû être déçu...

Brusquement, elle releva la tête.

— Vous... Vous en aviez ?

— Principalement en *traveller's checks*. Ils sont toujours là, dit-il en haussant les épaules. On m'a pris quelques centaines de livres, c'est tout.

— Quelques... centaines de livres ? s'exclama-t-elle, affolée, en se relevant d'un bond. On vous a pris votre argent ?

— C'est sans importance. Brie, je...

— Sans importance ? Je vous héberge sous mon toit et on vous vole votre argent. Combien vous a-t-on pris ? Je vous rembourserai.

— Certainement pas. Asseyez-vous et calmez-vous.

— Je vous rembourserai, je vous assure...

A bout de patience, Gray la prit fermement par les épaules et la coucha sur le lit.

— Mon dernier livre m'a rapporté cinq millions de dollars, sans parler des droits cinématographiques ou de traduction. Alors, quelques centaines de livres de plus ou de moins ne vont pas me tuer.

Voyant que ses lèvres tremblaient, Gray plissa le front.

— Et maintenant, respirez à fond. Allez, encore.

— Peu m'importe que l'or vous coule ou non entre les doigts...

Sa voix se brisa, et elle en éprouva une profonde humiliation.

— Vous voulez pleurer encore un peu? Très bien, laissez couler vos larmes, soupira-t-il en croisant les bras d'un air résigné.

— Je ne pleure pas, répliqua-t-elle en reniflant et en s'essuyant les joues. J'ai trop à faire pour me le permettre. J'en ai pour des heures et des heures avant que tout soit remis en ordre.

— Il faut appeler la police.

— Pour quoi faire? Si quelqu'un avait vu un inconnu rôder par ici, j'en aurais déjà été informée par téléphone. Quelqu'un devait chercher de l'argent et l'a pris.

Brianna scruta la chambre en se demandant combien on avait pu dérober à son autre client. Cela risquait de faire un sacré trou dans ses précieuses économies...

— Je tiens à ce que vous ne disiez rien de tout cela à Maggie.

— Voyons, Brie...

— Elle est enceinte de six mois. Je ne veux pas la perturber. Je ne plaisante pas...

Elle le regarda droit dans les yeux à travers ses cils encore mouillés de larmes.

— Je veux que vous me donniez votre parole.

— Comme vous voudrez. Mais je veux que vous me donniez la vôtre de me dire exactement tout ce qui a disparu.

— D'accord. Je vais appeler Murphy pour le mettre au courant. Il posera quelques questions alentour. S'il y a quelque chose à apprendre, je le saurai avant la nuit tombée.

Ayant retrouvé son calme, Brianna se leva.

— Il faut que je range tout ça. Je vais commencer par votre chambre pour que vous puissiez vous remettre au travail.

— Je m'en occuperai moi-même.

— C'est à moi de...

— Ça suffit, Brianna, coupa-t-il en venant se placer juste devant elle. Que les choses soient bien claires entre nous! Vous n'êtes ni ma bonne, ni ma mère, ni ma femme. Je suis tout à fait capable de suspendre mes vêtements tout seul.

— Comme il vous plaira.

En jurant, il l'attrapa par le bras avant qu'elle ne s'éloigne. Elle ne résista pas et se contenta de le regarder calmement.

— Écoutez, vous avez un problème et je veux vous aider. Vous ne pourriez pas vous mettre ça dans la tête ?

— Vous voulez vraiment m'aider ? rétorqua-t-elle avec autant de chaleur qu'un glaçon. Alors, allez emprunter un peu de thé à Murphy. Il semble qu'il n'y en ait plus.

— Je vais lui passer un coup de fil, répondit Gray d'un ton neutre. Et lui demander d'en apporter. Je ne veux pas que vous restiez toute seule ici.

— Comme vous voudrez. Son numéro est dans le carnet qui se trouve dans la cuisine...

Sa voix se fêla brusquement en repensant à l'état de sa cuisine. Elle ferma les yeux.

— Gray, pourriez-vous me laisser seule un instant ? Je me sentirai mieux après.

Il lui caressa la joue.

— Brianna...

— Je vous en prie.

S'il se montrait gentil avec elle, elle allait craquer, complètement, de façon humiliante.

— Dès que j'aurai commencé à m'affairer, ça ira mieux. Et puis je boirais bien du thé.

Elle rouvrit les yeux et esquissa un léger sourire.

— C'est vrai, je vous assure.

— Très bien. Je serai en bas.

Soulagée, Brianna se mit au travail.

7

Gray caressait parfois l'idée de s'acheter un avion. Quelque chose dans le genre du petit jet aux lignes fuselées que Rogan avait mis à leur disposition pour se rendre à Dublin ferait parfaitement l'affaire. Il aurait pu en décorer l'intérieur à son goût, plonger le nez dans le moteur à l'occasion. Et rien ne l'empêchait d'apprendre à piloter.

Ce serait certainement un jouet amusant à posséder, se dit-il, confortablement installé dans un siège en cuir à côté de Brianna. Avoir son propre moyen de transport lui épargnerait la corvée de devoir réserver des billets d'avion ou d'être à la merci des compagnies aériennes.

Mais posséder quelque chose — quoi que ce soit — impliquait d'en assurer l'entretien. Raison pour laquelle il préférait louer une voiture, plutôt que d'en acheter une. Et si l'intimité et le confort du petit Lear Jet étaient fort agréables, la foule et la compagnie des passagers quelquefois extravagants qu'on croisait sur les vols commerciaux lui manqueraient sûrement.

Mais pas aujourd'hui. Gray mit sa main sur celle de Brianna au moment où l'avion commençait à rouler sur la piste.

— Vous aimez prendre l'avion ?

— Je ne l'ai pas pris très souvent...

L'idée de s'élever vers le ciel lui donnait toujours une drôle de sensation au creux de l'estomac.

— Mais je crois que oui. J'aime bien regarder en bas. Pour vous, je suppose que c'est une habitude.

— C'est excitant de penser où on va.

Au moment du décollage, il lui prit le menton et l'obligea à le regarder.

— Vous avez toujours l'air inquiet.

— Je me sens coupable... de partir comme ça. Et si luxueusement, en plus.

— Culpabilité catholique. J'ai déjà entendu parler de ce phénomène. Si on ne fait pas quelque chose de constructif, et qu'on prend plaisir à ne pas le faire, on va en enfer. C'est bien ça ?

— C'est absurde, fit-elle en reniflant, irritée que ce qu'il venait de dire soit en partie vrai. J'ai des responsabilités. Et je sais bien qu'il est important que je sois à Dublin pour ce mariage, mais abandonner la maison comme ça...

— Le chien de Murphy monte la garde. Ça ne risque rien. Et puis le vieux Smythe-White est parti depuis plusieurs jours, vous n'avez donc pas à vous faire de souci pour vos clients.

— Cela m'étonnerait qu'il recommande Blackthorn Cottage, après ce qui s'est passé. Bien qu'il ait réagi de façon charmante.

— On ne lui a rien volé. « Il ne faut jamais emporter d'argent liquide en voyage », dit Gray en imitant le ton affecté de Smythe-White. « Cela ne fait qu'attirer les ennuis. »

Brianna se fendit d'un petit sourire, ainsi qu'il l'espérait.

— On ne lui a peut-être rien volé, mais je doute qu'il ait passé une nuit paisible en sachant que sa chambre avait été visitée et toutes ses affaires fouillées.

Ce pourquoi elle avait refusé qu'il lui règle son séjour.

— Oh, ce n'est pas sûr. Moi, je n'ai eu aucun mal à m'endormir.

Gray détacha sa ceinture et se leva pour aller chercher quelque chose.

— Votre beau-frère est un type qui a de la classe, dit-il en revenant.

— Oui, c'est vrai...

Brianna se renfrogna en voyant la bouteille de champagne et les deux verres qu'il tenait à la main.

— Vous n'allez pas ouvrir ça ? Le vol est très court et...

— Bien sûr que je vais l'ouvrir. Vous n'aimez pas le champagne ?

— Si, bien sûr, mais...

Le bouchon sauta joyeusement, mettant fin à ses protestations. Brianna soupira, avec l'air d'une mère regardant son fils sauter à pieds joints dans une flaque de boue.

— Tenez, dit-il en lui tendant un verre. Parlez-moi un peu des mariés. Vous m'avez bien dit qu'ils avaient quatre-vingts ans ?

— Oncle Niall, oui.

Puisqu'il n'était pas possible de reboucher la bouteille, elle se décida à boire.

— Mrs. Sweeney a quelques années de moins.

— Vous vous rendez compte, observa-t-il, amusé. Entrer dans la cage du mariage à leur âge...

— La cage ?

— Il y a pas mal de restrictions et la sortie n'est pas facile, expliqua-t-il en savourant son champagne. Si j'ai bien compris, ils étaient déjà amoureux l'un de l'autre étant gosses ?

— Pas exactement, murmura-t-elle, quelque peu contrariée par sa définition du mariage. Ils ont grandi à Galway. Mrs. Sweeney était une amie de ma grand-mère — qui était la sœur d'oncle Niall. Ma grand-mère s'est mariée et est venue vivre à Clare. Mrs. Sweeney s'est mariée elle aussi et est partie vivre à Dublin. Elles se sont alors perdues de vue. Quand Maggie et Rogan ont commencé à travailler ensemble, Mrs. Sweeney a fait le lien entre les deux familles. J'ai écrit à oncle Niall pour le lui raconter... et il a débarqué à Dublin.

Brianna esquissa un sourire, sans remarquer que Gray remplissait son verre.

— Depuis, ils ne se sont plus quittés.

— Aux tours et aux détours que nous réserve le destin ! dit Gray en portant un toast. C'est fascinant, non ?

— Ils s'aiment, se contenta-t-elle de répondre en soupirant. J'espère seulement que...

Elle s'interrompit et détourna la tête pour regarder par le hublot.

— Comment ?

— Je voudrais tellement que ce soit pour eux une merveilleuse journée. Mais je crains que ma mère ne vienne tout gâcher.

Elle se retourna vers lui. Aussi embarrassant cela soit-il, il valait mieux le mettre au courant, afin qu'il ne soit pas trop choqué au cas où il y aurait une scène.

— Elle n'a pas voulu partir aujourd'hui. Elle ne voulait pas dormir chez Maggie, à Dublin. Alors, elle viendra demain, fera son devoir, puis repartira aussitôt.

Gray lui jeta un regard étonné.

— Elle n'aime pas les villes ? demanda-t-il, tout en devinant qu'il s'agissait de tout autre chose.

— Maman est une femme qui n'est heureuse nulle part. Autant vous prévenir qu'elle risque d'être désagréable. Elle n'approuve pas ce mariage.

— Ah bon ? Elle pense que ces deux gamins sont trop jeunes pour se marier ?

Brianna fit un petit sourire qui n'arriva pas jusqu'à son regard.

— Selon elle, c'est un mariage d'argent. En outre, elle est outrée qu'ils aient vécu ensemble en dehors des liens sacrés du mariage.

— Qu'ils aient vécu ensemble ? répéta-t-il en riant.

— Oui. Comme maman vous le dira, si vous lui en laissez l'occasion, l'âge n'absout en rien le péché de fornication.

Gray faillit s'étrangler. Il éclata de rire et cherchait à reprendre son souffle quand il aperçut une lueur furieuse dans les yeux de Brianna.

— Pardon... Apparemment, ce n'est pas une plaisanterie.

— Certaines personnes se moquent trop facilement des convictions des autres.

— Ce n'était nullement mon intention, se défendit-il, ayant toutefois du mal à retrouver son sérieux. Écoutez, Brie, vous venez de me dire que cet homme avait quatre-vingts ans et que sa fiancée le suivait de près. Vous ne croyez quand même pas qu'ils vont se retrouver en enfer parce qu'ils ont...

Il décida qu'il ferait mieux de trouver une façon délicate de formuler les choses.

— Parce qu'ils ont eu une relation adulte et mutuellement satisfaisante sur le plan physique ?

Le regard de Brianna se radoucit quelque peu.

— Non. Non, bien sûr. Mais maman le croit, ou prétend le croire parce que ça lui permet de se plaindre. Les familles sont compliquées, vous ne trouvez pas ?

— Oui, du moins d'après ce que j'ai pu observer. Personnellement, je n'en ai pas.

— Vous n'avez aucune famille ?

La petite lueur glaciale qui restait dans ses yeux se transforma instantanément en sympathie.

— Vous avez perdu vos parents ?

— D'une certaine façon.

Bien qu'il eût probablement été plus juste de dire que c'étaient eux qui l'avaient perdu.

— Je suis navrée. Et vous n'avez pas de frères et sœurs ?

— Aucun.

Gray prit la bouteille de champagne pour se resservir.

— Mais vous devez bien avoir des cousins...

Pour Brianna, on avait toujours quelqu'un.

— Des grands-parents, ou des oncles et des tantes.

— Non.

Elle se contenta de le dévisager, visiblement navrée pour lui. N'avoir personne... C'était une chose qu'elle n'arrivait pas à concevoir. Ni n'arrivait à supporter.

— Vous me regardez comme si j'étais un paquet trouvé dans un panier sur le pas de votre porte.

Cette image l'amusa et, curieusement, le toucha.

— Croyez-moi, Brie, cela me convient parfaitement. Pas de liens, pas d'attaches, pas de sentiments de culpabilité...

Il but à nouveau, comme pour entériner ce qu'il venait de dire.

— Ce qui me simplifie grandement la vie.

Et la rend affreusement vide, ne put-elle s'empêcher de penser.

— Cela ne vous dérange pas de n'avoir personne chez qui retourner régulièrement ?

— Cela me soulage plutôt. Ce serait peut-être différent si j'avais un foyer, mais je n'en ai pas.

Comme un bohémien, songea-t-elle. Bien que, jusqu'à présent, elle ne l'ait encore jamais pris au sens propre.

— Mais ne pas avoir d'endroit à soi...

— Cela signifie ne pas avoir de prêt immobilier, ni de pelouse à tondre ou de voisin à apprivoiser.

Gray se pencha au-dessus d'elle pour regarder par le hublot.

— Regardez, voilà Dublin.

Mais Brianna continuait à le fixer et à se désoler pour lui.

— Et quand vous quitterez l'Irlande, où irez-vous ?

— Je n'ai pas encore décidé. C'est ce qui fait toute la beauté de la chose.

— Vous avez une maison extraordinaire...

Moins de trois heures après avoir atterri à Dublin, Gray étendait les jambes devant la cheminée dans le salon de Rogan.

— Je vous remercie de m'y accueillir.

— Nous sommes ravis de vous avoir ici.

Rogan lui tendit un verre de brandy. Pour l'instant, ils étaient seuls, car Maggie et Brianna étaient montées aider la mariée à procéder aux préparatifs de dernière minute.

Il avait encore du mal à imaginer sa grand-mère en jeune mariée fébrile. Et plus encore à considérer comme son futur beau-grand-père l'homme qui était à l'instant même en train de sermonner la cuisinière.

— Cela n'a pas l'air de vous réjouir.

— Pardon ?

Rogan se tourna vers Gray en se forçant à sourire.

— Non, je suis désolé. Mais ça n'a rien à voir avec vous. Penser à demain me rend un peu nerveux, je crois.

— L'idée de donner la main de la mariée ?

Rogan se contenta d'émettre un vague grognement. Devinant les pensées de son hôte, Gray coinça sa langue dans le creux de sa joue et s'appliqua à détendre l'atmosphère.

— Niall est un personnage intéressant.

— Ça, c'est un personnage, en effet, marmonna Rogan.

— Ce soir, au dîner, votre grand-mère avait des petites étoiles dans les yeux.

Cette fois, Rogan soupira. Il était vrai qu'elle n'avait jamais eu l'air aussi heureuse.

— Ils sont follement épris l'un de l'autre.

— Mais nous sommes deux contre lui. Nous pourrions le maîtriser et le faire embarquer de force sur un navire en partance pour l'Australie.

— Croyez bien que je l'ai envisagé, répliqua Rogan en souriant légèrement. Ma foi, on ne choisit pas sa famille, n'est-ce pas ? Et je suis obligé de reconnaître que cet homme l'adore. De plus, Maggie et Brie sont enchantées, si bien que je me retrouve en minorité.

— Je dois dire qu'il me plaît bien, remarqua Gray avec un sourire d'excuse. Comment ne pas aimer un homme qui porte une veste couleur potiron et des chaussures en crocodile ?

— C'est bien là le problème ! En tout cas, nous sommes contents de pouvoir vous offrir l'occasion d'assister à un mariage pendant votre séjour en Irlande. Vous êtes confortablement installé, à Blackthorn ?

— Brianna a le don de veiller au confort de ses hôtes.

— C'est vrai.

Gray se rembrunit et considéra son verre en plissant le front.

— Il y a quelques jours, il s'est passé quelque chose et je pense que vous devriez être mis au courant. Brie ne veut pas que j'en parle, surtout à Maggie. Mais j'aimerais avoir votre avis.

— Je vous écoute.

— Le cottage a été cambriolé.

— Blackthorn ?

Rogan reposa son verre, l'air stupéfait.

— Nous étions dehors, dans la cabane où elle entrepose ses plantes. Nous avons dû rester là une demi-heure, peut-être un peu plus. Quand nous sommes rentrés, la maison était sens dessus dessous.

— Comment ça ?

— Tout avait été retourné. Comme si on avait procédé à une fouille rapide.

— Ce n'est pas possible...

Toutefois, Rogan se pencha en avant, le regard inquiet.

— Et on a volé quelque chose ?

— J'avais un peu de liquide dans ma chambre, répondit Gray en haussant les épaules. Apparemment, c'est tout. Brianna prétend qu'aucun des voisins n'aurait pu faire ça.

— Et elle a sûrement raison, observa Rogan en reprenant son verre. C'est une petite communauté très soudée, et Brie est très aimée. Vous avez prévenu la police ?

— Elle n'a pas voulu, estimant que c'était inutile. J'en ai parlé avec Murphy, en privé.

— C'est vraisemblablement un étranger qui passait dans le coin. Mais ça paraît tout de même bizarre.

Ne trouvant aucune explication satisfaisante, Rogan tapota le bord de son verre du bout des doigts.

— Vous êtes là depuis déjà quelque temps. Vous devez avoir vu quelle est l'ambiance et comment sont les gens.

— Je sais bien que, logiquement, il n'y a guère

d'autre alternative, c'est en tout cas ce que pense Brianna. Néanmoins, il ne serait pas inutile que vous ouvriez l'œil lorsque vous reviendrez.

— Je n'y manquerai pas. Comptez sur moi.

— Vous avez là une excellente cuisinière, mon petit Rogan !

Niall fit son entrée avec un plateau chargé de tasses en porcelaine et d'un énorme gâteau au chocolat. C'était un homme imposant, qui promenait ses quinze kilos en trop sans la moindre honte. Sa veste orange vif et sa cravate citron vert lui donnaient l'air d'un joyeux luron.

— Elle est vraiment royale, dit-il en posant le plateau avec un sourire rayonnant. Elle a préparé ça pour m'aider à calmer mes pauvres nerfs.

— Je me sens moi-même un peu nerveux, lança Gray en se levant pour aller couper le gâteau.

Niall partit d'un retentissant éclat de rire et le gratifia d'une grande tape dans le dos.

— Voilà un bon gars ! Bon appétit. Et ensuite pourquoi ne ferions-nous pas une ou deux parties de billard ? proposa-t-il en faisant un clin d'œil à Rogan. Après tout, c'est ma dernière soirée de célibataire. J'enterre ma vie de garçon ! Vous n'auriez pas un peu de whisky pour faire descendre tout ça ?

— Du whisky, répéta Rogan en observant le visage radieux de son futur grand-père. Je crois bien que je vais en prendre un moi aussi.

Ils en burent plusieurs. Et de nombreux autres encore.

Christine Rogan Sweeney avait beau être sur le point de devenir arrière-grand-mère, elle se sentait exactement comme une jeune mariée. Bien qu'elle se soit répété une bonne centaine de fois qu'il était ridicule d'être aussi nerveuse et d'avoir le vertige, elle n'en avait pas moins une boule à l'estomac.

Encore quelques minutes, et elle serait mariée. Elle serait liée à un homme qu'elle aimait profondément. Et il serait lié à elle. Après être restée veuve tant d'années, elle allait redevenir une épouse.

— Vous êtes superbe.

Maggie recula pour regarder Christine tourbillonner devant la glace. De minuscules perles scintillaient sur les revers de son tailleur rose pâle. Sur ses cheveux d'un blanc lumineux, elle portait crânement un petit chapeau assorti, agrémenté d'une fine voilette.

— Et je me sens superbe, répliqua-t-elle dans un éclat de rire en embrassant Maggie, puis Brianna. Mais je me demande si Niall est aussi nerveux que moi.

— Il tourne en rond comme un lion en cage, dit Maggie. Et il demande l'heure à Rogan toutes les dix secondes.

— Bien, fit Christine en respirant à fond. Alors, c'est parfait. Il est presque l'heure, non?

— Presque, dit Brianna en l'embrassant sur la joue. Je vais descendre m'assurer que tout se passe bien. Je vous souhaite beaucoup de bonheur... tante Christine.

— Oh, mon Dieu... Comme c'est gentil à vous, soupira Christine, les larmes aux yeux.

— Arrête, Brie. Tu vas finir par toutes nous faire pleurer, observa Maggie. Je te ferai signe dès que nous serons prêtes.

Brianna hocha la tête et s'éclipsa aussitôt. On avait fait venir un traiteur, bien entendu, ainsi qu'un bataillon de serveurs. Mais un mariage était une affaire de famille, aussi voulait-elle que tout fût parfait.

Les invités se pressaient dans le salon dans un chatoiement de couleurs au milieu des éclats de rire. Une harpiste égrenait doucement une mélodie rêveuse. Des guirlandes de roses avaient été enroulées le long de la balustrade et des bouquets joliment disposés dans toute la maison.

Elle était sur le point de faire un saut à la cuisine, afin de s'assurer que tout se passait bien, quand elle aperçut sa mère et Lottie. Affichant un grand sourire, elle se dirigea vers elles.

— Maman, tu es magnifique.

— C'est de la folie! Lottie m'a forcée à dépenser une somme exorbitante dans une nouvelle robe.

Elle lissa cependant sa manche en lin d'un geste apprêté.

— Elle est ravissante. La vôtre aussi, Lottie.

La compagne de Maeve rit de bon cœur.

— Nous nous sommes gâtées, c'est vrai. Mais ce n'est pas tous les jours qu'on assiste à un mariage comme celui-ci. Avec un archevêque, vous imaginez, ajouta-t-elle plus doucement en clignant de l'œil.

Maeve renifla.

— Un prêtre est un prêtre, peu importe ce qu'il a sur la tête. Il me semble qu'il aurait dû réfléchir à deux fois avant d'officialiser cette union. Quand deux personnes ont vécu dans le péché...

— Maman, coupa Brianna d'une voix douce, mais ferme. Pas aujourd'hui, je t'en prie. Si tu pouvais...

— Brianna ! s'exclama Gray en lui prenant la main pour l'embrasser. Vous êtes splendide.

— Merci.

Elle s'efforça de ne pas rougir en sentant ses doigts se refermer possessivement autour des siens.

— Maman, Lottie, je vous présente Grayson Thane. Il est descendu à Blackthorn. Gray, Maeve Concannon et Lottie Sullivan.

— Mrs. Sullivan...

Il lui baisa la main, ce qui lui arracha un petit gloussement.

— Mrs. Concannon... Toutes mes félicitations pour vos deux adorables filles.

Maeve se contenta de le considérer d'un air maussade. Ses cheveux étaient aussi longs que ceux d'une fille, remarqua-t-elle. Et son sourire avait quelque chose de diabolique.

— Vous êtes américain, il me semble ?

— Oui, madame. J'apprécie beaucoup votre pays. Ainsi que l'hospitalité de votre fille.

— Généralement, les clients n'assistent pas aux mariages de famille.

— Maman...

— Non, c'est vrai, dit calmement Gray. C'est d'ailleurs un autre aspect de votre pays que je trouve charmant. On traite les étrangers en amis, et les amis, jamais comme des étrangers. Vous permettez que je vous accompagne à vos places ?

Lottie avait déjà accroché son bras au sien.

— Venez, Maeve. Nous n'avons pas si souvent l'occasion d'être escortées par un aussi beau jeune homme. Vous êtes écrivain, je crois ?

— C'est exact.

Et il entraîna les deux femmes avec lui, tout en faisant un petit sourire complice à Brianna par-dessus son épaule.

Elle l'aurait embrassé... Alors qu'elle poussait un soupir de soulagement, Maggie lui fit signe du haut de l'escalier.

Quand les premières notes d'une marche nuptiale retentirent, Brianna se faufila au fond de la pièce. Sa gorge se serra en voyant Niall venir se placer devant la cheminée, le regard tourné vers l'escalier. Son crâne était sans doute dégarni, son tour de taille un peu conséquent, mais il avait l'air jeune, débordant de désir et d'énergie.

Un murmure parcourut l'assistance lorsque Christine descendit lentement les marches, se tourna et, les yeux tout brillants derrière sa voilette, s'avança vers lui. L'archevêque les bénit et la cérémonie commença.

— Tenez...

Gray se glissa discrètement derrière Brianna en lui tendant son mouchoir.

— Je me suis dit que vous alliez en avoir besoin.

— C'est magnifique...

Elle se tamponna les yeux. Les mots s'infiltraient doucement en elle. Aimer. Honorer. Chérir.

Gray entendit « jusqu'à ce que la mort vous sépare ». Cela lui fit l'effet d'une condamnation. Il avait toujours pensé qu'il y avait une raison pour que les gens pleurent à un mariage. Il passa un bras autour des épaules de Brianna et la serra affectueusement.

— Courage, chuchota-t-il, c'est bientôt fini.

— Cela ne fait que commencer, rectifia-t-elle en laissant aller sa tête contre son épaule.

Les applaudissements retentirent quand Niall, avec autant d'application que d'enthousiasme, embrassa la mariée.

8

Voyager en avion privé, boire du champagne et côtoyer la haute société, tout cela était très bien, mais Brianna était contente d'être rentrée. Malgré le ciel menaçant et l'air encore vif, elle préférait se dire que le pire de l'hiver était passé. Occupée à faire ses plantations dans la cabane, elle pensait à sa nouvelle serre en rêvassant. Et elle imagina le grenier une fois aménagé tout en allant étendre le linge.

Depuis une semaine qu'elle était revenue de Dublin, elle avait pratiquement toute la maison pour elle seule. Gray était enfermé dans sa chambre à travailler. De temps à autre, il sortait faire un tour en voiture ou surgissait dans la cuisine pour renifler ce qui mijotait sur le feu.

Brianna ne savait pas exactement si elle devait se sentir soulagée ou vexée qu'il paraisse trop préoccupé pour chercher à lui dérober des baisers.

Il lui fallait cependant avouer que la solitude lui était plus agréable en le sachant en train de travailler là-haut. Le soir, elle s'asseyait devant le feu pour lire, tricoter ou faire des projets, s'attendant à le voir venir la rejoindre à tout moment.

Toutefois, ce ne fut pas Gray qui vint l'interrompre dans son tricot par cette soirée un peu fraîche, mais sa mère et Lottie.

Entendre une voiture s'arrêter devant chez elle ne l'étonna pas. En voyant ses fenêtres éclairées, des amis ou des voisins s'arrêtaient souvent. Elle venait ouvrir la porte quand elle entendit sa mère et Lottie se disputer.

Brianna poussa un gros soupir. Pour des raisons qui lui échappaient, les deux femmes semblaient prendre un malin plaisir à se chamailler constamment.

— Bonsoir, dit-elle en les embrassant tour à tour. Quelle bonne surprise!

— J'espère qu'on ne vous dérange pas, Brie, fit Lottie en lui lançant un regard joyeux. Maeve s'est mis en tête de passer, par conséquent, nous voilà!

— Je suis toujours contente de vous voir.

— De toute façon, nous étions sorties, non? Elle a eu la flemme de préparer un repas, si bien que j'ai dû me traîner au restaurant, que je le veuille ou non.

— Même Brie doit se lasser de temps en temps de sa cuisine, remarqua Lottie en accrochant le manteau de Maeve dans l'entrée. Aussi délicieuse soit-elle. Et puis ça fait du bien de sortir un peu et de voir des gens.

— Je n'ai besoin de voir personne.

— Pourtant, vous vouliez voir Brianna, souligna Lottie, ravie de marquer un point. C'est bien pour ça que nous sommes là.

— Je voulais une tasse de thé correcte, voilà ce que je voulais, au lieu de cette bouillie infâme qu'ils servent au restaurant.

— Je vais aller en faire, répliqua Lottie en tapotant le bras de Brianna. Discutez tranquillement avec votre mère. Je sais où tout se trouve.

— Et emmenez ce chien avec vous...

Maeve jeta un regard dédaigneux à Conco.

— Je n'ai pas envie qu'il bave partout sur moi.

— Tu vas me tenir compagnie, pas vrai, mon grand?

Elle lui frotta énergiquement les oreilles.

— Allez, viens avec Lottie. Là, tu es gentil.

Docilement, et toujours à l'affût d'une friandise, Conco la suivit sans se faire prier.

— Il y a du feu au salon, maman. Viens t'asseoir.

— C'est du gaspillage. Il ne fait pas si froid.

Brianna se força à ignorer la migraine qui commençait à la gagner.

— C'est plus agréable. Tu as bien dîné ?

Maeve adorait être près du feu, mais aurait préféré mourir plutôt que de l'admettre.

— Elle m'a traînée jusqu'à Ennis pour manger une pizza. Une pizza, non mais franchement !

— Oh, je vois de quel endroit tu veux parler. On y mange très bien. Rogan dit que leur pizza est aussi bonne que celle qu'on mange aux États-Unis.

Brianna reprit son tricot.

— Tu savais que la sœur de Murphy était à nouveau enceinte ?

— Cette fille est une vraie lapine. Elle n'en a pas déjà quatre ?

— Ce sera son troisième. Elle a deux garçons et espère donc une fille.

Brianna montra la laine rose en souriant.

— Je lui tricote une couverture en guise de porte-bonheur.

— Dieu lui donnera ce qu'Il voudra, quelle que soit la couleur de ta laine.

— Bien entendu, dit-elle en faisant cliqueter doucement ses aiguilles. Au fait, j'ai reçu une carte postale d'oncle Niall et de tante Christine. Un paysage de mer et de montagne magnifique. Ils sont enchantés de leur croisière dans les îles grecques.

— Partir en lune de miel... à leur âge...

Au fond de son cœur, Maeve mourait d'envie de voyager elle aussi.

— Il est certain que quand on a de l'argent, on peut aller où on veut, faire tout ce qu'on veut. Tout le monde ne peut pas prendre l'avion pour aller passer l'hiver au soleil. Si je pouvais le faire, je n'aurais peut-être pas autant de mal à respirer, avec tous ces rhumes qui vous tombent sur la poitrine.

— Tu ne te sens pas bien ?

Brianna avait dit cela de façon automatique, comme quand elle récitait les tables de multiplication à l'école. Honteuse, elle leva les yeux sur sa mère.

— Je suis désolée, maman.

— J'ai l'habitude. Le Dr. Hogan ne sait rien faire d'autre que de claquer la langue en me disant que je vais très bien. Mais je sais quand même comment je me sens, non?

— Oui, évidemment.

Ses aiguilles à tricoter ralentirent lorsqu'une idée lui traversa soudain l'esprit.

— Je me demande si tu te sentirais mieux en partant au soleil.

— Ha! Et où veux-tu que j'aille?

— Maggie et Rogan ont une maison dans le sud de la France. Il paraît que c'est très beau et qu'il y fait chaud. Tu te souviens, elle m'avait fait des dessins.

— Elle est partie avec lui à l'étranger alors qu'ils n'étaient même pas mariés.

— Mais maintenant, ils le sont. Tu n'aimerais pas aller là-bas, avec Lottie, pendant une semaine ou deux? Tu pourrais profiter du soleil, et puis l'air de la mer fait toujours beaucoup de bien.

— Et comment veux-tu que j'y aille?

— Maman, tu sais bien que Rogan mettra son avion à ta disposition.

Maeve s'y voyait déjà. Le soleil, les domestiques, la superbe maison surplombant la mer... Elle-même aurait pu avoir tout ça, si... Si.

— Je me refuse à demander une faveur quelconque à cette fille.

— Tu n'auras pas à le faire. Je m'en chargerai.

— Je ne sais pas si je suis assez en forme pour voyager, dit alors Maeve, uniquement pour le plaisir de compliquer les choses. Cet aller-retour à Dublin m'a beaucoup fatiguée.

— Raison de plus pour prendre un peu de vacances, rétorqua Brianna, qui connaissait par cœur les règles du jeu. Demain, j'en parlerai à Maggie et nous organiserons ça. Je t'aiderai à faire tes valises, ne t'en fais pas.

— Tu es pressée de me voir partir, on dirait?

— Maman...

Son mal de tête ne faisait qu'empirer de seconde en seconde.

— Bon, d'accord, j'irai, dit Maeve en agitant vaguement la main. Pour ma santé. Mais Dieu sait que je vais avoir du mal à me retrouver au milieu de tous ces étrangers.

Elle fronça les yeux.

— Et où est le Yankee ?

— Grayson ? Il est là-haut, en train de travailler.

— Travailler... Comme si débiter des histoires était un travail, fit-elle en soupirant. Tu parles ! Dans ce pays, tout le monde sait en faire autant.

— A mon avis, les mettre noir sur blanc est très différent. Il lui arrive d'ailleurs de descendre avec la tête d'un homme qui vient de creuser un fossé. Il a l'air aussi épuisé.

— A Dublin, en tout cas, il avait l'air en pleine forme — il n'arrêtait pas de te tripoter.

— Pardon ?

Brianna loupa une maille et la dévisagea avec de grands yeux.

— Tu me crois donc aveugle ? reprit Maeve, les pommettes en feu. La façon dont tu l'as laissé se comporter avec toi m'a fait honte. Et en public, en plus.

— Nous n'avons fait que danser, dit Brianna, les lèvres pincées. Je lui ai appris quelques pas.

— Je sais très bien ce que j'ai vu, insista Maeve. Et je te prie de me dire tout de suite si tu t'es donnée à lui.

— Si je...

La pelote de laine rose roula par terre.

— Comment peux-tu me demander une chose pareille ?

— Je suis ta mère, et j'ai le droit de te demander ce que je veux. La moitié du village doit déjà en parler, dans la mesure où tu passes toutes tes nuits seule avec cet homme.

— Personne ne parle de quoi que ce soit. Je tiens une auberge et il est mon client.

— Quel moyen commode de se livrer au péché — je le dis et je le répète depuis que tu as décidé de te lancer dans cette affaire. Mais tu ne m'as pas répondu.

— Et rien ne m'y oblige, mais je vais le faire quand même. Je ne me suis donnée ni à lui ni à personne.

Maeve attendit un instant avant de hocher la tête.

— Ma foi, tu n'as jamais été menteuse, par conséquent, je te crois.

— Que tu me croies ou non m'est égal, répliqua-t-elle en se levant d'un air furieux, lés jambes flageolantes. Tu penses que je me sens fière et heureuse de ne jamais avoir connu d'homme, de n'en avoir jamais trouvé un qui veuille m'aimer ? Je n'ai aucune envie particulière de vivre toute seule, pas plus que de tricoter toute ma vie de la layette pour les enfants des autres.

— Je te prierai de ne pas élever la voix avec moi.

— Qu'est-ce que ça change que j'élève la voix ou pas ?

Brianna respira profondément en s'efforçant de retrouver son calme.

— Je vais aider Lottie à faire le thé.

— Non, reste ici, lui ordonna Maeve, un pli amer au coin de la bouche. Tu devrais remercier Dieu de la vie que tu mènes, ma fille. Tu as un toit sur la tête et de l'argent dans ta poche. La façon dont tu le gagnes ne m'enchante pas, mais tu as plutôt réussi dans la voie que tu avais choisie, et tu gagnes ta vie de manière relativement honnête. Tu crois qu'un homme et des bébés peuvent remplacer cela ? Eh bien, si c'est le cas, tu te trompes lourdement !

— Maeve, pourquoi harcelez-vous cette petite ?

Lottie entra et posa le plateau d'un air las.

— Ne vous mêlez pas de ça, Lottie.

— Je vous en prie, dit Brianna d'un ton détaché en inclinant la tête. Laissez-la terminer.

— Oui, j'en ai bien l'intention. J'ai autrefois perdu toute chance d'être ce que je voulais être. Tout ça par péché de luxure. Avec un bébé dans le ventre, que pouvais-je faire d'autre que de devenir l'épouse d'un homme ?

— Cet homme était mon père, dit lentement Brianna.

— En effet. J'ai conçu un enfant dans le péché et je l'ai payé ma vie entière.

— Tu as conçu deux enfants, lui rappela sa fille.

— Oui. La première, ta sœur, est marquée à jamais du sceau du péché. Mais toi, tu es une enfant issue du mariage et du devoir.

— Du devoir ?

Les mains agrippées aux accoudoirs de son fauteuil, Maeve se pencha en avant, une profonde amertume dans la voix.

— Crois-tu que j'avais envie qu'il me touche ? Crois-tu que ça me plaisait de me voir rappeler pourquoi je n'aurais jamais ce que je désirais de tout mon cœur ? Mais l'Église dit qu'il doit naître des enfants du mariage. Aussi ai-je fait mon devoir envers l'Église et l'ai-je laissé me faire un autre enfant.

— Par devoir, répéta Brianna, le cœur lourd de chagrin. Sans amour, sans plaisir. C'est donc de là que je viens ?

— Je n'ai plus eu besoin de partager mon lit avec lui, une fois que j'ai su que j'étais enceinte de toi. J'ai enduré un autre accouchement, une autre naissance mais, Dieu merci, ce serait le dernier.

— Tu n'as plus jamais partagé ton lit avec lui, pendant toutes ces années ?

— Il y aurait eu d'autres enfants. Avec toi, j'avais fait ce que je pouvais pour réparer ma faute. Tu n'es pas aussi sauvage que Maggie. Tu es plus calme, plus réfléchie. Et ça te servira à rester pure — à moins que tu ne laisses un homme te tenter. Ce que tu as failli faire avec Rory.

— Je l'aimais.

Brianna était au bord des larmes. Elle pensait à son père, à l'autre femme, celle qu'il avait aimée et laissée s'en aller.

— Tu n'étais encore qu'une enfant, reprit Maeve, insensible à la déception amoureuse de sa fille. Mais maintenant, tu es une femme, et suffisamment jolie pour intéresser un homme. Je veux que tu te souviennes de ce qui arrivera si tu te laisses convaincre de céder. Celui-ci, là-haut, il s'en ira quand ça lui plaira. Si tu l'oublies, tu risques de te retrouver toute seule, avec un bébé sous ton tablier et le cœur rempli de honte.

— Je me suis si souvent demandé pourquoi il n'y avait pas d'amour dans cette maison, dit Brianna en se forçant à parler calmement. Je savais que tu n'aimais pas papa, que, pour une raison que j'ignorais, tu ne le pouvais pas. Et ça me faisait du mal. Mais quand j'ai appris par Maggie que tu avais chanté, que tu avais eu une carrière et que tu avais tout perdu, j'ai cru mieux comprendre, et j'ai compati à la souffrance que tu avais dû endurer.

— Tu ne peux pas comprendre ce que c'est que de perdre tout ce dont on a toujours rêvé.

— Non. Mais je ne comprends pas non plus comment une femme peut n'avoir aucun amour pour les enfants qu'elle a portés et mis au monde.

Elle posa les mains sur ses joues. Mais elles n'étaient pas mouillées. Elles étaient sèches et froides comme du marbre.

— Tu as toujours reproché à Maggie le simple fait d'être née. Et je vois que je n'ai été pour toi qu'un devoir, une sorte de pénitence pour réparer ton péché.

— Je t'ai élevée de mon mieux.

— De ton mieux... oui il est vrai que tu n'as jamais levé la main sur moi comme tu l'as fait avec Maggie. C'est même un miracle qu'elle ne me voue pas une haine féroce à cause de ça. Elle n'a eu droit qu'à ta colère, et moi, à une froide indifférence. Et ça a marché. Cela a fait de nous ce que nous sommes.

Très lentement, Brianna retourna s'asseoir et reprit son ouvrage.

— Je voulais tellement t'aimer. Je me demandais pourquoi je n'arrivais pas à agir avec toi autrement que par devoir et par sentiment filial. Je comprends maintenant que ce n'était pas à moi qu'il manquait quelque chose, mais à toi.

— Brianna, comment oses-tu me dire une chose pareille ? Moi qui ai seulement cherché à t'épargner, à te protéger.

— Je n'ai pas besoin de ta protection. Je vis seule, non ? Et je suis vierge, comme tu le souhaites. Je tricote une couverture pour le bébé d'une autre femme, comme je l'ai déjà fait et le ferai encore. J'ai une affaire, comme tu dis. Rien n'a changé, maman, sauf que ma conscience est soulagée. Je continuerai à te donner ce que je t'ai toujours donné. A ceci près que je cesserai de me reprocher de ne pas pouvoir te donner plus.

Les yeux toujours aussi secs, elle releva la tête.

— Vous voulez bien servir le thé, Lottie ? Je veux vous parler des vacances que vous et maman allez prendre bientôt. Etes-vous déjà allée en France ?

— Non.

La gorge serrée, Lottie avala péniblement sa salive. Elle avait de la peine pour ces deux femmes. Elle jeta un regard désolé vers Maeve, sans savoir comment la réconforter. En soupirant, elle servit le thé.

— Non, jamais. Nous allons y aller ?

— Oui. Et même très bientôt. J'en parlerai demain à Maggie.

Voyant la compassion dans le regard de Lottie, elle se força à sourire.

— Il va falloir vous acheter un bikini.

Brianna fut récompensée par un éclat de rire. Après lui avoir apporté une tasse de thé, Lottie caressa sa joue glacée.

— Vous êtes gentille, murmura-t-elle.

Une famille d'Helsinki passa le week-end à Blackthorn. Brianna passa tout son temps à s'occuper du couple et de leurs trois enfants. Par pitié pour Conco, elle l'avait envoyé chez Murphy. Le petit garçon de trois ans semblait ne pas résister à lui tirer sans cesse les oreilles et la queue — indignité que Concobar supportait en silence.

Ces clients imprévus l'aidèrent à ne pas trop penser

au bouleversement émotionnel que sa mère avait provoqué en elle. La famille était bruyante, envahissante, et ils mangeaient tous comme des ours qui viennent d'hiberner.

Lorsqu'ils s'en allèrent, Brianna embrassa les enfants et leur donna des petits gâteaux pour le voyage. Dès que leur voiture fut hors de vue, Gray se faufila à pas de loup derrière elle.

— Ils sont partis ?

— Oh ! s'écria-t-elle en mettant la main sur son cœur. Vous m'avez fait une peur bleue. Je pensais que vous descendriez dire au revoir aux Svenson. Le petit Jon a demandé après vous.

— J'ai encore la trace de ses doigts collants partout sur moi et sur la plupart de mes papiers. Il est mignon, mais, diable, il n'arrête pas une minute.

— Vous avez été adorable avec lui.

Brianna sourit en le revoyant faire le tour du salon à quatre pattes avec l'enfant sur son dos.

— Il a emporté le petit camion que vous lui avez offert. Et les deux filles serraient précieusement les poupées que vous leur avez rapportées du village.

— Je dois dire que j'aime beaucoup les EDA.

— Les EDA ?

— Les enfants des autres. Enfin... nous voilà seuls à nouveau, dit-il en la prenant par la taille.

D'un geste vif, elle lui posa la main sur la poitrine pour l'empêcher de s'approcher.

— J'ai des courses à faire.

Gray regarda fixement sa main en fronçant les sourcils.

— Des courses ?

— Oui, et j'ai une montagne de linge à laver en rentrant.

— Vous allez étendre le linge dehors ? J'adore vous regarder faire — surtout quand il y a une légère brise. C'est incroyablement sexy.

— Quelle drôle de chose à dire !

Le sourire de Gray s'élargit plus encore.

— C'est pour vous faire rougir.

— Je ne rougis pas, répliqua-t-elle en sentant ses joues s'enflammer. Je suis pressée. Il faut que je parte, Grayson.

— J'ai une idée. Je vais vous déposer là où vous devez aller.

Avant qu'elle puisse réagir, il effleura subrepticement ses lèvres.

— Vous m'avez manqué, Brianna.

— Ce n'est pas possible. J'étais là.

— Vous m'avez manqué.

Il remarqua qu'elle avait baissé les yeux. Sa réponse timide, incertaine, lui procura une étrange sensation de puissance. Quel égoïste je fais! pensa-t-il en se moquant de lui-même.

— Où est votre liste?

— Ma liste?

— Oui, vous en faites toujours une.

Brianna releva les yeux, une petite lueur d'effroi dans son regard d'un vert mystérieux. Gray sentit une bouffée de désir monter en lui. Il resserra convulsivement les doigts autour de sa taille fine avant de se forcer à reculer.

— Attendre comme ça me tue, murmura-t-il dans un soupir.

— Pardon?

— Rien... Allez chercher cette liste. Je vous emmène.

— Mais je n'ai pas de liste. Je dois seulement passer chez ma mère pour l'aider à faire ses valises. Il est inutile que vous m'emmeniez.

— J'ai besoin d'aller faire un tour. Combien de temps comptez-vous rester?

— Deux heures, peut-être trois.

— Alors, je vais vous déposer, et je passerai vous reprendre. De toute façon, je dois sortir, ajouta-t-il avant qu'elle ne refuse. Ça économisera de l'essence.

— D'accord. Si vous y tenez... Je serai prête dans une minute.

En l'attendant, Gray arpenta le jardin. Depuis un mois qu'il était ici, il avait vu la pluie, la grêle et la lumière extraordinaire du soleil d'Irlande. Il avait fréquenté les pubs de villages en écoutant les potins ou la musique traditionnelle. Il s'était promené sur des sentiers où il avait croisé des fermiers menant leurs troupeaux de vaches au champ, avait gravi les escaliers de châteaux en ruine au milieu desquels lui étaient parvenus des échos de guerre et de mort. Il avait visité des cimetières et avait admiré l'océan rugissant du haut d'impressionnantes falaises.

Mais de tous les endroits où il était allé, aucun ne le séduisait autant que le jardin de Brianna. Néanmoins, il n'arrivait pas à savoir si c'était vraiment l'endroit, ou la femme, qu'il cherchait. Quoi qu'il en soit, le temps qu'il passerait ici serait certainement l'un des moments les plus satisfaisants de sa vie.

Après avoir déposé Brianna chez sa mère à Ennis, il partit se promener. Et revint trois heures plus tard. Ce qui était manifestement amplement suffisant puisqu'elle sortit quelques minutes à peine après qu'il se fut garé devant la maison. Le sourire radieux avec lequel il l'accueillit laissa vite place à une expression perplexe.

Son visage était tout pâle, comme cela lui arrivait quand elle était ennuyée ou émue. Son regard, toujours aussi glacial, révélait son anxiété. Il jeta un coup d'œil vers la maison et vit un rideau retomber. L'espace d'une seconde, il entrevit Maeve, aussi livide que sa fille et, visiblement, tout aussi malheureuse.

— Tout est emballé? demanda-t-il d'une voix douce.

— Oui.

Elle s'installa à côté de lui en refermant les mains sur son sac — comme pour s'empêcher de bondir.

— Merci d'être venu me chercher.

— Pour la plupart des gens, faire une valise est une vraie corvée, dit Gray en démarrant et en prenant soin, pour une fois, de ne pas rouler trop vite.

— Ça peut l'être. Enfin, c'est terminé, et elles sont prêtes à partir demain matin.

Seigneur! elle mourait d'envie de fermer les yeux, d'échapper à la douleur lancinante qui lui martelait la tête et au sentiment de culpabilité qui la rongeait, en s'évadant dans le sommeil.

— Vous ne voulez pas me dire ce qui vous tracasse?

— Ce n'est rien. Rien du tout.

— Vous avez l'air meurtrie, malheureuse et vous êtes pâle comme un linge.

— C'est une histoire de famille. Cela ne vous regarde pas.

Surpris par sa réponse, il se contenta toutefois de hausser les épaules et se renferma dans un épais silence.

— Excusez-moi, dit-elle en fermant les yeux.

Tout ce qu'elle désirait, c'était d'avoir un peu de paix. Les autres ne pouvaient-ils donc pas la laisser tranquille?

— Ce n'est pas grave.

De toute façon, il n'avait nullement besoin de s'encombrer la tête de ses problèmes. Il lui jeta un coup d'œil et jura dans sa barbe. Elle avait l'air exténuée.

— Je voudrais m'arrêter quelque part.

Brianna faillit protester, mais renonça. Il avait eu la gentillesse de l'accompagner, elle pouvait bien attendre quelques minutes de plus avant de se remettre au travail.

Gray ne dit plus rien, espérant que ce qu'il avait choisi de faire ramènerait quelques couleurs sur ses joues et un peu de chaleur dans sa voix.

Ce ne fut que lorsqu'il coupa le moteur qu'elle ouvrit les yeux. Ils étaient devant le château en ruine.

— Vous avez besoin de vous arrêter là?

— J'en avais envie. Je l'ai découvert le premier jour de mon arrivée. Cet endroit joue un rôle prépondérant dans mon livre. L'atmosphère me plaît.

Au-dessus d'eux flottaient de gros nuages. Gray prit Brianna par la main et l'entraîna le long de l'escalier étroit qui montait en colimaçon.

— Ce sont sans doute les partisans de Cromwell qui

ont mis le château à sac. Au milieu des cris et de la fumée. Dans la fureur et dans le sang. Les hommes ont dû pousser des hurlements quand les épées leur ont transpercé le corps avant de rouler par terre dans un dernier sursaut d'agonie. Pendant ce temps, les vautours décrivaient de grands cercles au-dessus d'eux, se préparant au festin.

Gray se retourna, et vit qu'elle le dévisageait avec de grands yeux vides, horrifiés.

— Pardon, je me suis laissé prendre au jeu.

— Quelle imagination ! dit-elle en frissonnant. Je ne suis pas sûre de vouloir entendre la suite.

— La mort est une chose fascinante, surtout la mort violente. Depuis toujours, les hommes chassent leurs semblables. Et cet endroit est idéal pour une scène de meurtre... encore aujourd'hui.

— Ça dépend pour qui, murmura Brianna.

— L'assassin commence par jouer un peu avec sa victime, reprit Gray, poursuivant le fil de sa pensée.

Sans lui lâcher la main, il recommença à gravir l'escalier. Quoi qu'elle en dise, Brianna n'avait plus l'air de ressasser ce qui s'était passé chez sa mère, remarqua-t-il.

— Il laisse la peur s'infiltrer en elle, lentement, comme un poison. Il ne se presse pas — la chasse, il adore ça. La suivre ainsi à la trace, comme un loup, fait circuler son sang plus vite dans ses veines, l'excite au plus haut point. Et sa proie fuit devant lui, s'accrochant à un espoir dérisoire. Mais la respiration de la femme s'accélère. Son souffle résonne entre les pierres, transporté par le vent. Tout à coup, elle tombe — les marches sont affreusement traîtres, dans l'obscurité. Glissantes, dangereuses. Mais elle arrive enfin en haut, hors d'haleine, le regard fou.

— Gray...

— Elle est comme un animal traqué. Elle cherche désespérément un coin où se cacher, mais il n'y en a pas. Les pas de l'homme se rapprochent en résonnant dans l'escalier.

Ils débouchèrent alors au sommet de la tour ceinte d'un muret de pierre. En pleine lumière.

— La voilà prise au piège.

Brianna faillit crier quand Gray la fit se retourner. Il la souleva dans ses bras en éclatant de rire.

— Diable, vous êtes vraiment bon public !

— Ce n'est pas drôle, dit-elle en essayant de se libérer.

— C'est merveilleux. Je crois que je vais le faire poignarder la femme... à moins que...

Il passa un bras sous les genoux de Brianna et la déposa sur le muret d'enceinte.

— Peut-être pourrait-il tout simplement la faire basculer dans le vide.

— Arrêtez !

Instinctivement, Brianna s'agrippa de toutes ses forces à son cou.

— Pourquoi n'y ai-je pas pensé plus tôt ? Votre cœur bat à tout rompre et vous me serrez dans vos bras. Je vous ai fait oublier vos problèmes, non ?

— Mes problèmes sont toujours là, merci, et votre imagination débordante n'y change rien.

— Mais si, dit-il en l'attirant légèrement contre lui. C'est à ça que sert la fiction, que ce soit dans un roman ou au cinéma. Ça vous aide à oublier la réalité et à vous intéresser aux problèmes des autres.

— Et vous, à quoi ça vous sert de raconter des histoires ?

— A la même chose. Exactement à la même chose.

Il la fit mettre debout et la tourna vers l'horizon.

— On dirait un tableau, vous ne trouvez pas ?

Doucement, il se colla contre son dos en l'enlaçant.

— La première fois que je suis venu ici, il pleuvait, et on avait l'impression que toutes les couleurs allaient se noyer.

Brianna soupira. Finalement, elle avait trouvé un peu de la paix qu'elle cherchait. Dans ce lieu étrange, grâce à lui.

— C'est bientôt le printemps, dit-elle à voix basse.

— Vous sentez toujours le printemps...

Il se pencha et ses lèvres effleurèrent sa nuque.

— Et vous en avez le goût.

— Si vous continuez, je crois bien que je vais défaillir.

— Alors, accrochez-vous à moi.

Gray la fit pivoter sur elle-même et lui caressa délicatement la joue.

— Il y a des jours et des jours que je ne vous ai pas embrassée.

— Je sais...

Prenant son courage à deux mains, elle le regarda dans les yeux.

— J'en ai eu envie.

— C'était le but.

Encore une fois, il effleura ses lèvres, et tressaillit en sentant ses mains entourer tendrement son visage.

Alors, elle lui offrit sa bouche, laissant échapper un petit gémissement de plaisir excitant comme une caresse. Debout dans le vent, il la serra plus fort en prenant garde à ne pas la brusquer.

Toute la lassitude, la tension et la frustration qu'elle éprouvait s'évanouirent d'un coup. Elle se sentait chez elle. Ce fut la première chose qui lui vint à l'esprit. Chez elle... là où elle avait toujours tellement envie d'être.

Poussant un gros soupir, elle posa la tête sur son épaule en l'enlaçant.

— Je ne me suis jamais sentie comme ça.

Lui non plus nc s'était jamais senti comme ça. Ce qui lui parut dangereux, et valait la peine qu'il prît le temps d'y réfléchir.

— Ça nous fait du bien à tous les deux, murmura-t-il.

— Oui, ça nous fait du bien. Soyez patient avec moi, Gray.

— Telle est mon intention. Je vous veux, Brianna, et j'attendrai que vous soyez prête...

Il se recula et ses doigts descendirent lentement le long de ses bras avant de se refermer sur ses mains.

— Oui... que vous soyez prête.

9

Gray se demandait si c'était parce que ses autres appétits étaient loin d'être satisfaits qu'il avait faim à ce point. Décidant de prendre les choses avec philosophie, il s'octroya un petit souper nocturne et prit un morceau du pudding de Brianna. Faire du thé était également devenu une habitude, aussi mit-il la bouilloire sur le feu avant de se servir du gâteau.

Il ne se souvenait pas d'avoir été obsédé à ce point par l'envie de faire l'amour depuis ses treize ans. A cette époque, il était fou de Sally Anne Howe, une des enfants pensionnaires au Simon Brent Memorial Home. Sacrée Sally... Avec ses formes épanouies et ses yeux malicieux. Elle avait trois ans de plus que lui, et ne demandait pas mieux que d'offrir ses charmes en échange d'une cigarette ou d'une barre de chocolat.

A ce moment-là, il voyait en elle une déesse prête à exaucer les prières d'un adolescent porté sur la chose. Il y repensait maintenant avec un mélange de colère et de pitié, regrettant que les faiblesses du système aient pu laisser croire à une jolie jeune fille que son seul trésor se trouvait niché entre ses cuisses.

Gray avait seize ans quand il s'était échappé de l'orphelinat pour partir sur la route, avec quelques vêtements sur le dos et vingt-trois dollars en poche.

Ce qu'il voulait, c'était être libre. Libre de toutes les contraintes et de tous les règlements qu'il avait supportés une grande partie de sa vie.

Il avait vécu et travaillé dans la rue pendant longtemps avant de se trouver un nom, et un but. Par chance, il avait eu assez de talent pour ne pas se laisser dévorer par de plus rusés que lui.

A vingt ans, il avait achevé son premier roman, un roman autobiographique, triste et rempli de bons sentiments, qui n'avait guère impressionné le monde de l'édition. A vingt-deux ans, il avait écrit une petite histoire policière bien ficelée. Là encore, les éditeurs ne s'étaient pas jetés dessus, mais le relatif intérêt que lui avait manifesté l'assistant d'un éditeur lui avait permis de louer une chambre minable et de s'atteler à sa machine à écrire pendant des semaines.

Et cette fois, il avait vendu son livre. Pour une bouchée de pain, certes, mais plus rien depuis n'avait eu autant d'importance pour lui.

Dix ans plus tard, il vivait comme il avait choisi de le faire et avait le sentiment d'avoir bien choisi.

Gray versa l'eau bouillante dans la théière, puis avala une énorme cuillerée de pudding. En jetant un coup d'œil vers la porte de Brianna, il aperçut un rai de lumière et sourit.

Elle aussi, il l'avait choisie.

Mettant toutes les chances de son côté, il posa la théière et deux tasses sur un plateau et frappa à sa porte.

— Oui, entrez.

Elle était assise à son bureau, sage comme une nonne avec sa chemise de nuit en flanelle, ses chaussons et ses cheveux rassemblés en une grosse natte qui pendait sur son épaule. Gray avala courageusement sa salive.

— J'ai vu de la lumière. Vous voulez du thé ?

— Volontiers. Je viens juste de terminer de remplir quelques paperasses.

— Les meurtres me donnent faim, dit-il en caressant le chien qui vint se frotter contre lui.

— Vous avez tué quelqu'un, aujourd'hui ?

— Cruellement.

Il dit cela d'un ton si dégagé qu'elle se mit à rire.

— C'est peut-être ce qui vous permet d'être toujours

d'humeur si égale, finalement. Tous ces assassinats par procuration doivent vous soulager. Est-ce qu'il vous arrive de...

Brianna s'interrompit et prit la tasse qu'il lui tendait.

— Allez-y, continuez. Vous ne me posez presque jamais de questions sur mon travail.

— Parce que je me dis que tout le monde le fait.

— C'est vrai. Et ça ne me dérange pas.

— Eh bien, je me demandais si vous aviez déjà créé un personnage à partir de quelqu'un que vous connaissiez... pour le tuer ensuite.

— Oui, il y a eu ce serveur prétentieux, dans un restaurant français, à Dijon. Je l'ai étranglé.

— Oh, fit-elle en se touchant le cou. Et qu'avez-vous ressenti ?

— Pour lui ou pour moi ?

— Pour vous.

— Une profonde satisfaction, avoua-t-il en reprenant un morceau de pudding. Vous voulez que je tue quelqu'un pour vous, Brie ? Je suis à votre disposition.

— Pas pour l'instant, non.

En changeant de position, elle fit tomber plusieurs papiers sur le sol.

— Il vous faudrait une machine à écrire, dit-il en l'aidant à les ramasser. Ou mieux, un ordinateur. Vous gagneriez du temps pour faire votre courrier.

— Pas vraiment. Je mettrais un temps fou avant de trouver chaque touche.

Voyant qu'il jetait un coup d'œil sur sa correspondance, elle fronça les sourcils, amusée.

— Ce n'est pas très intéressant, vous savez.

— Oh, excusez-moi. L'habitude... Triquarter Mining, qu'est-ce que c'est ?

— Oh, une compagnie minière dans laquelle papa avait investi. J'ai retrouvé des actions parmi ses affaires, dans le grenier. Je leur ai déjà écrit une fois, ajouta-t-elle, l'air vaguement contrarié, mais je n'ai pas eu de réponse. Alors, je fais une deuxième tentative.

— Dix mille actions... Dites-moi, ce n'est pas rien.

— Je pense que si, justement. Si vous aviez connu mon père... Il avait toujours des tas d'idées pour faire fortune qui finissaient par lui coûter plus d'argent qu'il n'aurait pu en gagner. Enfin, il faut que je règle ça.

Elle tendit la main pour reprendre le document.

— Ce n'est qu'une copie. Rogan a gardé l'original, par précaution.

— Vous devriez lui demander de se renseigner.

— Je ne veux pas l'embêter avec ça. Il a suffisamment à faire avec la nouvelle galerie... et Maggie.

— Même à un dollar l'action, ça fait une somme rondelette.

— Ça m'étonnerait que cela vaille plus d'un penny. Il n'a pas dû acheter ça très cher. D'ailleurs, la société a probablement fait faillite.

— Dans ce cas, votre lettre serait revenue.

Brianna se contenta de sourire.

— Vous êtes là depuis assez longtemps pour avoir vu comment fonctionnait la poste irlandaise. Je crois que...

Tous deux se retournèrent brusquement en entendant le chien grogner devant la porte.

— Conco, qu'est-ce que tu as ?

Mais le chien grogna de plus belle, le poil hérissé, les oreilles dressées. En deux enjambées, Gray fut devant la fenêtre. Mais il ne distingua rien d'autre qu'un épais brouillard.

— Je vais aller jeter un coup d'œil. Non, fit-il en la voyant se lever. Il fait nuit, froid et humide. Vous allez rester ici.

— Il n'y a sûrement rien.

— Conco et moi allons nous en assurer. Viens, dit-il en claquant des doigts.

A la grande surprise de Brianna, le chien obéit immédiatement et suivit Gray.

Il prit la lampe de poche qu'elle gardait en permanence dans un tiroir de la cuisine et ouvrit la porte.

Le brouillard réduisait considérablement la portée

du rayon lumineux. Gray s'avança prudemment, l'œil et l'oreille aux aguets. Il entendit le chien aboyer, sans pouvoir dire toutefois de quelle direction cela provenait.

Arrivé sous les fenêtres de Brianna, il s'arrêta et braqua la lampe vers le sol. Là, au milieu d'un parterre de fleurs, il aperçut une trace de pas.

Un petit pied, constata Gray en se mettant accroupi. Assez petit pour être celui d'un enfant. C'était l'explication la plus simple — des enfants qui avaient voulu s'amuser. Néanmoins, alors qu'il faisait le tour de la maison, il entendit le bruit d'un moteur. Jurant dans sa barbe, il accéléra le pas. Tout à coup, Conco surgit du brouillard, tel un plongeur transperçant la surface d'un lac.

— Alors, tu n'as rien trouvé ?

Gray flatta la tête du chien, puis ils s'enfoncèrent tous les deux dans le brouillard.

— Je crains de savoir de quoi il s'agit. Viens, rentrons.

Brianna commençait à s'inquiéter quand ils apparurent sur le seuil de la cuisine.

— Vous êtes partis longtemps.

— J'ai voulu faire le tour complet de la maison.

Il posa la lampe sur le comptoir et passa la main sur ses cheveux mouillés.

— Cela a peut-être un rapport avec le cambriolage.

— Je ne vois pas pourquoi. Vous n'avez vu personne.

— Parce que nous n'avons pas été assez rapides. Mais il y a une autre explication possible, dit-il en mettant les mains dans ses poches. Moi.

— Vous ? Que voulez-vous dire ?

— C'est déjà arrivé quelquefois. Un admirateur un peu trop enthousiaste découvre où je suis. Ils débarquent parfois comme si on se connaissait depuis toujours — d'autres fois, ils se contentent de vous suivre comme votre ombre. Ou bien encore, ils s'introduisent chez vous, histoire d'emporter un petit souvenir.

— Mais c'est épouvantable !

— C'est agaçant, mais sans aucun danger. Un jour, à Paris, une femme entreprenante a subtilisé la clé de la chambre que j'occupais au Ritz et s'est faufilée dans mon lit.

Il grimaça un sourire.

— Ça m'a fait... bizarre.

— Bizarre ? Et qu'est-ce que... Non, je crois que je préfère ne pas savoir ce que vous avez fait.

— J'ai appelé la sécurité, dit-il, les yeux brillants de malice. Il y a des limites à ce que j'accepte de faire pour mes lecteurs. Quoi qu'il en soit, ce sont peut-être tout simplement des gosses, mais s'il s'agit d'un de mes admirateurs, vous voulez peut-être que je trouve un autre endroit où me loger.

— Sûrement pas...

Son instinct protecteur avait repris le dessus.

— Personne n'a le droit de s'immiscer comme ça dans votre vie privée, et vous n'allez quand même pas vous en aller à cause de ça.

Brianna poussa un petit soupir.

— Ce n'est pas seulement à cause de vos histoires, vous savez. Oh, elles plaisent aux gens, c'est certain — elles sont si réelles, et en même temps il y a toujours quelque chose d'héroïque pour venir compenser la violence et le chagrin. C'est aussi à cause de votre photo.

Charmé par la description qu'elle venait de faire de ses œuvres, il répondit d'un air absent.

— Eh bien, qu'est-ce qu'elle a ?

— Votre visage. Vous avez un si beau visage.

Gray ne sut s'il devait rire ou s'étonner.

— Vraiment ?

— Oui, il est... Quant au petit résumé de votre vie qui figure au dos — ou plutôt le manque de détails... C'est comme si vous veniez de nulle part. Ce mystère vous rend très attirant.

— Mais je viens de nulle part, c'est vrai. Pourquoi ne pas en revenir à mon visage ?

Brianna recula d'un pas.

— Je crois que nous avons eu assez d'émotions pour cette nuit.

Gray continua d'avancer jusqu'à ce que ses mains puissent toucher ses épaules et l'embrassa doucement sur la bouche.

— Vous allez réussir à dormir ?

— Oui, souffla-t-elle en soupirant paresseusement. Conco va rester avec moi.

— Le veinard... Allez, dormez vite.

Il attendit qu'elle ait regagné sa chambre, puis fit une chose que Brianna n'avait jamais faite depuis le temps qu'elle vivait ici.

Il ferma toutes les portes à clé.

Le meilleur endroit pour faire circuler des nouvelles ou en recueillir était, logiquement, le pub du village. Depuis qu'il était dans le comté de Clare, Gray s'était pris d'affection pour celui d'O'Malley. Naturellement, au cours de ses recherches, il avait eu l'occasion d'en fréquenter plusieurs dans la région, mais celui-ci avait sa préférence.

En arrivant devant la porte, il entendit retentir une joyeuse musique. Murphy devait être en train de jouer. Ce qui tombait bien. Dès qu'il franchit le seuil, plusieurs personnes saluèrent Gray avec chaleur. O'Malley tira une Guinness à son intention avant même qu'il ne soit installé.

— Alors, votre histoire avance bien, ces jours-ci ? lui demanda-t-il.

— Pas trop mal. Deux morts et aucun suspect.

— Je ne comprends pas comment vous faites pour assassiner des gens toute la journée et avoir encore le sourire le soir venu.

— Ce n'est pas normal, hein ?

— J'ai une histoire pour vous, annonça alors David Ryan qui se trouvait à l'extrémité du bar, en train de tirer sur sa cigarette.

Gray s'installa confortablement, au milieu de la musique et de la fumée. Écouter des histoires lui plaisait autant qu'en raconter.

— Il était une fois une jeune fille qui vivait à la campagne, du côté de Tralee. Belle comme un soleil, qu'elle était, avec des cheveux blonds comme de l'or et des yeux aussi bleus qu'un lac du Kerry.

Le brouhaha des voix diminua, et Murphy joua plus bas pour accompagner le récit.

— Il se trouve que deux hommes lui faisaient la cour, reprit David. Un gars studieux et un fermier. A sa manière, elle les aimait tous les deux ; car elle avait aussi bon cœur qu'elle avait belle figure. Si bien que, ravie de l'attention qu'ils lui portaient, comme toutes les jeunes filles, elle n'en repoussait aucun et leur faisait des promesses à tous les deux. Le fermier commença à en prendre ombrage, tout en continuant d'aimer la jeune fille.

Il marqua une pause, comme le font souvent les conteurs, et examina le bout luisant de sa cigarette.

— Alors, une nuit, il attendit son rival au bord de la route, et quand le gars studieux arriva en sifflotant — car la belle lui avait accordé des baisers —, le fermier surgit et frappa le jeune amoureux. Puis il le traîna au clair de lune à travers champs et, bien que le pauvre gars respirât encore, l'enterra profondément. Quand l'aube se leva, il déversa ses semailles sur lui, mettant un terme définitif à la compétition.

David s'arrêta à nouveau pour tirer sur sa cigarette et boire un coup.

— Et alors ? demanda Gray, captivé par l'histoire. Il a épousé la jeune fille ?

— Non, pas du tout. Car le même jour, la belle s'enfuit avec un rétameur de passage. Mais cette année-là, le fermier fit la meilleure récolte de toute sa vie !

Des éclats de rire fusèrent de toutes parts, mais Gray se contenta de secouer la tête. Il se considérait comme un menteur professionnel, et plutôt doué. Mais ici, la concurrence était rude. Il prit son verre et alla rejoindre Murphy.

— David a une histoire pour chaque jour de la semaine, lui expliqua celui-ci en laissant courir ses doigts sur les touches de son accordéon.

— Mon agent serait sûrement heureux de lui signer un contrat. Vous avez appris du nouveau, Murphy ?

— Non, rien de plus. Mrs. Leery croit avoir aperçu une voiture le jour où vous avez eu de la visite. Une voiture verte, mais elle n'y a pas prêté attention.

— Quelqu'un est venu fouiner autour du cottage, hier soir. Avant de disparaître dans le brouillard. Mais j'ai trouvé une empreinte de pas dans un parterre de fleurs. C'était peut-être des gosses.

— Si vous ou Brie avez un problème, il y a plus d'une dizaine d'hommes tout à côté. Il vous suffit de siffler.

Murphy se tourna vers la porte qui venait de s'ouvrir. Brianna entra, flanquée de Rogan et de Maggie. Il fronça les sourcils en regardant Gray.

— Et il y en a plus encore qui seront prêts à vous traîner devant l'autel si vous ne prenez pas garde à la façon dont brillent vos yeux.

— Qu'est-ce qu'il y a ? dit Gray en prenant son verre. Je ne fais que regarder.

— Vous savez, je ne suis pas né de la dernière pluie. Et un homme penché sur sa bière pense souvent à sa dulcinée.

— Mon verre est encore à moitié plein, marmonna Gray en se levant pour aller à la rencontre de Brianna.

— Je croyais que vous aviez de la couture à faire, lui dit-il.

— C'est exact.

— Nous l'avons forcée à venir, expliqua Maggie en se hissant sur un tabouret avec un soupir.

— Persuadée, rectifia Rogan. Un verre de Harp, Brie ?

— Oui, merci.

— Et un thé pour Maggie, Tim.

Rogan retint un sourire en voyant sa femme commencer à bougonner.

— Et vous, Gray, vous voulez une autre pinte ?

— Non, merci. Ça ira comme ça. Je me souviens de la dernière fois où nous avons bu avec l'oncle Niall.

— A propos, coupa Maggie, oncle Niall et sa jeune

épouse passent quelques jours en Crète. Si tu nous jouais quelque chose de gai, Murphy ?

Obligeamment, il attaqua une gigue en tapant du pied.

Après avoir écouté attentivement les paroles, Gray secoua la tête d'un air perplexe.

— Pourquoi les Irlandais chantent-ils toujours des chansons sur la guerre ?

— Ah bon ? Vous trouvez ? dit Maggie en buvant un peu de thé avant d'entonner le refrain.

— Ça parle parfois de trahison et de mort, mais surtout de guerre.

— Vraiment ? fit-elle en souriant. C'est peut-être parce que nous avons dû nous battre depuis des siècles pour garder chaque pouce de notre territoire. Ou bien...

— Si vous la lancez sur ce sujet, vous êtes fichu, observa Rogan. Maggie a un cœur de rebelle.

— Les Irlandaises sont toutes des rebelles, répliqua-t-elle. Murphy a vraiment une jolie voix. Pourquoi ne chantes-tu pas avec lui, Brie ?

Profitant de l'instant, elle sirotait tranquillement sa bière.

— Je préfère écouter.

— J'aimerais beaucoup vous entendre, murmura Gray en lui caressant les cheveux.

Surprenant son geste, Maggie fronça les sourcils.

— Brie a une voix d'ange, dit-elle. Nous nous sommes toujours demandé d'où elle tenait cela, jusqu'à ce qu'on découvre que notre mère avait le même don. Murphy, joue-nous *James Connolly*. Brie va chanter avec toi.

D'un air résigné, Brianna alla s'asseoir à côté de Murphy.

— Leurs voix s'accordent à merveille, dit doucement Maggie tout en observant Gray.

— Mmm... A la maison, il lui arrive très souvent de chanter, quand elle se croit seule.

— Et combien de temps comptez-vous rester ? demanda Maggie, ignorant le regard réprobateur de Rogan.

— Jusqu'à ce que j'aie terminé.

— Et ensuite vous partirez?

— Exactement. Je partirai.

Maggie s'apprêtait à faire un commentaire piquant lorsqu'elle sentit la main de Rogan se poser sur son cou. Plus que l'avertissement de son mari, ce fut le regard de Gray qui la poussa à renoncer. Le désir qui se devinait dans les yeux de l'Américain avait réveillé son instinct protecteur. Mais il y avait autre chose. Elle se demanda s'il en était conscient.

Quand un homme regardait une femme de cette façon, les hormones n'étaient pas seules en jeu. Il faudrait qu'elle y réfléchisse plus longuement. En attendant, elle reprit son thé, sans cesser une seconde d'observer Gray.

— On verra, marmonna-t-elle. On verra ça...

Une deuxième chanson succéda à la première, puis une troisième. Des chansons de guerre et d'amour, tristes ou malicieuses. Dans sa tête, Gray commença à imaginer une scène.

Le pub enfumé résonnait du bruit des voix et de musique — paisible sanctuaire loin des horreurs de ce monde. Comme un aimant, la voix de la femme attirait l'homme qui refusait de se laisser séduire. Ce serait là que son héros perdrait la bataille. Elle serait assise devant un feu de tourbe, les mains sagement posées sur les genoux, chantant d'une voix douce et ensorcelante, le regard rempli de nostalgie.

Et ce serait là qu'il comprendrait qu'il l'aimait, au point de vouloir donner sa vie pour elle. Ou du moins de la changer. Avec elle, il oublierait le passé et regarderait enfin vers l'avenir.

— Gray, vous êtes tout pâle, dit alors Maggie en le retenant par le bras pour l'empêcher de tomber de son tabouret. Combien de pintes avez-vous bues?

— Une seule.

Il se passa la main sur le visage en faisant un effort pour revenir à la réalité.

— Je pensais à... à une scène de mon livre, ajouta-t-il.

D'ailleurs, c'était la vérité. Il n'avait fait qu'imaginer des personnages, fabriquer un mensonge. Tout ceci n'avait aucun rapport avec lui.

— On aurait dit que vous étiez en transe.

— C'est un peu ça, soupira-t-il en se forçant à sourire. Finalement, je crois que je vais prendre une autre pinte.

10

Obsédé par la scène qu'il avait imaginée au pub, Gray passa une nuit fort agitée. Il ne parvenait ni à la chasser de son esprit, ni à l'écrire. Ou du moins pas correctement.

S'il y avait une chose qu'il redoutait par-dessus tout, c'était le blocage de l'écrivain devant sa feuille blanche. D'ordinaire, il réussissait à l'éviter en continuant à travailler jusqu'à ce que ce mauvais moment soit passé.

Mais cette fois, il était bel et bien bloqué. Il ne parvenait pas à écrire un seul mot.

Il était à sec. Complètement à sec.

En fait, il était nerveux. Et terriblement frustré par une femme qui réussissait à le maintenir à distance d'un simple regard.

Marmonnant dans sa barbe, il alla jusqu'à la fenêtre. Et la première chose qu'il aperçut — c'était bien sa chance — fut Brianna.

Il la regarda monter dans sa voiture d'un mouvement souple et gracieux. Après avoir posé son sac sur le siège du passager, elle attacha sa ceinture, arrangea ses rétroviseurs, puis mit le contact.

A travers la vitre, il entendit le moteur tousser de façon poussive. Elle essaya de démarrer à plusieurs reprises. A la quatrième, Gray secoua la tête et se précipita vers l'escalier.

— Pourquoi ne faites-vous pas réparer cette fichue bagnole ? cria-t-il en apparaissant sur le seuil.

— Oh...

Elle était descendue de voiture et était en train d'ouvrir le capot.

— Elle marchait encore très bien il y a quelques jours.

— Ce tas de ferraille ne marche plus depuis belle lurette ! Écoutez, si vous avez besoin d'aller au village, prenez ma voiture. Je vais voir ce que je peux faire avec ça.

Immédiatement sur la défensive, Brianna releva fièrement le menton.

— Je vous remercie, mais je vais à Ennistymon.

— Ennistymon ? répéta-t-il en essayant de se remémorer le village sur la carte. Pour quoi faire ?

— Pour voir la nouvelle galerie. Elle doit ouvrir dans une quinzaine de jours, et Maggie m'a demandé de passer.

Elle ne voyait que son dos. Penché sous le capot, Gray tripotait des câbles en jurant.

— Je vous ai laissé un mot, et de la nourriture que vous pourrez vous faire réchauffer. Je vais être absente une bonne partie de la journée.

— Vous n'irez nulle part avec ça ! Vous ne pouvez pas rouler dans cette poubelle.

— Ma foi, je n'ai guère le choix. Merci de vous être dérangé, Grayson. Je vais voir si Murphy peut...

— Ce n'est pas la peine de prendre ce ton glacial de princesse lointaine, dit-il en refermant le capot d'un coup sec qui la fit sursauter. Et inutile de me jeter Murphy à la figure. Il ne pourra rien faire de plus que moi. Montez dans ma voiture, je reviens dans une minute.

— Et pourquoi voulez-vous que je monte dans votre voiture ?

— Parce que je vais vous conduire à Ennistymon, pardi !

Grinçant des dents, elle mit les mains sur les hanches.

— C'est très aimable à vous de me le proposer, mais...

— Montez, dit-il en rentrant dans la maison. J'ai besoin de me changer les idées.

Brianna alla reprendre son sac dans sa voiture. Qui lui avait demandé de l'emmener? Elle aurait bien voulu le savoir. En tout cas, elle préférait encore faire le chemin à pied plutôt que de profiter de sa voiture. Et si elle voulait appeler Murphy... eh bien, elle le ferait.

Mais d'abord, il lui fallait se calmer.

Elle respira un grand coup et alla faire un tour dans le jardin. La vue du vert tendre des premiers bourgeons l'apaisa, comme toujours. Les fleurs avaient besoin de ses soins, se dit-elle en arrachant quelques mauvaises herbes. Demain, s'il faisait beau, elle commencerait. Et à Pâques, elle pourrait être fière de son jardin.

Toutes ces fleurs, ces odeurs lui mettaient du baume au cœur. En souriant, elle se pencha pour respirer une jonquille.

Au même moment, la porte de la maison claqua bruyamment. Quand Brianna se redressa, son sourire avait disparu.

Gray se tourna vers elle en sortant ses clés de sa poche.

— Allez, en voiture!

— Je reste ici. Je vais appeler Maggie et lui dire que je ne peux pas venir.

— Brianna...

Gray fit quelques pas vers elle, puis s'arrêta en levant les bras d'un air suppliant.

— Écoutez, je vous fais mes excuses. Vous disiez l'autre jour que j'étais toujours d'humeur égale, eh bien, vous vous trompiez. Les écrivains sont souvent invivables, de mauvaise humeur, méchants, égoïstes et ne s'intéressant qu'à eux.

— Vous n'êtes pas comme ça. De mauvaise humeur, peut-être, mais rien de tout le reste.

— Si, si, je vous assure. En général, cela dépend de l'état d'avancement de mon livre. Or, pour l'instant, ça se passe mal, alors, je me conduis mal. J'ai l'impression de me heurter à un mur. A une véritable forteresse. Et c'est vous qui en subissez les conséquences. Voulez-vous que je m'excuse encore une fois?

— Non...

Elle se radoucit et effleura sa joue pas rasée depuis plusieurs jours.

— Vous avez l'air fatigué, Gray.

— Je n'ai pas dormi.

Les mains toujours dans les poches, il la regarda intensément.

— Prenez garde à ne pas vous montrer trop compatissante, Brianna. Mon livre n'est qu'une des raisons pour lesquelles je suis un peu tendu, ce matin. L'autre raison, c'est vous.

Elle retira vivement sa main, comme si elle venait de se brûler.

— J'ai envie de vous, reprit-il. Vous désirer ainsi est très douloureux.

— Vraiment?

— Ce n'est pas la peine de prendre cet air ravi.

Ses joues s'empourprèrent.

— Je ne voulais pas...

— C'est justement là le problème... Venez, partons. Je vous en prie. Je vais devenir fou si je reste ici toute la journée à essayer d'écrire.

Il n'aurait pu trouver de meilleur argument pour la convaincre. Aussitôt, elle grimpa en voiture et attendit qu'il la rejoigne.

— Il vous suffirait peut-être tout simplement de tuer quelqu'un d'autre.

Gray se surprit à rire.

— Oh, mais j'y compte bien!

La Worldwide Gallery du comté de Clare était un vrai bijou. D'architecture moderne, le bâtiment ressemblait à une maison particulière et était entouré d'un ravissant jardin. Sans aucun rapport avec le style cathédrale de la galerie de Dublin ou le palais somptueux de Rome, le bâtiment avait été conçu comme une maison, destinée à présenter les œuvres d'artistes irlandais.

Le rêve de Rogan était devenu réalité. Réalité dont jouissait pleinement Maggie.

Brianna avait dessiné le jardin. Bien qu'elle ne se fût pas chargée elle-même des plantations, les paysagistes avaient suivi ses instructions à la lettre. Et on retrouvait là toutes ses fleurs préférées.

La maison était en brique rose, avec de grandes fenêtres peintes en gris pâle. Dans la grande salle, le sol était en dalles bleues et blanches, il y avait un grand lustre au plafond et un escalier en acajou conduisait au premier étage.

— C'est une œuvre de Maggie, murmura Brianna en apercevant la sculpture qui dominait l'entrée.

Gray s'approcha des deux silhouettes étroitement enchevêtrées dont se dégageaient une sensualité intense en même temps qu'un étrange romantisme.

— Elle s'appelle *Abandon*. Rogan la lui avait achetée avant leur mariage. Il a toujours refusé de la vendre à qui que ce soit.

— Je comprends pourquoi, dit-il en avalant péniblement sa salive.

La sculpture de verre était d'un érotisme presque douloureux.

— Elle a vraiment du talent, observa Brianna en caressant l'œuvre née de l'imagination de sa sœur. Le talent rend souvent les gens d'humeur maussade...

Avec un petit sourire, elle se tourna vers Gray. Il avait l'air si nerveux, si impatient...

— Et difficiles, parce qu'ils exigent trop d'eux-mêmes.

— Et ils font de la vie des autres un enfer quand ils n'arrivent pas à faire ce qu'ils veulent. Vous ne leur en tenez jamais rigueur?

— A quoi cela servirait-il?

Avec un haussement d'épaules, elle se détourna pour admirer la salle.

— Rogan voulait que cette galerie ressemble à une maison. Une maison dédiée à l'art. Aussi y a-t-il un salon, un bureau, et même une salle à manger et des petits salons en haut.

Brianna le prit par la main et l'entraîna vers la grande porte à double battant.

— Toutes les peintures, les sculptures, et même les meubles qui se trouvent ici, ont été créés par des artistes ou des artisans irlandais. Et... Oh!

Elle se figea sur place en écarquillant les yeux. Joliment étalé sur le dossier d'un divan se trouvait un superbe jeté de canapé tissé à la main d'un vert délicat. Brianna s'avança pour le toucher du bout des doigts.

— C'est moi qui ai fait ça, dit-elle tout bas. Pour l'anniversaire de Maggie. Ils l'ont mis ici. Dans une galerie d'art.

— Ils auraient eu tort de ne pas le faire. C'est très beau, fit-il en s'approchant. C'est vous qui avez tissé ça?

— Oui. Je n'ai pas beaucoup de temps pour faire du tissage, mais...

Craignant de se mettre à pleurer, elle ne termina pas sa phrase.

— Vous vous rendez compte... Dans une galerie d'art, avec toutes ces peintures et ces choses splendides...

— Bonjour, Brianna.

— Joseph!

Gray regarda l'homme qui venait d'entrer et embrassait chaleureusement Brianna. Le genre artiste, se dit-il en fronçant les sourcils. Il portait une petite turquoise à l'oreille, un catogan qui lui arrivait au milieu du dos et un élégant costume italien. Tout à coup, il se souvint. Il avait croisé cet homme au mariage, à Dublin.

— Vous êtes plus jolie chaque fois que je vous vois.

— Et vous, plus flatteur, répliqua-t-elle en riant. Je ne savais pas que vous étiez là.

— Je suis venu passer la journée, afin d'aider Rogan à mettre au point quelques détails.

— Et Patricia?

— Elle est restée à Dublin. Entre le bébé et l'école, elle n'a pas pu s'absenter.

— Oh, et comment va la petite ?

— Très bien. Elle est aussi belle que sa mère.

Joseph se tourna alors vers Gray et lui tendit la main.

— Je suppose que vous êtes Grayson Thane ? Joseph Donahue.

— Oh, excusez-moi... Gray, Joseph est le directeur de la galerie de Rogan à Dublin. Je croyais que vous aviez été présentés au mariage.

— Pas vraiment, dit Gray un peu sèchement.

Il se rappela que Joseph avait une femme et une fille.

— Autant vous avouer tout de suite que je suis un de vos fervents admirateurs.

— Ça fait toujours plaisir.

— Il se trouve que j'ai apporté un de vos livres avec moi, en pensant le remettre à Brie pour qu'elle vous demande de me le dédicacer.

Gray décida que Joseph Donahue était finalement un type très sympathique.

— J'en serai ravi.

— C'est gentil à vous. Je vais aller prévenir Maggie que vous êtes là. Elle tient à vous faire visiter elle-même la galerie.

Arrivé devant la porte, il se retourna avec un sourire.

— Oh, n'oubliez pas de lui demander ce qu'elle pense d'avoir vendu une de ses œuvres au président.

— Au président ? répéta Brianna.

— Au président de l'Irlande, ma chère. Il a acheté une de ses œuvres ce matin.

— Vous imaginez un peu ! souffla Brianna tandis que Joseph s'éloignait. Même le président de l'Irlande connaît Maggie.

— Elle commence à être connue un peu partout.

— Oui, je sais, mais ça paraît si...

Incapable de décrire ce qu'elle ressentait, elle éclata de rire.

— Oh, c'est merveilleux. Papa serait si fier... Et Maggie, oh, elle doit être sur un petit nuage. Vous devez connaître ça, non? C'est sûrement la même chose quand les gens lisent ce que vous avez écrit.

— Oui, je connais.

— Ce doit être fantastique d'avoir du talent, de faire quelque chose qui touche les autres...

— Brie... Et comment qualifiez-vous ceci? dit-il en soulevant un coin du jeté de canapé.

— Oh, tout le monde peut en faire autant — c'est juste une question de temps. Ce dont je veux parler, c'est d'une œuvre d'art, quelque chose qui dure. J'ai toujours voulu... Oh, je ne suis pas jalouse de Maggie. Quoique je l'aie été un peu, quand elle est partie étudier à Venise et que je suis restée à la maison. Mais nous avons fait toutes les deux ce que nous avions à faire. Et maintenant, ce qu'elle fait a vraiment de l'importance.

— Tout comme vous. Pourquoi considérez-vous ce que vous faites ou ce que vous êtes comme moins important? Vous savez faire plus de choses que la plupart des gens que je connais.

Brianna sourit et se retourna vers lui.

— Vous dites ça parce que vous appréciez ma cuisine.

— Oui, j'aime votre cuisine, reprit-il d'un air sérieux. Tout comme j'aime ce que vous tissez, ce que vous tricotez et les fleurs que vous plantez. Et cette manière que vous avez de tout faire embaumer, de retourner les coins du drap quand vous faites un lit, d'étendre le linge ou de repasser mes chemises. Vous faites toutes ces choses, et bien d'autres encore, sans donner l'impression de faire le moindre effort.

— Ça ne demande pas trop de...

— Mais si! coupa-t-il, sans très bien savoir pourquoi il s'énervait. Vous n'avez pas idée du nombre de personnes incapables de faire vivre une maison, qui s'en fichent complètement ou ne savent pas comment s'y prendre! Ils préfèrent envoyer promener ce qu'ils ont plutôt que d'en prendre soin. Qu'il s'agisse du temps, des choses ou des enfants.

Gray se tut, stupéfait par ce qu'il venait de dire.

Depuis combien de temps gardait-il toutes ces choses enfouies au fond de lui ? Il l'ignorait. Et combien de temps lui faudrait-il pour les enfouir à nouveau ?

— Gray...

Brianna leva la main pour lui caresser la joue, mais il s'écarta. Il ne s'était jamais considéré comme quelqu'un de vulnérable, en tout cas pas depuis d'innombrables années. Mais en cet instant, il se sentait trop en déséquilibre pour supporter de se laisser toucher.

— Ce que je voulais dire, c'est que ce que vous faites est important. Vous feriez bien de ne pas l'oublier. Je vais aller jeter un coup d'œil.

Puis il s'éloigna aussitôt à grandes enjambées et sortit de la salle.

— Eh bien, voilà qui est intéressant, s'écria Maggie en entrant.

— Il a besoin d'une famille.

— Brie, c'est un homme mûr, pas un bébé !

— L'âge ne change rien au manque. Il est beaucoup trop seul, et il ne s'en rend même pas compte.

— Tu ne peux quand même pas le recueillir comme si c'était un animal égaré ? A moins que...

— J'ai des sentiments pour lui. Je ne pensais plus pouvoir en avoir pour qui que ce soit.

Baissant les yeux, elle considéra ses mains entortillées et les décroisa délibérément.

— Non, ce n'est pas vrai. Je n'ai jamais éprouvé quelque chose comme ça pour Rory.

— Celui-là, qu'il aille au diable !

— Tu dis toujours ça, remarqua Brianna dans un sourire.

Elle embrassa sa sœur sur la joue.

— Alors, qu'est-ce que ça te fait d'avoir vendu une œuvre à un président ?

— Du moment que son chèque n'est pas en bois...

Maggie renversa la tête en arrière en éclatant de rire.

— C'est comme de faire un aller-retour sur la Lune. Je n'y peux rien. Les Concannon ne sont pas assez sophistiqués pour prendre ce genre de choses calmement. Oh, si seulement papa...

— Je sais.

— Enfin...

Maggie soupira profondément.

— Je voulais te dire que le détective que Rogan a engagé n'a pas encore retrouvé Amanda Dougherty. Mais il prétend avoir quelques pistes.

— Tant de semaines perdues... et tant d'argent dépensé.

— Ne commence pas à me reprocher de gaspiller ton budget. J'ai épousé un homme riche.

— Et tout le monde sait que tu n'en voulais qu'à son argent, plaisanta Brianna.

— Non, à son corps ! rétorqua Maggie avec un clin d'œil en prenant sa sœur par le bras. Quant à celui de ton ami Grayson Thane, aucune femme n'y resterait insensible.

— J'ai remarqué.

— Tant mieux, c'est bon signe. Au fait, j'ai reçu une carte de Lottie.

— Moi aussi. Ça ne t'ennuie pas si elles restent là-bas une semaine de plus ?

— En ce qui me concerne, maman peut bien rester là-bas toute sa vie, je n'y vois pas d'inconvénient.

Voyant l'expression contrariée de Brianna, elle poussa un soupir.

— D'accord, d'accord... Je suis heureuse de savoir qu'elle s'y plaît, même si elle se refuse à l'admettre.

— Elle t'est très reconnaissante, Maggie. Mais n'arrive pas à te le dire.

— Je n'ai plus besoin qu'elle me le dise. J'ai un bébé à moi, dit-elle en posant la main sur son ventre, et ça change tout. Je ne pensais pas qu'il puisse exister quoi que ce soit d'aussi fort. Et puis il y a eu Rogan. Désormais, je comprends un petit peu mieux comment, lorsqu'on n'est pas amoureux et qu'on ne désire pas l'enfant qu'on porte en soi, cela peut assombrir la vie autant que l'amour et le désir peuvent l'illuminer.

— Tu sais, elle ne m'a pas désirée non plus.

— Pourquoi dis-tu cela ?

— Elle me l'a dit.

Et le dire à haute voix la soulageait infiniment, réalisa Brianna.

— Elle m'a eue par devoir. Même pas par devoir envers papa, mais envers l'Église. C'est une manière bien triste de venir au monde.

Brianna n'avait certainement que faire de sa colère, Maggie le savait. Aussi s'appliqua-t-elle à ravaler sa fureur.

— C'est tant pis pour elle, Brie. Tu n'y es pour rien, dit-elle en caressant la joue de sa sœur.

— Mais papa nous aimait.

— Oui, il nous aimait. Et c'est tout ce qui compte. Allez, ne t'en fais pas. Je vais t'emmener là-haut pour te montrer ce que nous avons fait.

Dans l'entrée, Gray poussa un long soupir. L'acoustique du bâtiment lui avait permis de tout entendre. Il comprenait maintenant d'où venait la tristesse qui hantait le regard de Brianna. C'était étrange... Avoir été privé de l'amour de leur mère était une chose qu'ils avaient en commun.

Non que ce manque l'obsédât. Il en avait pris son parti depuis déjà longtemps. En abandonnant l'enfant blessé et solitaire derrière les hauts murs sombres de l'orphelinat.

Mais qui était Rory ? Et pourquoi Rogan avait-il engagé un détective pour retrouver une femme nommée Amanda Dougherty ?

Le meilleur moyen d'obtenir des réponses, Gray le savait pertinemment, était encore de poser des questions.

— Qui est Rory ?

La question tira Brianna de ses rêveries tandis qu'ils roulaient tranquillement sur une route sinueuse en revenant d'Ennistymon.

— Quoi ?

— Pas quoi, qui ?

Gray se serra sur le bas-côté en apercevant une voiture arriver en sens inverse, en plein milieu de la route. Sans doute un Yankee, pensa-t-il avec un petit sentiment de supériorité.

— Qui est Rory ? répéta-t-il.

— Vous avez écouté les commérages au pub, c'est ça ?

Au lieu de le décourager, le ton glacial de Brianna ne fit qu'exciter sa curiosité.

— Bien sûr, mais ce n'est pas là que j'ai entendu ce nom. Vous avez parlé de lui avec Maggie à la galerie.

— Alors, vous avez espionné une conversation privée ?

— C'est une redondance. Il n'y a espionnage que s'il s'agit d'une conversation privée.

Brianna se redressa fièrement sur son siège.

— Inutile de me reprendre sur ma grammaire, merci.

— Ce n'est pas de la grammaire, c'est... Peu importe.

Il se tut et la laissa mijoter un moment.

— Alors, qui est-ce ?

— Et en quoi cela vous regarde-t-il ?

— En disant cela, vous ne faites qu'exciter ma curiosité.

— C'est un garçon que j'ai connu. Vous avez pris la mauvaise route.

— En Irlande, il n'y a jamais de mauvaise route. Vous n'avez qu'à vérifier dans les guides. C'est celui qui vous a fait du mal ?

Il lui jeta un coup d'œil et hocha la tête.

— Eh bien, c'est mieux qu'une réponse. Que s'est-il passé ?

— Vous comptez vous en servir dans votre livre ?

— Peut-être. Mais si je vous demande cela, c'est d'abord à titre personnel. Vous l'aimiez ?

— Oui, je l'aimais. Et je devais l'épouser.

Gray se surprit à froncer les sourcils et à pianoter nerveusement sur le volant.

— Pourquoi ne l'avez-vous pas fait ?

— Parce qu'il m'a plaquée à deux pas de l'autel. Votre curiosité est-elle satisfaite ?

— Non. Cela m'apprend seulement que ce Rory était un imbécile.

Il ne put s'empêcher de lui poser une autre question, et s'étonna d'en avoir à ce point envie.

— Vous l'aimez toujours ?

— Ce serait particulièrement stupide de ma part. Après dix ans...

— Mais vous souffrez toujours.

— Se faire plaquer fait toujours mal, dit-elle sèchement. Faire pitié à tout un village fait mal. Pauvre Brie, abandonnée deux semaines avant le jour de son mariage... Qui s'est retrouvée toute seule avec sa robe de mariée et son petit trousseau et dont le fiancé a préféré partir en Amérique plutôt que de l'épouser... Ça vous suffit ?

Elle tourna la tête pour le regarder.

— Vous voulez savoir si j'ai pleuré ? Eh bien, oui. Si j'ai attendu son retour ? Eh bien, oui, ça aussi.

— Vous pouvez me donner un coup de poing si ça vous fait du bien.

— J'en doute.

— Pourquoi est-il parti ?

Le soupir qu'elle laissa échapper était chargé d'irritation autant que de nostalgie.

— Je ne sais pas. Je ne l'ai jamais su. C'est même ce qui a été le plus dur. Il est venu me voir et m'a dit qu'il ne voulait plus de moi, qu'il ne me pardonnerait jamais ce que j'avais fait. Quand j'ai voulu savoir à quoi il faisait allusion, il m'a donné un coup de poing et m'a fait tomber par terre.

Les mains de Gray se crispèrent sur le volant.

— Il a fait quoi ?

— Il m'a donné un coup de poing, dit-elle calmement. Mais j'étais bien trop orgueilleuse pour lui courir après. Alors il est parti.

— Quel salaud !

— C'est souvent ce que je me suis dit, mais je ne sais pas pourquoi il m'a abandonnée. Au bout d'un certain temps, j'ai donné ma robe de mariée. La sœur de Murphy, Kate, la portait le jour où elle a épousé son Patrick.

— Ce type ne mérite pas le dixième de la tristesse qu'il y a dans vos yeux.

— Probablement pas. Mais mon rêve... Qu'est-ce que vous faites ?

— Je me gare. Allons marcher le long des falaises.

— Je n'ai pas les chaussures qu'il faut, protesta-t-elle. Je peux vous attendre ici, si vous avez envie d'aller jeter un coup d'œil.

Mais il avait déjà fait le tour de la voiture.

— C'est avec vous que j'ai envie de le faire.

Il la fit descendre et la prit dans ses bras.

— Qu'est-ce que vous faites ? Vous êtes fou ?

— Ce n'est pas loin, et imaginez un peu les belles photos que les touristes qui sont là-bas vont pouvoir faire. Vous parlez français ?

— Non...

Intriguée, elle se tourna vers lui.

— Pourquoi ?

— Je me disais que si nous parlions français, ils croiraient que... eh bien, que nous sommes français ! En rentrant à Dallas, ils raconteraient au cousin Fred l'histoire de ce couple si romantique qu'ils avaient aperçu près de la côte.

Gray l'embrassa légèrement avant de la reposer au bord de la falaise à pic.

Aujourd'hui, remarqua-t-il, l'océan était de la couleur de ses yeux. De ce vert mystérieux qui le faisait rêver. Le temps était assez clair pour que l'on distinguât les côtes des îles Aran. L'air était vif, le ciel d'un bleu maussade qui menaçait de s'assombrir à tout moment. Un peu plus loin, des touristes parlaient avec un fort accent texan qui le fit sourire.

— C'est magnifique, ici. De quelque côté qu'on regarde. Il suffit de tourner la tête pour voir quelque chose d'époustouflant.

Délibérément, il se tourna vers Brianna.

— D'absolument époustouflant.

— Vous essayez maintenant de me flatter pour vous faire pardonner de vous être mêlé de ce qui ne vous regardait pas.

— Non, pas du tout. D'ailleurs, je n'ai pas fini. Et puis j'adore me mêler de ce qui ne me regarde pas, alors, ce serait hypocrite de ma part de m'en excuser. Qui est Amanda Dougherty? Et pourquoi Rogan la fait-il rechercher?

Une lueur scandalisée passa dans le regard de Brianna qui ouvrit puis referma la bouche en tremblant.

— Vous êtes vraiment un grossier personnage.

— Ça, je le sais déjà. Dites-moi plutôt quelque chose que je ne sache pas.

— Je retourne à la voiture.

Mais dès qu'elle se retourna, il la rattrapa par le bras.

— Je vous ramène dans une minute. Avec ces chaussures, vous allez vous fouler une cheville. Surtout si vous marchez le nez en l'air, avec cet air indigné.

— Je ne suis pas indignée, comme vous le dites si bien. Et puis ce n'est pas votre...

Elle soupira lourdement.

— Pourquoi perdrais-je mon temps à vous parler d'une chose qui ne vous concerne pas?

— Je n'en ai pas la moindre idée.

Brianna observa attentivement son visage. Il était têtu comme une mule.

— Vous comptez me harceler jusqu'à ce que je vous aie tout dit?

— On dirait que vous commencez à comprendre.

Néanmoins, il ne souriait pas. Il écarta une mèche de cheveux qui était tombée sur sa joue. Il la dévisageait d'un regard intense, impitoyable.

— C'est ça qui vous inquiète, reprit-il. C'est cette femme.

— Vous ne pouvez pas comprendre.

— Vous seriez surprise de ce que je suis capable de comprendre. Allez, asseyez-vous.

Gray l'entraîna vers un rocher, la fit s'asseoir, puis s'installa à côté d'elle.

— Faites comme si vous me racontiez une histoire. Ce sera plus facile.

Peut-être avait-il raison. Et peut-être cela l'aiderait-il à soulager son cœur.

— Il était une fois une femme qui possédait une voix d'ange — du moins le disait-on. Et assez d'ambition pour vouloir en faire son métier. Sa vie de fille d'aubergiste ne la satisfaisait pas, et elle l'oubliait en chantant. Un jour, elle revint chez elle, car sa mère était malade, et parce que, faute d'être une fille aimante, elle avait un sens aigu du devoir. Elle chanta un soir au pub du village, pour faire plaisir au patron et aux clients. Et ce soir-là, elle rencontra un homme.

Le regard tourné vers la mer, Brianna imagina son père apercevant sa mère pour la première fois, et découvrant cette voix.

— Entre eux, ce fut le coup de foudre. Peut-être était-ce de l'amour, mais un amour passionnel, qui ne dure pas. Quoi qu'il en soit, ils ne résistèrent pas. Et très vite, elle se retrouva avec un enfant. L'Église, son éducation et ses propres convictions ne lui laissèrent d'autre choix que de se marier. Et de dire adieu à son rêve. Dès lors, elle ne fut plus jamais heureuse et ne trouva pas assez de compassion en elle pour essayer de rendre son mari heureux. Peu de temps après la naissance de son premier enfant, elle en eut un autre. Pas par amour fou, cette fois, mais uniquement par devoir. Et ensuite, estimant son devoir accompli, elle refusa définitivement son lit et son corps à son mari.

En l'entendant soupirer, Gray posa une main sur la sienne. Mais il préférait ne rien dire. Pas encore.

— Un jour, au bord du Shannon, il rencontra une autre femme. Qui l'aima d'un amour profond, durable. Quel qu'ait été leur péché, leur amour fut plus grand, plus fort. Mais il était marié, et avait deux petites filles. Lui comme elle savaient qu'ils n'avaient aucun avenir ensemble. Aussi décida-t-elle de le quitter pour repartir en Amérique. Elle lui écrivit trois lettres, trois lettres magnifiques, pleines d'amour et de compréhension. Et dans la troisième, elle lui annonça qu'elle portait son enfant. Elle allait partir, disait-elle encore, et elle ne voulait pas qu'il s'inquiète, car elle était heureuse de sentir vivre une part de lui en elle.

Une mouette passa en criant, attirant son attention. Elle la regarda s'envoler vers l'horizon avant de poursuivre son histoire.

— Alors, elle cessa de lui écrire, mais il ne l'oublia jamais. Le souvenir de cet amour l'aida sans doute à supporter ce mariage désastreux et toutes ces années de vide. Je le crois vraiment, car c'est son nom qu'il a prononcé, juste avant de mourir. Il a murmuré Amanda en regardant l'océan. Et longtemps après que ces lettres avaient été écrites, une de ses filles les trouva, au fond du grenier, où il les avait attachées avec un ruban rouge.

Brianna se tourna alors vers Gray.

— Vous voyez, il n'y a rien que l'on puisse faire pour remonter le temps et rendre ces vies meilleures qu'elles ne l'ont été. Mais une femme qui a été aimée ainsi ne mérite-t-elle pas de savoir qu'elle n'a jamais été oubliée ? Et l'enfant de cette femme et de cet homme, n'a-t-il pas le droit de savoir d'où il vient ?

— Les retrouver risque de vous faire souffrir plus encore, dit-il en regardant leurs mains jointes. Le passé révèle de multiples pièges. Sans compter qu'il existe un lien ténu entre l'enfant d'Amanda et vous-même. Des liens plus forts que celui-ci sont brisés chaque jour.

— Mon père l'aimait, répliqua-t-elle simplement. L'enfant qu'elle a eu appartient à notre famille. Il n'y a pas d'autre solution que de le chercher.

— Laissez-moi vous aider, murmura-t-il en scrutant son visage.

Une force étrange se mêlait à la tristesse de ses grands yeux verts.

— Comment ?

— Je connais beaucoup de monde. Pour retrouver quelqu'un, il faut faire des recherches, avoir un carnet d'adresses, des relations.

— Rogan a engagé un détective à New York.

— C'est un bon début. S'il ne trouve pas quelque chose très vite, me laisserez-vous essayer ? Et ne me dites pas que c'est gentil de ma part.

— D'accord, je ne le dirai pas, même si c'est le cas.
Elle leva leurs deux mains jointes jusqu'à sa joue.
— J'étais furieuse contre vous parce que vous vouliez me forcer à tout vous dire. Mais, finalement, cela m'a fait du bien.
Elle le regarda au fond des yeux.
— Vous saviez que cela me ferait du bien, n'est-ce pas ?
— Je suis d'une curiosité maladive.
— C'est vrai. Mais vous saviez que cela m'aiderait.
— En général, parler soulage.
Gray se leva, puis la souleva à nouveau dans ses bras.
— Il est temps de rentrer. J'ai hâte de me remettre au travail.

11

L'histoire qui lui trottait dans la tête garda Gray enchaîné à son bureau pendant plusieurs jours. Seule la curiosité le poussait à sortir de sa chambre de temps à autre, quand des clients allaient et venaient au cottage.

Il avait été le seul client pendant de longues semaines et avait craint de trouver le bruit et les bavardages insupportables. Au contraire, l'atmosphère de l'auberge lui semblait agréable, foisonnante de couleurs, comme les fleurs du jardin de Brianna qui commençaient à s'épanouir de façon éclatante en ce début de printemps.

Lorsqu'il restait toute une journée dans sa chambre, il trouvait toujours un plateau devant la porte. Et lorsqu'il en sortait, c'était pour trouver un excellent repas et de la compagnie dans le salon. La plupart des gens ne restaient qu'une seule nuit, ce qui lui convenait à merveille. Gray préférait les contacts brefs et sans complications.

Cependant, un après-midi, il descendit, l'estomac dans les talons, et aperçut Brianna dans le jardin.

— La maison est vide ?

Elle lui lança un coup d'œil sous son chapeau de paille.

— Oui, pour un jour ou deux. Vous voulez manger quelque chose ?

— Je peux attendre que vous ayez terminé. Qu'est-ce que vous faites ?

— Des plantations. Vous avez entendu le coucou?

— Une pendule?

— Non, fit-elle en riant et en aplatissant de la terre autour d'un massif de pensées. Ce matin, en me promenant avec Conco, je l'ai entendu chanter. C'est signe de beau temps. J'ai vu aussi deux pies qui gazouillaient. Ce qui annonce la prospérité.

Brianna se reconcentra sur sa tâche.

— Par conséquent, un autre client ne va peut-être pas tarder à arriver.

— Vous êtes superstitieuse. Ça m'étonne de vous.

— Je ne vois pas pourquoi. Ah, tiens, voilà le téléphone qui sonne. C'est peut-être une réservation.

— Je vais répondre.

Comme il était déjà debout, il arriva avant elle dans l'entrée.

— Blackthorn Cottage... Arlene? Oui, c'est moi. Comment vas-tu, ma belle?

Une moue au coin des lèvres, Brianna s'arrêta sur le seuil et s'essuya les mains avec un chiffon.

— Où que je sois, je me sens toujours chez moi, dit-il quand son interlocutrice lui demanda s'il se plaisait en Irlande.

Voyant que Brianna était sur le point de se retirer, il agita la main pour l'inviter à venir près de lui.

— Comment ça va, à New York?

Il la vit hésiter une seconde avant de se décider à le rejoindre. Immédiatement, Gray lui attrapa la main qu'il commença à frotter contre sa joue.

— Non, je n'ai pas oublié. Mais je dois dire que je n'ai pas encore pris le temps d'y réfléchir... Oui, si le cœur m'en dit, ma jolie.

L'air contrarié, Brianna voulut reprendre sa main, mais il tint bon et lui décocha un grand sourire.

— Je suis ravi de l'entendre. Et alors, que proposent-ils?

Il se tut un instant tout en continuant à sourire.

— C'est une offre alléchante, Arlene. Mais tu sais ce que je pense des engagements à long terme. Je n'en veux qu'un seul à la fois, comme toujours.

Tout en manifestant son accord et son intérêt à son interlocutrice, il effleura le poignet de Brianna. Et se félicita de sentir son pouls s'accélérer sous ses baisers.

— Ça me paraît très bien. Non, je n'ai pas lu le *Times*. C'est vrai ? Eh bien, tant mieux. Merci. Je... Comment ? Si j'ai un fax ? Ici ?

Il se pencha pour embrasser furtivement la bouche de Brianna.

— Tu rêves, Arlene. Non, envoie-le simplement par la poste. Mon ego patientera... Oui, moi aussi, ma belle. Je te rappellerai.

Quand il raccrocha, la main de Brianna était toujours emprisonnée dans la sienne.

— Vous ne trouvez pas cela grossier de flirter avec une femme au téléphone et d'en embrasser une autre en même temps ? dit-elle d'un ton glacial.

L'expression déjà radieuse de Gray s'illumina plus encore.

— Vous êtes jalouse ?

— Pas du tout.

— Juste un peu...

Il lui prit l'autre main pour l'empêcher de s'en aller, puis les porta toutes deux à ses lèvres.

— Ma foi, c'est un progrès. Je suis au regret de vous dire que c'était mon agent. C'est une femme mariée et, bien qu'elle soit très chère à mon cœur et à mon chéquier, elle a vingt ans de plus que moi et est l'heureuse grand-mère de trois petits-enfants.

— Oh...

Brianna eut soudain honte de se sentir ridicule, tout autant que d'avoir été jalouse.

— Vous avez sans doute envie de déjeuner tout de suite.

— Pour une fois, déjeuner est bien la dernière chose qui me préoccupe.

Ce qu'il avait à l'esprit se devinait facilement dans son regard. Il l'attira contre lui.

— Vous êtes vraiment adorable avec ce chapeau.

Elle détourna la tête juste à temps pour éviter sa bouche. Les lèvres de Gray ne firent qu'effleurer sa joue.

— Votre agent vous téléphonait pour vous annoncer de bonnes nouvelles ?

— Excellentes. Mon éditeur a beaucoup aimé les premiers chapitres que je lui ai envoyés il y a quelques semaines et lui a fait une offre.

— C'est bien.

A la façon dont il lui mordilla l'oreille, Brianna pensa qu'il devait mourir de faim.

— Je croyais que vous vendiez vos livres avant de les avoir écrits. Que vous signiez une sorte de contrat.

— Je n'écris jamais sur commande. Nous étudions les propositions une à une, et Arlene se débrouille comme un chef. Elle m'appelait aussi pour me dire que le film qui a été tiré de mon dernier livre sort à New York le mois prochain. Elle voulait que je vienne assister à la première.

— Il faut absolument que vous y alliez.

— Il ne faut rien du tout. Pour moi, c'est déjà du passé. En ce moment, je suis dans *Flash-back*.

Il l'embrassa au coin des lèvres et elle se mit à respirer plus vite.

— *Flash-back* ?

— Le livre sur lequel je travaille en ce moment. C'est le seul qui m'intéresse.

Soudain, il plissa les yeux, le regard trouble.

— Bon sang, il faut qu'il trouve le livre ! Comment n'y ai-je pas pensé plus tôt ? C'est pourtant la solution.

Il se redressa vivement en se passant la main dans les cheveux.

— Une fois qu'il l'aura trouvé, il n'aura plus le choix, vous comprenez. Dès lors, il sera obligé de se sentir impliqué.

— De quoi parlez-vous ? Quel livre ?

— Le journal de Deliah. C'est ce qui relie le passé au présent. Après l'avoir lu, il ne pourra plus reculer. Il devra...

Gray secoua la tête, comme un homme qui vient de sortir ou d'entrer en transe.

— Il faut que je retourne travailler.

Il était déjà au milieu de l'escalier. Brianna le suivit des yeux, le cœur battant.

— Grayson ?

— Oui ?

Il était à nouveau dans son monde à lui, constata-t-elle avec un mélange d'amusement et d'irritation. Une lueur d'impatience brillait dans son regard, et il ne la voyait sans doute même plus.

— Vous ne voulez pas manger quelque chose ?

— Vous n'aurez qu'à m'apporter un plateau quand vous pourrez. Merci.

Et il disparut.

Les mains sur les hanches, Brianna sourit en se moquant d'elle-même. Cet homme venait de la séduire, en un rien de temps et sans même s'en rendre compte. Il était parti retrouver Deliah et son journal, ses meurtres et ses mystères, la laissant là en plan, le cœur battant follement comme le mécanisme d'une montre trop remontée.

D'ailleurs, c'était tout aussi bien. Tous ses baisers, toutes ses caresses l'avaient carrément ramollie. Et puis c'était vraiment absurde de s'éprendre d'un homme qui s'en irait bientôt avec autant d'insouciance que pour quitter cette pièce.

Cependant, elle se demandait ce qu'elle éprouverait face à un homme dont toute l'énergie et l'attention se reporteraient exclusivement sur elle. Même pour peu de temps. Ne serait-ce qu'une seule nuit.

Elle saurait alors ce que ce serait que de donner du plaisir à un homme. Et d'en prendre. La solitude lui serait peut-être plus amère ensuite, mais ce pourrait être un moment agréable.

Pourrait... Il y avait tant d'incertitudes, songea-t-elle en préparant une généreuse assiette de gigot froid avec des croquettes au fromage. Elle la lui monta dans sa chambre sans dire un mot.

Gray ne lui prêta aucune attention, ce qui ne la surprit pas. A nouveau rivé à son ordinateur, il fronçait les sourcils et ses doigts volaient à toute vitesse sur les touches du clavier. Il se contenta d'émettre un vague grognement quand elle lui servit du thé et posa la tasse sur le bureau.

Résistant à l'envie de passer la main dans ses cheveux blonds, Brianna se surprit à sourire. Et décida que le moment était bien choisi pour aller voir Murphy et lui demander de venir réparer sa voiture.

Marcher lui fit le plus grand bien. Le printemps était la période de l'année qu'elle préférait entre toutes. Les oiseaux chantaient, les fleurs resplendissaient un peu partout et les collines étaient d'un vert si intense que les regarder longtemps faisait presque mal aux yeux.

Après avoir vu Murphy, peut-être irait-elle jusque chez Maggie. Le bébé allait naître d'ici quelques semaines et il fallait que quelqu'un s'occupe du jardin.

Brusquement, elle s'arrêta en éclatant de rire et s'accroupit en voyant Conco foncer vers elle à travers champs.

— Alors, tu es allé chasser les lapins ? Non, ce n'est pas pour toi, dit-elle en brandissant le panier que le chien reniflait d'un air intéressé. Mais il y a un gros os qui t'attend à la maison.

Entendant Murphy l'appeler, Brianna se redressa.

Il descendit de son tracteur et elle s'engagea dans la terre fraîchement labourée.

— C'est une journée idéale pour semer.

— Oui, parfaite, dit-il en regardant discrètement le panier. Qu'est-ce que tu as là ?

— De quoi te soudoyer.

— Ce n'est pas aussi facile que tu as l'air de le croire.

— Un quatre-quarts.

Murphy ferma les yeux en poussant un soupir gourmand.

— Vas-y, demande-moi ce que tu veux.

— J'ai encore des ennuis avec ma voiture.

— Brianna chérie, il serait grand temps que tu en fasses ton deuil.

— Tu ne veux vraiment pas venir y jeter un petit coup d'œil ?

Il la considéra un instant, puis baissa les yeux sur le panier.

— Un quatre-quarts entier ?
— Il n'en manque pas une miette !
— Marché conclu.
Il alla déposer le panier sur le siège de son tracteur.
— Mais je te préviens, il t'en faudra sûrement une neuve d'ici l'été.
— S'il le faut... Mais j'ai très envie d'une serre, alors, cette voiture va devoir durer encore un peu. Au fait, tu as eu le temps de regarder les plans que j'ai dessinés ?
— Oui. Ça peut se faire, dit-il en allumant une cigarette. J'y ai même apporté quelques améliorations.
— Murphy, tu es un amour.
Elle l'embrassa affectueusement sur la joue.
— C'est ce qu'elles me disent toutes, répliqua-t-il en écartant une mèche folle du front de Brianna. Et que dirait ton Américain s'il te surprenait en train de me faire du charme au beau milieu des champs ?
— Ce n'est pas mon Américain. Mais tu l'aimes bien, n'est-ce pas ?
— Le contraire serait difficile. Il te pose des problèmes ?
— Disons un petit problème.
Poussant un soupir, elle se rendit. Il n'y avait rien qu'elle ne puisse dire à Murphy.
— Ou plutôt, un gros. Je tiens à lui. Je ne sais pas quoi en faire, mais je tiens à lui, énormément. C'est très différent de ce que j'ai connu avec Rory.
Dès qu'elle mentionna son nom, Murphy se renfrogna et contempla le bout de sa cigarette.
— Rory ne vaut même pas la peine que tu penses à lui.
— Je ne passe pas mon temps à penser à lui. Mais maintenant que Gray est là, ça me rappelle des souvenirs, c'est tout. Murphy... il finira par s'en aller, tu sais. Comme Rory.
Brianna détourna les yeux. Elle arrivait à en parler, mais la compassion qu'elle décela dans le regard de Murphy lui était insupportable.
— J'essaie de le comprendre, de l'accepter. Je me

dis que ce sera plus facile, car cette fois, au moins, je saurai pourquoi. Le fait de ne pas savoir ce qui s'est passé avec Rory, ou ce qui me manquait...

— Il ne te manquait rien du tout. Oublie donc tout ça.

— C'est ce que j'ai fait. En tout cas, j'ai essayé. Mais je...

Visiblement émue, elle laissa son regard errer sur les collines.

— Mais qu'est-ce que je peux bien avoir, ou ne pas avoir, pour faire fuir un homme? Est-ce que je leur demande trop... ou pas assez? Est-ce qu'il y a en moi une froideur qui les repousse?

— Il n'y a en toi aucune froideur. Arrête de te faire des reproches à cause de la cruauté de quelqu'un d'autre.

— Mais je suis bien obligée de me poser toutes ces questions. Cela fait déjà dix ans. Et c'est la première fois que je sens quelque chose bouger. Mais ça me fait horriblement peur, parce que je ne sais pas si je serais capable de supporter un nouveau chagrin d'amour. Gray n'est pas Rory, je le sais bien, et pourtant...

— Non, ce n'est pas Rory.

Furieux de la voir bouleversée à ce point, Murphy jeta sa cigarette et l'écrasa du bout du pied.

— Rory était un imbécile, qui n'a pas su voir ce qu'il avait et a préféré croire les mensonges qu'on lui a mis dans la tête. Tu devrais remercier le ciel qu'il soit parti.

— Quels mensonges?

Une lueur affolée passa dans le regard de Murphy qui se reprit aussitôt.

— Peu importe. La journée tire à sa fin, Brie. Je passerai regarder ta voiture demain.

— Quels mensonges? répéta-t-elle en posant une main sur son bras.

Tout à coup, ce fut comme si le passé résonnait à ses oreilles. Comme si, à l'instant, elle venait de recevoir un coup de poing dans le ventre.

— Qu'est-ce que tu sais que je ne sais pas, Murphy?

— Que veux-tu que je sache ? Rory et moi n'avons jamais été de grands amis.

— Non, dit-elle au bout d'un moment. Il ne t'a jamais beaucoup aimé. Il était jaloux de toi, parce que nous étions soi-disant trop proches. Il ne comprenait pas que tu étais pour moi comme un frère. Il ne le comprenait pas. Une fois ou deux, nous nous sommes disputés à ce sujet, et il m'a reproché de trop souvent t'embrasser.

— Tu vois, je te disais bien que c'était un imbécile.

— Tu lui as dit quelque chose ? T'en a-t-il parlé ?

Elle attendit, avec l'impression que son sang se glaçait dans ses veines.

— Je veux que tu me le dises, Murphy. J'en ai le droit. A cause de lui, j'ai pleuré et enduré les regards apitoyés de tout le village. J'ai vu ta sœur se marier dans la robe que j'avais cousue de mes mains pour mon propre mariage. Et pendant dix ans, j'ai ressenti une immense impression de vide au fond de moi.

— Brianna...

— Alors, tu vas me le dire, poursuivit-elle en se campant juste devant lui. Je vois bien que tu connais la réponse. Si tu es mon ami, tu dois me le dire.

— Ce n'est pas juste.

— Et de douter de moi en permanence, tu crois que c'est juste ?

— Je ne veux pas te faire de mal, Brianna. Je préférerais qu'on me coupe un bras.

— J'aurais beaucoup moins mal... si je savais.

— Peut-être. Peut-être...

Il n'en savait rien. N'avait jamais réussi à savoir.

— Maggie et moi pensions que...

— Parce que Maggie sait aussi ? s'exclama-t-elle, abasourdie.

Cette fois, il n'y couperait pas.

— Elle t'aime tellement. Elle ferait tout pour te protéger.

— Eh bien, je vais te dire ce que je lui ai souvent dit. Je n'ai pas besoin d'être protégée. Dis-moi ce que tu sais.

Dix ans, songea-t-il. Pendant dix ans, il avait gardé le secret. Et pendant dix ans, une femme innocente avait souffert, s'accablant de reproches.

— Un jour, il est venu me voir alors que je travaillais dans un champ. Il m'a sauté dessus, et comme je ne le portais pas dans mon cœur, je n'ai pas hésité à riposter. Il m'a alors dit que tu avais... que tu avais été avec moi.

Raconter cela le gênait, mais au-delà de la gêne, Murphy découvrit qu'il continuait à éprouver une rage qui n'avait rien perdu de sa vigueur avec le temps.

— Il m'a dit que nous l'avions fait passer pour un imbécile et qu'il n'épouserait pas une putain. Je l'ai frappé au visage. Et je ne le regrette pas. J'aurais pu lui briser les os, mais il m'a dit que c'était ta mère qui lui avait tout raconté. Qu'elle lui avait dit que tu étais sortie en douce avec moi et qu'il se pourrait même que tu sois enceinte de moi.

Brianna était livide, le cœur dur et froid comme de la glace:

— Ma mère lui a dit ça?

— Elle lui a dit aussi que... pour garder bonne conscience, elle ne pouvait pas vous laisser vous marier à l'église alors que tu avais péché avec moi.

— Mais elle savait pourtant que ce n'était pas vrai, murmura Brie. Elle le savait.

— Les raisons pour lesquelles elle a dit cela, ou l'a cru, la regardent. Maggie est arrivée pendant que je me lavais le visage, si bien que je n'ai pas pu faire autrement que de tout lui raconter. Au début, j'ai cru qu'elle allait faire payer ça à Maeve en la rouant de coups, alors je me suis arrangé pour la retenir un moment, et j'ai finalement réussi à la calmer. Nous avons discuté, et Maggie a pensé que Maeve avait fait ça pour te garder.

— Pour que je m'occupe d'elle, de la maison et de papa...

— Nous ne savions pas quoi faire, Brianna. Et je te jure que si tu avais insisté pour épouser ce salopard, je t'aurais empêchée moi-même d'arriver jusqu'à l'autel.

Mais le lendemain même, il est parti, et tu étais effondrée. Ni moi ni Maggie n'avons eu le cœur de te répéter ce qu'il avait dit.

— Vous n'aviez pas le droit de ne rien me dire. Pas plus que ma mère n'avait le droit de dire des choses pareilles.

— Brianna...

Murphy voulut la retenir, mais elle s'écarta brusquement.

— Non, arrête. Je ne veux plus te parler pour l'instant. Je ne peux plus.

Sur ces mots, elle fit demi-tour et décampa à toute vitesse.

Brianna ne pleura pas. Les larmes lui nouaient la gorge, mais elle refusa de les laisser couler. Courant à travers champs, elle fila droit devant elle. Un chaos résonnait dans sa tête. Son innocence avait été bafouée, ses illusions réduites à néant... Depuis le jour de sa naissance, sa vie avait été construite sur des mensonges.

Lorsqu'elle atteignit la maison, les poumons la brûlaient. Elle resta un instant immobile en serrant des poings jusqu'à ce que ses ongles s'enfoncent dans sa chair.

Les oiseaux chantaient toujours, les fleurs qu'elle avait plantées ondulaient doucement sous la brise. Mais rien de tout cela ne la touchait plus. Elle se revoyait, choquée et horrifiée, au moment où Rory lui avait donné ce coup de poing qui l'avait envoyée valdinguer par terre. Aujourd'hui encore, elle revoyait toute la scène, le regard confondu avec lequel elle l'avait dévisagé, tout comme la rage et le dégoût qu'exprimait son visage avant qu'il ne s'en aille en l'abandonnant là.

Et pour couronner le tout, elle s'était fait traiter de putain. Par sa propre mère. Par l'homme qu'elle avait aimé. Cela ressemblait à une mauvaise plaisanterie. Elle qui n'avait jamais senti le corps d'un homme peser sur elle...

Sans faire de bruit, elle ouvrit la porte et la referma derrière elle.

Ainsi, un beau matin, on avait décidé de son destin à sa place. Eh bien, à partir d'aujourd'hui, elle allait prendre sa vie en main.

D'un pas résolu, elle monta au premier étage et entra dans la chambre de Gray en prenant soin de refermer la porte aussitôt.

— Grayson ?

— Hum ?

— Vous avez envie de moi ?

— Oui. Mais plus tard...

Il redressa soudain la tête, le regard vitreux.

— Comment ? Qu'est-ce que vous venez de dire ?

— Vous avez envie de moi ? répéta-t-elle d'un ton aussi raide que l'était son dos. Vous m'avez dit que vous aviez envie de moi et vous vous êtes comporté comme si c'était le cas.

— Je...

Gray dut faire un gigantesque effort pour revenir à la réalité. Elle était d'une blancheur de marbre, le regard luisant d'une étonnante froideur. Et l'air affreusement meurtri, remarqua-t-il.

— Brianna, que se passe-t-il ?

— C'est pourtant une question simple. J'aimerais entendre votre réponse.

— Bien sûr, j'ai envie de vous. Qu'est-ce que... Mais, bon sang, qu'est-ce que vous fabriquez ?

Il se leva d'un bond, déconcerté de la voir déboutonner son corsage sans sourciller.

— Arrêtez ! Arrêtez ça tout de suite !

— Vous venez de dire que vous aviez envie de moi. Eh bien, voilà, je suis à votre disposition.

— Je vous ai demandé d'arrêter.

En trois enjambées, il fut près d'elle et rapprocha les pans de son corsage.

— Qu'est-ce qui vous prend ? Que vous est-il arrivé ?

— Rien du tout, fit-elle en sentant ses jambes commencer à trembler. Vous avez essayé de me persuader de coucher avec vous, et je suis prête. Si le moment ne vous convient pas, vous n'avez qu'à le dire...

Ses grands yeux verts s'enflammèrent soudain.

— J'ai l'habitude de me faire rejeter.
— Ce n'est pas une question de moment...
— Alors, parfait. Vous préférez que les rideaux soient ouverts ou fermés ? Moi, ça m'est égal, dit-elle en retirant le dessus-de-lit.

La façon dont elle replia le coin de la couverture lui fit le même effet qu'à chaque fois. Une bouffée de désir lui vrilla l'estomac.

— Nous n'allons pas faire ça, Brianna.
— Si je comprends bien, vous ne voulez pas de moi ?

Lorsqu'elle se redressa, son corsage s'entrouvrit, lui laissant entrevoir un morceau de peau très pâle et de dentelle en coton blanc.

— Vous me tuez, murmura-t-il.
— Eh bien, je vous laisse mourir en paix.

La tête haute, elle alla jusqu'à la porte. Gray se rua sur la poignée pour l'empêcher de sortir.

— Vous n'irez nulle part tant que vous ne m'aurez pas expliqué ce qui se passe.
— Visiblement, rien, du moins avec vous.

Incapable de respirer calmement, régulièrement, ni de dissimuler la douleur dans sa voix, Brianna s'adossa contre la porte.

— Il doit bien exister quelque part un homme qui trouvera un moment pour batifoler avec moi.
— Vous m'énervez.
— Oh, c'est vraiment dommage. Je vous demande pardon. Il est tout à fait regrettable que je sois venue vous déranger. Seulement, j'ai cru que vous pensiez ce que vous disiez. C'est mon problème, voyez-vous, s'écria-t-elle, les yeux noyés de larmes. Je crois toujours ce qu'on me dit.

Quoi qu'il ait pu se passer, il allait devoir la consoler, et ce, sans la toucher.

— Que s'est-il passé ?
— J'ai découvert la vérité, répondit-elle, les yeux ravagés de chagrin. J'ai découvert qu'aucun homme ne m'avait jamais aimée. Et que ma propre mère avait menti, horriblement menti, afin de me priver de toute

chance de bonheur. Elle lui a dit que j'avais couché avec Murphy. Et qu'il était possible que je porte son enfant. Comment pouvait-il m'épouser en sachant cela ? Et comment a-t-il pu le croire, s'il m'aimait ?

— Attendez une seconde. Vous venez de dire que votre mère avait dit au type que vous alliez épouser, ce Rory, que vous aviez fait l'amour avec Murphy et que vous étiez peut-être enceinte de lui ?

— Elle lui a dit cela pour m'empêcher de quitter la maison.

Brianna renversa la tête en arrière en fermant les yeux.

— Et il l'a crue. Il a cru que j'avais pu faire ça, il l'a tellement cru qu'il n'a même pas pris la peine de me demander si c'était vrai. Il m'a juste dit qu'il ne voulait pas de moi et il est parti. Et pendant toutes ces années, Murphy et Maggie savaient pourquoi, mais ils ne m'ont rien dit !

Il fallait agir avec prudence, se rappela Gray. Sur le terrain de l'émotion, il fallait toujours avancer avec d'infinies précautions, comme dans des sables mouvants.

— Écoutez, moi qui suis à l'extérieur, et qui suis une sorte d'observateur professionnel, je pense que votre sœur et Murphy ne vous ont rien dit de peur de vous faire souffrir davantage.

— Mais il s'agissait de ma vie ! Savez-vous ce que c'est que de ne pas savoir pourquoi on ne veut pas de vous, de vivre en sachant qu'on n'a pas voulu de vous, sans jamais comprendre pourquoi ?

Oui, il le savait parfaitement. Mais ce n'était sans doute pas la réponse qu'elle attendait.

— Ce type ne vous méritait pas. Cela devrait vous procurer une certaine satisfaction.

— Eh bien, ce n'est pas le cas du tout. Pas pour l'instant. Je croyais que vous me montreriez...

Gray recula prudemment d'un pas en sentant sa respiration s'accélérer dans sa poitrine. Une belle femme, qui avait éveillé son désir dès la première seconde, une belle femme innocente et qui s'offrait à lui...

— Vous êtes bouleversée, parvint-il à dire d'une voix rauque. Vous n'arrivez pas à réfléchir correctement. Et puis, aussi douloureux que ce soit pour moi, il y a des règles.

— Inutile de chercher des excuses.

— Ce que vous voulez, c'est un substitut.

La violence inattendue de cette déclaration les surprit tous les deux. Gray n'avait pas eu conscience de nourrir ce genre de pensée. Néanmoins, il continua à exprimer le fond de sa pensée, librement.

— Je n'ai aucune envie de servir de remplaçant au minable salopard qui vous a rejetée il y a plus de dix ans. Le passé est le passé. Alors, vous feriez mieux de regarder la réalité en face. Quant à moi, lorsque j'emmène une femme dans mon lit, je veux qu'elle ne pense qu'à moi. Rien qu'à moi.

Le peu de couleurs qui animait encore les joues de Brianna s'estompa d'un seul coup.

— Je suis désolée. Ce n'est pas ce que j'ai voulu dire, pas du tout...

— Pourtant, c'est exactement de cela qu'il s'agit. Reprenez-vous, lâcha-t-il, redoutant qu'elle ne recommence à pleurer. Et quand vous saurez ce que vous voulez, faites-le-moi savoir.

— Je voulais juste... J'avais besoin de sentir que quelque chose, quelqu'un... que vous vouliez de moi. Rien qu'une fois, pour savoir ce que c'est que d'être touchée par un homme auquel je tiens...

L'humiliation ramena un peu de couleurs sur ses joues.

— Ça ne fait rien. Je suis désolée. Vraiment désolée.

Brianna ouvrit la porte et s'enfuit aussitôt.

Bravo, mon vieux, se dit Gray en restant planté comme un piquet. Beau travail. Ça fait toujours du bien de frapper quelqu'un qui est déjà à terre...

Diable, ce qu'il lui avait dit était pourtant la stricte vérité. Elle lui avait donné l'impression d'être un substitut commode pour remplacer son amour perdu. Il était malheureux pour elle, la plaignait sincèrement d'avoir dû subir ce genre de trahison, de rejet. Personne n'était mieux placé que lui pour la comprendre. Mais il avait fini par panser ses plaies. Et elle ferait de même.

Elle avait seulement voulu qu'on la touche. Qu'on la console... En proie à un violent mal de tête, Gray s'approcha de la fenêtre. Ce qu'elle avait voulu de lui, c'était juste un peu de sympathie, de compréhension et quelques caresses. Et il l'avait repoussée.

Exactement comme le fameux Rory.

Qu'était-il supposé faire ? Comment aurait-il pu lui faire l'amour alors qu'elle était à ce point meurtrie, remplie de craintes et nageait en pleine confusion ? Il n'avait nullement besoin des problèmes des autres.

Et il n'en voulait pas.

Mais il la voulait, elle.

En jurant, il appuya son front contre la vitre. Il pouvait s'en aller. S'en aller ne lui avait jamais été difficile. Ou retourner à son bureau, reprendre le fil de son histoire et s'y replonger.

Ou alors... il pouvait tenter quelque chose pour les débarrasser de leur frustration à tous les deux.

Cette dernière impulsion lui parut la plus séduisante, oui, nettement plus séduisante, quoique en même temps plus risquée. Mais les sentiers battus étaient faits pour les lâches. Prenant ses clés en hâte, il descendit l'escalier et sortit de la maison.

12

S'il y avait une chose que Gray savait faire en matière de style, c'était créer une atmosphère. Deux heures après avoir quitté Blackthorn Cottage, il était de retour dans sa chambre et mettait une dernière main aux détails. Il n'était pas revenu sur son idée. En règle générale, ne pas trop s'appesantir sur ce qui allait se passer au chapitre suivant était plus sage — et plus prudent.

Après avoir jeté un dernier coup d'œil autour de lui, il hocha la tête d'un air satisfait, puis descendit la chercher.

— Brianna...

Elle ne se détourna pas du gâteau au chocolat sur lequel elle était en train de procéder à un glaçage savant et méticuleux. Bien que plus calme, elle n'en était pas moins encore honteuse de sa conduite. Il y avait maintenant deux heures qu'elle se reprochait la façon dont elle s'était offerte à lui.

Offerte, mais pas prise, se répéta-t-elle.

— Oui, le dîner est prêt, dit-elle calmement. Vous voulez le prendre en bas ?

— Je voudrais que vous montiez.

— D'accord...

Brianna éprouva un immense soulagement en voyant qu'il n'insistait pas pour dîner avec elle dans la cuisine.

— Je vais vous préparer un plateau.

— Non, dit-il en posant la main sur son épaule, mal

à l'aise de la sentir se crisper. J'ai besoin que vous montiez avec moi.

Bon, de toute façon, tôt ou tard, elle finirait par devoir le regarder en face. Tout en s'essuyant les mains sur son tablier, elle se retourna. Il n'y avait plus rien de la condamnation ni de la colère qu'elle avait vues tout à l'heure sur son visage. Ce qui ne lui facilitait guère les choses.

— Il y a un problème ?

— Venez voir, et vous me le direz.

— Bien.

Elle le suivit. Fallait-il qu'elle s'excuse à nouveau ? Ce n'était pas certain. Peut-être valait-il mieux faire comme si de rien n'était. En arrivant au premier étage, elle laissa échapper un petit soupir. Oh, pourvu que ce ne soit pas un problème de plomberie. Ce serait une dépense que...

A peine entrée dans la chambre, elle oublia la plomberie. Elle oublia tout.

Des bougies étaient disposées un peu partout. La douce lueur qu'elles répandaient dans la chambre baignée de la lumière grise du crépuscule faisait penser à de l'or en fusion. Plusieurs vases regorgeaient de fleurs, de tulipes et de roses, de freesias et de lilas. Dans un seau à glace en argent, une bouteille de champagne attendait d'être débouchée. Et puis il y avait de la musique. Un air de harpe. Brianna regarda d'un air ébahi la chaîne stéréo portable posée sur le bureau.

— Je préfère que les rideaux restent ouverts, dit soudain Gray.

Brianna croisa les mains sous son tablier pour qu'il ne la voie pas trembler.

— Pourquoi ?

— Parce qu'on ne sait jamais, peut-être va-t-on apercevoir un rayon de lune.

Malgré elle, un sourire se dessina sur ses lèvres.

— Non, je veux dire, pourquoi avez-vous fait tout ça ?

— Pour vous faire sourire. Pour vous laisser le

temps de décider si c'est vraiment ce que vous voulez. Pour tâcher de vous persuader que c'est bien ça.

— Vous vous êtes donné beaucoup de mal...

Son regard glissa furtivement vers le lit, puis revint rapidement sur le vase de roses.

— Il ne fallait pas. Vous vous êtes senti obligé de faire tout ça à cause de moi.

— Je vous en prie. Ne soyez pas bête. C'est à vous de choisir.

Mais il s'approcha d'elle et retira une première épingle de son chignon.

— Tu veux que je te montre combien j'ai envie de toi ?

— Je...

— Je pense que je devrais te montrer, au moins un peu.

Il enleva une deuxième épingle, puis une troisième, et passa simplement les doigts dans la masse de ses cheveux.

— Tu décideras alors de ce que tu es prête à donner.

Sa bouche effleura la sienne, légère comme une brise, érotique comme le péché. Quand elle entrouvrit les lèvres, il glissa sa langue dans sa bouche et l'explora longuement.

— Ça, c'est pour te donner une petite idée.

Très lentement, il l'embrassa sur la joue, sur la tempe, puis redescendit au coin de sa bouche.

— Dis-moi que tu as envie de moi, Brianna. Je veux te l'entendre dire.

— Oui...

Elle n'entendit pas sa voix, trop absorbée par la douceur de sa bouche qui butinait maintenant son cou.

— Oui, Gray, j'ai envie de toi. Je n'arrive plus à penser. J'ai besoin de...

— De moi. Ce soir, tu n'as besoin que de moi. Tout comme j'ai besoin de toi.

Tout en continuant à la cajoler, il la prit par la taille.

— Viens t'allonger avec moi, Brianna, dit-il en

l'emportant dans ses bras. Il y a tellement d'endroits où j'ai envie de t'emmener.

Il la déposa sur le lit dont il avait pris soin de retourner les couvertures. Ses cheveux s'étalèrent sur les draps de lin comme un torrent d'or pur scintillant de reflets à la lueur des bougies. Dans ses yeux verts, le doute le disputait à l'envie.

Et en la voyant ainsi, Gray sentit son estomac se nouer. De désir, mais aussi de peur.

Il serait son premier homme. Quoi qu'il lui arrive ensuite au cours de sa vie, elle se souviendrait de sa première nuit, et de lui.

— Je ne sais pas quoi faire, murmura-t-elle.

Elle ferma les yeux, excitée, embarrassée, enchantée.

— Moi, je sais.

Gray s'étendit près d'elle pour prendre à nouveau sa bouche. Elle tremblait sous lui, ce qui le paniqua un instant. S'il allait trop vite... S'il allait trop lentement... Pour les apaiser tous les deux, il déplia sa main crispée et embrassa ses longs doigts fins un à un.

— N'aie pas peur, Brianna. N'aie pas peur de moi. Je ne te ferai pas de mal.

Cependant, elle avait peur, peur de ne pas être capable de lui donner du plaisir, de ne pas être capable d'en ressentir pleinement.

— Pense à moi, chuchota-t-il à son oreille tout en l'embrassant avec de plus en plus de fougue.

S'il s'en tenait là, il parviendrait sûrement à exorciser le dernier fantôme qui lui pesait sur le cœur.

— Pense à moi...

En répétant ces mots, il réalisa qu'il avait besoin de ce moment autant qu'elle.

Si douce, songea-t-elle vaguement. Comment la bouche d'un homme pouvait-elle être si douce et si ferme à la fois ? Fascinée par le goût de ses baisers, elle suivit le contour de ses lèvres du bout de sa langue. Et l'entendit ronronner de plaisir.

Un par un, les muscles de son corps se détendirent tandis qu'elle s'imprégnait de son goût et de son odeur. C'était si agréable de se faire embrasser ainsi, comme si ce baiser devait durer jusqu'à la fin des temps. Et c'était si délicieux de sentir son poids sur elle, et son dos frémir dès que ses mains le frôlaient.

Brûlant de désir, Gray s'écarta légèrement, craignant de l'effrayer.

Lentement, s'ordonna-t-il. Délicatement.

Il défit le nœud de son tablier, puis le lui ôta. Brianna ferma les yeux, les lèvres entrouvertes.

— Tu m'embrasseras encore ? demanda-t-elle d'une voix rauque. Quand je ferme les yeux et que tu m'embrasses, tout devient doré.

Il appuya son front contre le sien et attendit quelques secondes avant d'être sûr de pouvoir lui donner toute la douceur qu'elle lui demandait. Puis il prit sa bouche, et se délecta de ses soupirs. C'était comme si elle fondait sous lui et que ses tremblements se transformaient peu à peu en un mol abandon.

Elle ne sentait que sa bouche, cette bouche merveilleuse qui dévorait si somptueusement la sienne. Alors, elle sentit sa main se poser doucement sur son cou, comme pour vérifier la vitesse de son pouls.

Sans qu'elle s'en soit aperçue, il avait déboutonné son corsage. Quand ses doigts s'attardèrent sur le renflement de sa poitrine, juste au-dessus du soutien-gorge, elle ouvrit brusquement les yeux. Elle voulut protester, dire quelque chose pour le repousser, mais ses caresses étaient si excitantes. Ses doigts semblaient voler sur sa peau.

Elle chassa sa peur. Ses caresses étaient douces, aussi douces que ses baisers. Et lorsqu'elle se força à se détendre, ses doigts agiles se faufilèrent sous le coton et se refermèrent sur la pointe de son sein.

La façon dont elle gémit le troubla. Il la sentit se cabrer, autant de surprise que de plaisir. Il la touchait à peine, se dit-il, le sang battant à ses tempes. Et elle ne se doutait pas de ce qu'il lui restait à découvrir.

Seigneur, il avait hâte de lui montrer.

— Détends-toi, murmura-t-il en continuant à la couvrir de minuscules baisers. Contente-toi de sentir.

Brianna n'avait pas le choix. Une multitude de sensations surprenantes et extraordinaires la traversait de part en part, comme des flèches aux pointes acérées. Au moment où il lui retira ses vêtements, la dénudant jusqu'à la taille, il plaqua un baiser sur sa bouche, comme pour boire ses soupirs.

— Mon Dieu, que tu es belle...

Dès qu'il aperçut sa peau laiteuse, ses petits seins fermes qui tenaient parfaitement dans la paume de ses mains, il ne put résister. Sa bouche descendit sur sa poitrine.

Elle poussa un petit gémissement, long, profond, rauque. Instinctivement, elle se mit à onduler sous lui. Alors, il s'appliqua à lui donner du plaisir, et le sien ne fit que croître plus encore.

A chacun de ses baisers, quelque chose se contractait dans son ventre. Quelque chose entre la douleur et le plaisir, impossible à séparer.

Les mots qu'il lui susurrait tendrement à l'oreille resplendissaient dans sa tête comme un arc-en-ciel. Ce qu'il disait importait peu — elle le lui aurait dit, si elle l'avait pu. D'ailleurs, rien n'avait plus d'importance, du moment qu'il continuait à la caresser.

Gray se débarrassa de sa chemise, brûlant d'envie de sentir sa peau nue contre la sienne. Lorsqu'il se colla contre elle, un petit cri s'échappa de sa gorge, et elle l'enlaça.

Il promena ses lèvres sur sa poitrine, sur la chair tiède de son ventre tout en se régalant de l'entendre soupirer de plaisir. Sa peau brûlante frissonnait sous ses doigts. Et il comprit qu'elle venait de s'engager dans un chemin de sensations infinies.

Avec précaution, il lui déboutonna son pantalon, découvrant lentement de nouvelles parties de peau nue qu'il explora avec une délicieuse lenteur. Quand elle s'arc-bouta sous lui, dans un consentement plein d'innocence, il serra les dents et résista à l'envie de la prendre sans plus attendre, de satisfaire le désir ardent qui ravageait son corps tendu.

Les ongles de Brianna s'enfoncèrent dans son dos,

lui arrachant un grognement de plaisir, quand ses mains agrippèrent ses hanches rondes avec vigueur. Il la sentit se crisper et pria le ciel de lui donner la force de patienter encore.

— J'attendrai que tu sois prête, dit-il tout bas. Je te le promets. Mais je veux te voir. Tout entière.

Lorsqu'il s'agenouilla près d'elle, il vit une lueur apeurée hanter à nouveau son regard, et tout son corps frémir en le voyant s'éloigner.

— Je veux te toucher tout entière. Partout.

Dès qu'il lui retira son pantalon, la peur redoubla dans ses yeux. Elle savait ce qui allait arriver. Elle allait avoir mal, il y aurait du sang et...

— Gray...

— Ta peau est si douce...

Sans la quitter des yeux, il laissa courir ses doigts le long de sa cuisse.

— Je me suis souvent demandé comment tu étais faite. Tu es encore plus belle que je l'avais imaginé.

Troublée, elle couvrit sa poitrine de ses bras. Il la laissa faire, et recommença à effleurer ses cuisses. Doucement, lentement, il la couvrit de baisers. Puis ses caresses se firent plus précises, plus pressantes, et sa main experte s'aventura là où elle savait qu'une femme désirait être touchée. Même si cette femme, elle, l'ignorait. Haletante, Brianna se cabra légèrement en sentant ses doigts glisser entre ses cuisses veloutées.

Oui, pensa-t-il, au bord du délire, ouvre-toi. Ouvre-toi pour moi. Rien que pour moi.

Elle était chaude, et humide. Il émit un grognement quand elle tenta de se dérober, de lui résister.

— Laisse-toi faire, Brianna. Laisse-moi faire. Laisse-moi.

Elle avait l'impression de se tenir au bord d'une falaise vertigineuse, figée sur place par la terreur. De seconde en seconde, elle glissait. Inexorablement. Sans avoir la force de se retenir. Trop de choses se passaient à l'intérieur de son corps pour qu'elle pût les maîtriser. Les mains de Gray lui faisaient l'effet d'une torche, l'embrasaient tout entière, la poussaient au bord du vide, sans merci, ne lui laissant d'autre choix que de se laisser tomber dans l'inconnu.

— Je t'en prie, dit-elle dans un sanglot. Oh, mon Dieu, je t'en supplie...

Alors, une vague de plaisir déferla dans tout son être, lui coupant le souffle, obscurcissant son esprit et sa vision. Pendant quelques secondes extraordinaires, elle devint sourde et aveugle à tout ce qui l'entourait, ne sentant plus que les délicieuses convulsions qui agitaient son corps de soubresauts.

Elle s'abandonna à ses caresses, le mettant à l'agonie. Il lutta de toutes ses forces pour contrôler son propre désir et s'appliqua à l'amener jusqu'à l'orgasme.

— Serre-moi, murmura-t-il. Serre-moi fort.

Alors, au bord du vertige, il s'introduisit doucement en elle.

Elle était si petite, si étroite, si délicieusement tiède... Il dut faire appel à toute sa volonté pour ne pas la pénétrer sauvagement quand il la sentit se refermer sur lui.

— Rien qu'une seconde, promit-il, rien qu'une seconde, et ce sera bon à nouveau.

Mais il se trompait. Pas un instant, cela ne cessa d'être agréable. Elle le sentit briser la barrière de son innocence, la remplir tout entière, et éprouva une joie indescriptible.

— Je t'aime.

Elle s'arc-bouta pour venir à sa rencontre, pour l'accueillir.

Les mots qu'elle murmura lui parvinrent comme dans un brouillard, et il secoua la tête, comme s'il ne voulait pas les entendre. Mais elle était enroulée autour de lui, l'entraînant irrésistiblement au fond d'un puits sans fond de douceur et de générosité. Et il ne put rien faire d'autre que de s'y laisser couler.

En revenant à la réalité, Brianna eut l'impression de traverser une fine couche de nuages blancs. Elle soupira profondément, laissant la pesanteur la ramener doucement dans le grand lit ancien, à la lueur rougeoyante et dorée des bougies vacillantes. Elle savourait le bonheur de sentir Gray peser de tout son poids sur elle.

Elle pensa alors que rien, ni les livres qu'elle avait lus, ni les conversations avec des femmes de son entourage, ni ses propres rêveries, ne lui avaient laissé présager à quel point sentir le corps nu d'un homme collé contre le sien était simple et merveilleux.

Le corps d'un homme était une création surprenante, plus belle encore qu'elle ne l'avait imaginée. Les bras longs et musclés étaient assez forts pour la soulever et assez doux pour la serrer comme une coquille d'œuf fragile, menaçant de se briser.

Les mains, aux paumes larges et aux doigts très longs, savaient parfaitement où la toucher et la caresser. Et puis, les épaules puissantes, le dos mince, les hanches étroites, les cuisses fermes et dures...

Dure, songea-t-elle en souriant. N'était-ce pas un miracle que cette chose si dure puisse être en même temps si douce?

Oh oui, vraiment, le corps d'un homme était une chose merveilleuse.

Gray savait que si elle continuait à le toucher ainsi, il n'allait pas tarder à devenir fou. Et si elle cessait, nul doute qu'il s'en plaindrait.

Ces jolies mains fines qui lui avaient tant de fois servi le thé allaient et venaient sur lui avec la légèreté d'un murmure, explorant son corps comme pour en mémoriser chaque muscle et chaque courbe.

Il était encore en elle, et ne supportait pas l'idée de se retirer. Cependant, il le fallait, ne serait-ce que pour lui laisser le temps de se remettre. Il avait beau s'être efforcé de ne pas lui faire mal, elle ne devait pas se sentir très à l'aise.

Il était si heureux — et elle avait l'air si heureuse. La nervosité qu'il avait ressentie tout à l'heure à l'idée de la prendre pour la première fois — sa première fois — avait laissé place à une sorte de béatitude languide.

Une de ses caresses le força à bouger, et il en profita pour se laisser rouler sur un coude afin de la contempler.

Elle souriait. Gray n'aurait pu dire pourquoi il trouvait cela aussi touchant, aussi charmant. Les coins de sa bouche remontaient légèrement, ses yeux étaient d'un vert très doux et sa peau joliment rosée.

Il pressa ses lèvres sur son front, ses tempes, ses joues, puis sa bouche.

— Brianna la belle.

— C'était très beau, dit-elle d'une voix rauque, encore imprégnée de passion. Grâce à toi, cela a été très beau pour moi.

— Comment te sens-tu ?

Il lui demandait sans doute cela par gentillesse et par curiosité.

— Un peu lasse.

Aussitôt, elle se mit à rire.

— Et invincible. Comment se fait-il qu'une chose aussi naturelle que celle-ci puisse faire tant de différence dans une vie ?

Gray fronça un instant les sourcils. Il était responsable de ce qui venait de se passer. Mais, après tout, c'était une femme adulte et qui avait choisi librement de faire l'amour avec lui.

— Et comment ressens-tu cette différence ?

Elle lui fit un sourire, un sourire resplendissant, et lui caressa tendrement la joue.

— Je t'ai attendu si longtemps, Gray.

Immédiatement, un petit signal d'alarme s'alluma dans un coin de sa tête. En dépit de l'extraordinaire bien-être qu'il ressentait, une sorte de panneau se mit à clignoter. *Intimité : attention, danger !*

Brianna perçut un changement subtil, mais distinct, dans son regard quand il lui prit la main et embrassa le creux de sa paume.

— Je t'écrase.

Elle faillit dire « non, reste », mais il s'était déjà écarté.

— Nous n'avons pas bu de champagne, dit-il en se

levant, nullement gêné par sa nudité. Si tu allais prendre un bain, pendant que j'ouvre la bouteille ?

Après avoir été si bien, quand il était sur elle, en elle, Brianna se sentit tout à coup bizarre. Elle souleva maladroitement les draps et rougit en apercevant la tache qui symbolisait la perte de son innocence.

Voyant sa réaction, Gray revint près du lit et lui releva doucement le menton.

— Je m'en occuperai, dit-il. Je sais changer des draps. J'ai appris à force de te regarder. Sais-tu combien de fois j'ai cru devenir fou en te regardant faire ?

— Non...

Une lueur de plaisir et de désir passa dans ses yeux verts.

— C'est vrai ?

Il se contenta de rire et l'embrassa sur le front.

— Qu'est-ce que j'ai bien pu faire pour mériter ça ? Pour te mériter toi ?

Il se redressa, mais son regard s'était à nouveau adouci, ce qui rassura Brianna.

— Va prendre ton bain. J'ai envie de refaire l'amour avec toi, dit-il d'une voix rauque qui la ravit. Si tu veux bien.

— Oui, je veux bien.

Elle croisa pudiquement les bras sur ses seins avant de sortir du lit.

— J'aimerais même beaucoup. Je ne serai pas longue.

Elle disparut dans la salle de bains et Gray resta là, rêveur.

Il n'avait jamais eu aucune femme comme elle. Non qu'il n'eût jamais connu de vierges auparavant — ce qui était déjà un gigantesque cadeau. Mais Brianna lui donnait l'impression d'être unique. Avec cette façon particulière qu'elle avait de réagir, d'hésiter et d'exciter son désir. Et puis cette confiance absolue, radieuse, qu'elle lui manifestait.

Je t'aime, lui avait-elle dit.

Ce n'était pas la peine de s'attarder là-dessus. Les

femmes avaient souvent tendance à faire preuve d'un romantisme exacerbé dès qu'il s'agissait de sexe. Il était normal qu'une femme faisant sa première expérience sexuelle confonde le plaisir et l'amour. Usant volontiers de mots doux, elles en réclamaient en retour. Gray le savait. Raison pour laquelle, d'ailleurs, il faisait très attention à ceux qu'il prononçait.

Mais quelque chose d'étrange s'était produit en lui quand il l'avait entendue murmurer cette phrase pourtant si galvaudée. Une bouffée de désir mêlée de tendresse l'avait soudain envahi et, l'espace d'une seconde, une irrésistible et folle envie d'y croire. Et de lui dire ces mêmes mots à son tour.

Néanmoins, il n'était pas dupe. Même s'il était prêt à faire tout ce qui serait en son pouvoir pour ne pas lui faire de mal, pour la rendre heureuse tant qu'ils seraient ensemble, il y avait des limites à ce qu'il était capable de lui donner. A elle comme à qui que ce soit.

Profite de l'instant, se dit-il. Il n'y a que cela d'important. Et il comptait bien lui apprendre à en profiter aussi.

Brianna s'enroula dans la serviette de bain et se sentit toute drôle. Différente. C'était une chose qu'aucun homme ne comprendrait sans doute jamais. Eux ne perdaient rien quand ils se donnaient pour la première fois. Ils n'avaient à endurer aucun déchirement d'aucune sorte. Toutefois, ce n'était pas la douleur dont elle gardait le souvenir. Même la vague lourdeur qu'elle ressentait au bas du ventre n'évoquait rien à son esprit de violent ou d'agressif. Ce dont elle se souvenait était la façon dont ils s'étaient unis l'un à l'autre. Avec infiniment de douceur et de simplicité.

Elle se regarda dans le miroir recouvert de buée. Il y avait décidément quelque chose de plus chaleureux en elle. C'était bien le même visage entraperçu d'innombrables fois dans d'innombrables glaces, et pourtant elle y décelait une douceur encore jamais vue auparavant. Dans le regard, et autour de la bouche. Il n'y avait pas de doute. C'était l'amour. L'amour qu'elle ressentait dans son cœur, l'amour dont elle venait de faire pour la première fois l'expérience avec son corps.

Peut-être était-ce tout simplement la première fois de sa vie qu'elle prenait si pleinement conscience d'elle-même. De sa chair et de son âme. Et puis le fait qu'elle soit plus âgée que la plupart ne faisait sans doute que rendre ce moment plus bouleversant et plus précieux.

Gray la désirait. Brianna ferma les yeux pour mieux savourer la sensation délicieuse que cette pensée lui procurait. Un bel homme, plein d'esprit et bon, la désirait.

Toute sa vie, elle avait rêvé de rencontrer un tel homme. Et c'était finalement arrivé.

En revenant dans la chambre, elle remarqua qu'il avait mis des draps propres et avait étalé une de ses chemises de nuit en flanelle blanche au bout du lit. Vêtu seulement de son jean, il l'attendait. Le champagne pétillait dans les verres et la lumière dansante des bougies se reflétait dans ses yeux.

— Je voudrais que tu la mettes, dit-il en voyant son regard se poser sur la chemise de nuit. J'ai eu envie de te la retirer dès le premier soir où je t'ai aperçue. Tu es apparue en haut de l'escalier, une chandelle à la main, un chien-loup à l'autre, et aussitôt ma tête s'est mise à tourner.

Brianna souleva une manche d'un air hésitant. Elle aurait préféré une chemise de nuit en soie ou en dentelle, quelque chose susceptible d'échauffer le sang d'un homme.

— Elle n'a rien de très excitant.

— Tu te trompes.

N'ayant rien d'autre sous la main, et comme cela semblait lui faire plaisir, elle enfila la chemise de nuit par la tête et laissa tomber la serviette. Le grognement qu'il s'efforça d'étouffer lui arracha un petit sourire incertain.

— Brianna, quel tableau tu fais ! Viens là, s'il te plaît.

Elle s'avança, partagée entre l'envie de sourire et la nervosité, pour prendre le verre qu'il lui tendait. Elle but une première gorgée, mais les bulles de champagne n'apportèrent guère d'apaisement à sa gorge desséchée. Gray la regardait, comme un tigre regarde un agneau juste avant de se jeter sur lui.

— Tu n'as pas dîné, remarqua-t-elle.

— Non.

Idiot, ne lui fais pas peur, se dit-il, résistant à l'envie de la dévorer. Il but un peu de champagne tout en continuant à la regarder, animé d'un ardent désir.

— J'étais justement en train de me dire que j'avais très faim. Et que nous pourrions dîner ici, tous les deux. Mais maintenant que...

Il enroula une de ses mèches humides autour de son doigt.

— Tu veux bien attendre encore un peu ?

Cette fois encore, ce serait simple, songea-t-elle. Et cette fois encore, ce serait elle qui choisirait.

— Pour dîner, oui, dit-elle, la gorge brûlante. Mais pas pour être contre toi.

Et avec le plus grand naturel, elle se glissa dans ses bras.

13

Un coup de coude dans les côtes tira Brianna d'un lourd sommeil. La première chose qu'elle vit à l'issue de cette première nuit d'amour fut le plancher. Si Gray la poussait encore d'un centimètre, elle se retrouverait par terre.

Parcourue d'un frisson, elle réalisa qu'elle n'avait plus le moindre bout de couverture ou de drap sur elle.

Gray, en revanche, était soigneusement enroulé à ses côtés, comme un papillon dans son cocon.

Étendu en travers du lit, il dormait comme une souche. Elle eut beau le pousser en tirant sur la couverture, il ne bougea pas d'un pouce.

C'était ainsi. Cet homme n'avait manifestement pas l'habitude de partager.

Brianna serait volontiers restée encore un peu, ne serait-ce que par principe, le temps de reconquérir sa part de draps, mais le soleil entrait à flots par les fenêtres. Et de multiples tâches l'attendaient.

Les efforts qu'elle fit pour se lever sans le déranger s'avérèrent parfaitement inutiles. A la seconde où elle posa le pied par terre, il grogna, puis se retourna, accaparant cette fois toute la largeur du matelas.

Malgré cela, une atmosphère romantique flottait encore dans la chambre. Les bougies s'étaient étouffées dans leur propre cire au cours de la nuit. Dans le seau en argent, la bouteille de champagne était vide et le parfum des fleurs embaumait la pièce. Les rideaux ouverts laissaient entrer des rayons de soleil après les rayons de lune.

Gray avait su faire de ce moment un moment parfait. Avait tout fait pour qu'il le fût.

Mais ce matin, les choses n'étaient pas exactement comme Brianna l'avait imaginé. Dans son sommeil, Gray ressemblait moins à un jeune homme innocent en train de rêver qu'à un homme fort content de lui. Aucun mot doux ni geste tendre n'étaient venus saluer la première journée qu'ils allaient passer ensemble en tant qu'amants. Rien. Rien d'autre qu'un vague grognement et une bourrade pour l'envoyer promener.

Cela faisait partie des humeurs diverses et variées de Grayson Thane, songea-t-elle en souriant. Peut-être même écrirait-elle un jour un livre sur ce sujet.

Amusée, elle enfila sa chemise de nuit froissée et se dirigea vers l'escalier.

Une tasse de thé lui ferait du bien. Et puisque le ciel semblait clément, elle allait faire une grande lessive qu'elle mettrait à sécher en plein air.

Trouvant que la maison avait besoin d'être aérée, Brianna ouvrit toutes les fenêtres sur son passage. A travers celle du salon, elle aperçut Murphy, la moitié du corps enfouie sous le capot de sa voiture.

Elle le regarda un instant, tiraillée par des sentiments contradictoires, partagée entre la colère et l'affection indéfectible qu'elle lui portait. Le temps d'aller le rejoindre, sa colère avait déjà considérablement perdu du terrain.

— Je ne m'attendais pas à te voir, commença-t-elle à dire.

— Je t'avais promis de passer jeter un coup d'œil, répliqua-t-il en lui adressant un bref regard.

Elle se tenait debout devant lui, en chemise de nuit, les cheveux embroussaillés et pieds nus. A la différence de Gray, il n'en parut nullement troublé. Pour lui, elle était Brianna, tout simplement, et il s'efforça de déceler un signe de mauvaise humeur ou de pardon sur son visage. Ne voyant ni l'un ni l'autre, il replongea sous le capot.

— Ton démarreur est dans un sale état, marmonna-t-il.

— C'est ce qu'on m'a dit.

— Ce moteur est poussif comme un vieux cheval. Je peux essayer de trouver des pièces pour rafistoler tout ça, mais, à mon avis, c'est de l'argent fichu en l'air.

— Si seulement elle pouvait tenir l'été, au moins jusqu'à l'automne...

Brianna s'interrompit en l'entendant jurer dans sa barbe. Elle avait un mal fou à se montrer distante à son égard. Ils étaient amis depuis si longtemps. Et puis n'était-ce pas par amitié qu'il avait agi comme il l'avait fait ?

— Murphy, je regrette...

Il se redressa et se tourna vers elle pour la regarder droit dans les yeux.

— Moi aussi. Je ne voulais pas te faire de mal, Brie. Dieu m'en est témoin.

— Je le sais.

Elle fit un pas vers lui et le prit dans ses bras.

— Je n'aurais pas dû être si dure avec toi. Jamais je n'aurais dû.

— Je dois avouer que tu m'as fichu la trouille, dit-il en la serrant contre lui. Je me suis fait du souci toute la nuit — de peur que tu refuses de me pardonner... et que tu ne veuilles plus jamais me faire de *scones*.

Brianna éclata de rire, comme il l'espérait. Secouant la tête, elle l'embrassa affectueusement tout près de l'oreille.

— J'étais furieuse de toute cette histoire, plus que contre toi. Je sais bien que tu as agi par gentillesse. Et Maggie aussi.

La tête appuyée sur son épaule, Brianna ferma les yeux.

— Mais ma mère, pourquoi a-t-elle fait ça ?

— Je n'en sais rien.

— Tu préfères ne rien dire, murmura-t-elle en s'écartant pour l'observer.

C'était un homme si séduisant, et si plein de bonté. Lui demander de condamner ou de défendre sa mère n'était pas juste. Et puis elle avait envie de le voir retrouver son sourire.

— Dis-moi, Murphy, Rory t'a-t-il fait très mal?

Il soupira de dérision. Si typiquement masculin, pensa Brianna.

— J'ai à peine senti le coup qu'il m'a donné. D'ailleurs, il n'aurait même pas eu le temps de me toucher, s'il ne m'avait pas pris par surprise.

— J'en suis convaincue, commenta Brianna, la langue dans un coin de la joue. J'espère que tu lui as donné une bonne leçon, Murphy chéri?

— Quand j'en ai eu fini avec lui, il avait le nez cassé et deux dents en moins.

— Tu es un véritable héros! dit-elle en l'embrassant sur les deux joues. Je suis désolée qu'elle se soit servie de toi de cette manière.

Il haussa les épaules.

— Je suis content d'avoir pu lui donner un coup de poing en pleine figure, crois-moi. Je l'ai toujours considéré comme un sale type.

— Oui, je sais, et Maggie aussi. Il semble que vous ayez vu quelque chose que je n'ai pas su voir, ou bien que j'ai vu quelque chose qui en fait n'existait pas.

— N'y pense plus, Brie. Tout ça remonte maintenant à des années.

Il voulut lui tapoter l'épaule, mais se rappela qu'il avait les mains pleines de cambouis.

— Fais attention, tu vas te salir. D'ailleurs, qu'est-ce que tu fais là, pieds nus?

— Je me réconcilie avec toi, répondit-elle d'un ton joyeux.

Le bruit d'une voiture qui arrivait la fit se retourner. Reconnaissant Maggie, Brianna croisa les bras en faisant la moue.

— Tu l'as déjà prévenue, à ce que je vois.

— Ma foi, j'ai pensé qu'il valait mieux.

Et il décida qu'il était plus sage et plus prudent de battre en retraite sans perdre une seconde.

— Tu veux sans doute me parler, déclara Maggie d'emblée en se dirigeant vers sa sœur.

— En effet. Tu ne crois pas que j'avais le droit de savoir ?

— Que tu en aies le droit ou pas, ce n'est pas ce qui m'inquiétait. C'était toi.

— Je l'aimais, soupira Brianna.

Et dans son soupir, on sentait qu'elle était grandement soulagée que toute cette histoire appartienne désormais au passé.

— Je l'ai aimé plus longtemps que je ne l'aurais fait si j'avais su la vérité.

— Tu as probablement raison, et je t'en demande pardon. Mais j'étais incapable de te le dire.

Le regard de Maggie s'embruma de larmes, les mettant tous trois mal à l'aise.

— Je n'y arrivais pas. Tu étais si malheureuse, si triste...

Elle fit un effort pour réprimer ses larmes.

— Je ne savais pas quoi faire.

— Nous avons pris cette décision tous les deux, ajouta Murphy. De toute façon, rien de ce que nous aurions pu dire ne te l'aurait ramené.

— Parce que tu crois que j'aurais encore voulu de lui ? rétorqua fièrement Brianna en se passant la main dans les cheveux. As-tu donc une si piètre opinion de moi ? Il a cru ce qu'elle lui a dit. Non, je ne l'aurais pas repris.

Brianna soupira.

— Tu sais, Maggie, à ta place, j'aurais certainement fait la même chose.

Elle se frotta les mains l'une contre l'autre, puis tendit une main à sa sœur.

— Viens, je vais faire du thé. Tu as déjà pris ton petit déjeuner, Murphy ?

— Pas vraiment.

— Je t'appellerai dès que ce sera prêt.

Serrant la main de Maggie dans la sienne, Brianna se retourna et aperçut Gray sur le seuil. Elle ne put s'empêcher de rougir, à la fois ravie et gênée de sentir son pouls s'accélérer. Toutefois, elle réussit à maîtriser sa voix et à le saluer le plus naturellement du monde.

— Bonjour, Grayson. J'allais justement préparer le petit déjeuner.

Tiens, tiens, elle voulait donc se comporter comme si de rien n'était, remarqua Gray. Et à son tour, il lui fit un petit signe de tête.

— On dirait que je vais avoir de la compagnie. Bonjour, Maggie.

En remontant vers la maison, Maggie prit le temps de le toiser.

— Bonjour, Gray. Vous avez l'air... reposé.

— L'air d'Irlande me réussit...

Il s'écarta légèrement pour la laisser passer.

— Bon, je vais voir ce que fabrique Murphy.

Il le rejoignit au bout de l'allée et se pencha sur le capot.

— Alors, quel est le verdict ?

— Encore rien de définitif.

Comprenant que ni l'un ni l'autre ne parlaient de la voiture, Gray enfonça ses pouces dans les poches de son jean en se balançant sur ses talons.

— Vous continuez à veiller sur elle ? Je ne vous le reproche pas, mais je ne suis pas Rory.

— Je n'ai jamais dit rien de tel, répliqua Murphy en se grattant le menton.

— Notre Brie est une femme solide. Mais même les gens solides peuvent souffrir si on ne les traite pas comme il faut.

— Je n'ai aucune intention de le faire.

Gray fronça les sourcils.

— Vous comptez vous battre avec moi, Murphy ?

— Pas pour le moment, dit-il en souriant. Je vous aime bien, Grayson. J'aimerais bien ne pas être obligé de vous briser les os.

— Ça vaut pour nous deux.

Satisfait, Gray jeta un coup d'œil sur le moteur.

— Et si nous faisions le nécessaire pour enterrer cette vieille guimbarde décemment ?

Murphy lâcha un soupir rempli d'espoir.

— Si seulement c'était possible.

Et, dans une parfaite harmonie, ils plongèrent ensemble sous le capot.

Maggie attendit dans la cuisine que le café passe pendant que Conco avalait goulûment sa pâtée. Brianna était allée s'habiller en hâte et, une fois son tablier sagement noué sur les reins, entreprit de couper des tranches de bacon.

— Je me suis levée tard. Par conséquent, il n'y a ni muffins, ni *buns*. Mais il y a du pain.

Maggie s'installa devant la table, sachant que sa sœur préférait ne pas la voir traîner dans ses jambes.

— Tu vas bien, Brianna ?

— Pourquoi n'irais-je pas bien ? Tu voudras aussi des saucisses ?

— Ça m'est égal. Brie... c'est ton premier homme, n'est-ce pas ?

Voyant que sa sœur avait reposé le couteau mais ne répondait rien, elle se leva.

— Tu pensais que je ne m'en apercevrais pas... rien qu'à vous voir ensemble ? A la manière dont il te regarde ?

Maggie caressa son gros ventre d'un air absent tout en arpentant la cuisine.

— Il suffit de te voir.

— Pourquoi ? J'ai un écriteau autour du cou qui dit « femme perdue » ? lança froidement Brianna.

— Bon sang, tu sais très bien que ce n'est pas ce que je veux dire !

Exaspérée, Maggie s'arrêta pour lui faire face.

— N'importe qui ayant un peu de malice devinerait ce qu'il y a entre vous.

Et leur mère n'en manquait pas, songea Maggie. Or, Maeve serait de retour dans quelques jours.

— Je ne cherche pas à me mêler de ce qui ne me regarde pas, ni à te donner des conseils si tu n'en veux pas. Je veux seulement savoir... savoir si tu vas bien.

Brianna sourit, et ses épaules se relâchèrent.

— Je vais merveilleusement bien, Maggie. Il a été très gentil avec moi. C'est un homme très doux et très gentil.

Maggie caressa tendrement la joue de sa sœur et repoussa une mèche de cheveux sur son front.

— Tu es amoureuse de lui.
— Oui.
— Et lui?
— Il a l'habitude de vivre seul, d'aller et venir comme bon lui semble, sans aucune attache.
Maggie inclina la tête.
— Et tu espères changer ça?
Brianna s'éclaircit la gorge en se reconcentrant sur sa cuisine.
— Parce que tu crois que je n'y arriverai pas?
— Ce que je crois, c'est qu'il serait vraiment stupide de ne pas t'aimer. Mais changer un homme n'est pas si simple. Cela demande beaucoup d'efforts pour un maigre résultat.
— Je ne tiens pas tant à le changer qu'à lui laisser le choix. S'il le désire, je peux lui offrir de fonder un foyer. Oh, mais il est trop tôt pour penser à cela. Il m'a rendue heureuse. C'est suffisant pour l'instant.
Maggie espérait de tout son cœur qu'elle disait vrai.
— Et pour maman, que vas-tu faire?
— En ce qui concerne mon histoire avec Gray, je ne la laisserai certainement pas tout gâcher.
Les larmes aux yeux, Brianna se retourna pour jeter des pommes de terre coupées en petits dés dans la poêle.
— Pour le reste, je n'ai encore rien décidé. Mais je m'en occuperai toute seule. Compris?
— Compris, dit Maggie en revenant s'asseoir, les mains croisées sous son ventre gros de huit mois. Au fait, hier, nous avons eu des nouvelles du détective de New York.
— Alors? Il l'a retrouvée?
— C'est plus compliqué que nous le pensions. Il a retrouvé un frère — un policier à la retraite qui vit encore à New York.
— Eh bien, c'est un bon début.
— Le début de la fin, j'en ai peur. Cet homme a d'abord refusé de reconnaître qu'il avait une sœur. Quand le détective a insisté — il avait une photocopie du certificat de naissance d'Amanda et d'autres

papiers —, ce Dennis Dougherty a dit qu'il n'avait plus entendu parler d'Amanda depuis au moins vingt-cinq ans. Qu'il ne la considérait donc plus comme sa sœur, qu'elle s'était attiré des ennuis et avait disparu. Il ne savait pas où et se fichait pas mal de le savoir.

— C'est triste pour lui, murmura Brianna. Et les parents d'Amanda ?

— Morts, tous les deux. Il y a aussi une sœur, mariée, qui habite l'ouest des États-Unis. Le type de Rogan l'a rencontrée également. Bien qu'apparemment plus sympathique, elle n'a pas pu l'aider vraiment.

— Tout de même, elle devrait savoir comment retrouver sa propre sœur, protesta Brianna.

— Apparemment, non. Il semble qu'il y ait eu une querelle de famille quand Amanda a annoncé qu'elle était enceinte et a refusé de révéler le nom du père.

Maggie s'arrêta un instant en pinçant les lèvres.

— J'ignore si elle cherchait à protéger papa, ou ellemême, ou bien l'enfant qui allait naître. Mais d'après la sœur, la famille n'a pas apprécié. Ils voulaient qu'Amanda quitte la ville et abandonne l'enfant après l'accouchement. Elle a refusé et s'est contentée de partir. Si elle a repris contact avec ses parents par la suite, le frère n'en a rien dit et la sœur n'a pas l'air au courant.

— Donc, nous n'avons rien.

— En tout cas, pas grand-chose. Le détective a appris qu'à l'époque où Amanda était venue en Irlande, une amie l'accompagnait. Il est en train de la rechercher.

— Il va falloir faire preuve de patience, dit Brianna en posant la théière sur la table. Qu'est-ce que tu as ? Tu es toute pâle.

— Je suis juste un peu fatiguée. Depuis quelque temps, je ne dors plus aussi bien.

— Quand dois-tu revoir le médecin ?

— Cet après-midi, répondit Maggie en se servant une tasse de thé.

— Bien, je t'y emmènerai. Il ne faut plus que tu conduises.

Maggie soupira lourdement.

— Seigneur, on croirait entendre Rogan ! Il revient exprès de la galerie pour m'accompagner.

— Parfait. Tu vas rester avec moi jusqu'à ce qu'il vienne te chercher.

Plus inquiète que contente de voir que sa sœur ne réagissait pas, Brianna alla prévenir les hommes que le petit déjeuner était prêt.

La journée se déroula agréablement. Tout en veillant affectueusement sur Maggie, Brianna accueillit un couple d'Américains qui avait séjourné chez elle deux ans plus tôt. Gray était parti chercher des pièces mécaniques avec Murphy. Le ciel était resté clair, l'air, très doux. Dès qu'elle eut confié Maggie à Rogan, Brianna s'accorda une heure pour s'occuper de son parterre d'herbes aromatiques.

Le linge fraîchement lavé se balançait doucement sur la corde à linge, de la musique se déversait par les fenêtres grandes ouvertes, ses hôtes savouraient des gâteaux dans le salon et Conco paressait dans un carré de soleil à côté d'elle.

Elle n'aurait pu être plus heureuse.

En voyant son chien dresser les oreilles, elle tourna la tête et distingua un bruit de moteurs.

— C'est le camion de Murphy, dit-elle. L'autre, par contre, je ne le reconnais pas. Tu crois que c'est un nouveau client ?

Réjouie à cette idée, Brianna se releva, épousseta la terre de son tablier et revint devant la maison. Conco fila devant elle en jappant joyeusement.

Elle aperçut Gray et Murphy, souriant bêtement tous les deux, comme s'il y avait des jours, et non pas seulement quelques heures, qu'ils étaient partis. Son regard se posa alors sur un superbe cabriolet bleu du dernier modèle garé devant le camion de Murphy.

— Il me semblait bien avoir entendu deux voitures arriver, dit-elle en regardant autour d'elle d'un air perplexe. Ils sont déjà à l'intérieur ?

— Qui ça ? demanda Gray.

— Les gens qui viennent d'arriver dans cette voiture. Tu as vu s'ils avaient des bagages ? Je ferais mieux d'aller refaire du thé.

— C'est moi qui conduisais cette voiture, expliqua Gray. Et je prendrais volontiers du thé.

— Bon courage, mon vieux, souffla Murphy à voix basse. Moi, je n'ai pas le temps de boire du thé. Mes vaches doivent commencer à se demander où je suis passé.

Après un dernier coup d'œil à Gray, il secoua la tête d'un air dubitatif et grimpa dans son camion.

— Qu'est-ce qui se passe ? demanda Brianna dès que Murphy fut parti. Qu'est-ce que vous complotez tous les deux ? Et pourquoi conduis-tu cette voiture puisque tu en as déjà une ?

— Il fallait bien que quelqu'un la conduise. Et Murphy refuse de laisser quelqu'un d'autre que lui prendre son volant. Alors, comment la trouves-tu ?

— Elle a l'air très bien.

— Elle marche merveilleusement. Tu veux voir le moteur ?

— Non, je ne pense pas que ce soit la peine, dit-elle en fronçant les sourcils. Tu en avais assez de l'autre ?

— De l'autre quoi ?

— Voiture ! s'exclama-t-elle en riant. Grayson, qu'est-ce que tu mijotes ?

— Et si tu allais t'asseoir dedans ? Pour voir l'impression que ça fait ?

Encouragé par ses rires, il la prit par le bras et l'entraîna du côté du conducteur.

— Elle n'a que vingt mille miles au compteur.

Murphy l'avait prévenu que revenir avec une nouvelle voiture était risqué.

Pour lui faire plaisir, Brianna s'installa sur le siège et posa les mains sur le volant.

— C'est très bien. On a l'impression d'être dans une voiture, déclara-t-elle avec un brin d'ironie.

— Mais elle te plaît ?

— Elle est très belle. Je suis sûre que tu auras beaucoup de plaisir à la conduire.

— Elle est à toi.
— A moi? Comment ça, elle est à moi?
— Ta vieille guimbarde était mûre pour la casse. Murphy et moi avons décidé d'un commun accord que c'était sans espoir, alors, je t'ai acheté celle-ci.
Gray poussa un cri de surprise quand elle ouvrit la portière et l'attrapa fermement par le menton.
— Eh bien, tu peux la ramener là où tu l'as trouvée! lança-t-elle d'une voix glaciale. Je ne suis pas prête à acheter une nouvelle voiture, et quand ce sera le cas, je le déciderai toute seule!
— Tu n'as pas à l'acheter. C'est moi qui l'achète. Enfin, qui l'ai achetée.
Il se redressa et lui opposa ce qui lui semblait être du simple bon sens.
— Tu avais besoin d'un moyen de transport fiable et je te l'ai procuré. Par conséquent, arrête de prendre cet air guindé.
— Guindé? C'est plutôt toi que je trouve arrogant, Grayson Thane! Partir ainsi acheter une voiture, sans même me prévenir. Je n'ai pas envie qu'on prenne ce genre de décision à ma place, pas plus que je n'ai besoin qu'on s'occupe de moi comme d'une enfant.
Brianna se retenait de crier. Il voyait bien que, sous cet air de dignité outragée, elle s'efforçait de dissimuler sa colère, et il faillit sourire. Ce que, en homme avisé, il évita soigneusement de faire.
— Brianna, c'est un cadeau.
— Une boîte de chocolats est un cadeau.
— Non, une boîte de chocolats est un cliché, rectifia-t-il avant de se reprendre aussitôt. Disons plutôt que c'est ma version à moi d'une boîte de chocolats.
Il avança d'un pas, la coinçant habilement entre lui et l'aile de la voiture.
— Tu veux que je m'inquiète chaque fois que tu pars au village?
— Il n'y a aucune raison pour que tu t'inquiètes.
— Bien sûr que si.
Sans lui laisser le temps de se dérober, il l'enlaça.

— Je t'imagine au beau milieu de la route, avec le volant entre les mains.

— Tu n'as qu'à t'en prendre à ton imagination.

Brianna tourna la tête, mais les lèvres de Gray effleurèrent son cou.

— Arrête... Ce n'est pas comme ça que tu me feras changer d'avis.

Pourtant, c'était exactement ce qu'il avait l'intention de faire.

— Brianna, ne me dis pas que tu es prête à investir plusieurs centaines de livres dans une cause perdue? Tu tiens vraiment à demander à ce pauvre Murphy de venir donner des coups de marteau sur ce tas de boue un jour sur deux, dans le seul but de préserver ton orgueil?

Elle voulut protester, mais sa bouche se plaqua sur la sienne.

— Allons, tu sais bien que non, murmura-t-il. Et puis ce n'est jamais qu'une voiture. Ce n'est qu'une chose.

Elle commençait à avoir le vertige.

— Je ne peux pas accepter une chose comme celle-ci de ta part. Et vas-tu arrêter de te frotter contre moi comme ça? Il y a des gens au salon.

— J'ai attendu toute la journée de pouvoir me frotter contre toi. En fait, depuis le début de la journée, j'attends de pouvoir te remmener au lit. Tu sens si bon.

— C'est le romarin. Arrête... Je n'arrive plus à réfléchir.

— Pourquoi réfléchir? Contente-toi de m'embrasser. Allez, rien qu'un baiser.

Si la tête ne lui avait pas tourné à ce point, Brianna aurait probablement réagi. Mais sa bouche était déjà sur la sienne, et elle entrouvrit les lèvres pour l'accueillir.

Gray l'embrassa lentement, profondément, et savoura le parfum d'herbes qui imprégnait ses mains lorsqu'elles vinrent encadrer son visage, ainsi que la douceur et la souplesse de son corps contre le sien.

Pendant quelques secondes, il oublia qu'il l'avait

embrassée afin de la convaincre et profita pleinement de l'instant.

— Ta bouche est si merveilleuse, chuchota-t-il en continuant à lui mordiller les lèvres. Je me demande comment j'ai réussi à en rester éloigné si longtemps.

— Tu cherches à me distraire.

— Et tu es distraite. Et moi aussi. Laissons tomber les raisons pratiques pour lesquelles je voulais te persuader de prendre cette satanée voiture. Je veux faire ça pour toi, Brianna. C'est très important pour moi. Je serais heureux que tu l'acceptes.

Brianna aurait pu faire preuve de fermeté, réfuter une à une toutes les raisons pratiques qu'il invoquait, mais comment pouvait-on résister à une demande formulée avec autant de douceur, et à un tel regard?

— Ce n'est pas bien de jouer comme ça avec mes sentiments.

— Je sais...

L'air soudain agacé, il jura dans sa barbe.

— Oui, je sais. Je ferais mieux de m'en aller tout de suite. De faire mes bagages et de filer d'ici.

Une nouvelle fois, il jura, sans la quitter des yeux.

— D'ailleurs, le moment viendra où tu me reprocheras de ne pas l'avoir fait.

— Non, certainement pas, répliqua-t-elle en prenant soin de croiser les mains. Gray, pourquoi m'as-tu acheté cette voiture?

— Parce que tu en avais besoin. Et que j'avais besoin de faire quelque chose pour toi. Ce n'est pas si grave, Brie. Pour moi, l'argent n'est rien.

Elle le considéra avec un sourire railleur.

— Oh, je sais. Tu roules sur l'or, n'est-ce pas? Et tu crois que ton argent m'intéresse? Que je tiens à toi parce que tu peux m'acheter des nouvelles voitures?

Il ouvrit la bouche, puis la referma, prenant un air étrangement humble.

— Non, je ne le crois pas. Je crois que tu t'en fiches complètement.

— Très bien. Alors, les choses sont claires entre nous.

Cet homme avait tellement besoin qu'on l'aime, songea-t-elle, et il ne le savait même pas. Ce cadeau, il le lui avait fait pour lui, autant que pour elle. Et ça, elle pouvait le comprendre. Et l'accepter. Elle se retourna pour jeter un coup d'œil à la voiture.

— C'est très gentil à toi, et je ne t'ai pas remercié comme je l'aurais dû — mais ce n'est pas pour la chose en elle-même.

Gray se sentit tout à coup comme un petit garçon à qui on pardonne la bêtise qu'il vient de faire.

— Alors, tu vas la garder?

— Oui, fit-elle en l'embrassant. Et je te remercie.

— Murphy me doit cinq livres, fit Gray avec un sourire triomphant.

— Tu avais parié?

Une lueur amusée brillait dans le regard de Gray. C'était bien là les hommes...

— Une idée à lui, se défendit-il aussitôt.

— Mmm... Bon, je vais aller m'assurer que mes clients ne manquent de rien et, ensuite, nous irons faire un tour en voiture.

Cette nuit-là, il vint la rejoindre dans sa chambre, ainsi qu'elle l'avait espéré. Et il recommença la nuit suivante, tandis que les clients dormaient paisiblement à l'étage. L'auberge était complète, ce qui enchantait Brianna. Lorsqu'elle s'asseyait pour faire ses comptes, c'était d'un cœur léger. Bientôt, elle pourrait acheter le matériel nécessaire à la construction de sa serre.

Gray la trouva devant son bureau, emmitouflée dans sa robe de chambre, tapotant un crayon sur ses lèvres d'un air rêveur.

— Tu pensais à moi? murmura-t-il en se penchant pour l'embrasser dans le cou.

— Si tu veux tout savoir, je me demandais si le sud était la meilleure exposition et s'il fallait ou non du verre traité.

— Si je comprends bien, je n'arrive qu'en deuxième position après ta serre.

Il fit le tour du bureau, et son regard tomba sur une lettre ouverte devant elle.

— Qu'est-ce que c'est ? Une réponse de la compagnie minière ?

— Oui, enfin. Ils ont consulté leurs registres. Ils nous enverront un millier de livres en échange des actions.

Gray recula, l'air perplexe.

— Un millier de livres ? Pour dix mille actions ? Ça ne me paraît pas très équitable.

Brianna se contenta d'un sourire et se leva pour dénouer son chignon. Normalement, c'était un rituel qu'il appréciait, mais cette fois, il continua à fixer les papiers étalés sur le bureau.

— On voit que tu n'as pas connu papa, lui expliqua-t-elle. C'est bien plus que ce à quoi je m'attendais. C'est même une petite fortune, si l'on considère que ses projets lui ont toujours coûté beaucoup plus d'argent qu'ils ne lui en ont rapporté.

— Un dixième de livre par action, marmonna Gray en prenant la lettre. Et combien disent-ils qu'il les avait achetées ?

— La moitié. Je ne me souviens pas qu'il ait jamais gagné autant. Je vais dire à Rogan de leur envoyer le certificat.

— Ne fais pas ça.

— Et pourquoi ? demanda-t-elle en se figeant, la brosse à la main.

— Rogan a-t-il pris des renseignements sur cette compagnie ?

— Non, il a suffisamment à faire avec Maggie, sans parler de la galerie qui doit ouvrir la semaine prochaine. Je lui ai seulement demandé de garder le certificat.

— Laisse-moi appeler mon courtier. Écoute, prendre quelques renseignements sur cette compagnie ne peut pas faire de mal. Quelques jours de plus ou de moins ne changeront rien.

— Non. Mais ça a l'air de t'embêter.

— Il suffit que je passe un coup de fil. Mon courtier adore s'occuper de ce genre de choses.

Reposant la lettre, il vint se placer derrière elle et lui prit la brosse des mains.

— Laisse-moi faire.

Lentement, il la fit pivoter vers le miroir et commença à lui brosser les cheveux.

— Tu ressembles à un tableau du Titien, murmura-t-il. Tout en ombres et en nuances.

Brianna se tenait immobile tout en le regardant dans la glace. Soudain, elle réalisa combien le fait de se laisser coiffer ainsi avait quelque chose de profondément intime, de sensuel. Ses doigts s'enfonçaient voluptueusement dans sa chevelure. Elle se sentit frémir.

En relevant la tête, son regard croisa celui de Gray dans le miroir. Une soudaine excitation s'empara d'elle en découvrant la lueur de désir qui brillait dans ses yeux.

— Non, pas encore, dit-il doucement quand elle voulut se tourner vers lui.

Il posa la brosse, puis écarta délicatement les cheveux de son visage.

— Regarde, murmura-t-il tout en commençant à dénouer la ceinture de sa robe de chambre. Tu ne t'es jamais demandé de quoi nous avions l'air ensemble ?

Cette idée lui sembla si surprenante, si excitante, qu'elle ne trouva rien à répondre. Sans la quitter des yeux une seconde, il lui retira sa robe de chambre.

— Moi, je le vois dans ma tête. Quelquefois, ça m'interrompt dans mon travail, mais ça ne me dérange pas.

Ses mains s'attardèrent un instant sur ses seins avant d'entreprendre de déboutonner le col de sa chemise de nuit.

Bouche bée, Brianna regarda ses mains douces et chaudes aller et venir sur elle. Ses jambes menaçaient de se dérober sous elle, et elle n'eut d'autre choix que de se laisser aller tout contre lui. Comme dans un rêve, elle vit sa chemise de nuit passer par-dessus la tête tandis qu'il déposait de minuscules baisers sur sa peau nue.

Une soudaine vague de plaisir l'envahit.

Et sa respiration se transforma en un ronronnement consentant lorsque sa langue s'aventura dans son cou.

Voir et sentir en même temps était fascinant. Incapable de faire un geste, Brianna jeta un regard étonné à la femme qui se reflétait dans la glace. Cette femme, c'était elle, songea-t-elle dans un brouillard. Au même instant, elle sentit la caresse légère et irrésistible de ses mains qui se refermaient sur ses seins.

— Ta poitrine est si blanche, dit-il d'une voix rauque. Aussi blanche que l'ivoire, avec des pointes comme des pétales de rose.

La fixant de son regard noir, il frotta ses pouces sur les mamelons, la sentit trembler et l'entendit geindre de plaisir.

Contempler son corps onduler ainsi, la sentir s'alourdir langoureusement contre lui, s'abandonnant à ses caresses, lui fit un effet extraordinairement érotique. Quand sa main courut le long de son dos, chacun de ses muscles frémit sous sa paume. Le parfum qui émanait de ses cheveux mettait tous ses sens en émoi, tout comme ses longues jambes très blanches qui tremblaient dans la glace.

Il voulait lui donner plus qu'il n'avait jamais eu envie de donner à aucune autre femme. L'apaiser et la protéger, l'exciter et l'embraser. Et elle était si parfaite, pensa-t-il en baisant à nouveau son cou, si outrageusement généreuse.

A la moindre caresse, toute la dignité glacée et les manières distantes derrière lesquelles elle se réfugiait se mettaient à fondre.

— Brianna...

Il avait de plus en plus de mal à respirer, mais attendit de croiser son regard flou.

— Regarde ce qui se passe en toi quand je te prends.

Elle voulut dire quelque chose, mais sa main se faufila entre ses cuisses humides. Quand elle murmura son nom, à moitié pour protester, à moitié surprise, il la caressa, doucement tout d'abord, puis de façon plus insistante. Le regard fou de désir.

Voir sa main prendre possession d'elle ainsi la troubla, la choqua, tout comme de sentir ses caresses lentes et insistantes éveiller peu à peu son désir. Elle remarqua qu'elle s'était mise à bouger avec lui, offerte, presque suppliante. Oubliant toute pudeur, elle referma les bras autour de son cou, et commença à onduler au rythme de ses caresses.

Et elle se sentit soudain comme un papillon transpercé par une lance. Une lance acérée qui la faisait vibrer de plaisir. Tandis qu'elle tremblait de tout son être, il la souleva dans ses bras et l'emporta sur le lit pour lui faire découvrir d'autres plaisirs.

14

— La galerie ouvre demain et il m'a interdit d'y mettre les pieds !

Le menton dans la main, Maggie contemplait le dos de Brianna.

— Et il m'a cantonnée dans ta cuisine pour que tu me surveilles.

Patiemment, Brianna termina le glaçage des petits fours qu'elle avait préparés pour le thé. Elle avait huit clients, en comptant Gray et trois enfants particulièrement turbulents.

— Maggie, le médecin ne t'a-t-il pas dit de rester allongée le plus possible et que, comme le bébé est déjà très bas, tu risquais d'accoucher plus tôt que prévu ?

— Qu'en sait-il ? Je vais peut-être rester enceinte le restant de ma vie. Et si Sweeney croit pouvoir m'empêcher d'assister au vernissage demain, il se trompe sacrément.

— Rogan n'a jamais dit ça. Il veut seulement que tu te reposes aujourd'hui.

— Cette galerie est aussi la mienne, grommela-t-elle.

Elle avait mal au dos et des élancements dans le ventre. Sans doute le ragoût de mouton du déjeuner.

— Bien entendu, dit Brianna pour l'apaiser. Et nous serons tous là pour le vernissage. L'annonce dans les journaux est superbe. Je suis sûre que ce sera un succès.

Maggie se contenta de grogner.
— Où est le Yankee?
— Il travaille. Il s'est enfermé à double tour pour échapper à la petite allemande qui n'arrête pas de venir dans sa chambre, dit-elle en souriant. Avec les enfants, il est adorable. Hier, il a joué avec elle toute la soirée, si bien qu'elle est folle de lui et ne peut plus se passer de lui.
— Et tu te dis qu'il ferait un père extraordinaire.
Brianna prit la mouche.
— Je n'ai pas dit cela. Mais c'est vrai. Si tu voyais comment il...
Entendant la porte d'entrée s'ouvrir, elle ne termina pas sa phrase.
— Si ce sont encore des clients, je vais devoir céder ma chambre et dormir dans le salon.
— Au lieu de changer tout le temps de lit, tu ferais mieux de dormir dans celui de Gray, commenta Maggie.
Puis, reconnaissant la voix de sa mère dans l'entrée, elle fit un clin d'œil à sa sœur.
— Il ne manquait plus que ça! Moi qui espérais qu'elle changerait d'avis et resterait en France.
— Arrête, fit Brianna en s'empressant de sortir d'autres tasses à thé.
— Les grandes voyageuses sont de retour! lança joyeusement Lottie en traînant Maeve dans la cuisine. Oh, quelle propriété magnifique vous avez là, Maggie! Un vrai palais. Nous avons passé des vacances sublimes.
— Parlez pour vous, renifla Maeve en posant son sac sur le comptoir. Avec tous ces étrangers à moitié nus qui courent sur la plage dans tous les sens...
— Certains d'entre eux étaient fort bien bâtis, gloussa Lottie. Un Américain, un veuf charmant, a même fait la cour à Maeve.
— Un vil séducteur, oui...
Maeve fit un geste dédaigneux de la main, mais ses joues s'empourprèrent légèrement.
— D'un genre qui ne m'intéresse nullement.

En s'asseyant, elle décocha un regard peu tendre à sa fille aînée.

— Tu es à point. Tu sauras bientôt quelles souffrances une mère endure en accouchant.

— Merci beaucoup.

— Allons, cette fille est robuste comme un cheval, dit Lottie en tapotant la main de Maggie. Et assez jeune pour mettre au monde une dizaine d'enfants.

Maggie leva les yeux au ciel en se forçant à sourire.

— Je ne sais pas laquelle de vous deux me déprime le plus.

— C'est bien, vous êtes revenues juste à temps pour l'ouverture de la galerie, lança Brianna, détournant habilement la conversation tout en servant le thé.

— Ha! Pourquoi irais-je perdre mon temps dans un endroit consacré à l'art?

— Nous ne manquerons pas de venir, dit Lottie en jetant un regard appuyé à Maeve. Vous m'avez pourtant dit que vous seriez contente de voir le travail de Maggie, et le reste.

Maeve se tortilla sur son siège.

— Ce que j'ai dit, c'est que je m'étonnais qu'on fasse autant de foin pour de simples bouts de verre.

Et avant que Lottie puisse la contredire, elle se tourna d'un air renfrogné vers Brianna.

— Je n'ai pas vu ta voiture devant la maison. Elle a fini par tomber en morceaux?

— Il paraît qu'elle est irréparable. J'en ai une nouvelle, la bleue qui est garée devant.

— Une voiture neuve? Tu gâches de l'argent dans une voiture neuve?

— C'est son argent, commença à dire Maggie, mais Brianna lui intima le silence d'un bref coup d'œil.

— Elle n'est pas neuve. C'est une voiture d'occasion et je ne l'ai pas achetée...

Elle prit son courage à deux mains avant de terminer.

— C'est Grayson qui me l'a achetée.

Un lourd silence retomba un instant dans la cuisine. Lottie considérait sa tasse, les lèvres pincées. Maggie se préparait à voler à la défense de sa sœur en faisant un effort pour oublier les élancements qui lui déchiraient le ventre.

— Il te l'a achetée ? répéta Maeve d'un air outré. Tu as accepté une chose pareille de la part d'un homme ? Ne te soucies-tu donc pas de ce que les gens vont dire ou penser ?

— Je suppose qu'on pensera que c'est un geste généreux et qu'on dira de même.

Brianna prit sa tasse. D'ici peu, ses mains allaient se mettre à trembler. Elle le savait, et la seule idée lui en était insupportable.

— Ce qu'ils vont penser, c'est que tu t'es vendue pour une voiture. Et tu l'as fait, n'est-ce pas ? C'est ce que tu as fait ?

— Non, répondit-elle avec un calme glacial. Cette voiture est un cadeau et je l'ai accepté comme tel. Cela n'a aucun rapport avec le fait que nous soyons amants.

Voilà. Elle l'avait dit. Elle avait l'estomac noué, ses mains tremblaient, mais elle l'avait dit.

Un cercle blême autour de la bouche, ses yeux bleus lançant des éclairs, Maeve se leva brusquement.

— Tu t'es prostituée !

— Absolument pas. Je me suis donnée à un homme auquel je tiens et que j'admire. Pour la première fois de ma vie, je me suis donnée à un homme, dit-elle, étonnée de voir ses mains rester parfaitement calmes. Bien que tu aies prétendu le contraire.

Instantanément, le regard de Maeve glissa sur Maggie.

— Non, je ne lui ai rien dit, dit celle-ci d'une voix relativement posée. J'aurais sans doute dû, mais je ne l'ai pas fait.

— Peu importe comment je l'ai appris...

Envahie par une sensation de froideur épouvantable, comme si tout son être n'était plus qu'un immense frisson, Brianna décida d'en finir.

— Tu t'es débrouillée pour gâcher le bonheur que j'aurais pu trouver avec Rory.

— Ce garçon ne valait rien, rétorqua Maeve. Ce n'était qu'un fils de fermier qui ne serait jamais devenu un homme. Avec lui, tu n'aurais jamais rien eu qu'une maison remplie d'enfants geignards.

— Je voulais des enfants. Je voulais une famille et un foyer, mais nous ne saurons jamais si j'aurais pu avoir cela avec lui. Tu y as veillé en racontant un mensonge ignoble à l'homme que j'aimais. Tu as fait ça pour moi, maman ? Je ne le pense pas. J'aimerais pouvoir le croire. Ce que tu voulais, c'était me garder auprès de toi. Car qui se serait occupé de la maison si j'avais épousé Rory ? Ça non plus, nous ne le saurons jamais.

— J'ai fait cela pour ton bien.

— Pour ton bien à toi, oui.

Sentant ses jambes défaillir, Maeve retourna s'asseoir.

— Alors, c'est ainsi que tu me récompenses de ce que j'ai fait pour toi ? En t'adonnant au péché avec le premier homme qui t'a tourné la tête ?

— En me donnant par amour au premier et seul homme qui m'ait jamais touchée.

— Et que feras-tu une fois qu'il t'aura mis un bébé dans le ventre et s'en ira en sifflotant ?

— C'est mon problème.

— Voilà qu'elle parle comme toi ! cracha Maeve en fusillant Maggie du regard. Tu l'as dressée contre moi.

— Oh, ça, tu as réussi à le faire toute seule !

— Laisse Maggie en dehors de ça, coupa Brianna.

Et d'un geste protecteur, elle posa la main sur l'épaule de sa sœur.

— Cette histoire ne concerne que toi et moi, maman.

— Serait-il possible d'avoir un peu de...

Tout souriant après un après-midi de travail bien rempli, Gray apparut sur le seuil de la cuisine et se figea en découvrant qu'il y avait du monde. Malgré la tension qu'il sentit régner dans la pièce, il afficha un sourire aimable et chaleureux.

— Mrs. Concannon, Mrs. Sullivan, je suis ravi de vous revoir.

Maeve serra violemment des poings.

— Espèce de salaud ! Vous finirez en enfer, avec ma fille !

— Je t'interdis de parler comme ça chez moi !

La réponse cinglante de Brianna les surprit tous bien davantage que la prédiction diabolique de Maeve.

— Gray, je te prie d'excuser la grossièreté de ma mère.

— Inutile de t'excuser à ma place.

— En effet, dit Gray en hochant la tête. C'est inutile. Vous pouvez me dire tout ce que vous voulez, Mrs. Concannon.

— Lui avez-vous promis l'amour, le mariage et une vie entière de dévotion pour la convaincre de s'allonger ? Vous croyez que j'ignore comment s'y prennent les hommes pour obtenir ce qu'ils veulent ?

— Il ne m'a rien promis, commença Brianna.

Mais d'un simple regard, Gray la dissuada de poursuivre.

— Non, je ne lui ai fait aucune promesse. Brianna n'est pas quelqu'un à qui j'ai envie de mentir. De même que ce n'est pas quelqu'un que j'abandonnerais si j'apprenais à son sujet quelque chose qui ne me plaisait pas.

— Parce que, en plus, tu lui as raconté nos histoires de famille en détail ? s'écria Maeve en pivotant vers Brianna. Condamner ton âme à l'enfer ne te suffit donc pas ?

— Vas-tu passer ta vie entière à vouer tes filles à l'enfer ? tonna Maggie avant que sa sœur puisse réagir. Dois-tu à tout prix nous empêcher d'être heureuses parce que toi, tu n'as pas su l'être ? Elle l'aime. Si tu arrivais à passer outre ton amertume, tu t'en rendrais compte, et rien d'autre n'aurait d'importance à tes yeux. Mais elle a été à ta merci toute sa vie, et tu ne supportes pas l'idée qu'elle trouve quelque chose ou quelqu'un pour elle-même.

— Maggie, ça suffit, murmura Brianna.

— Non, ça ne suffit pas ! Tu ne dis rien et tu ne

diras jamais rien. Mais elle va l'entendre de ma bouche. Elle m'a détestée à la seconde même où je suis née, et elle s'est servie de toi. Pour elle, nous ne sommes pas ses filles, mais sa pénitence. L'as-tu entendue une fois, ne serait-ce qu'une seule fois, me souhaiter d'être heureuse avec Rogan, ou avec le bébé ?

— Et pourquoi le ferais-je? répliqua Maeve, les lèvres tremblantes. Pour que tu me renvoies mes vœux de bonheur en pleine figure ? Tu ne m'as jamais donné l'amour qu'une mère est en droit d'attendre.

— J'aurais pu, dit Maggie en se levant, le souffle court. Dieu sait si je l'ai voulu ! Et si Brianna a essayé ! L'as-tu déjà remerciée de tout ce dont elle s'est privée pour ton propre bien-être ? Non, tu n'as fait que gâcher la possibilité qu'elle a eue de fonder un foyer, une famille, comme elle le voulait. Eh bien, tu ne recommenceras pas. Pas cette fois. Et tu ne mettras plus les pieds chez elle pour parler de l'homme qu'elle aime de cette manière.

— Je parle à mes enfants comme il me plaît.

— Arrêtez, toutes les deux !

La voix de Brianna tomba comme un coup de fouet. Elle était toute pâle, l'air glacial, et le tremblement qu'elle avait tenté de maîtriser avait repris de plus belle.

— Pourquoi devez-vous toujours vous affronter ainsi ? Je refuse que vous vous serviez de moi pour vous faire du mal. J'ai des clients au salon. Je ne tiens pas à leur faire subir les rapports exécrables de ma famille. Maggie, retourne t'asseoir et calme-toi.

— Très bien, débrouille-toi toute seule, rétorqua-t-elle d'un air furieux. Je m'en vais.

Au moment où elle prononça ces mots, une douleur fulgurante lui déchira le ventre et elle dut s'agripper au dossier de la chaise.

— Maggie ! s'écria Brianna, affolée. Qu'est-ce que tu as ? C'est le bébé ?

— C'est juste une contraction.

Cependant, à sa grande surprise, l'intensité de la douleur s'amplifia.

— Tu es toute blanche. Assieds-toi. Et ne discute pas.

Lottie, infirmière à la retraite, se leva aussitôt.

— Combien de contractions avez-vous déjà eues, ma petite ?

— Je ne sais pas. Ça n'a pas arrêté de tout l'après-midi.

La douleur commença à s'atténuer, et elle soupira de soulagement.

— Ce n'est rien, je vous assure. Je ne dois accoucher que dans deux semaines.

— Le médecin a dit que, maintenant, le bébé pouvait arriver à tout moment, lui rappela Brianna.

— Qu'en sait-il ?

Lottie s'approcha de Maggie pour lui masser les épaules.

— Vous avez mal ailleurs, ma jolie ?

— Aux reins, reconnut Maggie. J'ai eu mal toute la journée.

— Bon, alors, respirez calmement et détendez-vous. Non, plus de thé pour elle, ajouta-t-elle en voyant Brianna s'apprêter à la resservir. Nous allons voir ce qui se passe.

— Le travail n'a pas commencé, lui assura Maggie, paniquée à cette idée. J'ai dû mal digérer le repas de midi.

— Oui, c'est possible, dit Lottie, conciliante. Brie, vous n'avez pas servi de thé à ce jeune homme.

— Ça ne fait rien...

Gray considéra toutes ces femmes tour à tour en se demandant quoi faire. S'éclipser lui parut la meilleure solution.

— Je crois que je vais retourner travailler.

— Oh, j'adore vos livres, lança Lottie avec enthousiasme. J'en ai lu deux pendant les vacances. Je ne sais pas comment vous faites pour imaginer des histoires pareilles et les écrire si magnifiquement.

Et elle continua à papoter avec entrain de manière à capter leur attention à tous, jusqu'à ce que Maggie retienne à nouveau son souffle.

— Bon, il y a quatre minutes entre chaque contraction. Allez, respirez à fond, ma chérie. Voilà, très bien. Brie, je pense que vous devriez téléphoner à Rogan. Dites-lui de nous rejoindre à l'hôpital.

— Oh...

Pendant quelques secondes, Brianna resta figée sur place.

— Je ferais peut-être mieux d'appeler le médecin.

— Non, inutile. Ne vous en faites pas, Maggie. J'ai aidé plus d'un bébé à venir au monde. Vous avez une valise prête, quelque part chez vous ?

— Oui, dans la chambre, dit-elle dans un souffle.

Une nouvelle contraction venait de passer. Curieusement, elle se sentait maintenant plus calme.

— Dans un placard.

— Ce jeune homme va aller la chercher. Ça ne vous ennuie pas, Grayson ?

— Bien sûr que non.

Il serait même ravi de le faire. Cela lui permettrait de sortir de la maison et de fuir la perspective terrifiante d'une naissance.

— J'y vais tout de suite.

— Ça va, Gray, je ne vais pas accoucher sur la table de la cuisine, observa Maggie en esquissant un petit sourire.

L'air mal à l'aise, il lui sourit à son tour et fila sans plus attendre.

— Je vais chercher votre veste, Maggie, lui dit Lottie en jetant un regard réprobateur à Maeve. N'oubliez pas de bien respirer.

— Merci, Lottie. Ça va aller.

— Vous avez peur. C'est normal. Mais ce qui vous arrive est tout à fait naturel. Seule une femme est capable de supporter ça et de comprendre. Dieu sait que si les hommes faisaient les enfants à notre place, il y aurait moins de monde sur la terre !

Sa remarque fit sourire Maggie.

— J'ai juste un peu peur. Pas seulement d'avoir mal, mais de ne pas savoir quoi faire après.

— Vous le saurez très vite, Margaret Mary. Vous serez bientôt mère. Dieu vous bénisse.

Dès que Lottie sortit de la cuisine, Maggie ferma les yeux. Déjà, elle percevait des changements à l'intérieur de son corps. Elle imaginait sans peine l'énormité du bouleversement qui allait se produire dans sa vie. Oui, bientôt, elle serait mère. L'enfant qu'elle et Rogan avaient fait serait dans ses bras et non plus dans son ventre.

Je t'aime, pensa-t-elle. Je te jure que je n'aurai pour toi que de l'amour.

La douleur reprit, lui arrachant un nouveau petit cri plaintif. Elle ferma les yeux plus fort pour se concentrer sur sa respiration. Comme dans un brouillard, elle sentit une main se poser sur la sienne. En ouvrant les yeux, elle aperçut le visage de sa mère, baigné de larmes, qui, pour la première fois de sa vie, exprimait une véritable compréhension.

— Je veux que tu sois heureuse, chuchota Maeve, avec ton enfant.

Pendant quelques secondes au moins, plus rien ne les sépara. Maggie retourna sa main et agrippa celle de sa mère.

Quand Gray revint avec le sac, Lottie était en train d'aider Maggie à s'installer dans la voiture de Brianna. Tous les clients étaient sortis sur le seuil pour leur dire au revoir.

— Oh, merci d'avoir fait si vite, lui dit Brianna en prenant le sac. Rogan est en route pour l'hôpital. Il a raccroché avant même que j'aie pu lui dire au revoir. Le médecin a dit de l'amener immédiatement. Je pars avec elle.

— Évidemment. Tout se passera bien, ne t'en fais pas.

— Oui, dit Brianna en mordillant l'ongle de son pouce. Mais je vais devoir abandonner mes clients.

— Ne t'inquiète de rien. Je m'en occupe.

— Tu ne peux pas leur faire la cuisine.

— Je les emmènerai tous au restaurant. Ne te fais pas de souci, Brie.

— Non, c'est stupide de ma part. Je suis si perturbée... Je suis vraiment désolée, Gray.

— Ce n'est pas la peine. Ne t'inquiète de rien en ce qui concerne la maison, dit-il en prenant son visage dans ses mains. Contente-toi d'aller aider ta sœur.

— D'accord. Pourrais-tu téléphoner à Mrs. O'Malley ? Son numéro est dans le carnet. Elle viendra s'occuper de ce qu'il y a à faire en attendant que je revienne. Et si tu pouvais appeler Murphy. Il sera content qu'on le prévienne. Et...

— Brie, va-t'en vite. J'appellerai tout le village, je te le promets.

Bien qu'ils ne fussent pas seuls, il l'embrassa rapidement à pleine bouche.

— Demande à Rogan de m'envoyer un cigare.

— D'accord. Bon, j'y vais.

Et elle courut jusqu'à la voiture.

Gray la regarda s'éloigner, suivie de Lottie et Maeve.

La famille, songea-t-il en secouant la tête. Dieu merci, il n'avait pas ce souci-là.

En revanche, il se souciait de Brianna. L'après-midi avait laissé place au soir, puis le soir à la nuit. Dès que Mrs. O'Malley était arrivée, une demi-heure à peine après son appel au secours, Gray était retourné dans sa chambre. Il n'en était ressorti que pour boire un whisky avec Murphy à la santé de Maggie et du bébé.

Mais l'heure était déjà avancée, l'auberge était paisible, et Gray n'arrivait ni à travailler ni à dormir — deux activités auxquelles il avait toujours eu recours pour échapper à la réalité.

Il ne cessait de repasser dans sa tête la scène qui s'était déroulée dans la cuisine. Avait-il posé un problème à Brianna en la désirant, en allant jusqu'au bout de son désir ? Il n'avait pris en considération ni sa famille, ni sa religion. Pensait-elle la même chose que sa mère ?

Cette idée de damnation éternelle de l'âme le mettait extrêmement mal à l'aise. D'ailleurs, tout ce qui était éternel le mettait mal à l'aise, la damnation en tête.

A moins que Maggie n'ait influencé Brianna. Ce qui

n'en était pas moins dérangeant. Tout ce discours sur l'amour... Pour lui, l'amour pouvait s'avérer aussi dangereux que d'être damné et il ne tenait à s'appesantir ni sur l'un ni sur l'autre.

Pourquoi les gens cherchaient-ils à compliquer les choses ? se demanda-t-il en allant dans la chambre de Brianna. Les complications étaient bonnes pour la fiction. Dans la vie réelle, il fallait prendre les choses comme elles venaient, sans se poser de questions.

Cependant, il était bien conscient que Brianna Concannon était devenue pour lui une complication. Ne s'était-il pas avoué qu'il la trouvait unique ? Agacé, il déboucha un petit flacon posé sur sa coiffeuse. Et s'enivra de son parfum.

Pour l'instant, il n'avait qu'une envie : être avec elle. Ensemble, ils se sentaient bien. A ce moment précis, dans cet endroit précis, ils se convenaient parfaitement.

Bien entendu, il pouvait s'en aller quand bon lui semblait. Rien ne l'en empêchait. En grognant, il referma le flacon.

Mais son parfum continuait à le hanter.

Brianna ne l'aimait pas. Peut-être le croyait-elle, parce qu'il avait été son premier homme. C'était normal. Et peut-être s'était-il impliqué un peu plus avec elle qu'il ne l'avait fait avec aucune autre. Parce qu'elle ne ressemblait à aucune autre. Ça aussi, c'était normal.

Néanmoins, lorsqu'il aurait terminé son livre, leur histoire devrait se terminer aussi. Il partirait. Redressant la tête, il se regarda dans le miroir. De ce côté-là, rien de nouveau, pensa-t-il. Il était toujours le même. Et quand il crut distinguer une vague lueur de panique dans ses yeux, il choisit de l'ignorer.

Grayson Thane le regardait. L'homme qu'il avait fabriqué lui-même à partir de rien. Un homme avec lequel il se sentait bien. Qui avançait dans la vie selon son gré. Libre, sans bagages ni regrets.

Certes, il avait quelques souvenirs. Mais il arrivait toujours à repousser les plus désagréables, et cela depuis de longues années. Un jour, il regarderait en arrière et repenserait à Brianna. Et ce serait très bien comme ça.

Pourquoi diable n'appelait-elle pas ?

Après un dernier coup d'œil, il se détourna du miroir, craignant de voir quelque chose qu'il préférait éviter. Il n'y avait d'ailleurs aucune raison qu'elle appelle, songea-t-il en passant en revue les livres sur l'étagère. C'était une affaire qui ne concernait qu'elle, une affaire de famille, dont il n'avait pas à se mêler. Dont il refusait de se mêler.

Il était seulement curieux de savoir comment allaient Maggie et le bébé. Et s'il restait debout, c'était uniquement dans le but de satisfaire sa curiosité.

Se sentant déjà mieux, il sélectionna un livre, s'allongea sur son lit et commença à lire.

Brianna le trouva là vers trois heures du matin. Titubant de joie et de fatigue, elle le découvrit endormi à même les couvertures, un livre ouvert sur la poitrine.

Sans faire de bruit, elle se déshabilla, plia ses vêtements sur une chaise et enfila sa chemise de nuit. Puis elle passa dans la salle de bains pour se rafraîchir le visage. En voyant son air rayonnant dans le miroir, elle sourit.

Elle revint dans la chambre, à pas de loup, et caressa Conco qui dormait roulé en boule au pied du lit. En soupirant, elle s'allongea auprès de Gray, sans prendre la peine de se glisser sous les couvertures.

Immédiatement, il se tourna vers elle, l'enlaça et enfouit la tête dans sa chevelure.

— Tu m'as manqué, murmura-t-il, la voix râpeuse et ensommeillée.

— Je suis là, dit-elle en se lovant tendrement contre lui. Rendors-toi.

— Sans toi, je n'arrive pas à dormir. Trop de mauvais rêves viennent me hanter quand tu n'es pas là.

— Chut... Maintenant, je suis là.

Elle lui caressa les cheveux tout en sentant le sommeil la gagner.

Brusquement, Gray ouvrit les yeux, l'air troublé.

— Brie... Tu es là.

— Oui. Tu t'es endormi sur ton livre.

— Oh...

Après s'être passé les mains sur le visage, il plissa les yeux pour mieux la voir dans la pénombre. Et tout lui revint en mémoire.

— Et Maggie ?

— Elle va bien. Elle va merveilleusement bien. Oh, Gray, c'était magnifique à voir.

A nouveau tout excitée, Brianna se redressa et referma les bras autour de ses genoux repliés.

— Elle insultait Rogan, jurant ses grands dieux de se venger. Lui n'arrêtait pas de lui embrasser les mains et de lui dire de respirer. Puis elle a éclaté de rire en lui déclarant qu'elle l'aimait avant de recommencer à l'insulter. Je n'ai jamais vu un homme aussi affolé, admiratif et amoureux à la fois.

Brianna soupira une nouvelle fois, sans se rendre compte que des larmes mouillaient ses joues.

— Tout le monde était là, à discuter gaiement. Quand ils ont voulu nous mettre dehors, Maggie a menacé de partir elle aussi. « Ma famille reste », a-t-elle dit. « Sinon, je m'en vais aussi. » Alors, nous sommes tous restés. Et c'était... merveilleux.

Gray essuya les larmes de Brianna.

— Vas-tu enfin me dire ce que c'est ?

— Un garçon, renifla-t-elle. Le plus beau petit garçon qui soit. Il a des cheveux noirs, comme Rogan. Et les yeux de Maggie. Pour l'instant, ils sont bleus, bien entendu, mais ils ont la forme de ceux de Maggie. Et il a hurlé de toutes ses forces, comme pour nous reprocher de l'avoir amené au milieu de ce chaos. Ses petits poings étaient tout crispés. Ils l'ont appelé Liam. Liam Matthew Sweeney. Ils m'ont laissée le tenir un instant.

Elle laissa aller sa tête sur l'épaule de Gray.

— Et il m'a regardée.

— Tu ne vas pas me dire qu'il t'a souri ?

— Non, dit-elle en riant. Mais il m'a regardée d'un petit air sérieux, comme s'il se demandait ce qu'il faisait ici. Je n'avais jamais tenu un si petit être dans mes bras. Une vie toute neuve... C'est quelque chose d'indescriptible, d'incomparable. J'aurais voulu que tu sois là.

A son grand étonnement, Gray réalisa qu'il l'aurait bien voulu aussi.

— Il fallait bien que quelqu'un garde le ranch. Ta Mrs. O'Malley est arrivée tout de suite.

— Dieu la bénisse. Je lui téléphonerai demain pour la remercier et lui donner des nouvelles.

— Elle ne cuisine pas aussi bien que toi.

— Ah bon, tu trouves? répliqua Brianna avec un sourire ravi. J'espère que tu ne lui en as rien dit.

— Tu sais bien que je suis la diplomatie même.

Il l'embrassa sur la tempe.

— Alors, c'est un garçon. Combien pèse-t-il?

— Trois kilos quatre cents.

— Et l'heure — tu te souviens de l'heure à laquelle il est né?

— Oh, il était une heure et demie.

— Zut! Apparemment, c'est l'Allemand qui va rafler la mise.

— Pardon?

— Il va rafler la mise. Nous avions parié sur le bébé. Sur son sexe, son poids et l'heure de sa naissance. Je crois bien que c'est l'Allemand, Krause, qui a été le plus perspicace.

— Un pari... Et qui a eu cette idée?

Gray se passa la langue sur les dents.

— Murphy. Ce type est prêt à parier sur n'importe quoi.

— Et toi, qu'avais-tu parié?

— Une fille, de trois kilos six cents, à minuit pile.

Il l'embrassa à nouveau.

— Alors, où est mon cigare?

— Rogan m'en a donné un pour toi. Il est dans mon sac.

— J'irai le fumer au pub, demain. Il y aura bien quelqu'un pour offrir une tournée générale.

— Oh, tu peux parier là-dessus sans risque!

Brianna lui prit la main, entrecroisant ses doigts avec les siens.

— Grayson, à propos de cet après-midi... Ma mère...

— Tu n'es pas obligée de m'en reparler. Je suis arrivé au mauvais moment, c'est tout.

— Non, ce n'est pas tout, et ce serait absurde de faire semblant que c'est le cas.

— Bon, comme tu voudras.

Il savait qu'elle insisterait pour tout mettre à plat, décortiquer, mais ne supportait pas de voir sa belle humeur s'assombrir.

— Nous ne ferons pas semblant, reprit-il. Mais n'en parlons pas ce soir. Nous en reparlerons demain, autant que tu voudras. Cette nuit est une nuit à faire la fête, tu ne trouves pas ?

Un profond soulagement l'envahit. A vrai dire, elle avait eu assez d'émotions comme ça pour aujourd'hui.

— Oui, tu as raison.

— Je parie que tu n'as rien mangé.

— Non.

— Et si j'allais nous chercher le poulet froid qui reste du dîner ? Nous mangerons au lit.

15

La semaine suivante, éviter tout sujet de conversation sérieux fut relativement facile. Gray s'était replongé dans son livre et Brianna partageait tout son temps entre ses clients et son nouveau neveu. Dès qu'elle avait une minute de libre, elle trouvait une excuse pour filer chez sa sœur afin de s'occuper de la jeune maman et du bébé. Maggie, en totale admiration devant son fils, se plaignit à peine d'avoir raté l'ouverture de la galerie.

Gray devait reconnaître que l'enfant était très réussi. A une ou deux reprises, il était allé jusqu'au cottage, histoire de se dégourdir les jambes et de se changer les idées.

Le soir, juste avant le coucher du soleil, était le meilleur moment pour se promener, lorsque le ciel prenait cette luminosité intense, si particulière à l'Irlande. L'air était si clair qu'on voyait les collines d'émeraude s'étendre à des kilomètres à la ronde. Au loin, le ruban scintillant de la rivière que venaient frapper les derniers rayons de soleil faisait penser à une épée d'argent.

Il trouva Rogan en train d'enlever des mauvaises herbes dans le jardin, vêtu d'un tee-shirt et d'un vieux jean. Spectacle intéressant, pensa Gray. Pour un homme qui aurait pu s'offrir un bataillon de jardiniers...

— Salut, papa! fit Gray avec un sourire radieux.

Rogan se retourna brusquement.

— Ah ! Un homme... enfin ! Avec toutes ces femmes, je me suis fait éjecter de la maison. Maggie, Brie, Kate, la sœur de Murphy, et quelques dames du village sont à l'intérieur. En train de papoter sur les bienfaits du lait maternel et de raconter leurs accouchements.

— Ouais, à mon avis, tu t'es plutôt enfui.

— Ce n'est pas tout à fait faux. Nous pourrions nous faufiler dans la cuisine pour prendre une bière dans le frigo.

— Rester là me paraît plus prudent, dit Gray en arrachant à son tour une mauvaise herbe. D'ailleurs, je voulais te parler. Au sujet de ces actions de la Triquarter Mining.

— Ah oui, cette affaire m'est complètement sortie de l'esprit, avec tout ce qui s'est passé. Brie a finalement obtenu une réponse ?

— Elle a eu une réponse, oui, fit Gray en se grattant le menton. J'ai demandé à mon courtier de se renseigner un peu. C'est intéressant.

— Tu penses à investir ?

— Non, et même si je le voulais, j'aurais du mal. La Triquarter Mining n'existe pas. Ni au pays de Galles, ni nulle part.

Rogan plissa le front.

— La compagnie a fait faillite ?

— Apparemment, il n'y a jamais eu de compagnie minière de ce nom. Ce qui veut dire que le certificat en ta possession est sans aucune valeur.

— C'est tout de même curieux que quelqu'un soit prêt à payer mille livres en échange. Peut-être est-ce une toute petite compagnie, qui n'apparaît pas sur les registres officiels.

— J'y ai pensé. Et mon courtier aussi. Il a eu la curiosité de creuser un peu et a même appelé le numéro qui figure sur la lettre.

— Et alors ?

— Le numéro n'est pas attribué. Mais n'importe qui peut faire imprimer du papier à en-tête. De même que n'importe qui peut louer une boîte postale, comme celle à laquelle Brianna a adressé sa lettre.

— En effet. Mais ça n'explique pas le fait que quelqu'un veuille payer quelque chose qui n'existe pas. J'ai des choses à faire à Dublin. Brie ne me pardonnera sans doute pas de la priver de Maggie et de Liam, mais nous allons devoir partir à la fin de la semaine. Seulement pour quelques jours. J'en profiterai pour me renseigner de mon côté.

— Je pense que cette histoire vaut la peine d'aller faire un petit tour au pays de Galles. Toi, tu es débordé, mais pas moi.

— Tu as l'intention d'y aller toi-même ?

— J'ai toujours aimé jouer les détectives. Quelle drôle de coïncidence tout de même ! Brie trouve le certificat, envoie sa lettre, et le cottage est cambriolé. Bizarre, tu ne trouves pas ?

— Vas-tu mettre Brianna au courant de ce que tu comptes faire ?

— En partie. Je pensais faire un saut à New York — Brianna serait sans doute contente de passer un week-end à Manhattan.

Rogan arqua les sourcils.

— J'imagine que oui — si tu arrives à la convaincre de laisser l'auberge en pleine saison.

— Je crois pouvoir arranger ça.

— Mais New York n'est pas à côté du pays de Galles.

— Nous ferons un petit détour en rentrant à Clare. Je pensais y aller seul, mais si je dois rencontrer qui que ce soit d'officiel, j'aurai besoin d'elle — ou de Maggie ou de leur mère.

Il fit un grand sourire.

— Le choix de Brie s'impose, non ?

— Quand partirez-vous ?

— Dans un jour ou deux.

— Eh bien, tu ne perds pas de temps, remarqua Rogan. Tu penses pouvoir persuader Brianna de partir aussi vite ?

— Je vais déployer tout mon charme. J'en ai des tonnes en réserve.

— En tout cas, si tu trouves quoi que ce soit, préviens-moi. Et moi, je vais faire ce que je peux de mon côté. Oh, et si tu as besoin d'armes supplémentaires, tu peux toujours mentionner que plusieurs œuvres de Maggie sont exposées à la galerie de New York.

Des éclats de rire leur parvinrent. Les femmes sortirent, entourant Maggie qui tenait Liam serré dans ses bras. Toutes ces dames se penchèrent une dernière fois pour admirer le bébé, se congratulèrent et s'en allèrent en pédalant sur leurs bicyclettes.

— Profitons-en vite ! dit Gray en prenant l'enfant des bras de Maggie.

Il adorait la façon dont Liam levait ses grands yeux bleus vers lui d'un air solennel.

— Alors, tu ne parles pas encore ? Rogan, je crois qu'il est temps que nous enlevions cet enfant du giron des femmes et que nous l'emmenions au pub boire une pinte.

— Il a eu sa dose pour ce soir, merci ! répliqua Maggie. Du bon lait maternel.

Gray caressa le bébé sous le menton. Brianna s'approcha pour embrasser Liam sur le front.

— Rogan, pour le dîner, tu n'auras qu'à faire réchauffer le plat que j'ai apporté, dit-elle, inspectant sa tentative de jardinage. Il ne suffit pas d'enlever les mauvaises herbes qui dépassent. Il faut aussi arracher les racines.

Il lui fit un grand sourire et l'embrassa sur la joue.

— Bien, madame.

Brianna le repoussa en riant.

— Je m'en vais. Gray, redonne-leur le bébé. La famille Sweeney a vu assez de monde comme ça pour aujourd'hui. N'oublie pas de te reposer, ajouta-t-elle en se tournant vers Maggie.

— Je n'oublierai pas. Faites-lui en faire autant, ordonna-t-elle à Gray. Elle s'occupe de deux maisons à la fois depuis des jours.

Gray prit Brianna par la main et ils traversèrent le jardin pour rejoindre la route. Il était temps de commencer à lui faire du charme pour obtenir d'elle ce qu'il voulait.

— Rogan vient de me dire qu'il devait retourner à Dublin pour quelques jours. Maggie et Liam iront avec lui.

— Oh, soupira Brianna, la voix pleine de regret. Il est vrai qu'ils ont une vie là-bas aussi. J'ai tendance à l'oublier quand ils sont ici.

— Ils vont te manquer.

— C'est certain.

— Je dois partir faire un petit voyage, moi aussi.

— Un voyage ?

Brianna fit un gigantesque effort pour lutter contre la panique qui l'envahit tout à coup.

— Mais... où vas-tu ?

— A New York. La première, tu te rappelles ?

— Oui, pour ton film. Ça doit être très amusant, dit-elle en parvenant à faire un petit sourire.

— Ça pourrait l'être. Si tu venais avec moi.

— Avec toi ?

Elle s'immobilisa au beau milieu de la route en le considérant d'un air interloqué.

— A New York ?

— Juste quelques jours. Trois ou quatre.

Sur ces mots, Gray la prit dans ses bras et l'entraîna dans une valse impromptue.

— Nous pourrions descendre au Plaza, comme Éloïse.

— Éloïse ?

— Peu importe. Je t'expliquerai plus tard. Nous prendrons le Concorde, et nous serons là-bas avant même que tu t'en rendes compte. Nous pourrions passer à la galerie Worldwide, glissa-t-il habilement, faire tout ce que font les touristes, et manger dans de grands restaurants. Tu trouveras sûrement quelques menus intéressants.

— Mais je ne peux pas, je t'assure.

La tête lui tournait, et ce n'était pas à cause de la valse.

— L'auberge est...

— Mrs. O'Malley m'a dit qu'elle serait ravie de te remplacer.

— De me...

— De te rendre service, prit-il soin de rectifier. Je veux que tu viennes avec moi, Brie. Ce film est important, mais, sans toi, ce ne sera pas drôle. C'est un moment important pour moi. Je ne veux pas que ce soit seulement une obligation.

— Mais New York...

— On y sera en un clin d'œil. Murphy est très content de garder Conco et Mrs. O'Malley ne demande pas mieux que de s'occuper de l'auberge.

— Parce que tu leur en as déjà parlé ?

Elle essaya de le faire arrêter, mais Gray continua à la faire tourbillonner.

— Évidemment. Je me doutais que tu refuserais de partir tant que tout ne serait pas parfaitement organisé.

— Je ne peux pas partir...

— Brianna, fais-le pour moi.

Sans hésiter, il sortit alors sa meilleure arme. La confiance.

— J'ai besoin que tu sois avec moi.

Elle poussa un long et lent soupir.

— Grayson...

— Ça veut dire oui ?

— Je dois être folle, dit-elle dans un grand éclat de rire. Oui.

Deux jours plus tard, Brianna à bord du Concorde volait au-dessus de l'Atlantique. Le cœur dans la gorge. Cette impression ne l'avait pas quittée depuis qu'elle avait fait sa valise. Elle allait à New York. Elle avait abandonné son affaire entre les mains de quelqu'un. Quelqu'un de capable, certes, mais qui n'était pas elle.

Elle avait accepté de partir dans un autre pays. De traverser un océan avec un homme qui n'était pas de sa famille.

Décidément, elle était devenue folle.

— Nerveuse ? demanda Gray en lui prenant la main.

— Je n'aurais jamais dû faire ça. Je ne sais pas ce qui m'a pris.

Mais, bien entendu, elle le savait. Gray avait su s'y prendre pour la convaincre.

— Tu t'inquiètes de ce que va dire ta mère ?

La réaction de Maeve avait été épouvantable. Elle l'avait accablée d'injures, l'avait accusée de tous les maux de la terre et, une fois de plus, lui avait prédit le pire. Mais Brianna s'était résignée quant à ce que sa mère pensait de Gray et de leur relation.

— Je me suis contentée de faire ma valise et de filer, murmura-t-elle.

— Pas exactement, fit-il en riant. Tu as fait au moins une dizaine de listes, tu as préparé des repas pour au moins un mois que tu as mis au congélateur, tu as fait le ménage de la cave au grenier...

Gray s'arrêta soudain, voyant qu'elle n'avait plus seulement l'air nerveuse, mais littéralement terrorisée.

— Allons, ma chérie, détends-toi, tu n'as aucune raison d'avoir peur. New York n'est pas une ville aussi terrible qu'on le dit.

Ce n'était pas New York qui la terrorisait, songea-t-elle en enfouissant la tête au creux de son épaule. C'était Gray. Elle venait de comprendre qu'il n'y avait personne d'autre au monde pour qui elle aurait fait une chose pareille, en dehors de sa famille. Et que, sans qu'il s'en rendît compte, il était devenu indispensable à sa vie, faisait désormais partie d'elle, comme sa chair et son sang.

— Dis-moi qui est Éloïse.

Il garda sa main dans la sienne en la serrant tendrement.

— C'est une petite fille qui vit au Plaza avec sa nourrice, son chien Weenie et sa tortue Skipperdee.

Brianna sourit, ferma les yeux et l'écouta raconter son histoire.

Une limousine les attendait à l'aéroport. Grâce à Rogan et à Maggie, Brianna avait eu l'occasion de monter dans une limousine et ne se sentit donc pas complètement empruntée. Sur la banquette moelleuse, elle trouva un magnifique bouquet composé de trois douzaines de roses et une bouteille de dompérignon frappé.

— Grayson, murmura-t-elle, émerveillée, en respirant le parfum des roses.

— Tout ce que tu as à faire, c'est de t'amuser.

Il déboucha le champagne en veillant à ne pas le faire mousser.

— Et moi, guide génial, je te montrerai tout ce qu'il y a à voir dans la Grosse Pomme.

— Pourquoi l'appelle-t-on ainsi ?

— Je n'en ai pas la moindre idée.

Il lui tendit une flûte de champagne et trinqua avec elle.

— Tu es la plus belle femme que j'aie jamais rencontrée.

Brianna rougit, chercha ses mots et passa finalement la main dans ses cheveux emmêlés après plusieurs heures de voyage.

— Je suis sûre que je suis tout à fait à mon avantage, dit-elle d'un air moqueur.

— Tu l'es encore plus avec ton tablier.

Lorsqu'elle éclata de rire, il se pencha pour lui mordiller l'oreille.

— En fait, je me demandais si tu accepterais de le mettre, rien que pour moi.

— Je le mets tous les jours.

— Euh... je voulais dire sans rien d'autre.

Cette fois, Brianna devint écarlate et jeta un coup d'œil inquiet vers le chauffeur qui se profilait derrière la vitre.

— Gray...

— Bon, d'accord, nous reparlerons de mes fantasmes lubriques un peu plus tard. Que veux-tu faire en premier ?

— Je...

S'imaginer dans sa cuisine, vêtue de son seul tablier, la fit bégayer.

— Du shopping, décida-t-il. Dès que nous serons

installés à l'hôtel et que j'aurai passé un ou deux coups de fil, nous partirons nous promener.

— J'aimerais acheter quelques souvenirs. Et voir ce magasin de jouets, tu sais, celui qui occupe tout un immeuble.

— F.A.O. Schwartz.

— Oui. J'y trouverai sans doute quelque chose de beau pour Liam, tu ne crois pas ?

— Absolument. Mais je pensais plutôt t'emmener à l'angle de la Cinquième Avenue et de la 47e Rue.

— Qu'est-ce qu'il y a ?

— Tu verras.

Gray lui laissa à peine le temps de s'extasier devant le Plaza, le lobby qui respirait l'opulence avec ses tapis rouges et ses lustres scintillants, les uniformes impeccables du personnel, la magnificence des vasques de fleurs et les superbes vitrines remplies de joyaux plus étincelants les uns que les autres.

Ils prirent l'ascenseur jusqu'au dernier étage, et Brianna pénétra dans une suite somptueuse qui donnait sur l'îlot de verdure luxuriante de Central Park. Lorsqu'elle sortit de la salle de bains où elle était allée se rafraîchir de la fatigue du voyage, Gray l'attendait, impatient de l'entraîner dans un nouveau tourbillon.

— Nous allons marcher. C'est la meilleure façon de découvrir New York.

Il lui prit son sac pour le lui mettre en bandoulière.

— Porte-le comme ça, en laissant ta main dessus. Tu as des chaussures confortables ?

— Oui.

— Alors, tu es fin prête.

Et sans lui laisser le temps de reprendre son souffle, il la poussa vers la porte.

— Cette ville est magnifique au printemps, lui dit-il tandis qu'ils descendaient la Cinquième Avenue.

Il lui montra une multitude de choses, lui promit de passer autant de temps qu'elle voudrait dans le grand magasin de jouets et se régala de la voir s'ébahir devant les vitrines et la foule chamarrée qui envahissait les rues.

Brianna était aux anges.

— Nous y voilà, fit Gray.

Ils venaient d'arriver devant un bâtiment en angle dont les vitrines regorgeaient de bijoux et de pierres précieuses.

— Oh, qu'est-ce que c'est ? demanda Brianna d'un air admiratif.

— Un bazar, ma chérie. Une vraie caverne d'Ali Baba, répondit-il en poussant la porte.

A l'intérieur, les clients se bousculaient parmi les allées dans un joyeux brouhaha. Partout, il y avait des diamants qui brillaient de mille feux dans leurs écrins, des pierres de toutes les couleurs miroitant comme un arc-en-ciel et des bijoux en or aux reflets chatoyants.

— Oh, quel endroit extraordinaire !

Brianna prit un plaisir fou à explorer les allées avec lui. Elle avait l'impression d'être dans un autre monde. Vendeurs et acheteurs marchandaient les prix de colliers en rubis et de bagues ornées de saphirs. Que d'histoires elle aurait à raconter à son retour à Clare !

Ils s'arrêtèrent devant une vitrine et elle faillit suffoquer.

— Je doute de pouvoir trouver des souvenirs ici !

— Je m'en charge. Des perles, peut-être...

Gray attira l'attention d'une vendeuse en se penchant pour examiner les bijoux.

— Oui, des perles seraient parfaites.

— Vous cherchez un cadeau ?

— Exactement. Montrez-moi celui-ci, dit-il en indiquant un collier à trois rangs.

Il l'imaginait déjà au cou de Brianna. Les perles laiteuses conviendraient à merveille à la blancheur délicate de sa peau.

D'une oreille distraite, il écouta la vendeuse lui vanter la beauté et la valeur incomparables du collier.

— Traditionnel, simple et élégant, dit-elle. Et, en plus, c'est une affaire.

Gray prit le collier, le soupesa et examina attentivement le fermoir.

— Qu'en penses-tu, Brianna?

— Il est splendide.

— Essayez-le, s'empressa de dire la vendeuse. Vous verrez vous-même comme les perles se placent bien.

— Gray, non, je...

En reculant d'un pas, elle se cogna contre un autre client.

— Tu ne peux pas faire ça... C'est ridicule.

— Quand un homme veut vous acheter un collier comme celui-ci, ma petite dame, il ne faut pas chicaner. Surtout qu'il y a une remise de quarante pour cent.

— Oh, je suis sûr que vous pouvez encore faire un petit effort, lança Gray d'un ton désinvolte.

Ce n'était pas pour l'argent. Il avait à peine jeté un coup d'œil sur la minuscule étiquette attachée au fermoir. Non, c'était uniquement pour le plaisir.

— Voyons ce que ça donne.

Le regard rempli de détresse, Brianna le laissa lui passer le collier autour du cou. Il s'harmonisait parfaitement à son chemisier en simple coton.

L'envie la démangeait, mais elle s'empêcha de toucher les perles pour les caresser.

— Tu ne vas pas m'acheter un collier pareil!

— Mais si, dit-il en l'embrassant sans la moindre gêne. Laisse-moi me faire plaisir.

Puis il se redressa et la considéra en plissant les yeux.

— Je crois que c'est ce que je cherchais.

Il se tourna alors vers la vendeuse.

— Allez, faites un petit effort.

— Je ne peux quand même pas vous le donner. Ces perles sont toutes d'une qualité irréprochable, vous savez.

— Mmm... Regarde, dit-il à Brianna en tournant le miroir vers elle. Garde-les une minute ou deux.

A nouveau, il s'adressa à la vendeuse.

— Montrez-moi aussi cette broche, avec le cœur en diamant.

— Oh, c'est un bijou magnifique. Vous avez l'œil,

répliqua l'employée en posant la broche sur un plateau de velours noir. Il y a vingt-quatre petits brillants taillés. De première qualité.

— Joli... Brie, tu ne penses pas que ça plairait à Maggie ? C'est un cadeau idéal pour une jeune maman.

— Oh...

Brianna eut du mal à ne pas rester la bouche ouverte. Non seulement Gray voulait lui acheter ces perles, mais il voulait offrir des diamants à sa sœur !

— Elle l'adorerait sûrement. Le contraire serait surprenant. Mais tu ne peux quand même pas...

— Alors, quel prix me faites-vous pour les deux ?

— Eh bien...

Comme si on lui arrachait le cœur, la vendeuse sortit une calculette et commença à additionner des chiffres. En voyant la somme qu'elle écrivit sur un bloc de papier, Brianna crut qu'elle allait s'étrangler.

— Gray, je t'en prie...

Il lui fit signe de se taire.

— Vous pouvez sûrement mieux faire.

— Mais vous allez me tuer ! rétorqua la femme.

— Je parie que vous pouvez supporter de souffrir encore un peu.

La vendeuse fit de nouveaux calculs tout en grommelant quelque chose sur la marge bénéficiaire et la qualité de la marchandise, puis annonça un prix légèrement inférieur.

Gray lui fit un clin d'œil et sortit son portefeuille.

— Faites-moi des paquets et faites-les porter au Plaza.

— Gray, non...

— Je regrette, dit-il en lui retirant le collier avant de le remettre à l'employée ravie. Tu les auras ce soir. Mais se promener avec ça autour du cou ne serait pas malin.

— Ce n'est pas ce que je voulais dire, tu le sais très bien.

— Vous avez un accent ravissant, fit la vendeuse, cherchant à la distraire. Vous êtes irlandaise ?

— Oui. Je...

— C'est son premier voyage aux États-Unis. Je tiens à ce qu'elle s'en souvienne...

Il prit la main de Brianna et lui embrassa les doigts d'une manière qui fit soupirer l'employée pourtant blasée.

— J'y tiens énormément.

— Tu n'es pas obligé pour cela de m'acheter des choses.

— Tu ne demandes jamais rien.

— De quelle partie de l'Irlande êtes-vous ?

— Du comté de Clare, dit Brianna dans un murmure, comprenant qu'elle avait perdu la partie. C'est à l'ouest du pays.

— Ce doit être magnifique. Et vous pensez aller...

En prenant la carte de crédit de Gray, le regard de la vendeuse tomba sur son nom, et elle manqua suffoquer.

— Grayson Thane ! Seigneur, je lis tous vos livres. Je suis une de vos fidèles admiratrices. Oh, quand je vais raconter ça à mon mari ! C'est un de vos fans, lui aussi. Nous devons aller voir votre film la semaine prochaine. Je suis folle d'impatience. Pourriez-vous me signer un autographe ? Milt ne va pas en croire ses oreilles !

— Bien sûr. Marcia, c'est vous ? demanda Gray en montrant une carte de visite posée sur le comptoir.

— C'est moi. Vous vivez à New York ? Il n'y a jamais rien d'indiqué au dos de vos livres.

— Non, je ne vis pas à New York.

Il lui rendit le bloc sur lequel il venait d'écrire un mot afin de la décourager de le presser davantage de questions.

— « A Marcia », lut-elle. « Joyau parmi les joyaux. Amicalement, Grayson Thane. »

Elle lui jeta un regard rayonnant, mais pas au point toutefois d'oublier de lui faire signer le reçu de sa carte de crédit.

— Revenez quand vous voulez. Et ne vous en faites pas, Mr. Thane, je ferai déposer les paquets à votre hôtel. J'espère que vous apprécierez le collier, madame. Et que vous vous plairez à New York.

— Merci, Marcia. Mes amitiés à Milt.

Content de lui, il se retourna vers Brianna.

— Tu veux voir d'autres choses ?

Médusée, elle se contenta de faire non de la tête.

— Pourquoi as-tu fait ça ? parvint-elle à dire lorsqu'ils eurent regagné la rue. Comment arrives-tu à m'empêcher de dire non quand je veux dire non ?

— Ça me fait plaisir, fit-il d'un ton léger. Tu n'as pas faim ? Moi, je meurs de faim. Allons nous offrir un hot dog.

Brianna l'obligea à s'arrêter un instant.

— Gray, c'est la plus belle chose que j'aie jamais eue de ma vie, déclara-t-elle d'un air solennel. Avec toi.

— Tant mieux.

Il la prit par la main et l'entraîna jusqu'au coin de la rue, se disant qu'il l'avait suffisamment amadouée pour qu'elle lui laisse acheter une robe parfaite pour assister à la première.

Brianna tenta de l'en dissuader. Elle perdit. Pour compenser, Gray céda quand elle insista pour payer elle-même les babioles qu'elle voulait rapporter en Irlande et l'aida à convertir les sommes en dollars. Son éblouissement devant le magasin de jouets l'amusa. Et son enthousiasme quand ils entrèrent dans un magasin spécialisé en articles de cuisine le fascina littéralement.

Gray se fit un plaisir de porter tous les sacs et les boîtes jusqu'à l'hôtel. Puis il la convainquit de se mettre au lit où il lui fit longuement et langoureusement l'amour.

Ils allèrent dîner au restaurant Le Cirque et, dans un élan de romantisme teinté de nostalgie, il l'emmena danser au Rainbow Room, dont le décor intemporel et le grand orchestre le charmèrent tout autant qu'elle.

De retour à l'hôtel, il lui fit à nouveau l'amour, jusqu'à ce qu'elle s'endorme, épuisée, à ses côtés.

Gray resta longtemps éveillé, à respirer le parfum des roses qu'il avait offertes à Brianna, tout en caressant ses cheveux soyeux, écoutant sa respiration paisible et régulière.

Là, étendu dans la pénombre, il repensa aux multiples hôtels dans lesquels il avait dormi seul. A tous ces matins où il s'était réveillé seul, avec pour uniques compagnons les personnages qu'il inventait dans sa tête.

Et il se dit qu'il préférait que ce soit ainsi. Depuis toujours. Avec elle lovée contre lui, il ne parvenait plus très bien à retrouver cette sensation de profonde solitude qu'il aimait tant.

Mais cela reviendrait sûrement. Dès que leur histoire arriverait à son terme. Tout en rêvassant, Gray s'exhorta à ne pas trop penser à demain, et encore moins à hier.

Il vivait pour aujourd'hui. Et aujourd'hui n'était pas loin d'être parfait.

16

Le lendemain après-midi, Brianna était encore suffisamment éblouie par New York pour ne rien vouloir rater. Avoir l'air d'une touriste ne la dérangeait nullement. Elle n'arrêtait pas de photographier, la tête renversée en arrière, le sommet des gratte-ciel étourdissants, en poussant des cris admiratifs. Qu'y avait-il de mal à cela ? Après tout, New York était un grand spectacle permanent, complexe et bruyant.

Confortablement installée dans la suite luxueuse, elle était plongée dans un guide, cochant tous les endroits qu'elle avait déjà vus.

Mais d'ici peu, elle allait devoir affronter un déjeuner d'affaires avec l'agent littéraire de Gray.

— Arlène est extraordinaire, lui assura-t-il lorsqu'ils furent de nouveau dans la rue. Elle va te plaire.

— Mais c'est un rendez-vous d'affaires, ce déjeuner. Je préfère t'attendre quelque part ou venir te rejoindre quand tu auras fini. Je pourrais aller à Saint-Patrick et...

Elle eut beau essayer de le tirer par la manche pour le faire ralentir, il ne modifia en rien son allure.

— Je t'ai dit que je t'y emmènerais après le déjeuner.

Et il le ferait, elle le savait. Il était prêt à l'emmener partout. N'importe où. Ce matin, ils étaient montés au sommet de l'Empire State Building, avaient traversé Manhattan en métro et avaient pris leur petit déjeuner dans un *deli*. Tout ce qu'elle avait fait, tout ce qu'elle avait vu tournait dans sa tête comme un kaléidoscope géant, resplendissant de sons et de couleurs.

Et il lui avait promis plus encore.

Mais la perspective de déjeuner avec un agent new-yorkais, une femme manifestement formidable, l'affolait. Elle aurait d'ailleurs trouvé une excuse, quitte à inventer un mal de tête ou une fatigue passagère, si Gray n'avait pas paru si excité par cette idée.

Il déposa un billet dans la soucoupe d'un homme qui somnolait devant un immeuble. Il n'en oubliait jamais aucun. Quoiqu'indique le petit écriteau — sans domicile fixe, au chômage, vétéran du Vietnam —, tous ceux qui mendiaient avaient droit à son attention. Et à son portefeuille.

Rien n'échappait à son attention. Il voyait tout. Tous ces gestes de gentillesse étaient faits avec une spontanéité toute naturelle.

Lorsqu'ils arrivèrent devant le *Four Seasons*, Brianna se sentit tout à coup ridicule avec son petit sac arborant *I love New York*, dans lequel elle transportait des souvenirs.

— Ah, Mr. Thane... Il y a longtemps qu'on ne vous avait pas vu. Mrs. Winston est déjà là.

Le maître d'hôtel les conduisit aimablement jusqu'à leur table. En apercevant Gray, une femme se leva.

Brianna remarqua tout d'abord un tailleur rouge vif, bordé d'un galon doré au col et aux manches, puis des cheveux courts très blonds et enfin le sourire radieux de la femme que Gray prit chaleureusement dans ses bras.

— Je suis content de te revoir, ma belle.

— Mon globe-trotter préféré ! s'exclama-t-elle de sa voix rauque, légèrement rocailleuse.

Arlène Winston était toute petite, et dans une forme athlétique grâce à ses trois séances de gymnastique hebdomadaires. Gray avait dit qu'elle était grand-mère, mais son visage n'était presque pas ridé et ses yeux d'un brun profond contrastaient avec son teint clair et ses traits mutins. Un bras autour de la taille de Gray, elle tendit la main à Brianna.

— Vous êtes Brianna. Bienvenue à New York. Notre Gray vous a-t-il fait passer un bon moment ?

— Oh, oui. C'est une ville merveilleuse. Je suis ravie de vous rencontrer, Mrs. Winston.

— Arlène, dit-elle en lui tapotant la main.

Malgré ce geste amical, Brianna vit son regard implacable la toiser rapidement. Gray recula d'un pas, l'air rayonnant.

— N'est-elle pas magnifique ?

— Si, absolument. Asseyons-nous. J'espère que ça ne vous ennuie pas, j'ai commandé du champagne. Pour fêter quelque chose.

— Les Anglais ? demanda Gray.

— Pas seulement, répondit Arlène en souriant. Veux-tu que nous parlions affaires tout de suite ou bien préfères-tu attendre la fin du déjeuner ?

— Débarrassons-nous-en tout de suite.

Obligeamment, Arlène sortit une liasse de fax de son attaché-case.

— Voici l'accord passé avec les Anglais.

— Quelle femme ! commenta Gray en clignant de l'œil.

— Les autres offres de l'étranger sont là-dedans, ainsi que les contrats audio. Nous venons tout juste d'accrocher les gens du cinéma. Et j'ai ton contrat.

Le laissant examiner les papiers, elle se détourna et sourit à Brianna.

— Gray m'a dit que vous étiez un véritable cordon-bleu.

— Il adore manger.

— Ça, c'est bien vrai. Vous tenez un *Bed and Breakfast* très agréable, d'après ce que j'ai entendu dire. Blackthorn, c'est bien ça ?

— Blackthorn Cottage, oui. Ce n'est pas très grand.

— Mais chaleureux, j'imagine...

Arlène observait Brianna par-dessus son verre.

— Et calme.

— Très calme, absolument. Les gens viennent là-bas pour le paysage.

— Qui est, paraît-il, tout à fait spectaculaire. Je ne

suis jamais allée en Irlande, mais Gray a éveillé ma curiosité. Combien de personnes pouvez-vous recevoir ?

— Oh, j'ai quatre chambres d'hôtes, par conséquent ça dépend de la taille des familles. A huit, c'est confortable, mais il arrive que j'aie douze personnes ou plus, avec les enfants.

— Et vous faites la cuisine pour tout ce monde, vous tenez cette auberge toute seule ?

— C'est un peu comme de s'occuper d'une famille, expliqua Brianna. La plupart des gens ne restent qu'une nuit ou deux.

L'air de rien, Arlène fit parler Brianna, pesant chacune de ses paroles, jugeant chacune de ses inflexions. Gray était pour elle beaucoup plus qu'un client. Cette jeune femme était intéressante. Réservée, un peu nerveuse, mais visiblement très capable, songea-t-elle en continuant à lui poser des questions sur la campagne irlandaise.

Et puis elle était très soignée, avait d'excellentes manières et... Ah... Une fraction de seconde, le regard de Brianna se posa sur Gray. Et Arlène vit alors ce qu'elle voulait voir.

En détournant les yeux, Brianna remarqua son air perplexe et fit un gros effort pour ne pas rougir.

— Grayson m'a dit que vous aviez des petits-enfants.

— Oh, oui. Généralement, après une coupe de champagne, je commence immanquablement à sortir toutes leurs photos.

— J'aimerais beaucoup les voir. Vraiment. Ma sœur vient juste d'avoir un bébé...

Aussitôt, sa voix, son regard, tout en elle se réchauffa.

— J'ai des photos de lui.

— Arlène, dit Gray en redressant la tête, tu es la reine des agents.

— Ne t'avise surtout pas de l'oublier ! répliqua-t-elle en lui tendant un crayon d'une main et en appelant le serveur de l'autre. Signe ce contrat et fêtons ça. .

Brianna calcula qu'elle avait bu plus de champagne depuis qu'elle connaissait Gray qu'au cours de sa vie entière. Tout en jouant avec son verre, elle consulta le menu et s'efforça de ne pas hurler en voyant les prix.

— Nous prenons un verre en fin d'après-midi avec Rosalie, dit Gray, faisant allusion au rendez-vous prévu avec son éditeur. Et ensuite, nous irons à la première. Tu seras là, j'espère ?

— Je ne manquerais cela pour rien au monde ! Je vais prendre le poulet, ajouta Arlène en tendant le menu au garçon. Alors, comment avance ton livre ?

— Très bien. Incroyablement bien. Les choses ne se sont jamais passées aussi bien. J'ai pratiquement terminé le premier brouillon.

— Si vite ?

— Ça jaillit tout seul, dit-il en jetant un regard à Brianna. Comme par magie. C'est peut-être à cause de l'atmosphère. L'Irlande est un pays magique.

— Il travaille dur, renchérit Brianna. Il lui arrive de rester enfermé dans sa chambre des jours entiers. Et si on le dérange, il aboie comme un terrier.

— Et vous aboyez de la même façon ? voulut savoir Arlène.

— Généralement, non, sourit Brianna comme Gray posait la main sur la sienne. Ma sœur m'a habituée à ce genre de comportement.

— Oh, oui, c'est vrai, c'est une artiste. Vous devez donc connaître leurs sautes d'humeur.

— Oh, oui ! s'exclama Brianna en éclatant de rire. Je crois que les gens qui créent ont plus de difficultés que la plupart d'entre nous. Quand il est dans son univers, Gray a besoin de refermer la porte derrière lui.

— N'est-elle pas parfaite ?

— Oui, en effet, reconnut Arlene avec complaisance.

En femme patiente, elle attendit la fin du repas pour passer à l'étape suivante.

— Vous prendrez un dessert, Brianna ?

— J'en serais incapable, merci.

— Gray va en prendre un. Il a la chance de ne

jamais prendre un gramme. Commande-toi quelque chose de bon, Gray. Brianna et moi allons faire un petit tour aux toilettes pour parler de toi en tête à tête.

Quand Arlène se leva, Brianna n'eut d'autre choix que d'en faire autant. En s'éloignant, elle jeta un regard troublé à Gray.

Les toilettes étaient aussi somptueuses que la salle de restaurant. Sur les lavabos, il y avait des flacons de parfum, des lotions, et même des produits de maquillage. Arlène s'assit face au grand miroir, croisa les jambes et fit signe à Brianna de venir la rejoindre.

— Vous êtes contente de venir assister à la première, ce soir?

— Oui. C'est un moment important pour Gray. J'ai déjà vu un film tiré d'un de ses livres. Le livre était d'ailleurs beaucoup mieux.

— Ça, c'est gentil!

Arlène rit en secouant la tête.

— Savez-vous que c'est la première fois que Gray amène une femme avec lui à l'un de nos rendez-vous?

— Je...

Brianna hésita, cherchant quoi répondre.

— Je trouve cela très significatif. Nos relations dépassent le cadre du travail, vous savez.

— Oui, je sais. Gray vous aime beaucoup. Il parle de vous comme si vous étiez sa famille.

— Mais je suis sa famille. Ou du moins ce qui s'en rapproche le plus. Je l'aime énormément. Quand il m'a dit qu'il vous amenait à New York, j'ai vraiment été surprise. Je me suis demandé comment une petite gourde irlandaise avait réussi à mettre le grappin sur mon garçon.

Voyant la bouche de Brianna s'arrondir, et son regard devenir glacé, Arlène s'empressa de lever les mains devant elle.

— Ce n'était qu'une réaction de mère hyper-protectrice. Qui a disparu dès que je vous ai aperçue. Pardonnez-moi.

— Bien entendu.

Mais la voix de Brianna était guindée.

— Et voilà, vous êtes fâchée contre moi, et vous avez raison. Il y a plus de dix ans que je connais Gray, que je l'adore, que je m'inquiète pour lui, que je le harcèle et que je le réconforte. J'ai toujours espéré qu'il trouverait quelqu'un pour veiller sur lui, quelqu'un capable de le rendre heureux. Car il ne l'est pas.

— Je sais, murmura Brianna. Il est très seul.

— Il l'était jusqu'à présent. Vous avez vu comment il vous regarde ? On dirait presque qu'il est ivre. Cela m'aurait d'ailleurs inquiétée si je n'avais vu comment vous-même le regardiez.

— Je l'aime, s'entendit dire Brianna.

— Oh, ça se voit, ma chère ! s'exclama Arlène en lui prenant la main. Vous a-t-il parlé de lui ?

— Très peu. Il s'en empêche et prétend que ce n'est pas nécessaire.

— Il n'est pas du genre à se livrer. Je suis plus proche de lui que n'importe qui depuis de longues années, pourtant je ne sais pratiquement rien de lui. Une fois, après son premier succès, il avait un peu trop bu et m'a parlé plus qu'il ne l'aurait voulu. Comment vous dire... on aurait dit un prêtre dans un confessionnal, vous comprenez ce que je veux dire ?

— Oui.

— Je ne sais qu'une chose. Il a eu une enfance très malheureuse et une existence difficile. Et malgré cela, ou peut-être à cause de cela, c'est un homme bon et généreux.

— Je le sais. Parfois même trop généreux. Comment faites-vous pour l'empêcher de vous acheter sans arrêt des choses ?

— J'y ai renoncé. Il en a besoin. L'argent n'a pas d'importance pour Gray. Ce qu'il représente est vital à ses yeux, mais l'argent en soi n'est rien de plus qu'un moyen d'arriver à ses fins. Et, bien que vous ne me le demandiez pas, je vais vous donner un conseil : n'abandonnez pas, soyez patiente. Le seul endroit où Gray se sente chez lui, c'est là où il travaille. Il fait tout pour qu'il en soit ainsi. Je me demande s'il a réalisé que vous lui offriez un foyer en Irlande.

— Non...

Brianna se détendit quelque peu et sourit.

— Je ne crois pas. Et j'ai mis moi-même du temps avant de m'en rendre compte. Toutefois, son livre est presque fini.

— Mais pas vous. Et, désormais, vous avez une alliée à vos côtés, si jamais vous en ressentez le besoin.

Quelques heures plus tard, alors que Gray remontait la fermeture éclair de sa robe, Brianna repensa à ce que lui avait dit Arlène. C'était un geste d'amoureux, se dit-elle quand il lui déposa un baiser sur l'épaule. Un geste de mari.

Elle lui sourit dans la glace.

— Grayson, tu es magnifique !

Il était effectivement superbe dans son costume noir, sans cravate. Il possédait cette élégance naturelle qu'elle associait généralement aux vedettes de la chanson ou du cinéma.

— Mais en te voyant, qui pensera à me regarder ?

— Toutes les femmes, non ?

— Quelle idée...

Il lui passa le collier de perles autour du cou et sourit d'un air satisfait en faisant claquer le fermoir.

— C'est presque parfait.

Le bleu nuit de la robe mettait en valeur sa peau laiteuse. Le décolleté laissait deviner la naissance de ses seins et dénudait ses épaules. Ses cheveux dorés étaient relevés en chignon. Il joua un instant avec les mèches qui s'en échappaient autour de ses oreilles et sur sa nuque.

Il la fit tourner lentement devant lui et Brianna se mit à rire.

— Tu as pourtant dit tout à l'heure que c'était parfait.

— C'est vrai.

Il sortit un écrin de sa poche et souleva le couvercle. A l'intérieur, il y avait encore des perles fines, deux larmes d'un éclat lumineux montées sur un simple diamant.

— Gray...
— Chut.
Il fixa lui-même les boucles d'oreilles. D'un geste plein d'adresse et d'expérience, songea-t-elle malicieusement.
— Cette fois, c'est vraiment parfait.
— Quand les as-tu achetées ?
— Je les avais remarquées quand nous avons acheté le collier. Marcia était enchantée que je l'appelle pour lui demander de les faire apporter ici.
— Je m'en doute...
Incapable de résister, elle leva la main pour caresser une des boucles d'oreilles. Tout ceci était bien vrai, et pourtant elle n'arrivait pas à y croire — Brianna Concannon se trouvait dans un hôtel de luxe à New York, portait des perles et des diamants et l'homme qu'elle aimait lui souriait.
— Je suppose qu'il est inutile que je te dise que tu n'aurais pas dû ?
— Tout à fait inutile. Tu n'as qu'à dire merci.
— Merci...
Tendrement, elle pressa sa joue contre la sienne.
— Cette soirée est la tienne, Grayson, et tu as tout fait pour que je me sente comme une princesse.
— Tu n'as qu'à penser à ce dont nous aurons l'air si la presse prend la peine de faire des photos.
— Prend la peine ? répéta-t-elle, attrapant son sac au vol comme il la poussait vers la porte. Mais c'est ton film. C'est toi qui l'as écrit.
— Non.
En se dirigeant vers l'ascenseur, il se pencha pour la prendre par l'épaule. Cette splendide étrangère sentait toujours Brianna. Un parfum doux, tendre et subtil.
— Ce n'est pas mon film. C'est le film du réalisateur, du producteur, des acteurs. Et celui du scénariste. Le romancier arrive très loin sur la liste, chérie.
— C'est ridicule. Cette histoire est la tienne, ce sont tes personnages...
— C'était.
Il lui sourit. Elle s'indignait à sa place et il trouvait cela charmant.

— Tu aurais pu écrire le scénario toi-même.

— Ai-je l'air d'un masochiste ? Merci bien. Travailler en collaboration avec un éditeur est le maximum que je puisse accepter.

Ils prirent place dans la voiture qui se faufila dans la circulation.

— Je suis bien payé, mon nom apparaîtra à l'écran pendant quelques secondes et, si le film est un succès — or tout semble l'indiquer —, les ventes monteront en flèche.

— Tu n'as donc pas d'amour-propre ?

— Énormément. Mais pas pour ça.

On les prit en photo dès qu'ils s'arrêtèrent devant le cinéma. Brianna cligna des yeux, surprise par le flash et légèrement déconcertée. Gray ne lui avait-il pas assuré qu'on ne ferait pas attention à lui ? Néanmoins, dès son arrivée, on lui tendit un micro. Il répondit avec aisance à quelques questions, en éluda d'autres avec autant d'aisance, tout en tenant fermement la main de Brianna.

Éblouie, elle regarda la foule qui les entourait. Partout, il y avait des gens qu'on ne voyait d'ordinaire que dans les magazines, au cinéma ou à la télévision. Gray la présenta à certains d'entre eux. Elle s'appliqua à faire les réponses les plus appropriées possibles et à retenir tous les noms et les visages afin de pouvoir tout raconter à son retour à Clare.

Lorsqu'ils furent installés à leurs places dans la salle, Gray l'enlaça par l'épaule et se pencha pour murmurer quelque chose à son oreille.

— Impressionnée ?

— Plutôt. J'ai l'impression d'être dans un film, pas d'être venue en voir un.

— C'est parce que des événements de ce genre n'ont aucun rapport avec la réalité. Attends de voir la soirée qui aura lieu ensuite.

Brianna soupira discrètement. Elle était loin de Clare. Vraiment très loin.

Cependant, elle n'eut guère le temps d'y penser. Très vite, les lumières s'éteignirent et l'écran s'anima.

L'espace d'une seconde, elle ressentit un délicieux frisson en voyant le nom de Gray apparaître sur l'écran et scintiller brièvement avant de disparaître.

— C'est merveilleux, dit-elle dans un souffle.

— Attendons de voir si le reste est aussi bien.

Le film l'enthousiasma. Le fait d'avoir lu le livre et de connaître déjà l'intrigue ne la gêna nullement. Ici et là, elle reconnut des bouts de dialogues écrits par Gray. A un moment, il lui glissa un mouchoir dans la main pour qu'elle s'essuie les joues.

— Tu es vraiment bon public, Brie. Je me demande comment j'ai fait pour voir des films sans toi jusqu'à maintenant.

— Chut...

Elle soupira, lui prit la main et la garda dans la sienne jusqu'à ce que le générique de fin défile sur l'écran et que les applaudissements jaillissent dans la salle.

— Je crois que c'est un succès.

— Personne ne voudra me croire, dit Brianna en sortant de l'ascenseur du Plaza quelques heures plus tard. Moi-même, j'ai du mal à y croire. J'ai dansé avec Tom Cruise...

Légèrement ivre et encore tout excitée, elle tournoya sur elle-même en gloussant de joie.

— Tu t'imagines ?

— J'y suis bien obligé, fit Gray en ouvrant la porte. Je l'ai vu de mes yeux. Visiblement, tu lui as beaucoup plu.

— Oh, il avait juste envie de parler de l'Irlande. Il adore y aller. C'est un homme charmant et follement amoureux de sa femme. Quand je pense qu'ils vont peut-être venir chez moi !

— Après cette soirée, je ne serais pas surpris de voir ton auberge se remplir de célébrités.

En bâillant, Gray retira ses chaussures.

— Tu as charmé tous les gens à qui tu as parlé.

— Les Américains raffolent de l'accent irlandais.

Brianna retira son collier et caressa les rangs de perles avant de le ranger dans l'écrin.

— Je suis si fière de toi, Gray! Tout le monde a trouvé le film merveilleux, et on parle même des prochains Oscars.

Elle lui fit un sourire radieux en retirant ses boucles d'oreilles.

— Tu te rends compte, si on te décernait un Oscar...

— Il n'y a aucune raison. Je n'ai pas écrit le film.

— Eh bien ce n'est pas juste. On devrait t'en donner un, dit-elle en abaissant la fermeture éclair de sa robe.

Il sourit, enleva sa chemise, puis lui lança un regard par-dessus son épaule. Et se figea.

Brianna venait d'enlever sa robe et se tenait au milieu de la chambre dans la ravissante guêpière qu'il lui avait achetée pour mettre en dessous. Bleu nuit. En soie et en dentelle.

Un désir soudain s'éveilla en lui quand il la vit se pencher pour détacher la jarretelle d'un de ses bas. Ses jolies mains aux ongles impeccables descendirent le long de la cuisse, du genou et du mollet en roulant soigneusement le bas.

Brianna marmonna quelque chose qu'il ne comprit pas, tant le sang bourdonnait à ses tempes. Une partie de son cerveau l'engageait à réprimer au plus vite cette ardente bouffée de désir. Une autre le poussait à agir comme il en mourait d'envie. Immédiatement, rapidement et sans réfléchir.

Après avoir enlevé ses bas, Brianna leva les bras pour retirer les épingles de son chignon. Gray serra les poings en voyant ses cheveux blonds cascader sur ses épaules dénudées. Il s'entendait respirer. Trop vite, trop fort. Tout à coup, il eut presque l'impression de sentir la soie se déchirer sous ses mains, sa peau brûlante vibrer sous ses doigts et le goût de sa bouche douce et tiède contre la sienne.

Il se força à lui tourner le dos. Il avait besoin d'un bref instant pour se reprendre. Pour se maîtriser. L'effrayer ne serait pas bien.

— Et ce sera tellement drôle de raconter tout ça...

Brianna reposa sa brosse à cheveux et fit une nouvelle pirouette en éclatant de rire.

— Je n'arrive pas à croire que nous sommes au milieu de la nuit et que je suis complètement réveillée. Je me sens comme un enfant qui a mangé trop de bonbons. Je crois que je n'arriverai plus jamais à dormir.

Elle s'approcha de lui et le prit par la taille en se collant contre son dos.

— Oh, Gray, j'ai vraiment passé une merveilleuse soirée ! Je ne sais pas comment te remercier.

— Tu n'as pas à le faire, dit-il d'une voix râpeuse, tous les sens en alerte.

— Toi, tu as l'habitude de ce genre de choses.

Innocemment, elle déposa une série de petits baisers d'une de ses épaules à l'autre. Il dut serrer des dents pour s'empêcher de gémir.

— Tu ne peux pas savoir comme tout cela était merveilleux pour moi. Oh, mais tu es tout tendu !

Et instinctivement, elle commença à lui masser le dos et les épaules.

— Tu dois être épuisé, et moi qui reste là, à jacasser comme une pie ! Si tu allais t'allonger ? Je vais te masser pour dénouer les muscles de ton dos.

— Arrête !

Le mot était sorti comme un ordre. Gray pivota sur lui-même et l'attrapa par les poignets en la dévisageant sans rien dire. Il avait l'air furieux. Non, se dit-elle, menaçant.

— Grayson, qu'est-ce qu'il y a ?

— Tu ne vois pas l'effet que tu me fais ?

Elle secoua négativement la tête. Alors, il la serra de toutes ses forces contre lui et ses doigts s'enfoncèrent dans sa chair. Il vit l'étonnement dans ses yeux se transformer en panique. Et il craqua.

— Bon sang !

Sa bouche s'écrasa sur la sienne, avide, désespérée. Si elle l'avait repoussé, peut-être aurait-il réussi à retrouver son sang-froid. Mais au lieu de cela, elle lui caressa la joue, et il fut définitivement perdu.

— Rien qu'une fois, marmonna-t-il en l'entraînant sur le lit. Rien qu'une fois.

Il n'avait plus rien de l'amant tendre et attentionné qu'elle avait connu. Telle une bête sauvage, ses mains se refermèrent sur elle, prêtes à déchirer, à posséder. Tout son être était dur, sa bouche, ses mains, tout son corps. Pendant un instant, elle crut qu'il allait la briser en mille morceaux, comme du verre.

Elle sentit l'intensité de son désir et fut à la fois choquée, émoustillée et complètement terrifiée.

Elle gémit et tressaillit sous ses doigts qui pétrissaient impitoyablement ses cuisses. Sa vision se troubla, mais elle distingua son regard, luisant follement à la lumière tamisée de la lampe.

Il voulait la voir se tordre sous lui, l'entendre crier et le supplier.

Et il y parvint. Il lui fit l'amour avec une telle violence qu'elle se tordit autant de douleur que de plaisir en criant son nom.

17

Il avait roulé sur le côté et regardait fixement le plafond. Il pouvait se traiter de tous les noms, cela ne changerait strictement rien à ce qu'il venait de faire.

Après avoir fait preuve de tant de prudence, de tant d'attention, il avait finalement craqué. En quelques secondes, il avait tout gâché.

Elle était roulée en boule contre lui, tremblante. Et il avait peur de la toucher.

— Je regrette, dit-il enfin, conscient de l'inutilité de ses excuses. Je ne voulais pas te traiter ainsi. J'ai perdu la tête.

— Perdu la tête, répéta-t-elle dans un murmure, étonnée de se sentir si alanguie et à la fois si pleine d'énergie.

— Je sais que s'excuser est un peu bizarre. Tu veux que j'aille te chercher quelque chose ? Un peu d'eau ?

Gray ferma les yeux en se maudissant à nouveau.

— Attends, je vais t'apporter une chemise de nuit.

— Non, ce n'est pas la peine.

Brianna se retourna vers lui. Elle nota qu'il fuyait son regard et gardait les yeux rivés au plafond.

— Grayson, tu ne m'as pas fait mal, tu sais.

— Bien sûr que si.

— Je ne suis pas si fragile que ça, dit-elle, légèrement agacée.

— Je t'ai traitée comme une...

Il ne pouvait pas lui dire une chose pareille. Pas à elle.

— J'aurais dû être plus délicat.

— Tu l'as déjà été. Que tu doives faire un effort pour l'être me plaît. Et tant mieux si je t'ai poussé à l'oublier.

Ses lèvres s'incurvèrent et elle balaya une mèche sur son front.

— Tu crois m'avoir fait peur?

— Je sais bien que je t'ai fait peur. J'ai agi sans en tenir compte, dit-il en s'asseyant.

— Mais pas du tout. Ça m'a plu. Je t'aime.

Gray cligna des yeux et pressa la main qu'elle venait de poser sur la sienne.

— Brianna, commença-t-il, sans avoir la moindre idée de ce qu'il allait dire ensuite.

— Ne t'en fais pas. Je n'ai pas besoin que tu me fasses des déclarations d'amour.

— Tu sais, souvent, les gens confondent le sexe et l'amour.

— Tu as sans doute raison. Mais crois-tu vraiment que je serais ici avec toi, si je ne t'aimais pas?

Les mots, c'était son domaine. Une dizaine d'excuses raisonnables lui vinrent instantanément à l'esprit.

— Non, avoua-t-il finalement, optant pour la franchise. Je ne le crois pas. Ce qui est encore pire.

Il se leva pour enfiler son pantalon.

— Je n'aurais jamais dû laisser les choses aller si loin. J'aurais dû prévoir. C'est de ma faute.

— Ce n'est de la faute de personne...

Brianna lui tendit la main pour qu'il vienne se rasseoir près d'elle au lieu de faire les cent pas.

— Tu ne devrais pas être triste de te savoir aimé, Grayson.

Pourtant, c'était le cas. Cela le rendait triste, le paniquait et, en même temps, lui redonnait une sorte d'espoir.

— Brie, je ne peux pas te donner ce que tu voudrais et devrais avoir. Avec moi, il n'y a pas d'avenir. Pas de maison à la campagne, pas d'enfants dans la cour. Ce n'est pas ma destinée.

— Mais je ne te demande pas ça.

— C'est pourtant bien ce que tu veux.

— Ce que je veux, oui, mais pas ce à quoi je m'attends, répliqua-t-elle avec un sourire soudain lointain. J'ai déjà été rejetée. Et je sais ce que c'est que d'aimer quelqu'un et de ne pas être aimée en retour, du moins pas autant qu'on le voudrait.

D'un bref regard, elle l'empêcha de l'interrompre.

— J'ai beau avoir très envie de continuer avec toi, Grayson, je survivrai sans toi.

— Je ne veux pas te faire de mal, Brianna. Je tiens à toi. Beaucoup.

Elle leva un sourcil.

— Je le sais. Je sais aussi que tu es inquiet parce que tu tiens à moi plus que tu n'as jamais tenu à personne.

Il ouvrit la bouche, la referma et secoua la tête.

— Oui, c'est vrai. C'est nouveau pour moi. Je te donnerais beaucoup plus, si je le pouvais. Je suis désolé d'avoir été si peu délicat ce soir. Mais tu es la première femme... sans expérience que je connaisse, j'ai pourtant essayé de ne pas te brusquer.

Intriguée, elle pencha la tête.

— Tu devais être aussi nerveux que moi, la première fois.

— Plus, admit-il en lui baisant la main. Beaucoup plus, crois-moi. Toutes les femmes que j'ai rencontrées connaissaient les règles et les ficelles de l'amour. Des femmes expérimentées ou des professionnelles, et toi...

— Des professionnelles ? s'exclama-t-elle en écarquillant les yeux. Tu as déjà payé une femme pour coucher avec elle ?

Gray la dévisagea un instant. Il devait avoir les idées très embrouillées pour avoir dit une chose pareille.

— C'était il y a très longtemps. En tout cas...

— Pourquoi as-tu eu besoin de faire cela ? Un homme aussi séduisant que toi, avec ta sensibilité ?

— Écoute, c'était vraiment il y a très longtemps. Dans une autre vie. Inutile de me regarder ainsi.

Quand on a seize ans, qu'on est seul et à la rue, rien n'est gratuit. Pas même le sexe.

— Pourquoi étais-tu seul et à la rue à seize ans?

Gray se releva. Elle vit une lueur de honte et de colère passer dans ses yeux.

— Je ne tiens pas à parler de ça.

— Pourquoi?

— Seigneur! s'écria-t-il en se passant la main dans les cheveux. Parce qu'il est tard et qu'il faut dormir.

— Grayson, est-ce donc si difficile de me parler? Tu sais pratiquement tout de moi, les bonnes choses comme les mauvaises. Tu crois que j'aurais une moins bonne opinion de toi si je savais?

Il n'en était pas sûr et, de toute façon, il s'en moquait.

— Brianna, c'est sans importance. Tout ça n'a rien à voir avec ce que je suis maintenant, ni avec nous.

Ses yeux verts se voilèrent, et elle se leva pour aller mettre la chemise de nuit qu'elle avait refusée un instant plus tôt.

— Après tout, ça ne me regarde pas.

— Décidément, tu es douée! s'écria-t-il furieux, en mettant les mains dans ses poches.

— Je ne vois pas de quoi tu veux parler.

— Tu le sais parfaitement. Tu t'arranges pour me faire culpabiliser, tu prends ton air glacé et, ainsi, tu obtiens ce que tu veux...

— Je viens de te dire que ça ne me regardait pas. Si tu te sens coupable, je n'y suis pour rien.

— Très bien, marmonna-t-il en poussant un soupir, vaincu. Tu veux tout savoir? Alors, assieds-toi, je vais te raconter une histoire.

Gray alla chercher dans le tiroir les cigarettes qu'il avait toujours avec lui et ne fumait qu'en travaillant.

— La première chose dont je me souvienne, c'est de l'odeur. Une odeur de poubelle et de mégots froids, dit-il en regardant monter les volutes de fumée au plafond. Et de l'herbe. Pas celle qu'on tond, celle qu'on fume. Tu n'en as probablement jamais fumé de ta vie.

— Non, jamais.

Brianna avait les mains posées sur les genoux, les yeux sur lui.

— Eh bien, c'est mon premier vrai souvenir. Je me rappelle aussi des bruits. Des voix qui crient, la musique à plein volume et des gens en train de faire l'amour dans la pièce d'à côté. Je me souviens que j'avais faim, je ne pouvais sortir de ma chambre parce qu'elle m'avait une fois de plus enfermé. La plupart du temps, elle était défoncée et ne se souvenait pas toujours qu'elle avait un enfant qui avait besoin de manger.

D'un pas nonchalant, il alla chercher un cendrier, puis s'appuya contre la commode. En parler n'était finalement pas si difficile. C'était presque comme s'il inventait une scène dans sa tête. Presque.

— Un jour, elle m'a raconté qu'elle était partie de chez elle à seize ans. Pour échapper à l'autorité de ses parents. Ils étaient coincés, disait-elle. Quand ils ont découvert qu'elle fumait du hasch et qu'elle amenait des garçons dans sa chambre, ils sont devenus fous. Alors, un matin, elle est partie en stop et s'est retrouvée à San Francisco. Elle a joué les hippies pendant quelque temps, et puis elle a fini par tomber dans l'enfer de la drogue, qu'elle se procurait en mendiant ou en se vendant au premier venu.

Il venait d'expliquer à Brianna que sa mère était une prostituée, une droguée, et s'attendait à une réaction scandalisée de sa part. Voyant qu'elle le considérait toujours d'un regard glacé, sur ses gardes, il haussa les épaules et continua.

— Elle devait avoir dix-huit ans quand elle s'est retrouvée enceinte de moi. Je crois qu'elle n'a jamais su exactement qui était le père. Toujours est-il qu'elle a décidé de me garder.

Gray tapota la cendre de sa cigarette et s'arrêta pour laisser le temps à Brianna de faire un commentaire. Mais elle resta assise sur le lit, les mains croisées, sans rien dire.

— D'aussi loin que mes souvenirs remontent, ma vie avec elle ne fut pas gaie. Elle passait d'un homme à l'autre, s'adonnant à des drogues de plus en plus dures. Elle me malmenait un peu, mais ne me frappait pas vraiment — cela lui aurait demandé trop d'efforts, et un peu plus d'intérêt pour moi. Quand elle était dans la rue ou qu'elle avait rendez-vous avec son dealer, elle m'enfermait à double tour. Nous vivions dans la crasse, et il faisait un froid de canard. Le thermomètre peut descendre très bas à San Francisco. C'est à cause de ça qu'un jour le feu a pris. Un habitant de l'immeuble a fait tomber un radiateur électrique. J'avais cinq ans, j'étais tout seul et enfermé dans ma chambre.

— Oh, mon Dieu ! s'exclama Brianna en mettant la main devant sa bouche.

— Je me suis réveillé en suffoquant, reprit-il de la même voix détachée. La pièce était pleine de fumée. J'entends encore les sirènes et les cris. J'ai hurlé et tapé contre la porte. Je n'arrivais plus à respirer, j'étais mort de peur. Je me suis allongé par terre en pleurant. Soudain, un pompier a enfoncé la porte et m'a emporté dans ses bras. Je ne me souviens pas comment nous sommes arrivés dehors, ni même d'avoir vu des flammes. Juste de la fumée. Je me suis réveillé à l'hôpital. Une assistante sociale était là. Une jolie fille aux yeux bleus et aux mains douces. Il y avait aussi un flic. Il me faisait peur, car on m'avait appris dès mon plus jeune âge à me méfier de la police. Ils m'ont demandé si je savais où se trouvait ma mère. Je n'en savais rien. Au moment où j'ai pu quitter l'hôpital, j'étais déjà embarqué dans le système. On m'a placé dans un foyer pour enfants, le temps de la rechercher. Mais ils ne l'ont jamais retrouvée. Je ne l'ai jamais revue.

— Ta mère n'est jamais venue te chercher ?

— Non. Ce n'était d'ailleurs pas plus mal. Le foyer était propre et on mangeait bien. Mais c'était très strict, ce dont je n'avais pas l'habitude. On me mettait dans des familles d'accueil, mais je m'arrangeais pour que ça ne marche jamais. Je n'avais pas envie de devenir le faux enfant de qui que ce soit, aussi gentils qu'étaient les gens. Certains étaient vraiment de braves gens, mais j'étais ce qu'ils appelaient un rebelle. Et ça me convenait très bien. Être un semeur de troubles me donnait une identité. J'étais un gros dur avec une grande gueule et un sale caractère. J'adorais la bagarre, parce que j'étais costaud, rapide, et que j'avais souvent le dessus.

— Mais à l'école, au foyer... on était gentil avec toi ?

Une lueur moqueuse passa dans le regard de Gray.

— Oh, tout le monde était formidable. Dans ce genre d'endroits, on n'est rien d'autre qu'une statistique, un numéro. Bref, un problème. Et ils ont des tas d'autres numéros et de problèmes à s'occuper. Certains se donnaient vraiment de la peine. Mais ils étaient pour moi l'ennemi, avec toutes leurs questions, leurs tests, leur règlement et leur discipline. Si bien qu'à seize ans, suivant l'exemple de ma mère, je me suis enfui. J'ai vécu dans la rue, en me débrouillant. Je n'ai jamais touché à la drogue, je ne me suis jamais vendu, mais il n'y a pas grand-chose d'autre que je n'aie pas fait.

Gray s'éloigna de la commode et commença à marcher de long en large dans la chambre.

— J'ai volé, triché, trempé dans pas mal d'escroqueries. Un jour, un type que j'avais arnaqué m'a fichu une bonne dérouillée. Quand j'ai repris connaissance, la bouche en sang et plusieurs côtes cassées, je me suis dit qu'il devait exister un meilleur moyen de gagner ma vie. Alors, j'ai débarqué à New York où j'ai vendu des montres dans la rue, pratiqué le bonneteau. Et j'ai commencé à écrire. Au foyer, j'avais reçu une éducation correcte. J'aimais bien écrire. Mais à seize ans, le gros dur que j'étais se refusait à l'admettre. A dix-huit ans, ça m'a finalement paru possible. Ce qui n'allait pas, en revanche, c'était que j'étais comme elle. J'ai donc décidé de devenir quelqu'un d'autre.

Il s'interrompit un instant.

— J'ai changé de nom. Et de manière d'être. J'ai trouvé un job légal de serveur dans un café de Greenwich Village. Petit à petit, j'ai cessé d'être la petite crapule que j'étais pour devenir Grayson Thane. Et je ne regarde jamais en arrière, parce que ça ne sert à rien.

— Parce que ça te fait mal, corrigea doucement Brianna. Que ça te met en colère.

— Peut-être. Mais surtout parce que ça n'a rien à voir avec ce que je suis maintenant.

Elle se leva pour lui faire face.

— J'aime ce que tu es maintenant.

Et elle éprouva un petit pincement au cœur, sachant bien qu'il refusait ce qu'elle était prête à lui donner.

— Est-ce si douloureux de savoir ça, d'entendre que je suis désolée pour cet enfant, cet adolescent et que j'admire l'homme qu'il est devenu ?

— Brianna, le passé ne compte pas. Pas pour moi, insista-t-il. Pour toi, c'est différent. Ton passé remonte à des siècles. Tu baignes dans l'histoire, la tradition. C'est ce qui t'a formée. Pour cette raison, l'avenir est tout aussi important. Tu peux faire des projets à long terme. Pas moi. Je ne peux pas. Et je ne le veux pas. Pour moi, il n'y a que le présent. Il n'y a que l'instant qui compte.

Pensait-il qu'elle n'était pas capable de le comprendre, après tout ce qu'il venait de lui raconter ? Elle ne comprenait que trop bien ce petit garçon meurtri, terrifié par le passé et l'avenir, qui s'accrochait désespérément à ce qu'il pouvait retenir du présent.

— Eh bien, pour l'instant, nous sommes ensemble, dit-elle en prenant doucement son visage entre ses mains. Grayson, je ne peux pas arrêter de t'aimer pour te faire plaisir. C'est comme ça. Mon cœur t'appartient, et je ne peux pas le reprendre. Même si je le voulais, je n'y arriverais pas. Cela ne veut pas dire que tu doives le prendre, mais tu serais bête de ne pas le faire. Ça ne te coûte rien.

— Je ne veux pas te faire de mal, Brianna, dit-il en refermant les doigts sur ses poignets. Je ne veux pas.

— Je sais.

Toutefois, il lui en ferait sans doute. Elle se demandait pourquoi il ne se rendait pas compte qu'il s'en ferait à lui aussi.

— Alors, contentons-nous de l'instant présent. Mais dis-moi une chose, ajouta-t-elle en effleurant ses lèvres. Quel était ton nom?

— Diable, tu ne renonces pas facilement!

— Non.

Le sourire de Brianna était à nouveau radieux, rempli de confiance.

— Logan, marmonna-t-il. Michael Logan.

Elle éclata de rire.

— Un nom irlandais! J'aurais dû m'en douter. Tu as tellement de bagout, tellement de charme...

— Michael Logan n'était qu'un petit voleur minable à l'esprit borné qui ne valait pas un clou.

Brianna soupira.

— Michael Logan était un enfant négligé et bouleversé qui avait soif d'amour et de tendresse. Tu as tort de le haïr à ce point. Mais laissons-le en paix.

Puis, d'un geste qui le désarma, elle se pressa tout contre lui et posa la tête sur son épaule. Ses mains remontèrent le long de son dos, douces et caressantes. Elle aurait dû être dégoûtée par ce qu'elle venait d'entendre, révoltée par la façon dont il l'avait traitée au lit. Pourtant, elle était là, le serrant dans ses bras et lui offrant un amour d'une profondeur infinie.

— Je ne sais pas quoi faire de toi.

— Ne fais rien, dit-elle en effleurant son épaule d'un baiser. Tu m'as fait vivre les plus beaux mois de toute ma vie. Et tu te souviendras de moi, Grayson. Tout au long de ta vie.

Gray poussa un long soupir. Il ne pouvait le nier. Pour la première fois de sa vie, il abandonnerait une partie de lui-même lorsqu'il s'en irait.

Le lendemain matin, il se sentait mal à l'aise. Ils prirent le petit déjeuner dans le salon de la suite dont les fenêtres donnaient sur Central Park. Il attendit qu'elle lui jette à la figure ce qu'il lui avait raconté la veille. Il avait enfreint la loi, avait couché avec des prostituées et s'était vautré dans les égouts des rues.

Mais elle était assise face à lui, fraîche comme une rose, parlant avec un bel enthousiasme de la visite qu'ils devaient faire à la Worldwide Gallery avant de partir à l'aéroport.

— Tu ne manges pas ? Tu ne te sens pas bien ?

— Si, si, dit-il en coupant un des *pancakes* dont il croyait avoir eu envie. Je crois que ta cuisine me manque.

Il n'aurait su mieux dire. Le regard inquiet de Brianna laissa place à un sourire ravi.

— Tu la retrouveras dès demain. Je te préparerai quelque chose de spécial.

Pour toute réponse, Gray émit un vague grognement. Il avait repoussé le moment de lui parler du voyage au pays de Galles afin de ne pas lui gâcher son séjour à New York.

— Au fait, Brie, nous allons faire un petit détour avant de retourner en Irlande.

— Oh ? Tu as un rendez-vous quelque part ? demanda-t-elle en reposant sa tasse.

— Pas exactement. Nous allons nous arrêter au pays de Galles.

— Au pays de Galles ?

— Ça concerne ce paquet d'actions. Tu te souviens que j'avais demandé à mon courtier de se renseigner ?

— Oui. Il a découvert quelque chose ?

— La Triquarter Mining n'existe pas.

— Mais bien sûr que si ! J'ai le certificat. Et une lettre.

— Cette compagnie minière n'existe nulle part. Le numéro de téléphone qui figure sur l'en-tête est un faux numéro.

— Comment est-ce possible ? Ils m'ont offert un millier de livres.

— Ton père s'est fait arnaquer, Brie. J'ai l'habitude de ce genre d'escrocs. Ils prennent une boîte postale, trouvent un nom de compagnie bidon, impriment quelques prospectus et ils envoient un faux certificat à des gens naïfs en mal d'investir. Ils encaissent leur argent et, ensuite, ils s'évaporent dans la nature.

Brianna resta silencieuse un instant. Elle imaginait sans peine son père tomber dans ce genre de piège. Tous les projets qu'il avait faits au cours de sa vie s'étaient soldés par des échecs. A vrai dire, elle s'était même attendue à une affaire de ce genre dès qu'elle avait trouvé le certificat.

— Oui, je comprends bien, dit-elle enfin. Mais comment expliques-tu qu'ils m'aient répondu et proposé de l'argent ?

— Je ne l'explique pas...

Quoiqu'il eût quelques petites idées sur la question.

— C'est pourquoi nous allons au pays de Galles. Rogan a pris des dispositions pour que son avion nous prenne à Londres et nous y emmène. Il nous ramènera à l'aéroport de Shannon quand nous voudrons.

— Je vois, dit-elle prudemment en reposant sa fourchette et son couteau. Tu en as discuté avec lui, parce que c'est un homme, et vous avez tout arrangé tous les deux. Derrière mon dos.

— Je voulais seulement te rendre service. Je te rappelle qu'on a cambriolé ta maison. Tu ne fais pas le rapport ?

Brianna lui jeta un regard glacial.

— Non, mais tu vas sans doute m'aider à le faire.

— Tu as écrit à cette compagnie et, peu de temps après, quelqu'un est venu fouiller la maison. A toute vitesse, en dépit du bon sens. Peu après, quelqu'un est venu épier sous tes fenêtres. Depuis combien de temps vis-tu dans cette maison ?

— J'y ai vécu toute ma vie.

— Et quelque chose de ce genre s'est-il déjà produit ?

— Non, mais... Non. Jamais.

— Par conséquent, il suffit de relier les points. Je veux voir de quoi a l'air l'ensemble.

— Tu aurais pu m'en parler avant. Au lieu de ne rien me dire.

— Ce n'est qu'une théorie. Et puis tu avais l'esprit assez occupé comme ça, entre ta mère, Maggie, le bébé, moi... Sans parler de la femme que ton père a connue et que vous essayez de retrouver. Je ne voulais pas te charger d'un nouveau problème.

— Tu as essayé de me protéger.

— Évidemment que j'ai essayé de te protéger ! Je n'aime pas te voir t'inquiéter. Je...

Gray s'arrêta net, stupéfait par ce qu'il avait été sur le point de dire. Mentalement, et physiquement, il battit en retraite. Prudemment.

— Je tiens à toi, reprit-il.

— Bon, excuse-moi de l'avoir mal pris. Mais, je t'en prie, Gray, ne me cache pas les choses comme ça.

— Je ne le ferai plus, promit-il en lui caressant la joue, le cœur battant. Brianna...

— Oui ?

— Rien, fit-il en laissant retomber sa main. Nous ferions mieux de nous dépêcher un peu si nous voulons avoir le temps de passer à la galerie.

Quand ils arrivèrent au pays de Galles, il pleuvait, il était tard, aussi allèrent-ils directement s'installer dans le petit hôtel sinistre où Gray avait réservé une chambre. L'impression que Brianna eut de la ville de Rhondda se limita à des rangées de maisons grises serrées les unes contre les autres, sous un ciel maussade, le long d'une route luisante de pluie. Pendant le dîner, elle mangea à peine, et ils allèrent se coucher, épuisés.

Gray s'était attendu à l'entendre se plaindre. La chambre était loin d'être extraordinaire et le vol avait été quelque peu mouvementé, même pour lui. Mais le lendemain matin, Brianna ne dit rien, s'habilla et lui demanda simplement par quoi ils allaient commencer.

— Je me suis dit qu'on pourrait passer à la poste ; on verra bien où ça nous mène.

Pendant qu'il la regardait faire son chignon, avec des gestes adroits et précis, il nota qu'elle avait des cernes sous les yeux.

— Tu es fatiguée.

— Un peu. Sans doute à cause du décalage horaire.

Et puis il me tarde de rentrer à la maison. Je ne peux pas obliger Mrs. O'Malley à rester trop longtemps...

Elle se détourna du miroir.

— Et toi, tu as envie de te remettre au travail. Ça se voit.

— Tu lis en moi comme dans un livre ! fit-il en lui prenant les mains. Quand mon roman sera terminé, je disposerai d'un peu de temps avant de me lancer dans cette tournée de promotion. Nous pourrions partir quelque part. Où tu voudras. En Grèce, ou dans le sud du Pacifique. Ou aux Antilles. Ça te plairait ? Un endroit avec des palmiers, de grandes plages, une mer toute bleue et plein de soleil.

— C'est tentant.

Lui qui se targuait de ne jamais faire de projets, songea-t-elle, voilà qu'il se mettait subitement à en faire. Elle estima plus sage de ne pas le lui faire remarquer.

— Mais ce ne sera pas facile de repartir de sitôt.

Elle lui serra brièvement la main avant de la lâcher pour prendre son sac.

— Si tu es prêt, nous pouvons y aller.

Ils trouvèrent la poste sans difficulté, mais l'employée à laquelle ils s'adressèrent resta insensible au charme de Gray. Elle ne pouvait donner les noms des gens qui louaient des boîtes postales, lui dit-elle sèchement. Si eux-mêmes souhaitaient en prendre une, elle ne révélerait leur nom à personne non plus. Quand Gray mentionna la Triquarter Mining, il n'eut droit qu'à un vague haussement d'épaules. Ce nom ne lui disait rien.

— Raté, dit-il au moment où ils ressortirent.

— Tu ne pensais quand même pas que ce serait si simple.

— On ne sait jamais. Le hasard fait parfois bien les choses. Nous allons nous renseigner auprès des compagnies minières.

— Ne ferait-on pas mieux d'aller raconter tout ce qu'on sait aux autorités locales ?

— C'est ce que nous ferons, mais en temps voulu.

De bureau en bureau, ils répétèrent la même question, inlassablement, et obtinrent chaque fois la même réponse. Personne à Rhondda n'avait jamais entendu parler de la Triquarter Mining.

Au bout de quatre heures, Brianna en savait plus sur les mines de charbon et l'économie galloise qu'elle ne pourrait sans doute s'en souvenir. Mais rien sur la Triquarter.

— Tu as besoin de manger quelque chose, décida Gray.

— Je ne dirais pas non.

— Bon, nous allons nous restaurer et réfléchir encore une fois à tout ça. Essayons ici, fit-il en l'entraînant vers un petit pub.

En sentant l'odeur familière, Brianna eut plus encore envie d'être de retour chez elle. Ils s'installèrent à une table et Gray se concentra immédiatement sur le menu.

— Mmm... Du *shepherd's pie*. Il n'est sûrement pas aussi fameux que le tien, mais on verra bien. Ça te tente ?

— Ce sera parfait. Avec du thé.

Gray passa la commande et se pencha en avant.

— Bien, nous allons nous livrer à quelques suppositions. C'est un de mes points forts. Imaginons que quelqu'un ait monté cette arnaque, que ça ait marché, et même au-delà de ses espérances. Il a pu décider de se lancer dans une autre combine, ou bien de rentrer dans la légalité et démarrer une affaire parfaitement légale qui se soit avérée encore plus payante que l'escroquerie. Dès lors, il devenait plus prudent de faire disparaître toutes traces compromettantes, de s'appliquer à les effacer.

— Tout ceci est un peu compliqué pour moi, reconnut Brianna en se frottant la tempe.

Gray avala une grosse bouchée du plat qu'on venait de leur apporter.

— Rien à voir avec le tien, il n'y a pas de doute ! lâcha-t-il avant de poursuivre. Mais il reste ces certificats d'actions, et il faut à tout prix les récupérer, quitte à offrir de l'argent en échange. Oh, pas grand-chose, juste de quoi ne pas éveiller les soupçons ou donner envie aux victimes de chercher à se renseigner davantage.

— Tu as l'air de savoir très bien comment tout cela fonctionne.

— Oui. D'ailleurs, si je ne m'étais pas lancé dans l'écriture...

Il laissa sa phrase en suspens et haussa les épaules, jugeant inutile de s'appesantir là-dessus.

— Nous allons encore procéder à une ou deux vérifications, et ensuite, nous irons voir la police.

Brianna acquiesça d'un signe de tête, soulagée à l'idée de remettre toute cette histoire entre les mains des autorités. Demain matin, elle serait de retour chez elle. Penchée sur sa tasse de thé, elle se mit à rêver à son jardin, à Conco qui se précipiterait pour l'accueillir et au plaisir qu'elle aurait à retrouver sa cuisine.

— Tu as fini ?

— Pardon ?

Gray lui sourit.

— Tu rêvassais ?

— Je pensais à la maison. Mes rosiers doivent être en fleurs.

— Demain, à cette heure-ci, tu seras dans ton jardin, lui promit-il en comptant quelques billets qu'il déposa sur la table.

En sortant, il la prit par l'épaule.

— Si nous attrapons un bus, nous aurons plus vite fait de traverser la ville. Mais je peux louer une voiture, si tu préfères.

— Ne sois pas ridicule. Prenons le bus.

— Alors, allons... Attends une seconde.

Brusquement, il lui fit faire demi-tour et la poussa vers l'entrée du pub qu'ils venaient de quitter.

— Tiens, tiens, voilà qui est intéressant, murmura-t-il. Tu ne trouves pas cela fascinant ?

— Quoi ? Tu m'écrases.

— Pardon. Sans te faire voir, jette un coup d'œil

discret de l'autre côté de la rue, dit-il, le regard brillant. Tu vois cet homme, là-bas ? Celui qui a un parapluie noir et marche vers la poste ?

— Oui, effectivement, dit Brianna au bout d'un instant. Je vois un homme avec un parapluie noir. Et alors ?

— Il ne te rappelle rien ? Si mes souvenirs sont bons, il y a environ deux mois, tu nous as fait du saumon... et un diplomate.

— Je me demande comment tu fais pour retenir tout ça.

Elle se pencha un peu plus en plissant les yeux.

— Il me paraît tout à fait quelconque. On dirait un juriste... ou un banquier.

— Bravo ! En tout cas, c'est ce qu'il nous a dit. Notre banquier londonien à la retraite.

— Mr. Smythe-White ! s'exclama Brianna.

Tout lui revint d'un coup, et elle éclata de rire.

— C'est curieux, non ? Mais pourquoi nous cachons-nous de lui ?

— Justement parce que c'est curieux. C'est même extrêmement curieux que ce monsieur, qui a passé une nuit chez toi, et qui était comme par hasard en promenade le jour où tout a été mis sens dessus dessous dans la maison, soit ici, au pays de Galles, en train de se diriger vers la poste. Tu veux parier qu'il y a une boîte postale ?

— Oh ! s'écria-t-elle en se plaquant à nouveau contre la porte. Seigneur, qu'allons-nous faire ?

— Attendre un peu. Et puis le suivre.

18

Ils n'eurent pas très longtemps à attendre. Cinq minutes à peine après être entré à la poste, Smythe-White en ressortit. Il jeta un coup d'œil à droite, puis à gauche, et remonta prestement la rue en balançant son parapluie.

— Zut, elle a vendu la mèche.

— Comment ?

— Viens vite, dit Gray en lui prenant la main et en s'élançant à la poursuite du vieux monsieur. L'employée de la poste a dû lui dire que nous étions venus poser des questions.

— Comment le sais-tu ?

— Tout à coup, il a l'air très pressé.

Gray fit traverser Brianna en zigzag entre un camion et une voiture. Elle sentit son cœur s'accélérer en entendant retentir les klaxons. Alerté, Mr. Smythe-White se retourna, les aperçut et se mit à courir.

— Reste ici, ordonna Gray.

— Pas question.

Et elle s'élança en courant derrière lui. Ils n'eurent bien entendu aucun mal à rattraper le vieil homme.

Comprenant qu'il ne leur échapperait pas, il s'arrêta devant une pharmacie, hors d'haleine. Il sortit un mouchoir blanc pour s'essuyer le front, puis se retourna en écarquillant les yeux derrière ses lunettes étincelantes.

— Miss Concannon, Mr. Thane, quelle bonne surprise !

Malin, il trouva le moyen de leur sourire aimablement tout en portant la main à son cœur.

— Décidément, le monde est petit. Vous êtes en vacances au pays de Galles ?

— Pas plus que vous, rétorqua Gray. Il faut qu'on parle affaires, mon vieux. Voulez-vous le faire ici, ou préférez-vous aller au commissariat du coin ?

Mr. Smythe-White papillonna des yeux d'un air innocent. D'un geste machinal, il retira ses lunettes pour les essuyer.

— Affaires ? Je crains de ne pas bien vous suivre. S'agit-il de ce regrettable incident qui a eu lieu à votre auberge, Miss Concannon ? Comme je vous l'ai dit, on ne m'a rien pris et je n'ai à me plaindre de rien.

— Ce n'est pas surprenant, puisque c'est vous-même qui en êtes l'auteur. Étiez-vous vraiment obligé de répandre toutes mes réserves par terre ?

— Pardon ?

— Bien, ce sera donc le commissariat, fit Gray en agrippant Smythe-White par le bras.

— Écoutez, je n'ai pas le temps de jouer aux devinettes pour l'instant, bien que je sois ravi de vous avoir rencontrés, rétorqua-t-il en essayant de se dégager, en vain, de l'emprise de Gray. Comme vous l'avez sans doute remarqué, je suis pressé. Un rendez-vous que j'avais oublié. Je suis affreusement en retard.

— Voulez-vous récupérer ce certificat, oui ou non ?

Gray eut le plaisir de voir le vieil homme se figer en se mettant à réfléchir d'un air malicieux.

— Je regrette, je ne comprends pas de quoi vous parlez.

— Vous comprenez très bien, et nous aussi. Un escroc est un escroc, sous toutes les latitudes et dans toutes les langues. J'ignore quelle est la peine encourue pour les fraudes et les contrefaçons au Royaume-Uni, mais je sais que, dans mon pays, elles peuvent être très lourdes. De plus, vous vous êtes servi de la poste, Smythe-White. Ce qui a probablement été une erreur. Une fois qu'on a mis un timbre sur un document et qu'on l'a mis dans la boîte, la fraude se transforme en fraude postale. Ce qui est nettement plus embêtant.

— Allons, inutile de proférer des menaces...

Le vieil homme sourit, toutefois son front était maintenant perlé de sueur.

— Nous sommes des gens raisonnables. Et cette histoire est ridicule. Nous pouvons la résoudre facilement, de manière à satisfaire tout un chacun.

— Très bien, parlons-en tout de suite.

— Nous pourrions peut-être le faire autour d'un verre. Je serais ravi de vous offrir un verre à tous les deux. Il y a un pub, là, juste au coin de la rue. C'est tranquille. Nous serons au calme pour discuter.

— Pourquoi pas ? Brie ?

— Il me semble que nous ferions mieux de...

— De parler.

Et Gray lui prit la main, tout en continuant à tenir fermement le bras de Smythe-White.

— Depuis combien de temps trempez-vous dans ce genre de combines ? demanda-t-il en marchant.

— Oh, avant même que vous soyez né, je suppose. Mais je me suis retiré. Complètement, définitivement. Il y a tout juste deux ans, ma femme et moi avons acheté un petit magasin d'antiquités dans le Surrey.

— Je croyais que votre femme était morte, s'étonna Brianna.

— Oh, non, pas du tout. Iris est en pleine forme. Elle m'a aidé à mettre fin à ces petites affaires. Nous allons très bien tous les deux. En plus du magasin, nous avons des intérêts dans plusieurs entreprises. Toutes parfaitement légales, rassurez-vous.

Gentleman jusqu'au bout des ongles, Smythe-White tira une chaise pour Brianna en arrivant au pub.

— J'espère, ma chère, que vous n'êtes pas trop choquée.

— Au point où j'en suis, plus rien ne me choque.

— Si nous prenions une Harp ? proposa-t-il, jouant les hôtes gracieux. Bon, comme je vous l'ai dit, nous nous sommes livrés à quelques petites escroqueries. Au départ, il s'agissait seulement de contrebande de tabac et d'alcool. Mais nous avons fini par nous lasser. Et nous avons décidé de prendre notre retraite. Enfin, façon de parler. Cette histoire d'actions a été une de nos dernières aventures. Mon Iris a toujours adoré les antiquités. Par conséquent, avec nos bénéfices, nous avons acheté cette petite boutique.

Il fit un clin d'œil et sourit d'un air timide.

— Mais c'est sans doute de mauvais goût de vous raconter tout cela.

— Oh, surtout, que cela ne vous arrête pas! répliqua Gray en se calant sur sa chaise.

— Imaginez un peu notre surprise quand nous avons reçu votre lettre. Nous avions complètement oublié cette histoire. J'avoue qu'Iris et moi avons un peu paniqué. Si quelqu'un faisait le rapport avec le passé, la réputation de notre magasin risquait d'en souffrir. Sans parler des poursuites légales...

— Vous auriez pu choisir d'ignorer cette lettre, dit alors Gray.

— Nous y avons pensé. Mais quand Brianna a écrit une seconde fois, nous avons décidé qu'il fallait faire quelque chose.

— C'est exactement ce que tu avais dit, murmura Brianna en se tournant vers Gray. Exactement.

— Qu'est-ce que tu veux, je suis doué, dit-il tout bas en lui tapotant la main. Et alors, vous êtes venu à Blackthorn Cottage afin de vous rendre compte par vous-même de la situation.

— Oui. Iris n'a pas pu m'accompagner car nous attendions un lot ravissant de Chippendale. Je dois admettre que l'idée ne me déplaisait pas. En partie par nostalgie, mais aussi par goût de l'aventure. Votre auberge m'a littéralement enchanté, mais je me suis fait un peu de souci en apprenant que vous étiez liée à Rogan Sweeney. Après tout, c'est un homme important, et perspicace. Aussi... dès que l'occasion s'est présentée, j'ai essayé de retrouver le certificat.

Il posa sa main sur celle de Brianna et la serra avec bienveillance.

— Je suis sincèrement désolé pour les dégâts que je

vous ai occasionnés. Mais je ne savais pas combien de temps je serais seul, voyez-vous. Si j'avais réussi à remettre la main sur ce maudit certificat, nous aurions pu mettre un terme à cette malheureuse histoire. Mais...

— J'avais confié le certificat à Rogan, expliqua Brianna. Pour plus de sûreté.

— Ah, je me doutais de quelque chose comme ça. Je dois dire que j'ai trouvé bizarre qu'il ne donne aucune suite.

— Sa femme était sur le point d'avoir un bébé, il était occupé par l'ouverture d'une nouvelle galerie...

Brianna réalisa tout à coup qu'elle était en train d'excuser son beau-frère.

— Et puis je pouvais m'en occuper moi-même.

— C'est bien ce que j'ai compris quelques heures après mon arrivée chez vous. Une âme organisée représente toujours un danger pour quelqu'un dans ma partie. Je suis revenu une fois, dans l'espoir de faire une nouvelle tentative. Mais, entre votre chien et le héros installé chez vous à demeure, j'ai préféré filer en vitesse.

Brianna releva le menton.

— Vous étiez sous ma fenêtre.

— Sans aucune intention irrespectueuse, ma chère, croyez-moi. Je suis assez vieux pour être votre père et très heureusement marié.

Il renifla légèrement, comme s'il se sentait insulté.

— Mais je vous ai proposé de racheter les actions, et l'offre tient toujours.

— A une demi-livre l'action, lui rappela Gray d'un ton sec.

— Le double de ce que Tom Concannon les a payées. J'ai les papiers, si vous désirez une preuve.

— Oh, je suis sûr qu'un filou de votre espèce pourrait fournir sans mal tous les documents nécessaires.

Smythe-White laissa échapper un long soupir désolé.

— Vous n'avez aucun droit de m'accuser de ce genre de conduite.

— Je pense que votre conduite intéresserait beaucoup la police.

Les yeux posés sur Gray, le vieil homme but une gorgée de bière.

— A quoi cela servirait-il, maintenant ? Deux personnes du troisième âge, qui paient leurs impôts et s'aiment tendrement, envoyés en prison pour des bêtises qui appartiennent au passé...

— Vous avez trompé des gens, rétorqua Brianna. Vous avez trompé mon père.

— Votre père a eu exactement ce pour quoi il a payé, Miss Concannon. Un rêve. A la fin de notre petite transaction, il est reparti heureux, et regonflé d'espoir.

Il lui sourit gentiment.

— Il ne cherchait rien d'autre, je vous assure.

Sachant que c'était la vérité, Brianna ne trouva rien à dire.

— Tout de même, ce n'est pas bien, se contenta-t-elle de remarquer.

— Mais nous nous sommes rachetés. Changer de vie demande beaucoup d'efforts, vous savez. Il faut du travail, de la patience et une solide détermination.

A ces paroles, Brianna releva les yeux. Si ce qu'il disait était sincère, il y avait deux personnes à cette table qui avaient fait ces efforts. Condamnerait-elle Gray pour ce qu'il avait été autrefois ? Aurait-elle voulu le voir replonger à cause d'une erreur du passé ?

— Je n'ai aucune envie que vous ou votre femme alliez en prison, Mr. Smythe-White.

— Il connaît les règles du jeu, coupa Gray en serrant la main de Brianna. Si on veut jouer, il faut aussi payer. Nous pouvons peut-être nous passer des autorités, mais la courtoisie vaut largement plus de mille livres.

— Comme je vous l'ai déjà expliqué...

— Ces actions ne valent rien, je sais. Mais le certificat, en revanche, vaut bien, disons, dix mille livres.

— Dix mille livres ? s'écria Smythe-White en se levant, l'air offusqué. Mais c'est du chantage. C'est du vol. C'est...

— Une livre par action, reprit Gray. Ça me paraît tout à fait raisonnable, si l'on considère ce que vous avez à perdre. Ce n'est nullement du chantage. Ce n'est que justice. Or la justice ne se négocie pas.

Tout pâle, le vieil homme sortit son mouchoir pour s'éponger le front avant de se rasseoir.

— Jeune homme, vous voulez m'arracher le cœur.

— Non, seulement votre chéquier. Qui est assez garni pour le supporter. Vous avez fait beaucoup de tort à Brie, et donné pas mal d'inquiétude. Je ne crois pas que vous vous rendiez bien compte de ce que sa maison représente pour elle. Vous l'avez fait pleurer.

— Oh, vraiment, je suis désolé, dit Smythe-White en agitant son mouchoir. Sincèrement désolé. Je ne sais pas ce que va en penser Iris.

— Si elle est maligne, je pense qu'elle vous dira de payer et de vous estimer heureux.

Le vieil homme soupira, puis remit son mouchoir dans sa poche.

— Dix mille livres... Vous êtes dur, Mr. Thane.

— Herbert, je crois que je peux vous appeler Herbert, car vous et moi savons que je suis en ce moment votre meilleur ami.

— C'est malheureusement vrai, fit le vieil homme en hochant la tête.

Changeant de tactique, il posa un regard rempli d'espoir sur Brianna.

— Je vous ai causé des soucis, et je le regrette. Mais nous allons tout arranger. Peut-être pourrions-nous effacer la dette en vous offrant quelque chose ? Un petit voyage ? Ou des meubles pour votre auberge ? Nous avons quelques très belles pièces à la boutique.

— C'est hors de question, dit Gray avant même que Brianna trouve quelque chose à répondre.

— Vous êtes dur, répéta Smythe-White en laissant retomber ses épaules. Eh bien, je suppose que je n'ai pas le choix. Je vais vous faire un chèque.

— Il vaudrait mieux du liquide.

A nouveau, il soupira.

— Oui, bien entendu. Eh bien, c'est d'accord. Je

vais faire le nécessaire. Vous vous doutez bien que je ne transporte pas une pareille somme sur moi.

— Naturellement. Mais vous pouvez vous la procurer d'ici à demain.

— Tout de même, il me faudrait un ou deux jours de plus...

Devant le regard impitoyable de Gray, il se rendit.

— Je vais télégraphier à Iris de m'envoyer l'argent. Ça ne devrait pas être trop difficile de l'avoir demain.

— Ça ne devrait pas, non.

Smythe-White sourit d'un air las.

— Si vous voulez bien m'excuser un instant, il faut que j'aille aux toilettes.

Il se leva en secouant la tête et s'éloigna vers le fond du pub.

— Je ne comprends pas, souffla Brianna à l'oreille de Gray dès qu'il fut parti. Je n'ai rien dit parce que tu n'arrêtais pas de me donner de grands coups de pied sous la table, mais...

— Je t'ai frôlée, corrigea-t-il. Je t'ai seulement frôlée.

— Tu parles, je vais sûrement boiter pendant une semaine. Je ne comprends pas pourquoi tu lui demandes de payer une somme aussi énorme. Ça ne me paraît pas juste.

— C'est parfaitement juste. Ton père voulait du rêve, et il l'a eu. Et ce vieux Herbert sait pertinemment qu'en jouant à ces petits jeux on risque toujours de perdre. Je ne pense pas que tu tiennes plus que moi à ce qu'on le jette en prison.

— Non, évidemment pas. Mais prendre son argent ainsi...

— Il a bien pris celui de ton père, et ces cinq cents livres auraient sûrement été très utiles à ta famille.

— Bien sûr, mais...

— Brianna, qu'en aurait pensé ton père ?

Vaincue, elle posa son menton sur sa main.

— Il aurait pensé que c'était une énorme plaisanterie.

— Exactement.

Gray jeta un coup d'œil en direction des toilettes.

— Il met trop de temps. Attends une minute.

Brianna considéra son verre d'un air renfrogné. Puis ses lèvres esquissèrent un sourire. C'était vraiment une énorme plaisanterie. Que son père n'aurait pas manqué d'apprécier.

En redressant la tête, elle aperçut Gray sortir des toilettes et se précipiter vers le bar d'un air furieux. Il eut une brève conversation avec le barman avant de venir la rejoindre.

— Alors ?

— Oh, il a filé. Par la fenêtre. Le vieux filou...

— Filé ? répéta-t-elle en fermant les yeux. Moi qui commençais à le croire et à le trouver sympathique !

— C'est justement ce qu'un artiste de l'escroquerie est supposé faire. Mais je crois que nous lui avons quand même extirpé la vérité.

— Qu'allons-nous faire ? Je n'ai pas envie d'aller au commissariat. Je ne supporterais pas de vivre en imaginant ce petit homme et sa femme en prison.

Une idée lui traversa soudain l'esprit, et elle écarquilla les yeux.

— Seigneur ! Tu crois qu'il a vraiment une femme ?

— Probablement.

Gray but un peu de bière tout en réfléchissant.

— Pour l'instant, il ne nous reste plus qu'à rentrer à Clare et à le laisser mijoter. Nous verrons bien. Le retrouver ne devrait pas être très difficile.

— Comment ferons-nous ?

Sous le regard stupéfait de Brianna, Gray sortit un portefeuille de sa poche.

— Je le lui ai subtilisé quand nous étions dans la rue. Ça pourra servir, expliqua-t-il tandis qu'elle le regardait d'un air ahuri. Malgré toutes ces années, je n'ai pas trop perdu la main. Je devrais avoir honte, je sais. Ne me regarde pas comme ça, il n'y a là-dedans que quelques billets et une carte d'identité.

Calmement, Gray retira les billets et les fourra dans sa poche.

— A mon avis, il garde sa fortune dans sa ceinture. Il a une adresse à Londres, poursuivit-il en rangeant le portefeuille. J'ai examiné le contenu dans les toilettes. Il y a également la photo d'une grosse dame plutôt avenante. Ce doit être Iris. Oh, et son nom est Castairs. John B. Castairs, et non pas Smythe-White.

Brianna appuya ses doigts sur ses paupières.

— J'ai la tête qui tourne.

— Ne t'inquiète pas, Brie. Je te garantis que nous entendrons bientôt parler de lui. On y va?

— Oui, il le faut.

Encore tout étourdie, elle se leva.

— Tout de même, quel culot! Filer ainsi, sans même nous payer à boire.

— Oh, mais c'est tout comme...

Gray glissa son bras sous le sien et salua le barman d'un signe de la main avant de sortir.

— Il est propriétaire du pub.

— Il est...?

Et elle partit d'un immense éclat de rire.

19

C'était bon d'être de retour. L'aventure, le luxe et les voyages, tout ça c'était très bien, mais rien ne valait les plaisirs simples comme de dormir chez soi dans un bon lit et de pouvoir admirer un paysage familier par la fenêtre.

Satisfaite d'avoir retrouvé sa routine, Brianna fit un peu de jardinage, admira ses delphiniums et ses aconits tout en respirant avec délices le parfum sucré qui montait du massif de lavande. Des abeilles bourdonnaient autour des lupins.

De l'arrière de la maison, des rires d'enfants lui parvinrent. Conco aboya joyeusement en rapportant la balle que les petits américains arrivés ce matin lui lançaient.

New York lui semblait très loin et aussi exotique que les perles fines qu'elle avait rangées dans un tiroir de sa commode. Quant à la journée passée au pays de Galles, elle lui faisait penser à une pièce comique à rebondissements.

Brianna releva la tête en ajustant son chapeau de paille pour regarder les fenêtres de Gray. Il s'était remis au travail, n'avait pratiquement pas arrêté depuis qu'ils avaient posé leurs valises. Elle se demanda où il était en ce moment, dans quel endroit, dans quelle époque et avec qui. Et quelle serait son humeur lorsqu'il descendrait la retrouver.

Si sa journée de travail s'était mal passée, il serait irritable. S'il était satisfait, en revanche, il aurait faim

— de nourriture, mais aussi d'elle. Délicatement, elle attacha une tige fragile à un tuteur en esquissant un petit sourire.

La manière dont il avait envie d'elle l'étonnait. Les étonnait d'ailleurs tous les deux. Cela semblait beaucoup inquiéter Gray.

Elle savait qu'il n'avait jamais dit à personne les choses qu'il lui avait racontées. Et cela aussi l'inquiétait. Pourtant, il avait tort de croire qu'elle aurait moins de considération pour lui en sachant ce qu'il avait dû endurer pour survivre.

Au contraire, elle ne l'en aimait que davantage.

Son histoire l'avait poussée à repenser à la sienne. Ses parents n'avaient pas su s'aimer, et elle en avait souffert. Mais Brianna savait que son père l'avait toujours adorée. Elle l'avait toujours su et en avait tiré un vrai réconfort. Avoir des racines l'aidait à se sentir corps et âme ancrée quelque part.

Sa mère aurait pu abandonner sa famille, quitte à le regretter, pour reprendre cette carrière qui représentait tant à ses yeux. Et même si ce n'était que par devoir qu'elle était restée, c'était plus que ce que Gray avait jamais eu.

Brianna s'attaqua à la tige suivante en soupirant. Le temps du pardon viendrait. Tôt ou tard. En tout cas, elle espérait trouver en elle la force de pardonner.

— D'habitude, tu as l'air heureuse, quand tu t'occupes de ton jardin.

Une main sur son chapeau, Brianna leva la tête et aperçut Gray.

— J'étais perdue dans mes pensées.

— Moi aussi. Je me suis levé pour regarder par la fenêtre et je t'ai vue. Dès cet instant, je n'ai plus réussi à penser à autre chose.

— Il fait un temps magnifique pour être dehors. Et tu as commencé à travailler à l'aube. Ça se passe bien ?

— Merveilleusement bien...

Il s'assit près d'elle en respirant à pleins poumons.

— Aujourd'hui, j'ai assassiné une ravissante jeune femme.

Brianna pouffa de rire.

— Ça a l'air de te ravir.

— J'étais très épris d'elle, mais il fallait qu'elle disparaisse. Sa mort va provoquer le scandale qui entraînera la chute du meurtrier. Et pour toi, comment s'est passée cette journée ?

— Beaucoup plus calmement. J'ai eu Maggie au téléphone, en début d'après-midi. Ils vont sûrement rester à Dublin encore une semaine ou deux. Le baptême aura lieu quand ils reviendront. Murphy et moi serons parrain et marraine.

— C'est une lourde responsabilité.

— C'est un honneur, rétorqua Brianna en souriant. Tu n'as pas été baptisé, Grayson ?

— Je n'en sais rien. Probablement pas.

— Maggie et Rogan seraient contents que tu assistes à la cérémonie.

— Bien sûr, je viendrai. Ce sera intéressant. Comment va le petit ?

— Maggie m'a dit qu'il poussait aussi vite que les mauvaises herbes. Au fait, je lui ai tout raconté au sujet de Mr. Smythe-White — je veux dire, Mr. Castairs.

— Et ?

— Elle a failli s'étouffer de rire. Nous sommes toutes les deux d'accord pour dire que ça ressemblait bien à papa d'être tombé dans un piège pareil. Elle m'a dit aussi être très impressionnée par tes brillantes déductions et a suggéré que tu prennes la place du détective que nous avons engagé.

— De ce côté, toujours rien ?

— Justement, si, dit-elle en mettant les mains sur les hanches. Quelqu'un, un cousin d'Amanda Dougherty, je crois, pense qu'elle a pu partir au nord de New York, dans les montagnes. Apparemment, elle y était déjà allée souvent et adorait la région. Le détective est parti là-bas, à... oh, comment ça s'appelle ? Les Catskills, oui, c'est ça. Avec un peu de chance, il finira bien par trouver quelque chose.

Gray fit tourner un tuteur entre ses mains, tout en

se demandant machinalement s'il pourrait l'utiliser pour l'arme du crime.

— Que feras-tu quand tu apprendras que tu as un demi-frère ou une demi-sœur ?

— Eh bien, je crois qu'en premier lieu j'écrirai à Amanda. Je ne voudrais blesser personne. Mais d'après le ton des lettres qu'elle a envoyées à papa, je pense qu'elle serait heureuse de savoir qu'elle et son enfant sont les bienvenus chez nous.

— Et nul doute qu'ils s'y plairaient, plaisanta Gray. Et ta mère ? Comment crois-tu qu'elle réagira quand elle découvrira toute cette histoire ?

Le regard de Brianna se voila, et elle releva le menton d'un air têtu.

— J'aviserai le moment venu. Il faudra bien qu'elle l'accepte. Pour une fois dans sa vie, il faudra bien qu'elle accepte quelque chose.

— Tu es toujours en colère contre elle, n'est-ce pas ? A cause de Rory ?

— Rory, c'est de l'histoire ancienne.

Gray lui prit les mains pour l'empêcher de prendre un nouveau tuteur. Et il attendit, patiemment.

— Bon, je le reconnais, je continue à lui en vouloir. De ce qu'elle a fait à l'époque, de la façon dont elle t'a parlé l'autre jour et surtout de la manière dont elle m'a fait croire que ce que j'éprouvais pour toi n'était pas bien. Mais être en colère ne me réussit pas. Ça me donne mal à l'estomac.

— Alors, j'espère que tu ne vas pas être fâchée contre moi, dit-il en entendant un bruit de moteur se rapprocher.

— Pourquoi le serais-je ?

Sans répondre, Gray se releva et l'aida à en faire autant. Ensemble, ils regardèrent la voiture se garer. Lottie agita la main par la fenêtre avant de descendre avec Maeve.

— J'ai téléphoné à Lottie, murmura Gray en serrant la main de Brianna crispée dans la sienne. Pour leur proposer de passer.

— Je n'ai aucune envie d'avoir une nouvelle dispute, avec des clients chez moi, dit-elle d'une voix glacée. Tu n'aurais pas dû faire ça, Grayson. Je serais passée la voir demain.

— Brie, votre jardin est une véritable splendeur! s'écria Lottie en les rejoignant. Quelle journée splendide!

D'un geste maternel, elle enlaça Brianna et l'embrassa sur la joue.

— Alors, ce voyage à New York vous a plu?

— Oui, beaucoup.

— Tu vis la grande vie, lâcha Maeve en reniflant. En oubliant toute décence.

— Oh, Maeve, laissez-la tranquille. J'ai très envie d'entendre parler de New York.

— Venez, nous allons prendre le thé, proposa Brianna. Je vous ai rapporté des petits souvenirs.

— Oh, quel amour! Des souvenirs d'Amérique, Maeve, vous vous rendez compte? Alors, Gray, la projection de votre film s'est-elle bien passée?

— C'était formidable. Ensuite, j'ai dû rivaliser avec Tom Cruise pour arriver à capter l'attention de Brianna.

— Non! Vraiment? s'exclama Lottie en ouvrant de grands yeux étonnés. Vous entendez ça, Maeve? Brianna a rencontré Tom Cruise.

— Les acteurs de cinéma ne m'intéressent pas, grommela-t-elle, bien que follement impressionnée. Ils vivent dans le péché et divorcent à tour de bras.

— Ha! Pourtant, elle ne manque jamais Errol Flynn quand il passe à la télé.

Ayant marqué un point, Lottie entra en dansant dans la cuisine et fila directement vers la cuisinière.

— Je vais préparer le thé, Brie. Pendant ce temps, vous n'avez qu'à aller chercher nos cadeaux.

— Il y a aussi des tartes aux mûres, dit-elle en jetant un regard à Gray avant de quitter la pièce. Toutes fraîches de ce matin.

— Oh, j'en ai l'eau à la bouche!

En l'absence de Brianna, Lottie parla abondamment à Gray de son fils parti s'installer à Boston tandis que Maeve se renfermait dans un silence boudeur.

— Il y a tellement de boutiques, expliqua Brianna en revenant, déterminée à rester de bonne humeur. Où qu'on regarde, il y a quelque chose à vendre. J'ai eu du mal à choisir ce que j'allais vous rapporter.

Impatiente, Lottie reposa la tarte pour ouvrir son paquet.

— Oh, regardez ça !

Le petit flacon qu'elle brandit en pleine lumière scintillait de reflets d'un beau bleu profond.

— C'est pour mettre du parfum, ou simplement pour décorer.

— C'est ravissant, déclara Lottie. Vous avez vu ? Il y a des fleurs gravées dessus. Ce sont des lys. C'est vraiment très gentil à vous, Brianna. Oh, Maeve, le vôtre est couleur rubis. Avec des coquelicots. Sur la coiffeuse, ce sera superbe.

— C'est plutôt joli, reconnut Maeve.

Elle ne résista pas à l'envie de caresser le motif délicatement gravé sur le flacon. Si elle avait une faiblesse, c'était sans aucun doute pour les jolies choses. Elle avait toujours eu le sentiment de ne pas en avoir eu sa part.

— C'est gentil d'avoir eu une petite pensée pour moi, dans un hôtel de luxe, et en côtoyant des vedettes de cinéma.

— Tom Cruise... s'extasia Lottie d'un air rêveur. Est-il aussi séduisant en vrai que dans ses films ?

— Tout autant. Et il est charmant. Sa femme et lui vont peut-être venir ici.

— Ici ? A Blackthorn Cottage ? s'écria Lottie d'une voix aiguë en mettant la main sur sa poitrine.

Brianna lui sourit.

— C'est en tout cas ce qu'il m'a dit.

— Je voudrais bien voir ça, marmonna Maeve. Que viendrait chercher un homme aussi riche dans un endroit pareil ?

— La paix, dit froidement Brianna. Et quelques bons petits plats. C'est ce que tout le monde recherche en venant ici.

— Et trouve ! s'empressa d'ajouter Gray. Moi qui ai

beaucoup voyagé, Mrs. Concannon, je n'ai jamais connu aucun endroit aussi charmant et confortable que celui-ci. Vous devez être très fière de la réussite de Brianna.

— Hum... J'imagine en effet que vous devez être très confortablement installé... dans le lit de ma fille.

— Tout homme qui prétendrait le contraire serait un idiot, dit-il aimablement avant que Brianna puisse intervenir. Vous pouvez vous flatter d'avoir su faire de votre fille une jeune femme pleine de chaleur et de gentillesse, et qui a en plus l'intelligence et la volonté de diriger une affaire avec autant de succès. Elle me sidère.

Déconcertée, Maeve ne pipa mot. Le compliment était un cas de figure qu'elle n'avait pas prévu. Elle réfléchissait encore à ce qu'elle allait pouvoir dire d'insultant quand Gray s'approcha du comptoir.

— Moi aussi, je vous ai rapporté un petit quelque chose à toutes les deux.

— Oh, mais c'est très gentil.

La voix de Lottie se teinta de surprise mêlée de plaisir lorsqu'elle prit le cadeau que lui tendait Gray.

— C'est juste une babiole, dit-il en souriant à Brianna qui le regardait d'un air médusé.

— Un petit oiseau. Regardez, Maeve. C'est un oiseau en cristal. Vous avez vu comme il reflète la lumière ?

— Vous pouvez l'accrocher à un fil devant la fenêtre. Il vous fera des arcs-en-ciel. Que voulez-vous, Lottie, vous me faites penser à un arc-en-ciel.

— Oh, flatteur que vous êtes ! Un arc-en-ciel...

Ravalant une larme, elle se leva pour donner un baiser retentissant à Gray.

— Merci. Je l'accrocherai devant ma fenêtre. Vous êtes un amour d'homme. N'est-ce pas, Maeve, que c'est un amour ?

Maeve grommela quelque chose d'incompréhensible en hésitant à ouvrir son paquet. En principe, elle aurait dû le lui lancer à la figure, plutôt que d'accepter un cadeau d'un homme tel que lui. Néanmoins, l'oiseau de Lottie était fort joli. Un mélange d'envie et de curiosité eut finalement raison de ses hésitations.

Sans un mot, elle sortit un objet doré, en verre, en forme de cœur. Il y avait un couvercle, et lorsqu'elle l'ouvrit, une musique s'en échappa.

— Oh, une boîte à musique !

Lottie se mit à battre joyeusement des mains.

— Quelle merveille... quelle bonne idée ! Comment s'appelle cet air ? demanda-t-elle.

— *Stardust*, murmura Maeve malgré elle. Un très vieil air.

— C'est un classique, ajouta Gray. Je n'ai pas trouvé d'air irlandais, mais j'ai pensé que ça vous plairait.

Les coins de la bouche de Maeve se relevèrent imperceptiblement au fur et à mesure qu'elle se laissait prendre au charme de la musique. Elle toussota avant de regarder Gray dans les yeux.

— Merci, Mr. Thane.

— Vous pouvez m'appeler Gray, dit-il simplement.

Une demi-heure plus tard, Brianna se posta devant lui, les poings sur les hanches. Ils étaient à nouveau seuls dans la cuisine et il ne restait plus une miette de tarte sur le plat.

— Ça ressemble à de la corruption.

— Non, ça n'y ressemble pas, c'en est. Et ça a marché. Tu as vu, avant de partir, elle m'a souri.

Brianna souffla d'un air rageur.

— Je ne sais pas de qui je dois avoir le plus honte, d'elle ou de toi.

— Tu n'as qu'à considérer cela comme un gage de paix. Je ne veux pas que ta mère te fasse de la peine à cause de moi.

— Choisir une boîte à musique était rusé.

— C'est ce que je me suis dit. Chaque fois qu'elle l'ouvrira, elle pensera à moi. Et bientôt, elle sera convaincue que je ne suis pas un type si mal que ça.

Brianna se refusa à sourire. C'était scandaleux.

— Tu as eu vite fait de la percer à jour, n'est-ce pas ?

— Un bon écrivain se doit d'être observateur. Ta

mère aime se plaindre, dit-il en allant prendre une bière dans le réfrigérateur. Le problème, c'est qu'elle n'a pas vraiment l'occasion de le faire ces temps-ci. Ce doit être frustrant.

Il fit sauter la capsule de la bouteille, puis but au goulot.

— Et elle a peur que tu ne te fermes définitivement à elle. Elle ne sait pas comment faire pour faire le premier pas.

— Naturellement, c'est moi qui suis censée le faire.

— Et tu le feras. C'est plus fort que toi. Elle le sait.

Il lui redressa doucement le menton.

— La famille a trop d'importance pour toi. D'ailleurs, au fond de toi, tu as déjà commencé à lui pardonner.

Brianna se retourna et commença à s'affairer dans la cuisine.

— Ça fait un effet curieux de voir quelqu'un lire en vous comme si on était complètement transparent.

Néanmoins, décidant d'écouter son cœur, elle poussa un soupir.

— Peut-être que j'ai en effet commencé à lui pardonner. Je ne sais pas combien de temps cela me prendra, reprit-elle en lavant méticuleusement les tasses. Indéniablement, ce que tu as comploté aujourd'hui a contribué à accélérer les choses.

— C'était le but.

Gray se faufila derrière elle et l'enlaça par la taille.

— Alors, tu n'es pas fâchée ?

— Non, je ne suis pas fâchée, dit-elle en se retournant pour poser la tête au creux de son épaule, l'endroit qu'elle préférait. Je t'aime, Grayson.

Il lui caressa les cheveux et, sans un mot, laissa son regard errer par la fenêtre.

Les jours suivants, le temps resta doux, mais pluvieux. Cloîtré dans sa chambre, Gray travailla intensément, perdant la notion du temps et oubliant peu à peu le monde qui l'entourait.

Son roman touchait à sa fin. La poursuite finale était maintenant claire dans son esprit. Elle se déroulerait sous la pluie, dans l'obscurité, au milieu de ces ruines battues par le vent où le sang avait coulé autrefois. Pendant quelques secondes, son héros entreverrait le plus noir de son âme se refléter dans l'homme qu'il poursuivait.

Leur ultime affrontement serait bien autre chose qu'un combat entre un bon et un méchant, du bien contre le mal. Ce serait une lutte désespérée pour se racheter, une sorte de rédemption.

Mais ce ne serait pas la fin. Gray cherchait une dernière scène pour conclure. Depuis le début, il avait imaginé son héros quitter le village en laissant la femme derrière lui. Tous deux seraient irrémédiablement transformés par la violence des événements venus ébranler ce lieu paisible. Mais également par ce qui s'était passé entre eux deux.

Alors, chacun de leur côté, ils reprendraient le cours de leur vie, ou essaieraient.

Maintenant, tout n'était plus aussi clair. Gray se demandait où allait partir son héros, et pourquoi. Il avait prévu que la femme se retourne lentement et rentre dans son cottage sans regarder derrière elle.

Cette solution, la plus simple, correspondait au caractère des personnages, et aurait dû par conséquent le satisfaire. Pourtant, plus il approchait du dénouement, plus Gray se sentait mal à l'aise.

Reculant sa chaise, il regarda dans le vide quelques instants. Il n'avait pas la moindre idée de l'heure qu'il pouvait être, ni du temps pendant lequel il était resté absorbé par son travail. En revanche, une chose était sûre. Son imagination était en panne sèche.

Pluie ou pas, il avait besoin de marcher. Et il avait plus besoin encore d'arrêter de s'identifier au héros de son livre pour laisser la scène se dérouler dans sa tête, d'elle-même, à son propre rythme.

En descendant l'escalier, il s'étonna du calme qui régnait dans la maison avant de se rappeler que la famille écossaise était finalement repartie. Les rares fois où il s'était aventuré en bas, il avait remarqué que les deux aînés tournaient sans cesse autour de

Brianna, cherchant coûte que coûte à attirer son attention.

Ce dont il aurait eu du mal à les blâmer.

Il trouva Brianna dans la cuisine.

— J'avais envie d'aller faire un tour. Tu ne veux pas venir avec moi ?

— Si, je peux m'absenter un petit moment. Accorde-moi rien qu'une minute, le temps de...

Elle lui fit un sourire d'excuse en entendant le téléphone sonner.

— Bonjour, Blackthorn Cottage... Oh, Arlene, comment allez-vous ? s'exclama Brianna en faisant signe à Gray de venir la rejoindre. Oui, je vais très bien. Gray est justement à côté de moi, je vous le... Oh ? Vraiment ? Ce serait merveilleux ! Oui, votre mari et vous êtes tout à fait les bienvenus. Septembre est une des plus belles périodes de l'année... Oui, d'accord. Le quinze septembre, pour cinq jours. Il y a tout un tas d'excursions à faire à partir d'ici. Voulez-vous que je vous envoie quelques brochures ? Non, ça ne me dérange pas... Moi aussi, je serai très contente de vous revoir... Je vous passe Gray. Un instant...

Il prit l'appareil en regardant Brianna.

— Elle vient en Irlande en septembre ?

— En vacances, avec son mari. J'ai dû piquer sa curiosité. Elle a des nouvelles pour toi.

— Mmm... Bonjour, ma belle ! Alors, tu vas venir jouer les touristes dans les comtés de l'Ouest ? dit-il plaisamment en prenant la tasse de thé que Brianna lui tendait. Non, je crois que ça va te plaire... Le temps ?

Il jeta un coup d'œil vers la fenêtre derrière laquelle la pluie tombait en un rideau continu.

— Magnifique, affirma-t-il en faisant un clin d'œil à Brianna. Non, je n'ai pas encore reçu ton paquet. Qu'est-ce qu'il y a dedans ? Ah, des articles sur le film... Et ils sont élogieux ? Tant mieux...

Brianna s'éloigna pour aller surveiller le plat qu'elle avait mis au four.

— Heureusement que je ne porte pas de chapeau,

poursuivit Gray. Parce que je commence à avoir la grosse tête... Oui, ils m'ont envoyé une lettre interminable m'expliquant dans quel ordre s'effectuerait la tournée de promotion. J'ai accepté d'être à leur merci pendant trois semaines... Oui, je te laisse t'en occuper... Toi aussi... oui, je le lui dirai. A bientôt.

— Le film marche bien ? demanda Brianna dès qu'il eut raccroché, résistant à l'envie de le presser de questions.

— Douze millions de spectateurs en une semaine. Les critiques sont dithyrambiques. Et, apparemment, mon nouveau livre a plu.

— Tu dois être très fier.

— Je l'ai écrit il y a presque un an, fit Gray en haussant les épaules. L'affection que j'ai pour ce livre risque de considérablement diminuer quand j'en aurai parlé dans trente et une villes en trois semaines.

— C'est la tournée dont tu m'avais parlé ?

— C'est ça. Trois semaines d'entretiens, de librairies, d'aéroports et de chambres d'hôtel...

En riant, Gray prit un biscuit dans une boîte en fer-blanc.

— Tu parles d'une vie !

— Je croyais que c'était une vie qui te convenait.

— Parfaitement.

Refusant de céder à la tristesse, Brianna hocha la tête, puis sortit le plat du four.

— Ça commence en juillet, n'est-ce pas ? demanda-t-elle d'une voix douce.

— Oui. Le temps a filé à une vitesse folle. Il y a déjà quatre mois que je suis ici.

— Parfois, j'ai l'impression que tu as toujours été là.

— Tu t'es habituée à moi...

Il se caressa le menton d'un air absent, et elle comprit qu'il avait l'esprit ailleurs.

— Et cette promenade ? dit-il soudain.

— Il faut vraiment que je mette le dîner en route.

— J'attendrai, dit-il en s'appuyant nonchalamment contre le mur. Qu'est-ce qu'on mange, ce soir ?

— Un gigot d'agneau.

Gray poussa un petit soupir.

— C'est bien ce que je pensais.

20

Par une belle journée de la mi-mai, Brianna regardait les ouvriers en train de creuser les fondations de sa serre. Un de ses rêves allait devenir réalité, songea-t-elle en rejetant sa longue natte derrière son épaule.

Elle sourit au bébé qui gazouillait à côté d'elle dans sa balançoire portable. Elle avait appris à se contenter de petits rêves, se dit-elle en se penchant pour embrasser son neveu sur ses boucles brunes.

— Il a tellement changé, en quelques semaines.

— Je sais, mais pas moi, dit Maggie en se tapant sur le ventre et en faisant la grimace. Je me sens un peu moins comme une baudruche, mais je me demande si j'arriverai un jour à perdre tous ces kilos.

— Tu es superbe.

— C'est exactement ce que je lui dis, ajouta Rogan en enlaçant sa femme.

— Et qu'en sais-tu ? Tu es en admiration devant moi.

— Ça, c'est vrai.

Brianna détourna les yeux en les voyant échanger un regard rayonnant de bonheur. Comme tout était devenu facile pour eux ! Ils étaient follement amoureux l'un de l'autre et leur bébé était magnifique. Malgré elle, elle éprouva un petit pincement d'envie.

— Où est notre Américain, ce matin ?

Brianna sursauta et se demanda, vaguement gênée, si Maggie avait lu dans ses pensées.

— Il s'est levé à l'aube et est sorti aussitôt, sans même prendre de petit déjeuner.

— Pour aller où ?

— Je n'en sais rien. Il n'était pas de très bonne humeur. Il est plutôt imprévisible ces jours-ci. Son roman le perturbe, bien qu'il dise y mettre la dernière main.

— Alors, il va bientôt partir ? s'enquit Rogan.

— Bientôt, oui. Son éditeur lui téléphone sans arrêt au sujet du livre qui sort cet été. Ça a l'air de l'agacer de devoir penser à un livre pendant qu'il en écrit un autre.

Elle jeta un coup d'œil vers les ouvriers.

— C'est un bon endroit pour la serre, vous ne trouvez pas ? Je serai contente de pouvoir l'admirer de ma fenêtre.

— Il y a des mois que tu as décidé de la mettre là, lui fit remarquer Maggie. Tout va bien entre toi et Gray ?

— Oui, très bien. En ce moment, comme je viens de te le dire, il est un peu irritable, mais ça ne dure jamais très longtemps. Je t'ai expliqué comment il s'était arrangé pour faire une trêve avec maman.

— Lui rapporter un souvenir de New York était malin. Au baptême, elle a été très aimable avec lui. Moi, pour arriver au même résultat, il a fallu que je fasse un enfant.

— Elle est folle de Liam, dit Brianna.

— Il fait le tampon entre nous. Oh, qu'est-ce que tu as, mon chéri ? murmura Maggie en voyant son fils se tortiller. Sa couche doit être mouillée.

— Je vais le changer, s'empressa de proposer Brianna.

— Tu es plus prompte à te porter volontaire que son père, railla Maggie d'un air enjoué. Non, laisse, je vais le faire. Surveille ta serre. Je reviens dans une minute.

Quelques minutes plus tard, la voix de Maggie leur parvint du seuil de la maison.

— Rogan, il y a un coup de fil pour toi, cria-t-elle. De Dublin.

— Chez nous, elle refuse de répondre au téléphone, mais elle le fait ici, s'étonna Rogan.

— Je l'ai menacée de ne plus lui faire de gâteaux si elle ne le faisait pas.

— Aucune de mes menaces n'a marché, avoua-t-il en se levant. J'attendais un coup de fil important, aussi, je me suis permis de donner ton numéro si ça ne répondait pas à la maison.

— Tu as bien fait. Prends tout ton temps.

Elle sourit à Maggie qui revenait avec le bébé dans les bras.

— Alors, Margaret Mary, tu vas te décider à me le prêter un peu, oui ou non?

En riant, Maggie confia l'enfant à sa sœur et se laissa tomber dans la chaise longue que Rogan venait de quitter.

— Oh, c'est bon de s'asseoir! Cette nuit, Liam n'a pas bien dormi. Je te jure qu'à nous deux Rogan et moi nous avons dû faire une centaine de kilomètres pour le calmer.

— Tu crois qu'il commence à faire ses dents?

Brianna passa doucement son pouce sur la gencive du bébé pour vérifier si elle était gonflée.

— C'est possible. Il n'arrête pas de baver comme un petit chiot.

Soudain, elle ferma les yeux en s'étirant.

— Oh, Brie, je n'arrive pas à croire qu'on puisse aimer autant! J'ai passé la plus grande partie de ma vie sans même savoir que Rogan Sweeney existait, et maintenant, je ne pourrais plus vivre sans lui.

Elle entrouvrit un œil pour s'assurer que Rogan était toujours dans la maison et ne l'avait pas entendue se répandre en considérations sentimentales.

— Quant au bébé, c'est incroyable comme ça t'agrippe le cœur. Quand il était dans mon ventre, je croyais déjà l'aimer. Mais quand je l'ai tenu pour la première fois dans mes bras, c'était tellement plus...

Elle se secoua et partit d'un rire rauque.

— Oh, mes hormones continuent à me jouer des tours. Elles me transforment en véritable guimauve.

— Ce ne sont pas les hormones, Maggie, rétorqua Brianna en caressant la joue de Liam. Tu es heureuse, tout simplement.

— Je voudrais que tu le sois aussi, Brie. Je vois bien que tu ne l'es pas.

— Mais pas du tout, je suis très heureuse.

— Tu l'imagines déjà parti. Tu te forces à l'accepter, avant même que ce soit arrivé.

— S'il décide de s'en aller, je ne peux pas l'en empêcher. Je le sais depuis longtemps.

— Et pourquoi pas ? riposta Maggie. Ne l'aimes-tu donc pas assez pour te battre pour qu'il reste ?

— Je l'aime trop pour faire ça. Et puis, peut-être que je manque de courage. Je ne suis pas aussi brave que toi, tu sais.

— C'est une mauvaise excuse. Tu as toujours été la trop brave et sainte Brianna !

— En tout cas, c'est la mienne, dit-elle calmement. Elle n'avait aucune envie de se lancer dans une discussion là-dessus.

— S'il s'en va, c'est qu'il a ses raisons. Je ne les approuve peut-être pas, mais je les comprends. Alors, arrête de me houspiller, Maggie. Car cela fait mal. Ce matin, quand il est sorti, j'ai bien vu qu'il était déjà prêt à partir.

— Eh bien, fais-le changer d'avis ! Il t'aime, Brie. Il n'y a qu'à voir la façon dont il te regarde.

— Je crois qu'il m'aime, oui. C'est pour ça qu'il est soudain pressé de s'en aller. Il a peur. Peur de revenir.

— C'est ce que tu espères ?

— Non...

Et pourtant elle aurait bien voulu.

— L'amour ne suffit pas toujours, Maggie. Ce qui est arrivé à papa en est la preuve.

— Ce n'était pas pareil !

— Rien n'est jamais pareil. Mais il a vécu sans son Amanda et s'est arrangé pour vivre de son mieux. Je suis sa fille, je ferai la même chose, murmura Brianna en berçant le bébé. Je comprends ce qu'Amanda voulait dire quand elle lui a écrit qu'elle lui était reconnaissante des moments qu'ils avaient passés ensemble. Pour rien au monde, je ne voudrais échanger ces derniers mois passés avec Gray.

Elle jeta un coup d'œil en biais et retomba dans un profond silence, tout en scrutant le visage de Rogan qui traversait la pelouse.

— Il se pourrait qu'on ait trouvé quelque chose sur Amanda Dougherty, leur dit-il.

Gray ne rentra pas pour le thé, et si Brianna s'en étonna, elle ne s'inquiéta cependant pas, occupée à préparer des sandwiches et un cake aux raisins pour ses clients. En outre, les informations obtenues par Rogan au sujet d'Amanda Dougherty continuèrent à flotter dans son esprit le reste de la journée.

Le détective n'avait tout d'abord rien trouvé dans les villes et les villages des Catskills. Consciencieux, il avait néanmoins vérifié dans les registres tous les avis de naissance, de décès et de mariage sur une période de cinq ans après la date de la dernière lettre d'Amanda à Tom Concannon.

Et c'était finalement dans un petit village, caché au fin fond des montagnes, qu'il avait retrouvé sa trace.

Amanda Dougherty, trente-deux ans, avait été mariée par un juge de paix à un homme de trente-huit ans du nom de Colin Bodine. Une adresse à Rochester, dans l'État de New York, était indiquée, et le détective était déjà reparti pour continuer ses recherches.

Le mariage avait été célébré cinq mois après la dernière lettre écrite à son père, songea Brianna. Amanda étant alors près d'accoucher, l'homme qu'elle avait épousé avait donc inévitablement su qu'elle était enceinte d'un autre.

Cet homme était-il amoureux d'elle ? Elle l'espérait. Ce devait en tout cas être un homme fort généreux pour donner son nom à un enfant qui n'était pas le sien.

Elle se surprit à jeter un nouveau coup d'œil à la pendule en se demandant où Gray était passé. Agacée malgré elle, elle décida d'aller voir Murphy pour le tenir au courant des progrès de la construction de la serre.

Lorsqu'elle revint, il était temps de préparer le dîner. Murphy lui avait promis de passer voir où en étaient les travaux dès le lendemain. Mais le but inavoué de Brianna, qui avait espéré trouver Gray chez son voisin, comme cela lui arrivait souvent, fut raté.

Il y avait maintenant douze heures qu'il était parti, et elle commençait à être vraiment inquiète.

A dix heures, tous les clients montèrent se coucher, les lumières s'éteignirent et le calme envahit la maison. De l'inquiétude, elle passa à la résignation. Il rentrerait quand il rentrerait, se dit-elle en s'installant dans son petit salon, son tricot sur les genoux et le chien assis à ses pieds.

Toute une journée à rouler, à marcher et à observer la campagne n'avait guère réussi à améliorer l'humeur de Gray.

Il était énervé, et le fut plus encore en voyant qu'une lumière avait été laissée allumée à son intention.

Dès qu'il entra dans la maison, il l'éteignit et grimpa directement dans sa chambre, dans un geste délibéré, ne voulant avoir à rendre de comptes à personne.

Le bruit des pattes du chien sur le plancher le fit se retourner au milieu de l'escalier.

— Qu'est-ce que tu veux ? Ce n'est pas le couvre-feu. Je n'ai pas besoin qu'un idiot de chien m'attende.

Conco leva la patte, comme il en avait l'habitude, pour lui dire bonjour.

— Tu m'ennuies, fit Gray en redescendant toutefois lui gratter la tête. Là, tu es content, maintenant ?

Le chien fila vers la cuisine, puis s'arrêta et s'assit, attendant manifestement qu'il le rejoigne.

— Je vais me coucher...

Aussitôt, Conco se releva comme pour lui montrer le chemin des appartements de sa maîtresse.

— Bon, d'accord, je te suis...

Enfonçant les mains dans les poches, Gray suivit le chien, traversa la cuisine et se figea devant la porte de Brianna.

Il était d'une humeur exécrable, il le savait, mais n'y

pouvait rien. C'était à cause de son livre, mais pas seulement. Il lui fallait bien admettre qu'il était dans cet état depuis le baptême de Liam.

La cérémonie l'avait ému. Ou plus exactement, la chaleur avec laquelle amis et voisins étaient venus assister au baptême de l'enfant l'avait touché. De façon aussi profonde qu'inattendue.

Au-delà des croyances et des dogmes, le village formait une famille. Constater qu'il avait un instant souhaité en faire partie l'avait indéniablement troublé, le rendant à la fois anxieux et furieux.

Gray s'arrêta devant la chambre de Brianna et observa pendant quelques secondes le cliquetis régulier des aiguilles à tricoter. La pelote de laine vert foncé tressautait en rythme sur sa chemise de nuit blanche. La lampe était orientée de façon à éclairer l'ouvrage, mais elle ne regardait pas ses mains.

A l'autre bout de la chambre, un film en noir et blanc murmurait à la télévision. Cary Grant et Ingrid Bergman en robe du soir s'enlaçaient dans une cave. Gray reconnut *Les Enchaînés*. Une histoire d'amour, de trahison et de rédemption.

Pour des raisons qu'il ne parvenait pas à saisir, le fait que Brianna ait choisi de regarder ce film pour se distraire l'irrita plus encore.

— Tu n'aurais pas dû m'attendre.

Elle se tourna vers lui, sans cesser d'agiter ses aiguilles. Il avait l'air fatigué, et de mauvaise humeur. Quoi qu'il ait cherché au cours de cette longue journée solitaire, il ne semblait pas l'avoir trouvé.

— Je ne t'attendais pas. Tu as mangé ?

— J'ai grignoté dans un pub, cet après-midi.

— Alors, tu dois avoir faim...

Elle posa son ouvrage.

— Je vais te préparer quelque chose.

— Je peux le faire moi-même. Inutile de me materner.

Brianna se raidit imperceptiblement, mais se contenta de reprendre ses aiguilles.

— Comme tu voudras.

Gray s'avança dans la pièce, le regard brillant de défi.

— Alors ?

— Alors, quoi ?

— Il n'y a pas d'interrogatoire ? Tu ne me demandes pas où j'étais, ce que j'ai fait et pourquoi je n'ai pas appelé ?

— Comme tu viens de me le faire remarquer, je ne suis pas ta mère. Ça te regarde.

Pendant un instant, on n'entendit plus que le cliquetis des aiguilles et la voix d'une femme à la télévision s'étonnant de découvrir une tache de gras sur son chemisier tout neuf.

— Oh, je vois, tu joues l'indifférence... grommela Gray en allant éteindre le poste.

— Tu as envie d'être désagréable ou quoi ?

— J'essaie d'obtenir ton attention.

— Eh bien, tu l'as.

— Tu es obligée de continuer à tricoter quand je te parle ?

Puisqu'il n'y avait apparemment aucun moyen d'éviter une confrontation, Brianna reposa son ouvrage sur ses genoux.

— C'est mieux comme ça ?

— J'avais besoin d'être seul. Je n'aime pas le monde.

— Je ne te demande aucune explication, Grayson.

— Si, tu m'en demandes. Mais pas à haute voix.

L'impatience commençait à la gagner.

— Parce que, maintenant, tu lis dans mes pensées ?

— Ce n'est pas très difficile. Nous dormons ensemble, nous vivons pratiquement ensemble ; tu considères par conséquent que je dois te tenir au courant de tous mes faits et gestes.

— C'est ça que je pense ?

Gray se mit à marcher de long en large. Comme un gros chat derrière les barreaux d'une cage.

— Tu ne vas quand même pas me dire que tu n'es pas furieuse ?

— Pourquoi te dirais-je quoi que ce soit, puisque tu

lis dans mes pensées sans même que j'aie à ouvrir la bouche?

Elle croisa les mains et les posa sagement sur son tricot. Elle ne se disputerait pas avec lui, se promit-elle. Puisque le temps qu'ils pourraient passer ensemble touchait à sa fin, elle n'avait pas envie de gâcher leurs derniers souvenirs par de mauvais sentiments.

— Grayson, je te ferai remarquer que j'ai une vie à moi. Une affaire à diriger, ainsi que des joies personnelles. J'ai eu une journée bien remplie.

— Si je comprends bien, tu te fiches pas mal que je sois là ou pas, c'est ça?

Brianna se contenta d'un soupir.

— Tu sais bien que j'aime que tu sois là. Que veux-tu que je te dise? Que je me suis inquiétée? Eh bien, oui, c'est vrai, pendant un moment. Mais tu es assez grand pour prendre soin de toi. Tu veux savoir si j'ai pensé que ce n'était pas très gentil de ta part de partir si longtemps alors que, d'habitude, tu es là presque tous les soirs? Tu dois t'en douter, par conséquent, ce n'est pas la peine que je te le dise. Et maintenant, si tu permets, je vais aller me coucher. Tu peux venir avec moi ou monter bouder dans ta chambre.

Avant qu'elle puisse se lever, il plaqua ses deux mains sur les bras du fauteuil pour l'en empêcher et la regarda droit dans les yeux.

— Pourquoi ne cries-tu pas? Pourquoi ne me lances-tu pas quelque chose à la figure ou ne me donnes-tu pas un coup de pied dans le derrière?

— Cela t'aiderait peut-être à te sentir mieux, dit-elle calmement.

— Alors, c'est tout? On oublie et on va au lit? Après tout, qu'en sais-tu, j'étais peut-être avec une autre femme?

Un éclair de rage passa dans les yeux verts de Brianna. Mais elle se reprit aussitôt et remit son tricot dans le panier.

— Tu cherches à me mettre en colère?

— Oui. Exactement...

Il se redressa brusquement et se retourna.

— Au moins, le combat serait égal. Il n'y a pas moyen de briser cette sérénité glacée dans laquelle tu te drapes.

— J'aurais tort de me priver d'une telle arme, non? fit-elle en se levant. Grayson, je t'aime, et si tu penses que je me sers de cet amour pour te piéger ou te faire changer, eh bien, c'est pour moi une insulte. Ce dont tu devrais t'excuser.

Repoussant le flot de culpabilité qui l'envahit alors, Gray se tourna vers elle. Jamais au cours de sa vie une femme ne l'avait fait se sentir coupable. Le calme et la raison de Brianna lui donnaient le sentiment d'être stupide.

— Je me doutais que tu finirais par trouver un moyen de m'arracher des excuses.

Brianna le dévisagea un instant, puis, sans un mot, se retourna et fila dans sa chambre.

Gray se passa les mains sur le visage et pressa les doigts sur ses yeux.

Il ne pouvait quand même pas continuer à se vautrer ainsi dans sa propre bêtise.

— Seigneur... Je suis fou, dit-il en entrant dans la chambre.

Brianna ne dit rien. Calmement, elle entrouvrit la fenêtre afin de laisser entrer l'air frais et parfumé de la nuit.

— Je suis désolé, Brie. Ce matin, j'étais d'une humeur de chien, et j'avais besoin d'être seul.

Sans lui répondre ni l'encourager à en dire davantage, elle se contenta de replier le dessus-de-lit.

— Je t'en prie, ne sois pas froide comme ça avec moi. C'est pire que tout.

Il s'approcha et lui caressa timidement les cheveux.

— J'ai des problèmes avec mon livre. Je ne devrais pas t'en faire subir les conséquences.

— Je ne m'attends pas à ce que tu ajustes tes humeurs pour me plaire.

— Tu ne t'attends à rien, murmura-t-il. Ce n'est pas bon pour toi.

— J'ignore ce qui est bon pour moi.

Elle voulut s'éloigner, mais il la fit pivoter sur elle-même. Et sans prêter attention à la manière rigide dont elle se tenait, il l'enlaça.

— Tu aurais mieux fait de me mettre à la porte, murmura-t-il.

— Tu as payé jusqu'à la fin du mois.

Gray appuya sa joue contre ses cheveux en étouffant un petit rire.

— Voilà maintenant que tu es méchante !

Comment une femme pouvait-elle s'accommoder de pareils changements d'humeur ? Quand elle essaya de se dégager de son étreinte, il la serra plus fort.

— J'avais besoin d'être un peu sans toi, dit-il en laissant sa main remonter le long de son dos pour l'encourager à se détendre. Pour me prouver que j'étais capable de te quitter.

— Parce que tu crois que je ne le sais pas ?

S'écartant de lui le plus possible, Brianna encadra son visage de ses mains douces.

— Grayson, je sais que tu vas bientôt partir, et je n'ai nullement l'intention de faire semblant que ça ne me brise pas le cœur. Mais ce sera encore plus douloureux, pour nous deux, si nous passons ces derniers jours à nous disputer.

— J'imagine que ce serait plus facile si tu étais en colère contre moi. Si tu me poussais à disparaître de ta vie.

— Plus facile pour qui ?

— Pour moi.

Le front contre le sien, il lui dit alors ce qu'il avait évité de lui dire depuis des jours et des jours.

— Je partirai à la fin du mois.

Ne trouvant rien à répondre, elle garda le silence, ne ressentant qu'une déchirure soudaine dans la poitrine.

— Je veux prendre un peu de temps avant de commencer cette tournée.

Brianna attendit, mais il ne lui demanda pas, comme il l'avait fait une fois, de partir avec lui sur une plage sous les tropiques. Elle se contenta de hocher la tête.

— Alors, profitons du temps qui nous reste avant ton départ.

Elle pivota sur elle-même, et leurs bouches se trouvèrent. Doucement, Gray la poussa sur le lit. Et lorsqu'il lui fit l'amour, ce fut avec une infinie tendresse.

21

Pour la première fois depuis que Brianna avait ouvert sa maison à des hôtes de passage, elle aurait souhaité les voir tous aller au diable. Leur intrusion dans sa vie avec Gray lui était insupportable. De même qu'elle ne supportait pas les moments où il s'enfermait dans sa chambre pour terminer le livre qui l'avait pourtant amené ici.

Elle faisait de son mieux pour lutter contre ses émotions et ne rien en laisser deviner. Au fur et à mesure que les jours passaient, elle essayait de se persuader que cette sensation de panique et de tristesse s'estomperait peu à peu. Sa vie était si près de ressembler à ce qu'elle voulait. Si près...

Sans doute n'aurait-elle pas le mari et les enfants qu'elle espérait depuis si longtemps, mais elle avait de quoi s'estimer satisfaite. Se le dire l'aidait quelque peu à supporter la routine quotidienne.

Elle emporta le linge qu'elle venait de rentrer du jardin au premier étage. Comme la porte de Gray était ouverte, elle entra, puis déposa la pile sur le lit. Changer les draps était inutile, car il dormait chaque nuit avec elle. Mais la chambre avait besoin d'un grand ménage. Le désordre qui régnait sur son bureau était épouvantable.

Elle commença par vider le cendrier rempli de mégots et rassembla les livres et les papiers. Tout en espérant apercevoir quelques traces de l'histoire qu'il était en train d'écrire. Elle trouva plusieurs enveloppes décachetées, des lettres en attente de réponse, ainsi que quelques notes gribouillées à la hâte au sujet de superstitions irlandaises qu'elle parcourut avec un sourire amusé.

— Eh bien, Brianna, ça m'étonne de toi. Tu fouines dans mes papiers ?

Rouge comme une pivoine, Brianna s'empressa de reposer le bloc et de mettre les mains dans son dos. Oh, cela ressemblait bien à Grayson Thane de se faufiler derrière quelqu'un sans faire le moindre bruit !

— Je ne fouinais pas. J'époussetais.

Gray but une goutte du café qu'il était allé se faire dans la cuisine. Il ne l'avait jamais vue aussi sidérée.

— Tu n'as même pas de chiffon à poussière, lui fit-il remarquer.

Piquée au vif, Brianna se drapa dans sa dignité.

— J'allais justement en chercher un. Ton bureau est une vraie pagaille, j'y mettais un peu d'ordre.

— Tu as lu mes notes.

— J'ai seulement déplacé ton bloc. Il est possible que j'y aie jeté un bref coup d'œil. Ce ne sont que des superstitions, des histoires de diable et de mort.

— Le diable et la mort sont ce qui me fait vivre. Tu veux en lire un passage ?

Elle se retourna et le considéra d'un regard méfiant.

— De ton livre ?

— Non, du bulletin météo, plaisanta-t-il. Évidemment, de mon livre ! A vrai dire, il y a un chapitre pour lequel j'aurais besoin de tes lumières. Pour savoir si le rythme du dialogue, l'atmosphère font vrai, etc.

— Oh, si je peux t'aider, j'en serai ravie.

— Brie, tu mourais d'envie de regarder le manuscrit. Tu aurais pu me le demander.

— Je sais à quoi m'en tenir, j'ai vécu avec Maggie. Si on entre dans son atelier pendant qu'elle souffle une pièce, c'est au péril de sa vie.

— Je n'ai pas aussi mauvais caractère.

En quelques gestes habiles, il alluma son ordinateur et introduisit la disquette appropriée.

— C'est une scène dans un pub. Avec un peu de

couleur locale, histoire de présenter quelques personnages. C'est la première fois que McGee rencontre Tullia.

— Tullia. C'est un nom gaélique.

— Exactement. Ça veut dire paisible. Voyons voir si je le retrouve, dit-il en faisant défiler le texte sur l'écran. Tu ne parles pas gaélique, n'est-ce pas ?

— Mais si. Maggie et moi l'avons appris avec notre grand-mère.

Gray se redressa en la regardant fixement.

— Bon sang, quel dommage que j'y ai pas pensé plus tôt ! Tu sais combien de temps j'ai perdu à chercher des mots ? Je tenais à en mettre quelques-uns, ici et là.

— Tu n'avais qu'à me demander.

— Trop tard, grommela-t-il. Ah, c'est ici. McGee est un flic désabusé, d'origine irlandaise. Il est venu en Irlande pour élucider une vieille histoire de famille, peut-être aussi pour trouver son équilibre et en apprendre un peu plus sur lui-même. Ce qu'il veut par-dessus tout, c'est qu'on le laisse seul, le temps de se retrouver. Il a été mêlé à une arrestation qui a mal tourné et se considère responsable de la mort d'un passant, un gosse de six ans.

— Comme c'est triste !

— Oui, il a pas mal de problèmes. Tullia en a elle aussi. Elle est veuve et a perdu son mari et son fils dans un accident dont elle seule a survécu. Elle continue à vivre, mais trimballe un lourd fardeau. Son mari n'était pas une merveille, et il lui était même arrivé de souhaiter sa mort. Par conséquent, elle se sent coupable, et meurtrie, parce que son enfant lui a été enlevé, comme pour la punir d'avoir eu de telles pensées. La scène se passe au pub du coin. Seulement sur quelques pages. Si tu trouves quelque chose qui cloche, qui ne sonne pas juste, tu n'as qu'à le noter sur le bloc. Je vais descendre voir où en est ta serre.

— Oui, oui, fit-elle, déjà plongée dans sa lecture, en lui faisant signe de s'en aller. Vas-y.

Gray sortit faire un tour dans le jardin, puis passa

voir la serre dont le mur de soubassement était maintenant terminé. Il ne fut pas surpris de voir arriver Murphy avec qui il discuta tout en le raccompagnant jusque chez lui.

Lorsqu'il rentra à la maison, il jeta un coup d'œil à la pendule de la cuisine et fit la grimace. Il y avait déjà une heure qu'il avait laissé Brianna.

Et il la retrouva exactement là où il l'avait laissée.

— Tu en mets un temps pour lire un demi-chapitre.

Bien que surprise par son arrivée, cette fois, elle ne sursauta pas. Quand elle se tourna vers lui, il vit qu'elle avait les yeux humides.

— C'est si mauvais que ça ? demanda-t-il en gloussant, étonné de se sentir aussi nerveux.

— C'est merveilleux...

Elle prit un mouchoir dans la poche de son tablier.

— Vraiment. Ce passage où Tullia est assise dans le jardin, en train de penser à son enfant... On ressent son chagrin. On ne dirait pas du tout un personnage inventé.

Gray s'étonna plus encore de se sentir gêné. Question compliments, elle était parfaite.

— Ma foi, c'était le but.

— Tu as un talent extraordinaire pour transformer les mots en émotions. Je suis allée un peu au-delà de la partie que tu voulais me faire lire. Excuse-moi. Je n'arrivais pas à m'arrêter.

— Tu m'en vois flatté.

Il vit alors sur l'écran qu'elle avait lu plus de cent pages.

— Ça te plaît ?

— Oh, énormément. Il y a quelque chose de différent par rapport à tes livres précédents. Il y a toute une atmosphère, comme toujours, et c'est plein de détails. Et aussi effrayant. Le premier meurtre, dans les ruines... en le lisant, j'ai cru que mon cœur allait s'arrêter de battre. C'est sanglant à souhait. Oui, c'est vraiment jubilatoire.

— Ne t'arrête pas là...

Il lui ébouriffa les cheveux et se laissa tomber sur le lit.

— Eh bien, on retrouve aussi ton sens de l'humour. Et de l'observation. Ton œil ne laisse rien passer. La scène du pub... J'y suis pourtant allée d'innombrables fois... Je voyais Tim O'Malley derrière le bar, et Murphy en train de jouer du violon. Il va apprécier que tu aies fait de lui un homme aussi séduisant.

— Tu crois qu'il se reconnaîtra ?

— Oh, oui, sûrement. Par contre, je ne sais pas comment il prendra d'être sur la liste des suspects, ou même d'être le meurtrier, si c'est ce que tu as choisi comme fin.

Elle attendit, espérant l'entendre confirmer ses dires, mais il se contenta de secouer la tête.

— Tu ne veux quand même pas que je te dise qui est le coupable ?

— Eh bien... non, soupira-t-elle en mettant le menton sur sa main. Murphy va probablement adorer. On sent l'affection que tu as pour le village, la terre et les gens. Dans tout un tas de petits détails.

— Mettre les choses par écrit est facile quand il y en a tant à regarder.

— Tu ne regardes pas seulement avec tes yeux, mais aussi avec ton cœur. Il y a une profondeur de sentiments qui n'existait pas à ce point dans tes autres romans. La manière dont McGee combat son propre instinct guerrier pour faire son devoir... La façon dont il souhaite ne rien faire, tout en sachant qu'il ne le peut pas. Et Tullia, qui endure ce chagrin qui a failli la briser et s'efforce de faire ce qu'il faut pour recommencer à vivre. Je ne sais pas comment t'expliquer...

— Tu te débrouilles plutôt bien, murmura Gray.

— Ça me touche beaucoup. Je n'arrive pas à croire que tout ça a été écrit ici, dans ma maison.

— Je pense que je n'aurais pu l'écrire nulle part ailleurs.

Il se leva, enfonça quelques touches et, au grand désarroi de Brianna, le texte disparut de l'écran. Elle qui espérait qu'il la laisserait lire encore...

— Oh, tu as changé le titre, s'exclama-t-elle en

voyant la page de garde apparaître. *Ultime rédemption*. Ça me plaît. C'est le thème du livre, n'est-ce pas? Les meurtres, ce qui est arrivé à McGee et à Tullia avant, et tout ce qui va changer après leur rencontre?

— C'est exactement cela.

Il enfonça une autre touche pour arriver à la page où figurait la dédicace. De tous les livres qu'il avait écrits, c'était seulement la deuxième fois qu'il en dédiait un à quelqu'un. Le premier, et le seul, avait été pour Arlène.

A Brianna, pour ce qu'elle m'a offert d'incomparable.

— Oh, Grayson... s'écria-t-elle, des larmes dans la voix. Quel honneur! Je vais recommencer à pleurer... Elle se blottit tout contre lui.

— Merci, dit-elle tout bas.

— Tu sais, il y a beaucoup de moi dans ce livre, expliqua-t-il en l'obligeant à le regarder dans les yeux, espérant qu'elle comprendrait. Et ça, c'est quelque chose que je peux te donner.

— Je sais. Je le chérirai comme un trésor.

Craignant que ses larmes ne gâchent ce moment précieux, elle lui passa la main dans les cheveux.

— Tu as sûrement envie de te remettre au travail. La journée est déjà bien avancée.

Elle reprit sa pile de linge, sachant pertinemment qu'elle se mettrait à pleurer dès qu'elle serait toute seule.

— Veux-tu que je t'apporte ton thé quand ce sera l'heure?

Gray l'observa un instant en plissant les yeux. Il se demandait si elle s'était reconnue en Tullia. Avec son calme, sa retenue, et cette grâce quasiment inébranlable.

— Je descendrai. J'ai pratiquement fini ce que je devais faire aujourd'hui.

— Alors... on se retrouve dans une heure.

Sur ces mots, elle sortit en prenant soin de refermer la porte derrière elle. Une fois seul, Gray alla s'asseoir à son bureau et, pendant un long moment, resta à contempler la brève dédicace.

Une heure plus tard, ce furent des rires et des voix qui l'attirèrent en bas. Les clients étaient au salon, en train de prendre le thé et de manger des gâteaux. Brianna était debout au milieu de la pièce, se balançant légèrement pour bercer le bébé blotti au creux de son épaule.

— C'est mon neveu, leur expliquait-elle. Liam. Je le garde pendant une heure ou deux. Oh, Gray...

Elle l'accueillit avec un sourire radieux.

— Regarde qui est là.

— Je vois ça...

Gray s'approcha du bébé et effleura son front d'un baiser. Ses yeux rêveurs s'écarquillèrent pour observer le nouveau venu.

— Il me regarde toujours comme s'il connaissait le moindre de mes péchés. Ça m'intimide.

Gray se planta devant le chariot de pâtisseries en hésitant sur laquelle choisir lorsqu'il remarqua Brianna s'éclipser discrètement. Il la rattrapa devant la porte de la cuisine.

— Où vas-tu ?

— Mettre le bébé au lit.

— Pourquoi ?

— Maggie m'a dit qu'il devait faire la sieste.

— Maggie n'est pas là, rétorqua Gray en prenant le bébé dans ses bras. Et nous n'avons jamais l'occasion de jouer avec lui. Où est ta sœur ?

— Elle a allumé son four, et Rogan a dû filer à la galerie pour résoudre un problème, alors elle est venue me déposer le bébé.

En riant, elle pencha la tête vers celle de l'enfant.

— Je croyais que ça n'arriverait jamais... Maintenant, je t'ai rien que pour moi, murmura-t-elle.

Elle se redressa en entendant frapper à la porte.

— Attention, tiens-lui bien la tête, lança-t-elle en allant ouvrir.

— Je sais comment tenir un bébé ! Ah, les femmes...

dit-il en s'adressant à Liam. Elles nous croient capables de rien. Pour l'instant, tu es le centre du monde, mais attends un peu, et tu verras. D'ici quelques années, elles penseront que ta seule raison d'être est de réparer l'électricité et de tuer les insectes.

Comme personne ne le regardait, il embrassa le bébé sur la bouche. Et s'amusa à la voir doucement s'incurver.

— Oui, c'est bien... Si nous allions dans la cuisine pour...

Gray s'arrêta net en entendant Brianna pousser un cri de surprise. Serrant Liam plus fort dans ses bras, il se précipita dans la cuisine.

Carstairs se tenait sur le seuil, un chapeau melon à la main, un grand sourire aux lèvres.

— Grayson, je suis content de vous revoir. Je n'étais pas sûr que vous seriez encore ici. Qu'est-ce que c'est que ça ?

— C'est un bébé, répondit laconiquement Gray.

— Je vois bien, répliqua Carstairs en chatouillant le menton de Liam et en faisant de drôles de bruits. Il est mignon. Je dois dire qu'il vous ressemble un peu, Brianna. Là, autour de la bouche.

— C'est le fils de ma sœur. Mais que faites-vous à Blackthorn, Mr. Carstairs ?

— Nous passions dans le coin. J'ai tellement parlé de votre cottage et de la région à Iris qu'elle a voulu venir voir par elle-même.

Il montra la Bentley garée devant le portail.

— A vrai dire, nous espérions que vous auriez une chambre pour nous, pour une nuit.

Brianna lui jeta un regard ahuri.

— Vous voulez rester ici ?

— J'ai tellement vanté votre cuisine...

Il se pencha en avant en prenant un ton confidentiel.

— Je crois que ça a un peu agacé Iris. Elle-même est excellente cuisinière, voyez-vous. Elle veut vérifier si je n'ai pas exagéré.

— Mr. Carstairs, vous n'avez vraiment aucune honte.

— C'est bien possible, ma chère, dit-il gaiement. C'est bien possible.

Brianna prit un air vexé, puis poussa un soupir.

— Eh bien, ne laissez pas cette pauvre femme dans la voiture. Allez la chercher et venez prendre le thé.

— Il me tarde de faire sa connaissance, remarqua Gray en câlinant le bébé.

— Elle aussi est impatiente. Le fait que vous m'ayez dérobé mon portefeuille sans que je m'en rende compte l'a beaucoup impressionnée. Autrefois, j'étais plus vif, dit-il en secouant la tête avec un air de regret. Mais il faut dire que j'étais aussi plus jeune. Je sors nos bagages, Brianna ?

— Il me reste une chambre. Mais elle est plus petite que celle que vous aviez la dernière fois.

— Je suis sûr qu'elle est charmante. Absolument charmante.

Et il s'empressa d'aller chercher sa femme.

— Ça alors ! s'exclama Brianna. Je ne sais plus si je dois éclater de rire ou cacher l'argenterie. Si toutefois j'avais de l'argenterie !

— Il t'aime trop pour te voler quoi que ce soit. Voici donc la fameuse Iris.

La photo trouvée dans le portefeuille offrait une bonne ressemblance avec la réalité, remarqua Brianna. Iris portait une robe à fleurs que la brise souleva, laissant apparaître de très jolies jambes. Elle avait mis à profit le moment où elle était restée dans la voiture pour se recoiffer et refaire son maquillage, et arriva fraîche et pimpante derrière son mari rayonnant.

— Oh, miss Concannon, Brianna ! J'espère que vous voulez bien que je vous appelle Brianna. J'ai tellement entendu parler de vous et de votre charmante auberge.

Sa voix était douce et distinguée, bien que les mots semblent se bousculer pour sortir de sa bouche. Avant que Brianna puisse répondre, Iris prit ses deux mains dans les siennes et la secoua comme un prunier.

— Vous êtes aussi jolie que Johnny me l'avait dit.

C'est vraiment gentil à vous de nous trouver une chambre alors que nous débarquons sans prévenir. Votre jardin, ma chère! Je dois avouer que je suis tombée en admiration devant. Vos dahlias! Je n'ai jamais eu de chance avec les miens. Il faudra me dire quel est votre secret. Vous leur parlez? J'ai beau parler aux miens jour et nuit, je n'ai jamais eu de fleurs comme ça.

— Eh bien, je...

— Vous devez être Grayson.

Sans attendre de réponse, Iris lâcha une des mains de Brianna pour prendre celle de Gray.

— Quel homme intelligent vous êtes! Très séduisant, en plus. Vous ressemblez à un acteur de cinéma. J'ai lu tous vos livres, tous. Ils me font frémir d'horreur, mais je n'arrive pas à les poser avant la fin. Comment faites-vous pour trouver des idées aussi palpitantes? J'étais impatiente de vous connaître tous les deux, poursuivit-elle sans les lâcher. J'ai harcelé ce pauvre Johnny jusqu'à ce qu'il cède. Et, finalement, nous voilà!

Elle s'arrêta un instant en les regardant d'un air ravi.

— Vous voilà, oui...

Brianna s'aperçut qu'il n'y avait pas grand-chose d'autre à ajouter.

— Eh bien, entrez. J'espère que vous avez fait bon voyage.

— Oh, j'adore voyager, pas vous? Quand je pense que nous n'étions jamais venus par ici. C'est beau comme une carte postale, n'est-ce pas, Johnny?

— Oui, ma chérie. C'est vrai.

— Oh, quelle ravissante maison! C'est absolument charmant, reprit Iris en regardant autour d'elle, la main de Brianna toujours dans la sienne. Je suis certaine qu'on doit y être merveilleusement bien.

Brianna lança un regard désespéré à Gray, mais il se contenta d'un haussement d'épaules.

— J'espère que vous vous y plairez. Le thé est servi au salon, à moins que vous ne préfériez voir tout de suite votre chambre.

— Oh oui, bonne idée! Nous allons monter nos bagages, tu veux, Johnny? Et ensuite, nous aurons tout le temps de discuter tranquillement.

Iris s'extasia sur l'escalier, le palier et la chambre que Brianna lui montra. Le couvre-lit n'était-il pas ravissant, les rideaux de dentelle charmants et la vue de la fenêtre superbe?

Très vite, Brianna se retrouva à la cuisine en train de refaire du thé tandis que ses nouveaux clients prenaient place autour de la table, comme s'ils étaient chez eux. Iris fit sauter Liam joyeusement sur ses genoux.

— Fine équipe, non? murmura Gray en l'aidant à sortir les tasses et les assiettes.

— Elle me donne le tournis, souffla-t-elle. Mais c'est impossible de ne pas la trouver sympathique.

— C'est vrai. Pas une seconde on n'imaginerait qu'elle ait pu être malhonnête. Elle a l'air d'une adorable grand-tante ou d'une voisine vaguement farfelue. En fin de compte, peut-être ferais-tu mieux de cacher l'argenterie.

— Chut...

Brianna apporta les assiettes sur la table. Carstairs se servit aussitôt de pain et de confiture.

— J'espère que vous allez vous joindre à nous, commença Iris en choisissant un *scone* qu'elle plongea dans le bol de crème fraîche épaisse. Johnny, il faut se débarrasser de cette fâcheuse histoire, tu ne penses pas? C'est tellement déprimant de laisser les affaires tout gâcher.

— Les affaires? fit Brianna en reprenant Liam qu'elle mit contre son épaule.

Carstairs s'essuya la bouche avec une serviette.

— Ce pain est un délice, Brianna. Tu devrais goûter ça, Iris.

— Johnny m'a vanté votre cuisine. Je dois reconnaître que j'ai d'abord été un peu jalouse. Je suis moi-même très bonne cuisinière, vous savez.

— Un vrai cordon-bleu, tu veux dire! corrigea Carstairs en prenant la main de sa femme et en l'embrassant amoureusement.

— Oh, Johnny, tu exagères...

Elle gloussa de plaisir comme une petite fille avant de lui donner une tape sur la main. Puis elle arrondit les lèvres pour lui envoyer une série de petits baisers. Gray adressa un regard perplexe à Brianna.

— Mais je comprends pourquoi il a été conquis par votre table, reprit Iris en mordillant délicatement un bout de *scone*. Il faudra que nous prenions le temps d'échanger quelques recettes. Ma spécialité à moi, c'est le poulet aux huîtres. Et, si je puis me permettre, c'est un vrai régal. Le truc consiste à utiliser un très bon vin, de préférence un blanc sec. Mais voilà que je recommence à bavarder alors que nous n'avons toujours pas réglé nos affaires.

Elle prit un autre *scone* d'une main tout en montrant de l'autre les chaises vides.

— Venez vous asseoir. Ce sera plus agréable de parler devant une tasse de thé.

Sans se faire prier, Gray vint s'asseoir et commença à remplir son assiette.

— Tu veux que je prenne le petit? demanda-t-il à Brianna.

— Non, ça va.

A son tour, elle s'assit en installant Liam confortablement au creux de son bras.

— Quel ange! s'extasia Iris. Et vous avez l'air de savoir vous y prendre avec les bébés. Johnny et moi avons toujours regretté de ne pas en avoir. Mais il faut dire que nous étions toujours partis à l'aventure et que notre vie était bien remplie. A nous deux, nous formions une redoutable équipe. Nous nous sommes merveilleusement amusés. Ce serait malhonnête de prétendre le contraire. Mais enfin on finit par vieillir.

— Oui, et on finit par perdre la main, renchérit Carstairs. Il y a dix ans, jeune homme, vous ne m'auriez pas subtilisé mon portefeuille aussi facilement.

— A votre place, je ne parierais pas trop là-dessus, rétorqua Gray en prenant sa tasse de thé. Il y a dix ans, j'étais encore meilleur.

— Tu vois, Iris, je t'avais bien dit que ce garçon était un sacré pistolet ! Oh, j'aurais voulu que tu le voies à l'œuvre, mon cœur. J'en suis resté béat d'admiration. J'espère que vous avez l'intention de me rendre ce portefeuille, Grayson. Au moins les photos. Une carte d'identité se remplace facilement, mais je suis très attaché à ces photos. Et puis l'argent liquide, bien entendu.

Gray le regarda avec un sourire carnassier.

— Vous me devez toujours cent livres... Johnny.

Carstairs se racla la gorge.

— Naturellement. Ça va de soi. Vous comprenez, je vous ai pris cet argent pour que ça ait l'air d'un cambriolage.

— Naturellement. Ça va de soi... Au pays de Galles, je crois que nous avions discuté des modalités compensatoires... juste avant que vous soyez obligé de partir si précipitamment.

— Je vous prie de m'en excuser. Vous m'aviez coincé, et je préférais ne conclure aucun accord définitif avec vous avant d'avoir consulté Iris.

— Nous sommes d'ardents défenseurs du partenariat total, glissa Iris.

— C'est exact. Je peux dire sans mentir que toutes nos décisions ont toujours été prises en équipe. Ce qui, ajouté à une profonde affection, nous a permis de passer ensemble quarante-trois années merveilleuses.

— Grâce aussi, bien entendu, à une vie sexuelle épanouie, ajouta Iris avec le plus grand naturel.

Elle rit en voyant Brianna s'étouffer au-dessus de sa tasse.

— Sans cela, le mariage serait très ennuyeux, vous ne trouvez pas ?

— Oui, vous avez sans doute raison, parvint à dire Brianna. Je pense comprendre pour quelle raison vous êtes venus ici, et j'apprécie. Mieux vaut que les choses soient claires.

— Nous voulions nous excuser en personne pour les ennuis que nous vous avons causés. Et je tenais à vous témoigner ma sympathie pour la fouille maladroite et complètement désordonnée à laquelle mon Johnny s'est livré dans votre belle maison.

Elle jeta un regard sévère à son mari.

— Tu as manqué de finesse, Johnny.

— Oui, je sais, admit-il en baissant la tête. J'en ai affreusement honte.

Brianna n'en était pas tout à fait certaine, mais elle secoua la tête.

— Finalement, ce n'était pas si grave que ça.

— Pas si grave! s'exclama Iris aussitôt. Ma chère petite, je suis sûre que vous étiez folle de rage, et vous en aviez le droit. Vous avez dû avoir beaucoup de peine.

— Elle a pleuré.

— Grayson... murmura Brianna, embarrassée à son tour, en regardant sa tasse.

— J'imagine très bien ce que vous avez dû ressentir, dit Iris d'une voix plus douce. Johnny sait à quel point je tiens à mes affaires. Si je rentrais à la maison et trouvais tout sens dessus dessous, je serais effondrée. Complètement effondrée. J'espère que vous arriverez à lui pardonner cette regrettable impulsion, si typiquement masculine.

— Bien sûr. Je lui ai pardonné. J'ai compris qu'il était sous pression et que...

Brianna s'arrêta et releva la tête en réalisant qu'elle était en train de défendre l'homme qui avait trompé son père et cambriolé sa maison.

— Vous avez un cœur généreux, en profita pour remarquer Iris. Maintenant, si nous parlions de cette fâcheuse histoire de certificat une dernière fois. D'abord, permettez-moi de vous dire que vous avez été très larges d'esprit et avez fait preuve d'une grande patience en décidant de ne pas alerter la police galloise.

— Gray était certain que vous vous manifesteriez.

— Ce garçon est un malin, murmura Iris.

— Je ne voyais pas pourquoi j'aurais agi autrement, soupira Brianna en prenant un biscuit. Tout ça remonte à très longtemps, et l'argent que mon père a perdu était le sien. Connaître les circonstances de toute cette histoire m'a amplement satisfaite.

— Tu vois, Iris, c'est exactement ce que je t'avais dit.

— Johnny...

Sa voix se fit soudain autoritaire. Elle soutint son regard jusqu'à ce que son mari baisse les yeux en soupirant.

— Bon, d'accord, tu as raison. Tu as parfaitement raison.

Il mit la main à sa poche et en sortit une enveloppe.

— Iris et moi avons longuement discuté, et nous aimerions régler cette histoire au mieux. Avec toutes nos excuses, ma chère, dit-il en tendant l'enveloppe à Brianna. Et nos meilleurs vœux.

Mal à l'aise, elle souleva le rabat de l'enveloppe. Elle eut tout à coup l'impression que son cœur descendait dans son estomac avant de remonter brusquement dans sa gorge.

— C'est de l'argent... De l'argent liquide.

— Un chèque aurait compliqué notre comptabilité, expliqua Carstairs. Et puis il aurait fallu ajouter des taxes. Une transaction en liquide nous épargnera des inconvénients à tous les deux. Il y a dix mille livres.

— Oh, mais je ne peux pas...

— Mais si, tu peux, coupa Gray.

— Ce n'est pas juste.

Elle tendit l'enveloppe à Carstairs. Une lueur anima son regard, il avança timidement la main, mais sa femme lui donna une tape sur les doigts.

— Ce jeune homme a raison, Brianna. C'est tout à fait juste, pour tout le monde. Ne vous inquiétez pas, cet argent ne changera rien à notre vie. Nous sommes à l'aise. J'aurais l'esprit soulagé, et le cœur aussi, si vous l'acceptiez. Et si vous nous rendiez le certificat.

— C'est Rogan qui l'a, dit Brianna.

— Non, il me l'a rendu, annonça Gray en se levant pour aller dans la chambre de Brianna.

— Prenez cet argent, insista gentiment Iris. Mettez-le vite dans la poche de votre tablier. Je vous le demande comme une faveur.

— Je ne vous comprends pas.

— Ça ne m'étonne pas. Johnny et moi ne regrettons pas une seconde d'avoir vécu comme nous l'avons fait. Nous avons profité de chaque instant. Mais une petite assurance pour nous racheter ne nous fera pas de mal ! ajouta-t-elle en riant et en serrant la main de Brianna dans la sienne. Soyez gentille, faites ça pour moi. Pour nous deux, n'est-ce pas, Johnny ?

Il jeta un dernier coup d'œil sur l'enveloppe.

— Oui, ma chérie.

Gray revint avec le certificat.

— Ceci est à vous, si je ne me trompe.

— Oui, oui, en effet.

Carstairs prit avidement le document qu'il lui tendait. Ajustant ses lunettes, il l'examina attentivement.

— Iris, dit-il d'une voix émue en lui passant le certificat pour qu'elle le regarde à son tour. Nous faisions du beau travail, n'est-ce pas ? Ce document est absolument irréprochable.

— Oui, Johnny chéri. C'est du beau travail.

22

— Je crois que je n'ai jamais connu un moment de satisfaction aussi intense de toute ma vie !

Maggie monta dans la voiture de Brianna et s'étira voluptueusement sur le siège. Elle jeta un dernier coup d'œil vers la maison de leur mère quand sa sœur démarra.

— Il n'y a pas de quoi pavoiser, Margaret Mary.

— Qu'il y ait de quoi ou pas, j'ai trouvé cet instant savoureux !

Elle se retourna pour donner son hochet à Liam qui était sanglé sur son siège à l'arrière.

— Tu as vu sa tête, Brie ? Tu as vu ?

— Oui...

Quittant son air digne une seconde, elle esquissa un petit sourire.

— Encore heureux que tu aies eu le bon sens de ne pas le lui faire remarquer.

— C'est ce qu'on avait décidé. De seulement lui dire que l'argent provenait d'un investissement que papa avait fait avant sa mort, et qui avait rapporté des bénéfices récemment. Et que, quoi qu'il m'en coûte, je résisterais à l'envie de lui faire remarquer qu'elle ne méritait pas le tiers de cette somme, étant donné qu'elle n'avait jamais cru en lui.

— Que ce tiers lui revienne était juste, un point c'est tout.

— Je ne vais pas chipoter là-dessus. Je suis trop occupée à savourer ce triomphe, répliqua Maggie en fredonnant joyeusement. Dis-moi, Brie, que comptes-tu faire de cet argent ?

— J'ai bien envie d'apporter quelques améliorations au cottage. A commencer par le grenier, qui a été le point de départ de toute cette histoire.

Liam jeta son hochet par terre, mais Maggie lui en tendit un autre aussitôt.

— Je croyais que nous irions faire des courses à Galway.

— Mais oui, nous y allons.

Grayson avait réussi à convaincre Brianna de prendre sa journée et l'avait pratiquement mise à la porte. En y repensant, elle sourit.

— J'aimerais m'acheter un de ces robots alimentaires professionnels. Ceux dont on se sert dans les restaurants ou dans les émissions sur les recettes de cuisine.

— Ça aurait fait très plaisir à papa, dit Maggie d'une voix plus douce. Cet argent, c'est comme un cadeau qu'il nous aurait fait.

— Oui, c'est également comme ça que je vois les choses. Ça me paraît bien. Et toi, que vas-tu en faire ?

— L'atelier va en engloutir une partie. Le reste sera pour Liam. C'est certainement ce qu'aurait souhaité papa, dit-elle en passant paresseusement la main sur le tableau de bord. Dis donc, c'est une belle voiture que tu as là.

— Oui...

Brianna se mit à rire et se dit qu'il faudrait qu'elle remercie Gray pour l'avoir obligée à s'absenter pour la journée.

— Tu te rends compte, je suis en train de rouler vers Galway, sans même me soucier de savoir si ma voiture va tomber en morceaux ! Ça ressemble bien à Gray d'offrir des cadeaux somptueux tout en vous donnant l'impression que c'est parfaitement naturel.

— C'est vrai. Il m'a donné cette broche en diamants aussi allégrement que si ç'avait été un petit bouquet de fleurs. C'est un homme vraiment généreux.

— Oui.

— A propos, que fait-il aujourd'hui ?

— Eh bien, soit il est en train de travailler, soit il se laisse distraire par les Carstairs.

— Quels personnages, ces deux-là ! Rogan m'a raconté que quand ils sont venus à la galerie, ils ont essayé de l'embobiner pour qu'il leur vende la vieille table qui est dans le salon du premier étage.

— Ça ne m'étonne pas du tout. Iris m'a presque convaincue de lui acheter une lampe qu'elle trouvait parfaite pour le salon. En proposant de me faire une remise intéressante... Ils s'en vont demain. Je suis certaine qu'ils vont me manquer.

— J'ai comme l'impression qu'ils reviendront.

Maggie resta silencieuse un instant.

— Et Gray, quand doit-il s'en aller ?

— Probablement la semaine prochaine, répondit Brianna d'une voix neutre en gardant les yeux fixés sur la route. Il peaufine un peu son livre, mais d'après ce que j'ai vu, il est terminé.

— Tu crois qu'il reviendra ?

— Je l'espère... Mais je ne compte pas trop dessus. Il ne vaut mieux pas.

— Tu lui as demandé de rester ?

— Non, ça non plus, je ne peux pas me le permettre.

— Je comprends, murmura Maggie. A ta place, je ne le ferais sans doute pas non plus.

Tout de même, pensa-t-elle, il serait bien bête de partir.

— Tu n'as pas envie de fermer le cottage pendant quelques semaines ou de demander à Mrs. O'Malley de s'en occuper ? Tu pourrais venir avec nous à Dublin ou bien aller passer un petit moment dans la villa.

— Non, mais c'est gentil à toi de me le proposer. Je serai plus heureuse à la maison.

C'était sans doute vrai, songea Maggie en abandonnant l'idée de la convaincre.

— En tout cas, si tu changes d'avis, préviens-moi.

Déterminée à faire tout son possible pour égayer l'humeur de sa sœur, elle se tourna vers elle.

— Dis-moi ce que tu en penses, Brie. Si on s'achetait quelque chose d'un peu fou, la première chose qui frappera notre imagination. Quelque chose de cher et de complètement inutile. Tu vois, une de ces babioles qu'on regardait avec envie, le nez collé contre la vitrine, quand papa nous emmenait à Galway ?

— Comme les poupées avec de jolis costumes... ou les coffrets à bijoux avec une petite ballerine qui tourne sur le couvercle ?

— Oh, on pourrait peut-être trouver quelque chose de plus approprié à notre âge, mais oui, quelque chose de ce genre.

— D'accord. Marché conclu !

Comme elles avaient parlé de leur père, toutes sortes de souvenirs leur revinrent en mémoire lorsqu'elles arrivèrent à Galway. Une fois la voiture garée, elles se mêlèrent à la foule colorée de piétons, de touristes et d'enfants.

Brianna vit une petite fille qui riait aux éclats, juchée sur les épaules de son père.

Le sien aussi avait l'habitude de faire ça. Il les portait avec Maggie, chacune leur tour, courant parfois à toute vitesse, ce qui les faisait hurler de plaisir.

Ou bien, les tenant fermement par la main, il se promenait avec elles dans les rues noires de monde en leur racontant des histoires.

Quand notre bateau arrivera au port, Brianna chérie, je t'achèterai des belles robes comme il y en a dans cette vitrine.

Un jour, nous irons à Galway, et les sous couleront de nos poches, tellement elles seront remplies. Attends un peu, ma chérie, et tu verras.

Et bien qu'elle ait su à l'époque que toutes ces histoires n'étaient que des rêves, cela n'avait en rien diminué le plaisir qu'elle avait à tout regarder, sentir et écouter.

En outre, ces souvenirs n'enlevaient rien au plaisir qu'elle éprouvait aujourd'hui. Comme toujours, l'animation effrénée de Shop Street la fit sourire. On sentait l'air de la baie de Galway, transporté par la brise, ainsi que l'odeur de friture qui s'échappait d'un pub tout proche.

— Voilà ! s'écria Maggie en approchant la poussette d'une vitrine. C'est parfait.

Brianna se faufila parmi la foule pour regarder par-dessus l'épaule de sa sœur.

— Qu'est-ce qui est parfait ?

— Cette grosse vache bien grasse. C'est exactement ce que je veux.

— Tu veux une vache ?

— On dirait qu'elle est en porcelaine, s'extasia Maggie en regardant attentivement l'énorme corps noir et blanc tout brillant et la tête bovine qui souriait bêtement. Je parie qu'ils vendent ça un prix exorbitant. Mais je la veux. Viens, entrons.

— Mais que vas-tu en faire ?

— La donner à Rogan, bien sûr ! Et veiller à ce qu'il la mette dans son affreux bureau guindé de Dublin. Oh, j'espère qu'elle pèse une tonne.

C'était effectivement le cas, aussi s'arrangèrent-elles pour la laisser à l'employé le temps de terminer leurs courses. Ce ne fut qu'après le déjeuner, et après que Brianna eut fini de comparer les avantages et les inconvénients d'une demi-douzaine de robots, qu'elle trouva la petite folie qu'elle allait s'offrir.

Les fées en bronze peint dansaient au bout de fils suspendus à une corde en cuivre. Brianna les effleura d'un doigt, et elles se mirent à virevolter toutes ensemble en agitant joliment leurs ailes.

— Je l'accrocherai devant la fenêtre de ma chambre. Ça me fera penser aux contes de fées que papa nous racontait.

— C'est parfait... Non, ne regarde pas le prix, dit Maggie en voyant Brianna retourner l'étiquette. Ça fait partie du jeu. Quel que soit le prix, tu as fait le bon choix. Va vite l'acheter, et nous réfléchirons ensuite comment faire pour mettre ma vache dans la voiture.

Finalement, elles décidèrent que Maggie attendrait dans la boutique avec la vache, Liam et le reste des paquets pendant que Brianna irait chercher la voiture.

Elle s'installa au volant en chantonnant et mit le contact. Peut-être essaierait-elle ce soir de concocter un nouveau plat, en plus du poisson grillé prévu pour le dîner. Qu'est-ce qui ferait particulièrement plaisir à Gray ? se demanda-t-elle en s'arrêtant au guichet pour payer le parking. Du *colcannon*, peut-être, et une purée de groseilles à la crème pour le dessert — si toutefois elle arrivait à trouver des groseilles assez mûres.

Dès les premiers jours de juin, ce serait la saison. Mais Gray serait déjà parti. Elle s'efforça d'ignorer le petit pincement qui lui serra le cœur. De toute façon, on serait bientôt en juin, se dit-elle en sortant du parking. Et elle tenait à faire goûter ce dessert spécial à Gray avant son départ.

Au moment où elle s'engageait dans la rue, Brianna entendit quelqu'un crier. Surprise, elle tourna brusquement la tête et n'eut que le temps d'étouffer un cri en voyant une voiture prendre le virage trop serré, et du mauvais côté, et foncer dans la sienne.

Elle entendit un bruit de tôles froissées et de verres brisés. Puis plus rien.

— Alors, Brianna est partie faire du shopping, commenta Iris en venant retrouver Gray dans la cuisine. C'est une excellente idée. Rien ne met une femme de meilleure humeur qu'une petite séance de shopping.

— Elle est allée à Galway avec sa sœur. Je lui ai dit que nous nous débrouillerons très bien sans elle au cas où elle ne serait pas rentrée à l'heure du thé.

Se sentant plus ou moins propriétaire de la cuisine, Gray disposa la nourriture que Brianna avait préparée sur des assiettes.

— D'autant que nous ne sommes que tous les trois, ce soir.

— Nous serons très bien, le rassura Iris en apportant la théière et son couvre-théière sur la table.

— Vous avez bien fait de la convaincre de prendre une journée avec sa sœur.

— Il a pratiquement fallu que je la pousse dans la voiture — elle est tellement attachée à sa maison.

— C'est là que sont ses racines. C'est grâce à cela qu'elle s'épanouit. Comme les fleurs de son jardin. Ce matin, j'étais justement... Ah, te voilà, Johnny. Tu arrives juste à temps.

Carstairs embrassa sa femme sur la joue avant de reporter son attention sur la table.

— Alors, qu'est-ce qu'il y a de bon ?

— Va te laver les mains, Johnny, nous allons prendre le thé. Je vais servir, Grayson. Asseyez-vous tranquillement.

Amusé par la façon dont ils se comportaient tous les deux, Gray s'exécuta sans se faire prier.

— Iris, j'espère que vous ne vous vexerez pas, mais je voudrais vous demander quelque chose.

— Vous pouvez me demander tout ce que vous voulez, mon garçon !

— Ça vous manque ?

Sans faire semblant de ne pas avoir compris, Iris lui passa le sucre.

— Oui. De temps en temps. Vivre en permanence sur la brèche, c'est tellement revigorant...

Elle servit du thé à son mari, puis remplit sa tasse.

— Et à vous ?

Quand Gray lui lança un regard interrogateur, elle éclata de rire.

— Oh, entre nous, ce n'est pas difficile de se reconnaître !

— Non, dit Gray au bout d'un instant. Ça ne me manque pas. Mais je m'interroge rarement sur mon passé.

— J'ai toujours été persuadée qu'on ne pouvait pas avoir une vision claire de l'avenir si on ne regardait pas derrière soi de temps en temps.

— J'aime les surprises, dit-il en prenant sa tasse. Si ce qui doit arriver demain est déjà écrit, à quoi bon s'en donner la peine ?

— La surprise, c'est justement que l'avenir ne ressemble jamais tout à fait à ce qu'on avait imaginé. Mais vous êtes jeune, conclut-elle en lui souriant d'un air maternel. Vous découvrirez cela par vous-même... Tiens, Johnny, je t'ai servi du thé.

— Merci, ma chérie.
— Avec un nuage de lait, comme tu l'aimes.
— Sans elle, je serais perdu, confia Carstairs à Gray en se penchant vers lui. Tiens, tiens, on dirait que nous avons de la visite.
La porte de la cuisine s'ouvrit sur Murphy. Conco se précipita vers Gray et s'assit à ses pieds. Au moment où Gray approchait la main pour lui caresser la tête, son sourire s'effaça.
— Qu'est-ce qui se passe ? demanda-t-il en se levant d'un bond, renversant les tasses au passage.
Le visage de Murphy était curieusement tendu, ses yeux trop noirs.
— Qu'est-il arrivé ?
— Un accident. Brianna est blessée.
— Comment ça, elle est blessée ?
— Maggie m'a téléphoné. Brie a eu un accident au moment où elle sortait du parking pour aller chercher Maggie et le bébé qui l'attendaient dans une boutique.
Murphy retira sa casquette, par habitude, et la tortilla dans ses mains.
— Je vais t'emmener à Galway. Elle est à l'hôpital.
— A l'hôpital...
Gray eut soudain l'impression de se vider de tout son sang.
— Dans quel état est-elle ?
— Maggie n'a rien pu me dire. Elle attendait de voir le médecin. Je vais t'accompagner à Galway, Grayson. Je me suis dit qu'il valait mieux prendre ta voiture. On ira plus vite.
— Les clés, il faut que j'aille chercher les clés.
C'était comme si son cerveau était vide, ne fonctionnait plus.
— Surtout, ne le laissez pas conduire, conseilla Iris à Murphy dès que Gray fut sorti.
— Non, m'dame, je n'en ai pas l'intention.

Murphy n'eut pas besoin de discuter. Il prit les clés dans la main de Gray et s'installa derrière le volant. Comme Gray ne disait rien, il se concentra sur sa conduite, poussant la Mercedes au maximum de ses possibilités.

Le voyage parut interminable à Gray. Muré dans un profond silence, il regarda défiler le paysage et attendit.

Tout ceci ne serait pas arrivé s'il ne l'avait pas poussée à sortir. Mais il avait tant insisté qu'elle était finalement partie à Galway. Et maintenant elle était... Seigneur, il ignorait comment elle était, comment elle allait, et le simple fait de l'imaginer lui était insupportable.

— J'aurais dû aller avec elle.

Roulant à toute vitesse, Murphy ne prit pas la peine de le regarder.

— Tu vas te rendre malade, à penser comme ça. Nous sommes presque arrivés, nous saurons bientôt ce qu'il en est.

— C'est quand même moi qui lui ai acheté cette foutue voiture.

— Oui. Mais ce n'est pas toi qui conduisais celle qui lui est rentrée dedans. A mon avis, si elle avait été dans son tas de ferraille, les choses auraient été bien pires.

— On ne sait pas ce qu'elle a.

— Nous le saurons bientôt. En attendant, accroche-toi.

Il sortit de l'autoroute et s'engagea dans une rue où la circulation était dense.

— Il se peut même qu'elle aille bien et qu'elle soit fâchée contre nous d'être venus jusqu'ici.

Il entra dans le parking de l'hôpital. A peine descendus de voiture, ils aperçurent Rogan qui faisait les cent pas devant l'entrée avec le bébé.

— Brianna...

Ce fut tout ce que Gray réussit à dire.

— Ça va. Ils veulent la garder en observation pour la nuit, mais elle va bien.

Gray sentit ses jambes se dérober sous lui et agrippa le bras de Rogan pour ne pas perdre l'équilibre.

— Où est-elle ?

— Ils viennent de la mettre dans une chambre au sixième étage. Maggie est avec elle. J'ai amené sa mère et Lottie avec moi. Elles sont encore là-haut. Elle est...

Il s'arrêta pour empêcher Gray de se ruer vers l'entrée.

— Elle est un peu sonnée, et je crois qu'elle souffre plus qu'elle ne veut bien le laisser paraître. Mais le médecin nous a dit qu'elle avait eu beaucoup de chance. La ceinture de sécurité l'a blessée à l'épaule, mais c'est aussi ce qui lui a sauvé la vie. Elle a une épaule démise, c'est ce qui lui fait le plus mal. Elle a aussi une bosse sur la tête et quelques ecchymoses. Ils veulent la garder au calme pendant vingt-quatre heures.

— Je veux la voir.

— Je m'en doute, répliqua Rogan en continuant à lui barrer le passage. Mais elle n'a pas besoin de te voir bouleversé comme ça. Brie est du genre à prendre cela à cœur et à s'inquiéter pour toi.

— D'accord...

Reprenant son équilibre, Gray se passa la main sur les yeux.

— D'accord. Je vais me calmer, mais je veux la voir.

— Je vais monter avec toi, dit Murphy en passant devant lui.

En silence, ils attendirent l'ascenseur.

— Pourquoi tout le monde est là? demanda Gray quand les portes s'ouvrirent. Pourquoi Maggie, sa mère, Rogan et Lottie sont-ils là si elle va si bien?

— C'est sa famille, dit Murphy en appuyant sur le bouton du sixième. Où veux-tu qu'ils soient? Il y a trois ans, je me suis cassé le bras et ouvert la tête en jouant au football. Dès que j'arrivais à me débarrasser d'une de mes sœurs, une autre arrivait. Ma mère est restée là pendant deux semaines. Et pour être honnête, j'étais très content de les voir s'agiter autour de moi... Ne te précipite pas dans la chambre, lui conseilla-t-il quand l'ascenseur s'arrêta. Les infirmières irlandaises ne sont pas commodes. Tiens, voilà Lottie.

— Mon Dieu, mais vous avez dû rouler à toute vitesse, s'exclama-t-elle en venant à leur rencontre avec un sourire rassurant. Brianna va bien. Ils prennent grand soin d'elle. Rogan s'est arrangé pour qu'elle ait une chambre pour elle toute seule et puisse être tranquille. Elle parle déjà de rentrer à la maison, mais avec le traumatisme qu'elle a eu, ils préfèrent la garder en observation.

— Un traumatisme?

— Léger, lui assura-t-elle en les accompagnant jusqu'à la chambre. Elle n'a perdu conscience que pendant quelques minutes. Elle était assez lucide pour expliquer au gardien du parking où l'attendait Maggie. Regardez, Brianna, vous avez encore de la visite!

Gray en entrant vit Brianna, toute blanche, au milieu des draps blancs.

— Oh, Gray, Murphy, vous n'auriez pas dû venir jusqu'ici! Je vais rentrer à la maison dans un moment.

— Pas question! dit Maggie d'une voix ferme. Tu passes la nuit ici.

Brianna voulut tourner la tête, mais la douleur qu'elle ressentit l'en dissuada.

— Mais je ne veux pas passer la nuit ici. Je n'ai rien du tout, à part quelques contusions. Oh, Gray, la voiture... je suis vraiment désolée. L'aile est toute pliée, le phare est cassé et...

— Tais-toi, tu veux, et laisse-moi te regarder.

Il lui prit la main et la garda dans la sienne.

Elle était toute pâle, et avait un bleu sur la pommette. Et juste au-dessus de la tempe, elle avait un beau pansement blanc. Sous la chemise de nuit informe de l'hôpital, il aperçut son épaule bandée.

Sa main se mit à trembler, et il s'empressa de la reprendre pour la fourrer dans sa poche.

— Tu souffres. Je le vois dans tes yeux.

— J'ai un peu mal à la tête, admit-elle en montrant son pansement. J'ai l'impression que toute une équipe de rugby m'est passée dessus.

— Ils devraient te donner quelque chose.

— C'est ce qu'ils feront si c'est nécessaire.

— Elle a la trouille des piqûres, commenta Murphy en se penchant pour l'embrasser légèrement sur la joue.

Soulagé de constater qu'elle était entière, il retrouva son sourire.

— Je me souviens très bien de t'avoir entendue hurler, Brianna Concannon. Un jour où j'étais dans la salle d'attente du Dr. Hogan pendant qu'il te faisait une piqûre.

— Je n'en ai pas honte. Les aiguilles, quelle horreur ! Je ne veux plus qu'ils me piquent. Je veux rentrer à la maison.

— Tu vas rester ici, dit Maeve, assise sur une chaise près de la fenêtre. Une ou deux piqûres, ce n'est rien du tout, après la peur que tu nous as faite.

— Maman, ce n'est quand même pas de sa faute si un stupide Américain a oublié de quel côté de la route il fallait conduire, répliqua Maggie, serrant les dents rien qu'en y songeant. Quand je pense que, eux, ils n'ont même pas la moindre petite égratignure !

— Ne sois pas si dure avec eux. Ils ont commis une erreur, mais ils ont failli mourir de peur. S'il le faut, je resterai, mais je préfère reposer la question au médecin.

— Oublie le médecin et repose-toi comme il te l'a dit, ordonna Maeve en se levant. Mais avec tout ce monde, je ne vois pas comment tu pourrais te reposer. Margaret Mary, il est temps de ramener ton bébé chez toi.

— Je ne veux pas laisser Brie toute seule ici, commença-t-elle à dire.

— Je vais rester...

Gray se retourna et croisa le regard de Maeve.

— Je vais rester avec elle.

Elle haussa une épaule.

— Ce que vous faites ne me regarde pas. Nous avons manqué notre thé. Lottie et moi allons boire quelque chose en bas en attendant que Rogan trouve un moyen de nous ramener chez nous. Fais ce qu'on te dit, Brianna, et ne fais pas d'histoires.

Elle se pencha, un peu raide, et déposa un baiser sur sa joue valide.

— Quand tu étais petite, tu as toujours cicatrisé très vite, il n'y a pas de raison que ce soit différent aujourd'hui.

Ses doigts s'attardèrent quelques secondes à l'endroit où elle venait de l'embrasser, puis elle se retourna et sortit en invitant Lottie à la suivre.

— Bon, soupira Maggie. Je crois que je peux faire confiance à Grayson pour qu'il veille à ce que tu sois sage. Je vais aller retrouver Rogan pour voir comment on peut s'arranger pour les raccompagner. Je repasserai avant qu'on s'en aille, au cas où Grayson aurait besoin d'aide.

— Je descends avec toi, Maggie, dit Murphy en tapotant le genou de Brianna que recouvrait le drap. S'ils viennent te piquer, tu n'auras qu'à tourner la tête et fermer les yeux. C'est comme ça que je faisais, moi.

Elle ne put s'empêcher de glousser de rire et, quand la chambre fut vide, elle leva les yeux vers Gray.

— Tu ne veux pas t'asseoir ? Tu es tout retourné, je le sais.

— Non, ça va.

S'il s'asseyait, il craignait de se laisser aller et de glisser par terre comme une chiffe molle.

— Je voudrais que tu me racontes ce qui s'est passé, si tu en as la force.

— Tout est allé si vite...

Fatiguée, et mal à l'aise, Brianna ferma un instant les yeux.

— Nous avions acheté trop de choses pour pouvoir les porter, alors je suis allée chercher la voiture pour venir prendre Maggie qui attendait dans la boutique. Juste au moment où je sortais du parking, j'ai entendu quelqu'un crier. C'était le gardien. Il avait vu l'autre voiture arriver droit sur moi. Mais je n'ai rien pu faire. Je n'ai pas eu le temps. Il m'a heurtée sur le côté.

Elle voulut changer de position, mais son épaule la rappela à l'ordre.

— Ils ont parlé de remorquer la voiture. Je ne me souviens plus où.

— Ça ne fait rien. Nous nous en occuperons plus tard. Tu t'es cogné la tête.

Doucement, il tendit la main, mais ne toucha pas le pansement.

— Sans doute, car la seule chose dont je me souvienne ensuite, c'est d'avoir vu un attroupement et une femme américaine qui pleurait en me demandant si j'allais bien. Son mari était déjà parti appeler une ambulance. J'étais un peu confuse. Je crois que j'ai demandé à quelqu'un d'aller prévenir ma sœur, puis nous sommes partis tous les trois en ambulance — Maggie, le bébé et moi.

Elle ne précisa pas qu'il y avait eu du sang partout. Et qu'elle avait été terrifiée jusqu'au moment où l'infirmier avait stoppé l'hémorragie.

— Je suis désolée que Maggie n'ait pas pu t'en dire davantage au téléphone. Si elle avait attendu que le médecin ait fini de m'examiner, elle t'aurait épargné beaucoup d'inquiétude.

— Je me serais inquiété de toute façon. Je ne... je n'arrive pas à...

Gray ferma les yeux en faisant un effort pour trouver ses mots.

— J'ai un mal fou à me faire à l'idée que tu puisses avoir mal. Et la réalité est encore plus dure.

— Ce ne sont que quelques égratignures.

— Avec un traumatisme et une épaule démise. Dis-moi, est-ce la vérité ou simplement un mythe, quand on dit qu'il ne faut jamais dormir après avoir subi un traumatisme, car on risque de ne plus se réveiller ?

— C'est un mythe, répondit-elle en souriant. Mais je pense sérieusement à rester éveillée pendant un jour ou deux, au cas où.

— Dans ce cas, tu vas avoir besoin de compagnie.

— J'aimerais bien. Je crois que je deviendrais folle, toute seule dans ce lit, sans rien à faire ni personne à voir.

— Qu'est-ce que tu en dis ? lui demanda-t-il en s'asseyant au bord du lit avec précaution. Ici, la nourriture est probablement infecte. C'est la règle dans tous les hôpitaux des pays civilisés. Je vais donc sortir et nous rapporter des hamburgers et des frites. Et nous dînerons tous les deux.

— Je pense que c'est une excellente idée.

— S'ils essaient de venir te faire une piqûre, je les assomme.

— Ça ne me dérangerait pas du tout. Tu veux bien faire encore une chose pour moi ?

— Je t'écoute.

— Pourrais-tu appeler Mrs. O'Malley ? Il y a du haddock qu'il faudrait faire griller pour le dîner. Je sais que Murphy s'occupera de Conco, mais il faut faire manger les Carstairs, et puis j'ai des nouveaux clients qui arrivent demain.

Gray porta sa main à ses lèvres, puis l'appliqua contre son front.

— Ne te fais pas de soucis. Laisse-moi prendre soin de toi.

C'était la première fois de sa vie qu'il demandait cela à quelqu'un.

23

Lorsque Gray revint avec le dîner, la chambre d'hôpital ressemblait étrangement au jardin de Brianna. Il y avait des bouquets de roses et de freesias, des gerbes de lupins et de lys, des brassées de marguerites et d'œillets sur le rebord de la fenêtre et sur la table de nuit.

Gray écarta l'énorme bouquet qu'il tenait devant lui pour regarder la chambre et secoua la tête.

— On dirait que celles-ci sont en trop.

— Oh, non, pas du tout. Elles sont magnifiques. Tout ça pour une bosse sur la tête!

De son bras valide, Brianna prit le bouquet qu'elle serra contre elle comme un enfant, et plongea le nez dans les fleurs.

— Ça me fait très plaisir. Maggie et Rogan m'ont envoyé celles-ci, Murphy, celles-là, et celles qui sont là-bas sont de la part des Carstairs. C'est gentil à eux, tu ne trouves pas?

— Ils étaient vraiment inquiets, dit-il en posant le grand sac en papier qu'il tenait à la main. Ils m'ont chargé de te prévenir qu'ils resteront une ou deux nuits de plus. Ça dépendra du moment où tu sortiras d'ici.

— Très bien. De toute façon, je sortirai dès demain, même si je dois pour cela passer par la fenêtre.

Elle posa un regard malicieux sur le sac en papier.

— Tu as vraiment rapporté de quoi dîner?

— Oui. J'ai réussi à déjouer l'attention de la grosse infirmière au regard d'aigle.

— Ah, oui, Mrs. Mannion. Tu ne la trouves pas impressionnante ?

— Elle me terrifie.

Gray prit une chaise qu'il installa près du lit et plongea la main dans le sac.

— Bon appétit, dit-il en lui tendant un hamburger. Oh, attends, laisse-moi te débarrasser de ça.

Il lui prit le bouquet, puis déposa une barquette de frites sur le lit.

— Tiens, mange... Ces fleurs doivent avoir soif. Je vais chercher un vase.

Dès qu'il sortit de la chambre, elle essaya de se pencher pour voir ce qu'il y avait d'autre dans le sac posé au pied du lit. Mais son épaule l'empêchait de bouger à sa guise. Renonçant, elle prit une bouchée de hamburger en s'efforçant de ne pas faire la grimace. Lorsque des pas résonnèrent dans le couloir, elle s'appliqua à afficher un charmant sourire.

— Où veux-tu que je les mette ? demanda Gray.

— Oh, sur cette petite table, là. Oui, c'est ravissant. Ton dîner va refroidir.

Il revint s'asseoir et sortit son repas du sac.

— Tu te sens un peu mieux ?

— Je ne me sens pas assez mal pour être choyée à ce point. Mais je suis contente que tu sois resté dîner avec moi.

— Et ce n'est pas fini, ma chérie.

Il lui fit un clin d'œil et, le hamburger dans une main, se pencha à nouveau vers le sac.

— Oh, Gray... Une vraie chemise de nuit.

C'était une chemise de nuit toute simple, en coton blanc, mais, dès qu'elle la vit, Brianna eut les larmes aux yeux.

— Tu ne peux pas savoir comme ça me fait plaisir. Ce truc qu'ils m'ont donné est vraiment affreux.

— Je t'aiderai à l'enfiler quand tu auras fini de manger. Il y a autre chose.

— Des chaussons... Oh, et une brosse à cheveux.

— A vrai dire, c'est une idée de Maggie.

— Dieu la bénisse. Et toi aussi.

— Elle m'a dit que ton chemisier était fichu.

Couvert de sang, avait-elle même ajouté, et rien qu'en y repensant, il frémit.

— Nous nous occuperons de ça demain, s'ils te laissent partir. Alors, qu'avons-nous encore? Une brosse à dents, un petit pot de cette crème que tu utilises tout le temps. Ah, j'ai failli oublier les boissons.

Il lui tendit un gobelet en papier fermé par un couvercle avec un trou pour la paille.

— C'est un excellent cru, paraît-il.

— Tu as pensé à tout.

— Absolument. Même à te distraire.

— Oh, un livre...

— C'est un récit romanesque. J'ai remarqué que tu en avais plusieurs sur les rayons de ta bibliothèque.

— J'aime bien ça.

Toutefois, elle n'eut pas le cœur de lui dire que son mal de tête l'empêcherait vraisemblablement d'en lire une seule ligne.

— Tu t'es donné bien du mal.

— J'ai seulement fait une petite descente dans un magasin. Essaie de manger encore un peu.

Docilement, elle mordit le bout d'une frite.

— Quand tu seras rentré à la maison, n'oublie pas de remercier Mrs. O'Malley de ma part. Et sois gentil de lui dire de ne pas s'occuper de la lessive.

— Je ne rentrerai pas tant que tu seras ici.

— Mais tu ne peux pas rester ici toute la nuit!

— Bien sûr que si...

Gray termina son hamburger et alla jeter l'emballage dans la poubelle.

— J'ai un plan.

— Grayson, il faut que tu rentres te reposer.

— Voici mon plan, reprit-il, sans prêter attention à ce qu'elle venait de dire. Quand l'heure des visites sera terminée, j'irai me cacher dans la salle de bains. Ils vont certainement faire une ronde, aussi j'attendrai qu'ils soient passés te voir.

— C'est absurde.

— Mais non, ça marchera. Ensuite, les lumières s'éteindront, toi, tu seras sagement bordée dans ton lit, et c'est alors que je sortirai.

— Et tu resteras assis dans le noir le reste de la nuit ? Grayson, je ne suis pas sur mon lit de mort. Je veux que tu rentres à la maison.

— Je ne peux pas. Et nous ne resterons pas dans le noir.

Avec un petit sourire malin, il sortit son dernier achat du sac.

— Tu vois ça ? C'est une lampe qu'on fixe sur son livre pour ne pas déranger son partenaire quand on veut lire la nuit.

Brianna secoua la tête d'un air perplexe.

— Tu es complètement fou !

— Au contraire, c'est extrêmement astucieux. Comme ça, je ne serai pas au cottage en train de me faire du mouron et toi, tu ne seras pas là toute seule comme une âme en peine. Je te ferai la lecture jusqu'à ce que tu en aies assez.

— La lecture ? murmura-t-elle. Tu vas vraiment me faire la lecture ?

— Évidemment. Je ne vais pas te laisser t'user les yeux sur ces petits caractères alors que tu viens de subir un traumatisme.

Jamais rien dans sa vie ne l'avait autant touchée.

— Je devrais t'obliger à partir, mais j'ai tellement envie que tu restes...

— Eh bien, nous sommes deux. D'après le petit résumé, l'histoire a l'air pas mal. « *Alliance mortelle* », commença-t-il à lire. « L'indomptable Katrina, beauté à la crinière flamboyante, au visage de déesse et à l'âme guerrière, est prête à affronter tous les risques pour venger le meurtre de son père. Quitte à épouser et à se donner à son pire ennemi. » Et le héros n'est pas un ramollo non plus. « Ian est déterminé à ne jamais céder. Chef aguerri et fier, plus connu sous le nom de Seigneur Noir, il est décidé à se battre contre la terre entière pour défendre sa terre, et sa femme.

Ennemis et amants jurés, ils forment une alliance qui les entraînera au bout de leur destin et de leur passion. »

Gray retourna le livre pour lui montrer la couverture tout en piquant une frite au passage.

— Pas mal, non? Ça se passe en Écosse, au douzième siècle. Katrina est la fille unique d'un riche veuf. Il l'a élevée comme une sauvageonne, aussi se conduit-elle souvent comme un garçon manqué. Le maniement du sabre, le tir à l'arc et la chasse n'ont pas de secrets pour elle. Suite à un complot diabolique, son père est assassiné, ce qui fait d'elle une héritière, et la proie toute désignée d'un méchant bandit légèrement pervers. Mais notre Katrina n'a rien d'un paillasson.

Brianna sourit en lui prenant la main.

— Tu l'as lu?

— Je l'ai feuilleté pendant que je faisais la queue à la caisse. Il y a une scène d'un érotisme torride à la page cent cinquante et un. Mais nous n'en sommes pas encore là. Ils vont probablement venir vérifier ta tension, et il ne faut pas qu'elle soit trop élevée. A propos, il vaudrait mieux se débarrasser des indices compromettants.

Il rassembla les emballages et les restes du dîner qu'ils venaient de faire en cachette. A peine les eut-il mis dans le sac que la porte s'ouvrit. L'infirmière-chef Mannion, aussi imposante qu'un demi de mêlée, entra dans la chambre.

— L'heure des visites est bientôt terminée, Mr. Thane.

— Oui, madame.

— Alors, miss Concannon, comment allons-nous? Pas de vertiges, de nausées ou de troubles de la vision?

— Non, rien de tout ça. En fait, je me sens très bien. D'ailleurs, je me demandais si...

— Bon, c'est bien, s'empressa de dire l'infirmière, coupant court à la requête prévisible de sa patiente. Vous devriez essayer de dormir. Pendant la nuit, nous passerons voir comment vous allez toutes les trois heures.

D'un geste un peu brusque, elle posa un plateau en métal sur le lit.

Un simple coup d'œil suffit à faire pâlir Brianna.

— Qu'est-ce que c'est que ça? Je viens de vous dire que j'allais très bien. Je n'ai pas besoin de piqûre. Je n'en veux pas. Grayson...

— Je, euh...

Le regard intraitable que lui décocha l'infirmière Mannion lui fit hésiter à jouer son rôle de héros.

— Ce n'est pas une piqûre. Nous avons besoin de vous prendre un peu de sang.

— Mais pourquoi? gémit Brianna, abandonnant toute prétention à paraître digne. J'en ai perdu des litres! Vous n'avez qu'à vous servir.

— Allons, soyez raisonnable. Donnez-moi votre bras.

— Brie, écoute-moi... et regarde-moi. T'ai-je déjà raconté mon premier voyage au Mexique? Je suis parti en bateau avec des gens que j'avais rencontrés là-bas. Nous étions dans le golfe du Mexique. C'était magnifique. L'air était doux, la mer, d'un bleu transparent. Tout à coup, nous avons vu un petit barracuda qui nageait le long de la coque...

Du coin de l'œil, il vit l'infirmière enfoncer l'aiguille dans la veine de Brianna. Instantanément, son estomac se noua.

— Quoi qu'il en soit, reprit-il en parlant à toute vitesse, un des types court chercher son appareil photo, se penche au-dessus du bastingage, et à ce moment, la maman barracuda jaillit de l'eau, juste devant lui. On aurait dit un arrêt sur image. Elle a fixé l'objectif, en souriant de toutes ses dents. Comme pour prendre la pose. Puis elle a replongé dans l'eau, a rejoint son bébé et ils se sont éloignés.

— Tu inventes.

— Je te jure que c'est la vérité! dit-il en mentant honteusement. Et il a pris la photo. Je crois même qu'il l'a vendue au *National Geographic*, ou peut-être était-ce à l'*Enquirer*. En tout cas, la dernière fois que j'ai eu de ses nouvelles, il était reparti dans le golfe du Mexique dans l'espoir de renouveler l'expérience.

— Voilà, c'est fini !

L'infirmière appliqua un pansement au creux du bras de Brianna.

— Votre dîner va arriver, miss Concannon, si toutefois vous avez encore de la place après ce hamburger.

— Euh, non... mais merci quand même. Je crois que je préfère me reposer.

— Cinq minutes, Mr. Thane.

Grayson se gratta le menton d'un air dubitatif lorsqu'elle referma la porte derrière elle.

— Apparemment, elle n'a pas été dupe.

Cette fois, Brianna le regarda avec une moue boudeuse.

— Tu avais dit que tu les assommerais s'ils entraient ici avec une aiguille.

— Elle est nettement plus costaud que moi, répliqua-t-il en se penchant pour lui donner un baiser. Pauvre Brie...

— Ian n'aurait pas hésité, lui, lança-t-elle en tapotant le livre posé sur le drap à côté d'elle.

— D'accord, mais tu as vu comment il est bâti ? Il pourrait assommer un cheval. Et puis je ne suis pas le Seigneur Noir.

— Tu me plais quand même. Des barracudas qui sourient... dit-elle en riant. Où vas-tu chercher des histoires pareilles ?

— Le talent, c'est du pur talent.

Gray alla jusqu'à la porte pour jeter un coup d'œil dans le couloir.

— Personne en vue. Je vais éteindre la lumière et me cacher dans la salle de bains. Nous allons lui accorder dix minutes.

Pendant près de deux heures, il lui fit la lecture, l'entraînant dans les aventures périlleuses et romantiques de Ian et Katrina, à la lumière de la minuscule lampe. De temps à autre, il posait la main sur la sienne et s'y attardait un instant.

Toute sa vie, elle se souviendrait du son de sa voix, et de la manière dont il avait pris l'accent écossais pour l'amuser chaque fois qu'il y avait des dialogues. Et elle se souviendrait également de la façon dont la petite ampoule éclairait son visage, faisant paraître ses yeux encore plus noirs et soulignant ses pommettes.

Il était son héros, songea-t-elle. Maintenant et à jamais. Les yeux clos, Brianna laissa les mots s'imprégner dans sa tête.

— Tu es à moi, Katrina.

Ian la prit dans ses bras puissants qui tremblaient de désir.

— Tu es à moi, devant Dieu et devant la loi. Et à partir de maintenant je m'engage à te servir, Katrina.

— Et toi, Ian, es-tu à moi ?

Elle lui passa la main dans les cheveux en l'attirant contre elle avec fougue.

— Es-tu à moi, Seigneur Noir ?

— Personne ne t'a jamais aimée autant que moi.

Et il se jura de ne jamais en laisser l'occasion à personne...

Brianna s'endormit sur ces mots en rêvant que les mots prononcés par Gray étaient réellement les siens.

A sa respiration lente et régulière, il devina qu'elle s'était assoupie. Alors, il se laissa aller et enfouit son visage dans ses mains. Il s'était promis de rester d'humeur légère, mais la tension avait fini par avoir raison de lui.

Elle n'était pas gravement blessée. Mais à chaque fois qu'il y repensait, il ne pouvait s'empêcher de ressentir la terreur viscérale qui s'était emparée de lui à la seconde où Murphy avait franchi le seuil de la cuisine.

La voir à l'hôpital, couverte d'ecchymoses et de pansements, lui était insupportable. Il ne voulait pas l'imaginer souffrant d'aucune manière. Et pourtant ce souvenir resterait à jamais gravé dans sa mémoire. Désormais, il savait que quelque chose pouvait lui arriver.

Cette image d'elle, il la garderait parmi les autres, et cela le rendait furieux. Et réaliser qu'il tenait trop à elle pour que ce souvenir finisse par s'effacer comme tant d'autres le mettait encore plus en rage.

Brianna resterait éternellement dans sa mémoire, ce qui rendait plus difficile encore de la quitter. Et le contraignait à le faire au plus vite.

Il passa la nuit à méditer sombrement là-dessus. Chaque fois que l'infirmière venait jeter un œil sur Brianna, il écoutait ses questions murmurées et les réponses ensommeillées de Brianna. Une fois, alors qu'il sortait de la salle de bains, elle l'appela doucement.

— Rendors-toi, dit-il en écartant une mèche sur son front. Ce n'est pas encore le matin.

— Grayson, marmonna-t-elle en cherchant sa main. Tu es encore là.

— Oui...

Il la contempla d'un air soucieux.

— Je suis encore là.

Lorsqu'elle s'éveilla à nouveau, il faisait jour. Oubliant où elle était, elle voulut se redresser, mais son épaule douloureuse lui arracha un petit cri. Agacée, elle porta la main à son pansement en cherchant Gray du regard.

Elle espérait qu'il avait trouvé un lit vacant ou une salle d'attente dans laquelle s'allonger un peu. En apercevant son bouquet de fleurs, elle sourit et regretta de ne pas lui avoir demandé de les poser plus près d'elle afin de pouvoir les toucher.

D'un air inquiet, elle écarta le col de sa chemise de nuit et se mordilla la lèvre. Une longue rangée de petits bleus formait un arc-en-ciel au-dessus de sa poitrine et sur son torse, à l'endroit où passait la ceinture de sécurité. Elle fut reconnaissante à Gray de l'avoir aidée à changer de chemise de nuit dans le noir.

Ce n'était pas juste, se dit-elle. Être en si piteux état pour les derniers jours qui leur restaient à passer ensemble n'était vraiment pas de chance. Elle aurait tant voulu être belle, rien que pour lui.

— Bonjour, miss Concannon. Vous êtes réveillée, à ce que je vois.

Une jeune infirmière, arborant un sourire éclatant et resplendissante de santé, entra dans la chambre. Aussitôt, Brianna eut envie de la détester.

— Oui. Quand le médecin va-t-il venir me libérer ?

— Oh, il ne va pas tarder à faire sa ronde, ne vous en faites pas. L'infirmière-chef m'a dit que vous aviez passé une nuit paisible.

Tout en parlant, elle prit la tension de Brianna et lui mit un thermomètre dans la bouche.

— Toujours pas de vertiges ? C'est bien, dit-elle en voyant Brianna secouer la tête.

Elle inscrivit sa température et sa tension sur une fiche en hochant la tête.

— Bon, tout va bien.

— Je suis prête à rentrer chez moi.

— Je comprends que vous soyez impatiente. Votre sœur a appelé ce matin, ainsi qu'un Mr. Biggs. Un Américain. Le monsieur qui est rentré dans votre voiture, je crois.

— Oui.

— Nous les avons rassurés tous les deux sur votre état de santé. Votre épaule vous fait mal ?

— Un peu.

— On va vous donner quelque chose, dit-elle en examinant sa fiche.

— Je ne veux pas de piqûre.

— Par voie orale, répliqua l'infirmière en riant. Votre petit déjeuner arrive. Oh, l'infirmière Mannion a demandé qu'on apporte deux plateaux. Il y en a un pour Mr. Thane.

Ravie de sa plaisanterie, elle jeta un coup d'œil vers la porte de la salle de bains.

— Je m'en vais dans une seconde, Mr. Thane, vous allez pouvoir sortir. Il paraît qu'il est très bel homme, chuchota-t-elle à l'intention de Brianna. Et qu'il a un sourire diabolique.

— C'est exact.

— Veinarde... Je vais vous chercher un comprimé pour faire passer la douleur.

Quand la porte se referma, Gray émergea de la salle de bains avec un air stupéfait.

— Cette femme a un radar ou quoi ?

— Tu étais vraiment là-dedans ? Oh, Gray, je croyais que tu avais trouvé un endroit pour dormir. Tu es resté debout toute la nuit ?

— J'ai l'habitude. Hé, tu as l'air d'aller mieux.

Il s'approcha du lit et son regard laissa place à un visible soulagement.

— Oui, tu as l'air d'aller beaucoup mieux.

— Je préfère ne pas imaginer de quoi j'ai l'air... Toi, tu as l'air fatigué.

— Je ne me sens pas fatigué du tout, dit-il en posant la main sur son ventre. Affamé, oui, mais pas fatigué. A ton avis, qu'est-ce qu'ils vont nous apporter ?

— Tu ne vas pas me porter jusqu'à la maison.

— Mais si.

Gray alla ouvrir la portière de Brianna.

— Le médecin a dit que tu pouvais quitter l'hôpital, à condition que tu te reposes chaque après-midi et que tu évites de porter des choses lourdes.

— Eh bien, je ne porte rien, là.

— Non. Je m'en charge.

Faisant attention à ne pas lui faire mal à l'épaule, il la souleva dans ses bras.

— Normalement, les femmes trouvent ce genre de situation tout à fait romantique.

— Dans d'autres circonstances, peut-être... Grayson, je peux marcher. Mes jambes n'ont rien.

— Non, rien du tout. Elles sont superbes.

Il l'embrassa sur le nez.

— Je ne te l'ai jamais dit ?

— Je ne crois pas.

Elle lui sourit, bien qu'il vînt de lui comprimer l'épaule et d'appuyer à l'endroit où elle avait mal. Après tout, c'était l'intention qui comptait...

— Puisque tu tiens à jouer au Seigneur Noir, alors, emmène-moi vite à l'intérieur. Et j'espère bien que tu vas m'embrasser. Correctement.

— Tu es devenue sacrément exigeante depuis que tu t'es cogné la tête. Mais je suppose que je dois te pardonner.

Avant même qu'il atteigne le bout de l'allée, la porte de la maison s'ouvrit à toute volée et Maggie se précipita vers eux.

— Vous voilà enfin ! Nous avons trouvé le temps long. Comment ça va ?

— Je me fais choyer comme une princesse. Et je risque bien d'en prendre l'habitude.

— Emmenez-la vite dans la maison, Gray. Y a-t-il quelque chose à prendre dans la voiture ?

— Oh, environ un demi-hectare de fleurs...

— Je vais les chercher.

Et elle partit en courant au moment où les Carstairs surgissaient dans l'entrée.

— Oh, Brianna, pauvre petite... Nous nous sommes fait tant de souci ! Johnny et moi n'avons pratiquement pas fermé l'œil de la nuit. Rien que de vous imaginer dans cet hôpital... Les hôpitaux sont des endroits horriblement déprimants. Je me demande comment des gens peuvent décider de travailler là, pas vous ? Vous voulez du thé ? Un gant d'eau fraîche ? Ou autre chose ?

— Non, merci, Iris, réussit à placer Brianna. Je suis désolée que vous vous soyez inquiétés. Ce n'est pas grand-chose, vous savez.

— Qu'est-ce que vous me chantez là ? Un accident de voiture, une nuit à l'hôpital, un traumatisme... Oh, votre pauvre tête ne vous fait pas trop souffrir ?

Non, mais ça n'allait pas tarder...

— Nous sommes contents de vous voir de retour, dit Carstairs en tapotant le bras de sa femme pour la calmer.

— J'espère que Mrs. O'Malley s'est bien occupée de vous.

— C'est un trésor.

— Où veux-tu mettre ces fleurs, Brie ? demanda Maggie, dissimulée derrière une forêt de fleurs.

— Oh, eh bien...

— Je les mets dans ta chambre, décida-t-elle sans attendre. Rogan passera te voir dès que Liam se réveillera de sa sieste. Oh, tu as eu des coups de téléphone de tout le village, et il y a là assez de plats cuisinés pour nourrir une armée entière pendant une semaine.

— Ah, la voilà !

Lottie sortit de la cuisine en s'essuyant les mains sur un torchon.

— Lottie, je ne savais pas que vous étiez là.

— Bien sûr que je suis là ! Je veux veiller à ce que vous soyez bien installée. Grayson, emmenez-la directement dans sa chambre. Il faut qu'elle se repose.

— Oh, mais non... Grayson, pose-moi par terre.

— Tu es en très nette minorité, lui fit-il observer en resserrant son étreinte. Si tu n'es pas sage, je ne te lirai pas la fin du livre.

— C'est ridicule...

Malgré ses protestations, Brianna se retrouva dans sa chambre, étendue sur son lit.

— Je ferais aussi bien de retourner à l'hôpital.

— Allons, ne faites pas d'histoires. Je vais vous préparer une bonne tasse de thé.

Lottie commença à arranger les oreillers et à lisser les draps.

— Ensuite, vous ferez une petite sieste. Vous allez être submergée de visites d'ici peu de temps, par conséquent, il faut vous reposer.

— Donnez-moi au moins mon tricot.

— Nous verrons ça tout à l'heure. Gray, vous pouvez lui tenir compagnie ? Et veillez à ce qu'elle reste tranquille.

Brianna fit la moue et croisa les bras.

— Va-t'en. Je n'ai pas besoin de toi, si tu ne prends pas ma défense.

— Tiens, tiens, la vérité éclate enfin au grand jour.

Sans la quitter des yeux, il s'adossa confortablement au chambranle de la porte.

— Au fond, tu es une véritable mégère.

— Une mégère, moi ? Parce que je me plains que tout le monde me donne des ordres et décide tout à ma place, tu me traites de mégère ?

— Tu fais la tête et tu te plains parce qu'on prend soin de toi. Donc, tu es une mégère.

Brianna ouvrit la bouche, puis la referma.

— Eh bien, oui.

— Il faut que tu prennes tes médicaments.

Il sortit un tube de sa poche, puis alla chercher un verre d'eau dans la salle de bains.

— Ces trucs m'abrutissent, marmonna-t-elle quand il revint en lui tendant le comprimé.

— Tu ne veux quand même pas que je te pince le nez pour te forcer à l'avaler ?

A l'idée d'une telle humiliation, Brianna se résigna à obéir sans discuter davantage.

— Là. Tu es content ?

— Je serai content quand tu n'auras plus mal.

A ces mots, sa colère retomba.

— Pardonne-moi, Gray. Je me conduis vraiment très mal.

— Tu souffres, dit-il en s'asseyant au bord du lit pour lui prendre la main. Je me suis moi-même retrouvé dans ce genre de situation une ou deux fois dans ma vie. Le premier jour est horrible. Et le second est un enfer.

Elle poussa un soupir.

— Je pensais que ça irait mieux, et je suis furieuse de voir qu'il n'en est rien. Je ne voulais pas être désagréable avec toi.

— Tenez, ma belle, voici votre thé !

Lottie entra et posa délicatement la soucoupe dans la main de Brianna.

— Enlevez vos chaussures, vous serez plus à l'aise.

— Lottie, merci d'être venue jusqu'ici.

— Oh, inutile de me remercier pour ça ! Mrs. O'Malley et moi allons nous occuper de tout en attendant que vous soyez remise sur pied. Et surtout ne vous avisez pas de faire quoi que ce soit.

Elle étala une couverture légère sur les jambes de Brianna.

— Grayson, assurez-vous qu'elle se repose, promis ?

— Vous pouvez compter sur moi.

Sur une impulsion, il se leva pour embrasser Lottie sur la joue.

— Lottie Sullivan, vous êtes un amour !

— Oh, allons donc...

Et, rougissant de plaisir, elle repartit en hâte dans la cuisine.

— Toi aussi, Grayson Thane, tu es un amour, murmura Brianna.

— Oh, allons donc...

Il inclina soudain la tête d'un air inquiet.

— Au fait, elle sait faire la cuisine ?

Elle éclata de rire, comme il l'avait espéré.

— Notre Lottie est excellente cuisinière, et il suffirait que tu lui fasses un peu de charme pour qu'elle te prépare une délicieuse tourte. Si tu en as envie.

— Je m'en souviendrai. Maggie a apporté le livre, dit-il en allant le prendre sur la table de nuit. Tu es prête à écouter un nouveau chapitre de cette romance médiévale torride ?

— Je suis tout ouïe.

— Hier soir, tu t'es endormie pendant que je lisais, dit-il en feuilletant le livre. Où en es-tu restée ?

— Au moment où il lui disait qu'il l'aimait.

— Ma foi, ça ne nous avance pas beaucoup !

— La première fois.

Elle donna une petite tape sur le lit pour lui faire signe de venir s'asseoir près d'elle.

— Personne n'oublie la première fois qu'il entend cela, ajouta-t-elle.

Gray continua à tourner les pages, immobile, mais garda le silence. Devinant ce qu'il ressentait, Brianna lui caressa le bras.

— Il ne faut pas t'inquiéter comme ça, Grayson. Ce que je ressens pour toi ne doit pas t'inquiéter.

Pourtant, c'était exactement ce qui se passait. Mais cela lui faisait également autre chose, et ça, au moins, il pouvait le lui dire.

— Ça m'humilie, Brianna...

Ses yeux d'un brun doré se posèrent sur elle, incertains.

— Et ça me bouleverse.

— Un jour, quand tu repenseras à la première fois où tu auras entendu ces mots, j'espère que cela te fera plaisir.

S'estimant satisfaite pour l'instant, elle but une gorgée de thé et lui sourit.

— Allez, Grayson, raconte-moi une histoire.

24

Il ne partit pas le premier juin comme il l'avait prévu. Il aurait pu. Sans doute aurait-il dû. Mais cela ne lui avait pas semblé bien, et plutôt lâche, de s'en aller avant d'être absolument sûr que Brianna soit remise de son accident.

On lui avait retiré son bandage. Il avait pu voir alors les ecchymoses et avait mis de la glace sur son épaule encore un peu gonflée. Il avait souffert de la voir se retourner dans son sommeil en geignant de douleur.

Et il ne lui avait pas fait l'amour.

Il avait envie d'elle, en permanence. Au début, c'était par peur que la moindre caresse lui fasse mal. Mais finalement, il avait décidé que c'était aussi bien comme ça. Une sorte de sevrage, pour passer de l'amant à l'ami, et à ce qui ne serait bientôt plus qu'un souvenir. Sans doute serait-ce plus facile pour eux deux s'ils passaient ces derniers jours dans un rapport d'amitié plutôt que passionnel.

Son livre était terminé, cependant il ne l'avait pas encore envoyé. Gray s'était convaincu de la nécessité de faire un détour par New York pour le remettre personnellement à Arlène avant de se lancer dans cette tournée de promotion. Et chaque fois qu'il repensait à la proposition qu'il avait faite à Brianna de faire un petit voyage avec lui, il se disait qu'il valait mieux oublier tout ça.

Pour son bien à elle, bien entendu. Car il ne pensait qu'à elle.

Il la vit par la fenêtre qui ramassait le linge. Un fort vent d'ouest rabattait ses cheveux détachés sur son visage. Derrière elle, la serre maintenant achevée scintillait au soleil. Les fleurs qu'elle avait plantées dans le jardin oscillaient sous la brise. Il la regarda retirer une épingle à linge sur le fil, puis passer à la suivante en serrant contre elle les draps qui volaient au vent.

On aurait dit une carte postale. Quelque chose qui personnifiait un endroit, une époque, un style de vie. Jour après jour, année après année, elle mettrait le linge à sécher au vent et au soleil. Puis elle viendrait le ramasser. Mais pour Brianna, et pour tous ceux qui étaient comme elle, la répétition de ces tâches n'aurait jamais rien de monotone. C'était avant tout une manière de perpétuer la tradition — cette tradition dans laquelle elle puisait sa force et son autosuffisance.

Étrangement troublé, Gray descendit la rejoindre.

— Tu te sers trop de ce bras.

— Le médecin a dit que l'exercice lui ferait du bien, dit-elle en lui jetant un coup d'œil par-dessus son épaule.

Le sourire qui flottait sur ses lèvres était démenti par son regard, et il en allait ainsi depuis maintenant plusieurs jours. Il s'éloignait d'elle si rapidement qu'elle n'arrivait pas à s'y faire.

— Je ne sens presque plus rien. Quelle journée splendide, n'est-ce pas ? La famille qui est ici pour quelques jours est partie à la plage de Ballybunion. Papa nous y emmenait souvent avec Maggie, pour nager et manger des cornets de glace.

— Si tu avais envie d'aller à la plage, tu aurais dû me le dire. Je t'y aurais emmenée.

Le ton de sa voix la fit se raidir. Et elle décrocha une taie d'oreiller d'un air manifestement agacé.

— C'est très aimable à toi, Grayson. Mais je n'ai pas le temps d'aller à la mer. J'ai du travail.

— Tu ne fais rien d'autre que travailler ! explosa-t-il. Tu t'échines à t'occuper de cette maison. Quand tu ne cuisines pas, tu fais le ménage, et quand tu ne fais pas le ménage, c'est pour faire la lessive. Bon sang, Brianna, ce n'est qu'une maison !

— Non, fit-elle en pliant méticuleusement la taie d'oreiller avant de la mettre dans le panier. C'est *ma* maison, et figure-toi que d'y faire la cuisine, le ménage et la lessive me plaît.

— Tu ne vois jamais plus loin que ça.

— Que vois-tu donc de si important, Grayson Thane ?

La colère l'étranglait, aussi se réfugia-t-elle dans une attitude glaciale.

— Qui es-tu pour te permettre de me critiquer ainsi ?

— Il faudrait savoir s'il s'agit d'une maison... ou d'un piège.

Cette fois, elle se retourna, et son regard n'était ni brûlant ni glacé, mais rempli de chagrin.

— Est-ce vraiment ce que tu te dis au fond de ton cœur ? Tu penses que c'est la même chose, qu'il ne peut pas en être autrement ? Si c'est le cas, sincèrement, je suis désolée pour toi.

— Je n'ai que faire de ta sympathie, rétorqua-t-il. Tout ce que j'ai voulu dire, c'est que tu travailles trop dur pour pas grand-chose.

— Je ne suis pas d'accord, et ce n'est pas tout ce que tu as voulu dire, dit-elle en ramassant le panier de linge. C'est peut-être tout ce que tu voulais dire. Quoi qu'il en soit, c'est plus que tu ne m'as dit depuis cinq jours.

— Ne sois pas ridicule...

Gray voulut lui prendre le panier, mais elle s'éloigna.

— Je te parle sans arrêt. Allons, laisse-moi porter ça.

— Je peux le porter toute seule. Je ne suis pas invalide.

D'un geste impatient, elle cala le panier sur sa hanche.

— C'est vrai que tu as beaucoup parlé ces derniers jours. Mais tu ne m'as pas parlé à moi, tu ne m'as rien dit de ce que tu pensais ou ressentais vraiment. Tu ne m'as ni parlé, ni touchée. Ne serait-ce pas plus honnête de me dire tout simplement que tu n'as plus envie de moi ?

— Ne...

En la voyant passer devant lui et se diriger à grands pas vers la maison, il voulut la retenir, mais s'en empêcha.

— Où es-tu allée chercher une idée pareille ?

— Chaque soir...

Brianna entra dans la cuisine si précipitamment que Gray faillit prendre la porte dans la figure.

— Tu dors avec moi, mais sans jamais plus me toucher. Si j'ai le malheur de me tourner vers toi, tu te retournes de l'autre côté !

— Tu viens à peine de sortir de ce foutu hôpital...

— Je suis sortie de l'hôpital il y a bientôt deux semaines. Et ne parle pas comme ça devant moi. Ou si tu dois jurer, au moins, ne mens pas.

Elle laissa tomber le panier de linge sur la table.

— Il te tarde d'être parti, voilà tout, et tu ne sais pas comment faire pour rester aimable. Tu en as assez de moi et tu ne sais pas comment me le dire.

— Qu'est-ce que c'est que ce tissu de conneries ?

— C'est curieux, quand tu es en colère, tu n'arrives plus à maîtriser ton langage.

Elle attrapa un drap qu'elle plia en mettant les coins soigneusement bord à bord.

— Tu te dis, pauvre Brie, elle va avoir le cœur brisé à cause de moi ! Eh bien, tu te trompes ! Je me débrouillais très bien avant de te connaître, et je continuerai à le faire.

— Quelle charmante chose à dire pour une femme qui se prétend amoureuse !

— Je suis amoureuse de toi, oui, reprit-elle en prenant un autre drap et en répétant la même opération. Et je suis certainement une idiote d'aimer un homme tellement lâche que ses propres sentiments lui font peur. Qui a peur de l'amour parce qu'il n'en a pas eu étant petit. Qui a peur de fonder un foyer parce qu'il n'en a jamais connu.

— Nous n'étions pas en train de parler de moi, dit Gray d'un ton neutre.

— Non, mais tu crois pouvoir y échapper, et c'est ce que tu fais chaque fois que tu fais tes malles pour prendre un avion ou un train. Mais ce n'est pas possible. Je n'ai pas reçu tout l'amour que j'aurais voulu, moi non plus, mais je n'en ai pas peur.

Plus calme, Brianna posa le second drap plié.

— Je n'ai pas peur de t'aimer, Grayson. Ni de te laisser partir. En revanche, j'ai très peur que nous n'ayons tous les deux des regrets si nous ne nous quittons pas en étant sincères.

Gray ne put se dérober à son regard paisible et compréhensif.

— Je ne sais pas ce que tu veux, Brianna.

Et pour la première fois de sa vie d'adulte, il eut peur de ne pas savoir non plus ce qu'il voulait lui-même.

— Je veux que tu me touches, que tu fasses l'amour avec moi. Mais si tu n'as plus de désir pour moi, cela me ferait moins de mal que tu me le dises.

Gray la dévisagea, sans soupçonner ce qu'il en coûtait à Brianna de lui parler ainsi. S'appliquant à ne rien lui laisser deviner, elle resta debout devant lui, le dos très droit, en le regardant droit dans les yeux, et attendit.

— Brianna, je n'arrive pas à respirer une seule seconde sans avoir envie de toi.

— Alors prends-moi, tout de suite, en pleine lumière.

Reconnaissant sa défaite, il s'avança vers elle pour prendre son beau visage entre ses mains.

— Je voulais te faciliter les choses.

— Eh bien, arrête. Et contente-toi d'être vraiment là avec moi. Maintenant.

Il la souleva, et elle sourit en l'embrassant dans le cou.

— Exactement comme dans le livre, murmura-t-elle.

— Encore mieux, lui promit-il en l'emportant dans la chambre.

— Ce sera encore mieux que dans n'importe quel livre.

Il la reposa par terre, écarta quelques mèches de cheveux que le vent avait rabattues sur son visage puis entreprit de déboutonner son chemisier.

— Tu sais, j'ai souffert le martyre à dormir à côté de toi sans te toucher.

— Tu n'osais pas ?

— Je pensais qu'il ne valait mieux pas.

D'un doigt léger, il effleura les marques jaunâtres sur sa peau.

— Tu as encore des bleus.

— Ils vont bientôt disparaître.

— Je me souviens du choc quand je les ai vus pour la première fois. De ce que j'ai ressenti au creux de l'estomac. Quelque chose se serrait en moi à chaque fois que tu geignais dans ton sommeil.

L'air un peu perdu, il l'obligea à la regarder dans les yeux.

— Je ne veux plus m'inquiéter à ce point pour qui que ce soit, Brianna.

— Je sais.

Elle se pencha en avant et pressa sa joue contre la sienne.

— N'y pense plus. Pour l'instant, nous ne sommes que tous les deux et... tu m'as tellement manqué.

Les yeux à demi clos, elle déposa de minuscules baisers le long de sa mâchoire tout en déboutonnant sa chemise.

— Viens au lit avec moi, Grayson, murmura-t-elle en faisant glisser sa chemise sur ses épaules. Viens...

Le matelas grinça, il y eut un léger froissement de draps, et ils se retrouvèrent dans les bras l'un de l'autre. Brianna lui tendit son visage en cherchant sa bouche. Un premier frisson de plaisir la parcourut, puis un second quand leur baiser se fit plus voluptueux.

Ses doigts frais caressèrent sa peau tout en la déshabillant. Puis ses lèvres effleurèrent délicatement les dernières traces de bleus, comme pour les effacer.

Un oiseau chanta dans le poirier qui se trouvait devant la fenêtre, et les fées de bronze qu'elle y avait accrochées se mirent à danser sous la brise en soulevant légèrement les rideaux de dentelle. Il sentit le vent frais caresser son dos nu lorsqu'il s'allongea sur elle en posant la joue tout contre son cœur. Ce geste la fit sourire, et elle prit sa tête à pleines mains.

Tout était si simple... Elle garderait ce moment magique comme un trésor. Quand il releva la tête, ses lèvres cherchèrent à nouveau les siennes, et il la regarda en souriant.

Malgré le désir qu'ils avaient l'un de l'autre, ils prirent tout leur temps, sachant que c'était sans doute la dernière fois qu'ils feraient l'amour ensemble, voulant en savourer pleinement chaque seconde.

Le souffle haletant, elle soupira en murmurant son nom. Il tressaillit.

Alors, il entra en elle. Si lentement que c'en était presque douloureux. Tous deux gardèrent les yeux ouverts. Et leurs mains, paume contre paume, achevèrent de les lier l'un à l'autre lorsque leurs doigts s'entrelacèrent.

Le rayon de lumière à travers la fenêtre, le chant d'un oiseau et l'aboiement d'un chien dans le lointain, l'odeur des roses, de la cire et du chèvrefeuille, tout lui parvenait avec une intensité inouïe. Et il la sentait sous lui, chaude, douce et humide, s'arc-boutant et ondulant pour venir à sa rencontre. Tous ses sens étaient en éveil, comme un microscope réglé à la perfection.

Et soudain, plus rien n'exista que le plaisir, le bonheur pur et simple d'oublier ce qu'il était pour s'abandonner en elle.

Brianna comprit au moment du dîner qu'il allait partir. Dans son cœur, elle l'avait déjà compris juste après qu'ils eurent fait l'amour, quand ils étaient restés allongés paisiblement l'un contre l'autre, en regardant les rayons de soleil danser sur la fenêtre.

Elle servit ses clients, les écouta raconter joyeusement leur journée au bord de la mer, puis, comme d'habitude, mit de l'ordre dans la cuisine, fit la vaisselle et la rangea dans les placards. En nettoyant son four, elle pensa qu'il lui faudrait bientôt le remplacer. Peut-être cet hiver. Il faudrait qu'elle commence à comparer les prix.

Conco gratta à la porte. Elle le laissa sortir pour qu'il aille courir ainsi qu'il le faisait tous les soirs. Pendant un instant, elle resta sur le seuil et le regarda filer en direction des collines dans la lumière resplendissante des longues soirées d'été.

Elle se dit qu'elle aimerait courir aussi avec lui. Foncer tout droit, comme il le faisait, sans penser aux petits détails à régler avant de fermer la maison pour la nuit. Sans penser surtout à tout ce qui lui restait encore à affronter.

Mais, bien entendu, elle reviendrait. Elle reviendrait toujours ici.

Brianna se retourna et referma la porte derrière elle. Elle passa brièvement dans sa chambre avant de monter voir Gray.

Il était devant la fenêtre en train d'admirer le jardin. Le crépuscule qui illuminait le ciel le nimbait d'une douce lumière et, comme tant de mois plus tôt, il lui fit penser à un pirate, à un poète.

— J'avais peur que tu aies déjà terminé tes bagages.

Elle vit sa valise ouverte sur le lit, pratiquement pleine, et ses doigts se crispèrent sur le pull qu'elle tenait à la main.

— J'allais justement descendre te parler.

Prenant sur lui, Gray se retourna en essayant de déchiffrer l'expression de son visage. Mais elle réussit à garder un air impassible.

— Je pense que je vais partir ce soir pour Dublin.

— La route est longue, mais tu pourras rouler de jour pendant une bonne partie.

— Brianna...

— Je voulais te donner ceci, s'empressa-t-elle de dire.

Je t'en supplie, aurait-elle voulu crier, pas d'excuses, pas de regrets...

— Je l'ai tricoté pour toi.

Le regard de Gray glissa sur ses mains, et il se souvint de ce soir où il était rentré tard et s'était disputé avec elle. Et de la façon dont la pelote de laine vert foncé avait roulé sur sa chemise de nuit blanche.

— Tu as tricoté ça pour moi ?

— Oui. Un pull. Il te sera sûrement utile cet automne ou cet hiver.

Elle s'approcha et appliqua le pull contre lui.

— J'ai rallongé un peu les manches. Tu as les bras longs.

Son cœur qui battait déjà la chamade s'accéléra encore en effleurant le pull. Jamais personne au cours de sa vie n'avait fait une telle chose pour lui.

— Je ne sais pas quoi dire.

— A chaque fois que tu m'as fait un cadeau, tu m'as dit de simplement te dire merci.

— C'est vrai...

En prenant le pull, il sentit le contact doux et chaud de la laine contre les paumes de ses mains.

— Merci.

— Je t'en prie. Tu veux que je t'aide à finir tes bagages ?

Sans attendre sa réponse, Brianna reprit le pull et le plia soigneusement sur le dessus de la valise.

— Je sais que tu as de l'expérience dans ce domaine, mais tu dois trouver cela fastidieux.

— Je t'en prie, arrête.

Il posa une main sur son épaule, mais comme elle ne réagit pas, il la retira aussitôt.

— Tu as parfaitement le droit d'être furieuse.

— Non, je ne le suis pas. Tu ne m'as jamais fait aucune promesse, Grayson, par conséquent, tu n'en as rompu aucune. C'est important pour toi, je le sais. Tu as bien vérifié qu'il ne restait rien dans les tiroirs ? Tu serais étonné de voir ce que les gens peuvent oublier.

— Il faut que je parte, Brianna.

Histoire de s'occuper les mains, elle ouvrit elle-même les tiroirs de la commode, profondément désemparée de constater qu'ils étaient effectivement vides.

— Je ne peux pas rester ici. Plus je resterai, plus ce sera difficile. Et je ne suis pas capable de te donner ce dont tu as besoin. Ou ce dont tu penses avoir besoin.

— Dans une seconde, tu vas probablement essayer de m'expliquer que tu as une âme de bohémien, mais ce n'est pas la peine. Je sais tout ça.

Une fois le dernier tiroir refermé, elle se retourna vers lui.

— Je suis désolée pour ce que je t'ai dit cet après-midi. Je ne veux pas que tu t'en ailles en gardant le souvenir des choses désagréables que nous nous sommes dites, alors qu'il y a eu tellement plus.

Elle croisa les mains, pour être sûre de garder son sang-froid.

— Veux-tu que je te prépare de quoi manger en route, ou une thermos de thé ?

— Arrête de jouer à la parfaite maîtresse de maison ! Pour l'amour du ciel, je te quitte, Brianna ! Je pars !

— Tu t'en vas, comme tu as toujours dit que tu le ferais, répliqua-t-elle d'une voix calme et glacée. Ça soulagerait peut-être ta conscience si je me mettais à pleurer, à me lamenter et à faire une scène, mais j'ai horreur de ça.

— Très bien, fit-il en jetant une paire de chaussettes dans la valise.

— Tu as fait un choix, et je te souhaite de tout mon cœur d'être heureux. Bien entendu, tu seras toujours le bienvenu ici, si jamais tu repasses dans le coin.

Gray soutint son regard tout en fermant la valise d'un coup sec.

— Je te préviendrai.

— Je vais t'aider à descendre tes bagages.

Elle voulut ramasser son sac, mais il la prit de vitesse.

— Je les ai montés. Je les descendrai.

— Comme tu voudras.

Puis elle vint l'embrasser sur la joue, et il eut alors l'impression que son cœur allait éclater dans sa poitrine.

— Prends bien soin de toi, Grayson.

— Au revoir, Brie.

Ensemble, ils descendirent l'escalier. Gray ne dit plus rien jusqu'à ce qu'il arrive devant la porte.

— Je ne t'oublierai pas.

— J'espère que non.

Elle l'accompagna jusqu'au bout de l'allée, puis le regarda charger les bagages et s'installer au volant. Alors, elle sourit, agita gracieusement la main et rentra dans la maison sans se retourner.

Une heure plus tard, elle était installée toute seule dans le salon avec sa boîte à couture. Des rires lui parvinrent par la fenêtre et elle ferma un instant les yeux. Quand Maggie entra avec Rogan et le bébé, elle était en train d'enfiler une aiguillée de fil et souriait.

— Dites donc, vous veillez bien tard ce soir !

— Liam était agité, expliqua Maggie en s'asseyant et en tendant les bras pour que Rogan lui donne le bébé. On s'est dit qu'il avait peut-être envie de compagnie. Quel spectacle ! La maîtresse des lieux en train de raccommoder au salon !

— J'ai pris pas mal de retard. Vous voulez boire quelque chose ? Rogan ?

— Volontiers, dit-il en allant chercher la carafe. Maggie ?

— Allez, un petit whisky ne me fera pas de mal...

— Et toi, Brie ?

— Merci. Je vais en prendre un aussi, répondit-elle en faisant un nœud au bout de son fil. Ton travail se passe bien, Maggie ?

— Je suis enchantée de m'y être remise ! Oui, ça se passe très bien...

Elle planta un gros baiser sonore sur la bouche de Liam.

— J'ai terminé une pièce aujourd'hui. C'est Gray qui m'en a donné l'idée en parlant de ces ruines dont il était tombé amoureux. Le résultat est pas mal, je crois.

Elle prit le verre que Rogan lui tendait et le brandit joyeusement.

— Eh bien, buvons à une bonne nuit complète de sommeil !

— Ce n'est pas moi qui te contredirai là-dessus ! renchérit Rogan avec ferveur.

— Liam semble penser que les heures entre deux heures et cinq heures du matin ne sont pas faites pour dormir !

En riant, Maggie plaça l'enfant sur son épaule.

— Brie, nous voulions te dire que le détective avait retrouvé Amanda Dougherty dans le... quel État est-ce, Rogan ?

— Le Michigan. Il a retrouvé sa trace, et celle de l'homme qu'elle a épousé. Et de l'enfant, ajouta-t-il en lançant un regard à sa femme.

— Elle a eu une fille, Brie, murmura Maggie en berçant tendrement son bébé. Il a trouvé le certificat de naissance. Amanda l'a appelée Shannon.

— Comme la rivière, dit Brianna dans un souffle, la gorge serrée. Nous avons une sœur, Maggie.

— Oui. Et nous la connaîtrons peut-être bientôt, pour le meilleur ou pour le pire.

— J'espère bien. Oh, je suis contente que vous soyez venus m'annoncer cette nouvelle. Ce sera bon d'y penser.

— C'est même sans doute tout ce qu'on pourra faire pendant un bon moment, l'avertit Rogan. La piste qu'il suit remonte à vingt-cinq ans.

— Eh bien, nous nous armerons de patience, dit simplement Brianna.

N'étant pas trop certaine de ses propres sentiments à ce sujet, Maggie changea le bébé de position... et de conversation.

— J'aimerais montrer la pièce que je viens de terminer à Gray, pour voir s'il reconnaît la source de mon inspiration. Où est-il ? Il travaille ?

— Il est parti.

Brianna enfonça l'aiguille avec précision dans une boutonnière.

— Parti où ? Au pub ?

— Non, à Dublin, je crois, ou là où le mènera sa route.

— Tu veux dire qu'il est vraiment parti ? Pour de bon ?

Maggie se leva, et le bébé gloussa de rire, surpris par ce chahut inattendu.

— Oui, il y a juste une heure.

— Et tu es assise là en train de coudre ?

— Que veux-tu que je fasse ? Que je me flagelle ?

— Que tu le flagelles, lui ! Non, mais... quel saligaud ! Quand je pense que je commençais à bien l'aimer !

— Maggie, fit Rogan en lui mettant la main sur le bras. Ça va, Brianna ?

— Ça va très bien, merci. Ne prends pas les choses comme ça, Maggie. Il a fait ce qui était le mieux pour lui.

— Je me fiche pas mal de ce qui est le mieux pour lui ! Et toi, alors ? Prends le bébé, tu veux ? lança-t-elle impatiemment à Rogan.

Dès qu'elle eut les mains libres, elle vint s'agenouiller devant sa sœur.

— Je connais tes sentiments pour lui, Brie, et je ne comprends pas comment il a pu partir comme ça ! Qu'est-ce qu'il a dit quand tu lui as demandé de rester ?

— Je ne lui ai pas demandé.

— Tu ne lui as pas... Mais pourquoi ?

— Parce que ça n'aurait fait que nous rendre malheureux tous les deux.

L'aiguille dévia, et elle jura à voix basse lorsqu'elle se piqua le pouce.

— Et puis j'ai ma fierté.

— Pour ce que tu en fais ! Tu lui as probablement proposé de lui faire des sandwiches pour la route.

— En effet.

— Oh...

Dégoûtée, Maggie se releva.

— Il n'y a pas moyen de raisonner avec toi. Il n'y a jamais eu moyen.

— Je ne suis pas sûr que piquer une colère soit le meilleur moyen d'aider ta sœur, lui fit remarquer sèchement Rogan.

— Je voulais seulement...

Croisant le regard de son mari, Maggie se mordit la langue.

— Tu as raison... Pardon, Brie. Si tu veux, je peux rester un peu pour te tenir compagnie. Ou bien je peux aller emballer quelques affaires pour le bébé et nous passerons la nuit ici tous les deux.

— Votre place est chez vous. Ça va, Maggie. Je peux rester seule. J'ai l'habitude.

Gray était presque à Dublin et la scène n'arrêtait pas de repasser inlassablement dans sa tête. La fin, la fichue fin de son livre n'allait pas. Raison pour laquelle il était si énervé.

Il aurait dû envoyer le manuscrit à Arlène et avait oublié. S'il l'avait fait, cette dernière scène ne serait plus en train de le hanter. Et il serait déjà en train de penser à sa prochaine histoire.

Néanmoins, il ne pouvait pas faire ça alors qu'il n'était pas capable de se débarrasser de la dernière.

McGee était parti parce qu'il avait accompli ce qu'il était venu faire en Irlande. Il était prêt à reprendre sa vie, son travail. Et il devait partir parce que... parce qu'il le devait, se dit Gray avec irritation.

Et Tullia était restée parce que sa vie était là, dans son cottage, parmi les gens du village, sur la terre qui l'entourait. Elle y était heureuse comme elle ne le serait jamais nulle part ailleurs. Coupée de ses racines, Brianna — Tullia, se corrigea-t-il — s'étiolerait comme une fleur privée d'eau.

Cette fin tenait debout. Elle était parfaitement plausible et correspondait au caractère des personnages.

Alors pourquoi continuait-elle à l'obséder comme un mal de dent ?

Elle ne lui avait pas demandé de rester, songea-t-il. Elle n'avait même pas versé une larme. Réalisant que ses pensées étaient passées une fois de plus de Tullia à Brianna, il jura dans sa barbe et appuya à fond sur l'accélérateur.

Sans doute les choses ne pouvaient-elles pas se passer autrement. Brianna était une jeune femme intelligente, équilibrée. C'étaient les qualités qu'il admirait chez elle.

En outre, si elle l'aimait tant que ça, elle aurait au moins pu lui dire qu'il allait lui manquer.

Toutefois, il ne voulait pas lui manquer. Pas plus qu'il ne voulait qu'une lumière brûle derrière la fenêtre en l'attendant, ni qu'elle lui repasse ses chemises ou lui reprise ses chaussettes. Ce qu'il ne voulait surtout pas, c'était avoir à se préoccuper d'elle.

Il était libre, sans attache, depuis toujours. C'était pour lui un besoin. Il avait assez d'endroits où aller, il lui suffisait pour cela de planter une punaise sur une carte. Avant d'entamer sa tournée, il prendrait un peu de vacances, puis il partirait explorer de nouveaux horizons.

C'était sa vie. D'un geste impatient, il se mit à tambouriner sur le volant. Sa vie lui plaisait. Et il allait la retrouver, comme McGee.

Oui, exactement comme McGee, songea-t-il en fronçant les sourcils.

Les lumières de Dublin apparurent devant lui. Le simple fait de les voir, et de savoir qu'il était arrivé là où il avait décidé d'aller, le détendit quelque peu. Qu'il y ait des embouteillages lui était indifférent. Oui, il s'en fichait. Tout comme du bruit. Il avait simplement passé trop de temps loin des villes.

Ce qu'il lui fallait dans l'immédiat, c'était trouver un hôtel où passer la nuit. Il n'avait qu'un seul désir : pouvoir étendre ses jambes après cette longue route et boire un verre ou deux.

Gray s'arrêta à l'angle d'une rue et appuya la tête contre le siège en soupirant. Tout ce qu'il voulait, c'était un lit, un verre de whisky et une chambre au calme.

Tu parles !

Brianna se leva à l'aube. Rester au lit en faisant semblant de pouvoir dormir était stupide. Elle entreprit de faire du pain et mit la pâte à lever avant de se préparer du thé.

Elle emporta sa tasse au fond du jardin, mais elle ne tenait pas en place. Même un tour dans la serre ne lui apporta aucune satisfaction, aussi retourna-t-elle à la maison pour dresser la table du petit déjeuner.

Heureusement que ses clients devaient partir de bonne heure. A huit heures, après leur avoir servi un repas chaud, elle leur dit au revoir sur le pas de la porte.

Mais maintenant, elle était seule. Convaincue que se plonger dans la routine lui ferait du bien, elle mit de l'ordre dans la cuisine. Ensuite, elle monta au premier étage pour défaire les lits et remettre des draps tout frais qu'elle était allée chercher sur la corde à linge la veille au soir. Puis elle rassembla toutes les serviettes sales qu'elle remplaça par des propres.

De toute façon, elle ne pourrait pas — ne devait pas — repousser ce moment éternellement. Sans plus attendre, elle entra dans la chambre où Gray avait travaillé. La pièce avait besoin d'un bon ménage, réalisa-t-elle en passant un doigt sur le coin du bureau.

Les lèvres pincées, elle remit la chaise bien droite.

Comment aurait-elle pu imaginer que la chambre lui paraîtrait si vide ?

Elle se secoua. Après tout, ce n'était qu'une chambre. Qui attendait maintenant le prochain client. Et c'était celle-là qu'elle donnerait au premier qui arriverait, se promit-elle. Ce serait plus sage. Oui, cela l'aiderait sûrement.

Brianna passa dans la salle de bains pour prendre les serviettes qui séchaient sur la barre.

Et elle sentit son odeur.

La douleur qui l'envahit fut si vive et si aiguë qu'elle faillit chanceler. Comme une aveugle, elle retourna dans la chambre en titubant, s'effondra sur le lit et, le visage enfoui dans les serviettes, éclata en sanglots.

Gray l'entendit pleurer en montant l'escalier. La frénésie de ses sanglots trahissait un tel chagrin qu'il en fut étonné et ralentit le pas pour se préparer à les affronter.

Il la vit du seuil de la chambre, les serviettes pressées en tas contre son visage, se balançant d'avant en arrière. Elle n'avait rien d'une femme froide ou maîtresse d'elle-même. Ou équilibrée. Il se passa les mains sur le visage comme pour effacer la fatigue du voyage. Et la culpabilité qui le tenaillait.

— Eh bien, dit-il d'une voix posée, tu peux te vanter de m'avoir bien fait marcher.

Brianna releva brusquement la tête, et il vit alors la douleur dans ses yeux cernés. Elle voulut se lever, mais il l'arrêta d'un geste de la main.

— Non, ne t'arrête pas de pleurer, continue. Voir que tu m'as joué la comédie me fait du bien. « Laisse-moi t'aider à faire tes valises, Gray. Tu veux que je te prépare de quoi manger pour la route? Je me débrouillerai très bien sans toi. »

Elle essaya de retenir ses larmes, mais en vain. Tandis que ses pleurs reprenaient de plus belle, elle replongea dans les serviettes.

— Tu m'as vraiment bien fait marcher. Tu ne t'es même pas retournée. Dans cette scène, c'est ça qui n'allait pas. Ça ne collait pas.

Il vint vers elle et écarta les serviettes.

— Tu es désespérément amoureuse de moi, n'est-ce pas? Follement amoureuse, il n'y a ni trucs, ni pièges, ni phrases toutes faites.

— Oh, va-t'en! Pourquoi es-tu revenu?

— J'ai oublié quelque chose.

— Il n'y a plus rien ici.

— Il y a toi.

Il s'agenouilla et lui prit les mains pour l'empêcher de dissimuler ses larmes.

— Laisse-moi te raconter une histoire. Non, continue à pleurer, si tu veux, dit-il quand elle tenta de se dégager. Mais écoute-moi. Je croyais qu'il devait partir. McGee.

— Tu es revenu pour me parler de ton livre?

— Laisse-moi te raconter cette histoire. Je pensais qu'il fallait qu'il parte. Peu importait qu'il n'ait jamais tenu à personne comme il tenait à Tullia. Ni qu'elle l'aime et ait réussi à le changer, à transformer sa vie. Et même à la remplir. Après tout, ils étaient à des milliers de kilomètres l'un de l'autre.

Patiemment, il regarda une nouvelle larme rouler sur sa joue. Elle faisait tous ses efforts pour les retenir, il le savait. Et elle n'y parvenait pas.

— C'était un solitaire, reprit Gray. Depuis toujours. Que diable ferait-il, coincé dans un petit cottage de l'ouest de l'Irlande ? Et elle le laissait partir, parce qu'elle était trop obstinée, trop fière et trop amoureuse pour lui demander de rester. Ça m'inquiétait. J'y ai réfléchi pendant des semaines. A en devenir fou. Jusqu'à Dublin, je n'ai pas arrêté de ressasser tout ça — en croyant que me concentrer là-dessus m'éviterait de penser à toi. Et tout à coup j'ai compris qu'il ne pouvait pas partir, et qu'elle ne le laisserait pas faire. Oh, ils arriveraient à survivre l'un sans l'autre, car ils étaient tous deux des survivants. Mais ils ne seraient jamais complètement pareils. En tout cas, pas comme ils l'étaient ensemble. Alors j'ai réécrit la fin dans le hall de l'hôtel, à Dublin.

Brianna ravala douloureusement ses larmes, et son humiliation.

— Eh bien, ton problème est donc résolu. Tant mieux pour toi.

— Seulement un de mes problèmes... Tu n'iras nulle part, Brianna, dit-il en l'agrippant plus fort jusqu'à ce qu'elle cesse de vouloir enlever ses mains des siennes. Quand j'ai eu fini de réécrire, je me suis dit que j'allais prendre un verre quelque part, et puis que j'irais me coucher. Au lieu de ça, je suis remonté en voiture, j'ai fait demi-tour et je suis revenu. Parce que j'avais oublié que j'avais passé ici les six mois les plus heureux de toute ma vie, que j'avais envie de t'entendre chanter le matin dans la cuisine ou de te voir par la fenêtre de la chambre. J'avais oublié que survivre ne suffit pas toujours. Regarde-moi, je t'en prie.

Quand elle leva les yeux, il essuya une larme du bout du pouce, puis lui reprit la main.

— Et surtout j'avais oublié de te dire que je t'aimais.

Brianna ne dit rien, incapable d'ouvrir la bouche, fût-ce pour respirer. Mais ses yeux s'écarquillèrent démesurément, et deux grosses larmes roulèrent sur leurs doigts entrelacés.

— C'est nouveau pour moi, murmura-t-il. C'est un choc. Je n'ai jamais voulu ressentir cela pour qui que ce soit, et ça n'a jamais été difficile de l'éviter. Jusqu'à ce que je te rencontre. Cela signifie être lié, avoir des responsabilités. Je peux peut-être vivre sans toi, mais, sans toi, je ne serai jamais tout à fait moi-même.

Doucement, il leva leurs mains jointes jusqu'à ses lèvres pour goûter ses larmes.

— Et puis je me disais que tu t'étais débarrassée bien vite de moi, hier soir. J'ai commencé à paniquer. Je m'apprêtais à venir te supplier quand je t'ai entendue pleurer en montant l'escalier. Je dois dire que ces larmes ont résonné comme une douce musique à mes oreilles.

— Tu voulais que je pleure ?

— Peut-être. Oui...

Il lui lâcha les mains pour se lever.

— J'ai compris que si, hier soir, tu avais sangloté un peu sur mon épaule, si tu m'avais demandé de ne pas te quitter, je serais resté. Comme ça, j'aurais pu m'en prendre à toi si les choses avaient mal tourné.

— J'ai fait ce que tu voulais, alors ?

— Pas vraiment.

Gray se retourna pour la regarder. Elle était si parfaite, avec son petit tablier impeccable, ses cheveux qui s'échappaient de son chignon et les traces de larmes sur ses joues.

— Il fallait que je décide cela tout seul, afin de n'avoir que moi à blâmer si j'avais tout gâché. Je voudrais que tu saches que je compte faire tout mon possible pour ne pas tout gâcher.

— Tu veux revenir...

Elle pressa ses mains l'une contre l'autre de toutes ses forces. C'était tellement difficile à croire.

— Plus ou moins. En fait, oui.

La peur était encore là, nichée au creux de son ventre. Il espéra toutefois que ça ne se voyait pas.

— Je t'ai dit que je t'aimais, Brianna.

— Je sais. Je m'en souviens.

Esquissant un petit sourire, elle se leva.

— La première fois qu'on entend ça, on ne l'oublie pas, ajouta-t-elle.

— La première fois que je l'ai entendu, c'était la première fois que nous avons fait l'amour. J'espérais bien l'entendre encore.

— Je t'aime, Grayson. Et tu le sais.

— Nous allons voir ça.

Il mit la main dans sa poche d'où il sortit une petite boîte en velours.

— Ce n'était pas nécessaire de m'acheter un cadeau. Il te suffisait de rentrer à la maison.

— J'ai longuement réfléchi à ça en revenant de Dublin. Rentrer à la maison... C'est la première fois que ça m'arrive, dit-il en lui tendant la boîte. J'aimerais que ça devienne une habitude.

Brianna ouvrit la boîte et, se retenant d'une main, se laissa retomber sur le lit.

— J'ai enquiquiné le directeur de l'hôtel jusqu'à ce qu'il fasse ouvrir la boutique. Vous, les Irlandais, vous êtes tellement sentimentaux que je n'ai même pas eu besoin d'essayer de le corrompre.

— J'ai pensé que j'aurais plus de chances avec une alliance traditionnelle. Je veux t'épouser, Brianna. Je veux fonder un foyer avec toi.

— Grayson...

— Je sais que je ne suis pas une affaire, s'empressa-t-il d'ajouter. Je ne te mérite pas. Mais tu m'aimes. Je peux travailler ici, et t'aider à tenir l'auberge.

Brianna le regardait, et elle eut soudain l'impression que son cœur allait déborder. Il l'aimait, il la voulait et il allait rester.

— Grayson...

— Il faudra que je voyage un peu, reprit-il en se plantant devant elle, craignant qu'elle refuse. Mais ce ne sera plus comme avant. Tu pourras venir quelquefois avec moi. Nous reviendrons toujours ici, Brie. Toujours. Cet endroit représente autant pour moi que pour toi.

— Je le sais. Je...

— Tu ne peux pas le savoir, coupa-t-il. Je ne le savais pas moi-même avant de partir. C'est chez moi. Tu es mon chez-moi. Et non pas un piège. Un sanctuaire. Une chance. Je veux fonder une famille avec toi. Ici.

Il se passa une main dans les cheveux en voyant qu'elle le regardait avec ses grands yeux.

— Oui, c'est ça que je veux. Faire des enfants, des projets à long terme. Et savoir que tu es là, tous les soirs, tous les matins. Personne ne t'aimera jamais comme je t'aime, Brie. Je m'engage à te servir. Désormais, tu es à moi.

— Oh, Grayson...

Elle faillit s'étrangler en prononçant son nom. Les rêves pouvaient donc devenir réalité.

— J'ai voulu...

— Je n'ai jamais aimé personne avant toi, Brianna. Jamais il n'y a eu personne d'autre que toi dans ma vie. Je te chérirai comme un trésor. Je le jure. Et si tu veux bien...

— Oh, tu ne vas pas te taire une seconde? s'écria-t-elle, hésitant entre le rire et les larmes. Pour que je puisse te dire oui.

— Oui?

Gray la releva et la regarda au fond des yeux.

— Tu n'essaies pas d'abord de me faire souffrir un peu?

— La réponse est oui. Simplement oui.

Brianna l'enlaça tendrement et posa la tête contre son épaule. Puis elle sourit.

— Bienvenue chez nous, Grayson.

4147

Achevé d'imprimer en France (Manchecourt)
par Maury-Eurolivres
le 25 avril 2005.
Dépôt légal avril 2005. ISBN 2-290-33849-4
1er dépôt légal dans la collection : juin 1996

Éditions J'ai lu
84, rue de Grenelle, 75007 Paris
Diffusion France et étranger : Flammarion